MARTIN CRUZ SMITH es autor de numerosas novelas, algunas de ellas llevadas al cine, como *Parque Gorki*. Ha ganado dos veces el premio Hammett de la asociación de escritores de novelas policiales de EE.UU., y también el premio Golden Dagger del Reino Unido. Ediciones B ha publicado, además de la citada *Parque Gorki*, *Estrella Polar* y *Tiempo de lobos*.

NOV   2012

Título original: *Havana Bay*
Traducción: Cristina Pagès
1.ª edición: junio, 2012

© Martin Cruz Smith, 1999
© Ediciones B, S. A., 2012
    para el sello B de Bolsillo
    Consell de Cent, 425-427 - 08009 Barcelona (España)
    www.edicionesb.com

Printed in Spain
ISBN: 978-84-9872-681-7
Depósito legal: B. 15.235-2012

Impreso por NEGRO GRAPHIC, S.L.
Comte de Salvatierra, 3-5, despacho 309
08006 BARCELONA

Bahía de La Habana

MARTIN CRUZ SMITH

NOTA DEL AUTOR

Si bien esta novela se desarrolla en La Habana, Cuba, los personajes y los diálogos son producto de la imaginación del autor y no retratan ni personas ni acontecimientos reales. Cualquier parecido con personas vivas es mera coincidencia.

Para Em

AGRADECIMIENTOS

Quisiera dar las gracias, en Cuba, a los escritores José LaTour, Daniel Chavarría y Arnaldo Correa; en España, a Justo Vasco; en Rusia, a Konstantin Jukovski, de la agencia Tass. No son en absoluto responsables de las opiniones políticas que aparecen en el presente libro.

En Estados Unidos me ayudaron los conocimientos médicos de los doctores Neil Benowitz, Nelson Branco, Mark Levy y Kenneth Sack, los conocimientos de George Alboff y Larry Williams sobre incendios provocados, la cámara de Sam Smith, las letras de Regla Miller, el consejo mundano de Bill Hanson y la lectura crítica de Bob Loomis, Nell Branco y Luisa Smith.

Por encima de todo, quiero expresar mi agradecimiento a Knox Burger y Kitty Sprague, que esperaron el manuscrito.

1

Una lancha de la policía dirigió una luz hacia los pilotes alquitranados y el agua, y tornó blanco un escenario negro. La Habana, al otro lado de la bahía, resultaba invisible, salvo por una única fila de farolas a lo largo del malecón. Las estrellas volaban alto, las luces del ancla volaban bajo; por lo demás, el puerto constituía un estanque quieto en la noche.

Latas de refrescos, nasas de cangrejos, corchos de pesca, colchones, poliuretano con barbas de algas, cambiaban de sitio, en tanto un equipo de investigaciones de la Policía Nacional de la Revolución tomaba fotos con flash. Arkady aguardaba, envuelto en un abrigo de cachemira, junto a un tal capitán Arcos, un hombrecillo de pecho como un tonel que parecía muy tieso en su almidonado traje de faena militar, y su sargento Luna, corpulento, negro y anguloso. La detective Osorio, una mujer bajita y morena, con el uniforme azul de la PNR, dirigió a Arkady una estudiada mirada.

Un cubano llamado Rufo era el intérprete de la embajada rusa.

—Es muy sencillo —tradujo las palabras del capitán—. Usted mira el cuerpo, lo identifica y se va a casa.

—Suena sencillo.

Arkady intentaba ser amable, aunque Arcos se alejó como si el contacto con un ruso fuese contaminante.

Osorio combinaba los rasgos afilados de una ingenua con la expresión grave de un verdugo. Habló y Rufo explicó:

—La detective dice que es el método cubano, no el método ruso ni el método alemán. El método cubano. Ya lo verá.

Hasta el momento, Arkady había visto poco. Acababa de llegar al aeropuerto, en plena oscuridad, cuando Rufo se lo había llevado a toda prisa. Iban en taxi a la ciudad, cuando Rufo recibió una llamada en un teléfono móvil, llamada que los desvió hacia la bahía. Arkady ya tenía la sensación de no ser ni bienvenido ni popular.

Rufo lucía una holgada camisa hawaiana y un ligero parecido a un Mohamed Alí ya viejo y reblandecido.

—La detective dice que espera que no le importe aprender los métodos cubanos.

—Me encantará. —Más que nada, Arkady era un buen huésped—. ¿Puede preguntarle cuándo descubrieron el cuerpo?

—Hace dos horas, por el barco.

—La embajada me mandó un mensaje ayer, informándome que Pribluda tenía problemas. ¿Por qué me lo enviaron antes de que encontraran el cuerpo?

—Ella dice que se lo pregunte a la embajada. Ella no esperaba un investigador.

El honor profesional parecía estar en juego, y Arkady se sentía sumamente superado. Como Colón en cubierta, un impaciente capitán Arcos oteaba la oscuridad; Luna era como su corpulenta sombra. Osorio hizo colocar unos caballetes y una cinta que rezaba: PROHIBIDO EL PASO. Cuando llegó un policía en motocicleta con casco blanco y espuelas en las botas, ella lo echó con un grito que podría haber rayado el acero. En cuanto se desplegó la cinta, surgieron, de la nada, hombres en camiseta. ¿Qué tenía la muerte violenta que resultaba mejor que los sueños?, se preguntó Arkady. Los espectadores eran, en su mayoría, negros; La Habana era mucho más africana de lo que Arkady se había imaginado, si bien los logotipos en sus camisetas eran de Estados Unidos.

Junto a la cinta alguien llevaba una radio, que cantaba: «La fiesta no es para los feos. Qué feo es, señor. Superfeo, amigo mío. No puedes pasar aquí, amigo. La fiesta no es para los feos.»

—¿Qué quiere decir? —preguntó Arkady a Rufo.

—¿La canción? —Rufo procedió a traducírsela.

«Y, sin embargo, heme aquí», se dijo Arkady.

Una huella de vapor muy por encima de ellos dejó destellos plateados, y los barcos anclados empezaron a aparecer donde, apenas unos momentos antes, pendían las luces. Al otro lado de la bahía, el malecón y las mansiones de La Habana surgieron del agua, los muelles se extendieron y, a lo largo de la bahía interior, las grúas de carga y descarga se alzaron.

—El capitán es muy sensible —comentó Rufo—. Pero, tuvieran o no razón acerca del mensaje, usted está aquí y el cuerpo está aquí.

—Así que no pudo haber resultado mejor, ¿no?

—Por así decirlo.

Osorio ordenó a la lancha que se alejara, para que su estela no moviera el cuerpo. Una combinación de luz de la embarcación y de la frescura creciente del cielo arrancaba un brillo a la cara de Osorio.

—A los cubanos no les gustan los rusos —explicó Rufo—. No es usted; es solo que este no es un buen lugar para los rusos.

—¿Cuál es un buen lugar?

Rufo se encogió de hombros.

De este lado, el puerto, ahora que Arkady lo distinguía, era como un pueblo. Una loma de bananeros dominaba unas casas abandonadas cuya fachada daba a lo que, más que un malecón que se extendía desde un muelle de carbón a un embarcadero de transbordador, era una curva de hormigón. Una pasarela de madera equilibrada sobre pilotes negros capturaba todo lo que entraba flotando. El día iba a ser caliente. Arkady lo sabía por el olor.

«Vaya a cambiar su cara, amigo. Feo, feo, feo como horror, señor.»

En Moscú, en enero, el sol habría aparecido discretamente, como una bombilla tenue detrás de papel de arroz. Aquí, era una antorcha impetuosa que convertía el aire y la bahía en espejos, primero de níquel y luego de un rosa vibrante y ondulante. Un pintoresco transbordador avanzaba hacia el embarcadero. De repente muchas cosas resultaron visibles. Pequeñas barcas de pesca ancladas casi al alcance de sus brazos. Arkady se fijó en que había más palmeras en la aldea, a sus espaldas; el sol encontraba cocos, hibiscos, árboles rojos y amarillos. El agua en torno a los pilotes empezó a revelar el brillo color pavo real del petróleo.

La orden que dio la detective Osorio de que la cámara de vídeo empezara a filmar fue como una señal para que los espectadores se apretujaran contra la cinta. El embarcadero se llenó de personas esperando el transbordador; sus rostros, todos, se volvieron hacia los pilotes, donde, bajo la creciente luz, flotaba un cuerpo tan negro y tan hinchado como la cámara de neumático sobre la cual descansaba. La expansión del cuerpo había rasgado la camisa y los *shorts*. Las manos y los pies se rezagaban en el agua; una aleta colgaba, desenfadada, de un pie. La cabeza, sin ojos, se encontraba tan inflada como un globo negro.

—Un neumático —dijo Rufo a Arkady—. Un neumático es un pescador que pesca desde una cámara de neumático... bueno, desde una red estirada sobre la cámara de neumático. Como una hamaca. Es muy ingenioso, muy cubano.

—¿La cámara de neumático es su barca?

—Mejor que una barca. Una barca necesita gasolina.

Arkady reflexionó al respecto.

—Mucho mejor.

Un buzo enfundado en su traje se bajó de la lancha de la policía mientras un oficial con botas impermeables se dejaba caer desde el malecón. Gatearon tanto como vadearon por encima de las nasas de cangrejo y los muelles de colchones, cuidándose de los clavos ocultos y el agua séptica, y arrinconaron la cámara de neumático para que no se escapara flotando. Alguien echó una red por encima del malecón para que la tendieran debajo del neumático a fin de levantarlo junto con el cuerpo. Hasta ese momento, Arkady no habría hecho nada distinto. A veces, los acontecimientos son pura suerte.

El buzo metió el pie en un agujero y se hundió. Jadeando, salió, se aferró primero a la cámara de neumático y luego a uno de los pies colgantes. El pie se desprendió. La cámara de neumático se apretó contra la punta de un muelle de colchón, explotó y empezó a desinflarse. Mientras el pie se convertía en gelatina, la detective Osorio gritó al oficial que lo echara a la playa. Un clásico enfrentamiento entre la autoridad y la muerte vulgar, pensó Arkady. A lo largo de la cinta, los espectadores aplaudieron y rieron.

—¿Ve? Nuestro nivel de competencia suele ser bastante alto, pero los rusos causan este efecto. El capitán nunca le va a perdonar esto.

La cámara siguió filmando el desastre mientras otro detective saltaba al agua. Arkady confiaba en que la cámara estuviera captando el modo en que el sol naciente se derramaba sobre las ventanas del transbordador. La cámara de neumático se hundía. Un brazo se separó. Iban y venían gritos de Osorio a la lancha de la policía. Cuanto más desesperadamente intentaban los hombres salvar la situación, tanto más empeoraba. El capitán Arcos colaboró con la orden de izar el cuerpo. En tanto el buzo estabilizaba la cabeza, la presión de sus manos licuó la cara e hizo que se despegara, cual la piel de una uva, del cráneo, que se separó limpiamente del cuello; era como tratar de levantar a un hombre que se desnudaba perversamente, por partes, sin avergonzarse por el hedor del avanzado estado de descomposición. Un pelícano los sobrevoló, rojo como un flamenco.

—Creo que la identificación será algo más complicada de lo que se imaginaba el capitán —manifestó Arkady.

El buzo atrapó la mandíbula, que se desprendía del cráneo, e hizo equilibrios con ambos; mientras tanto, los otros detectives metían como fuera las demás extremidades, negras e hinchadas, en el interior de la cámara de neumático que, por su parte, se iba encogiendo.

«Feo, tan feo. No puedes pasar aquí, amigo. Porque la fiesta no es para los feos.»

El ritmo resultaba... ¿cuál era la palabra?, se preguntó Arkady. Implacable.

Al otro lado de la bahía parecía que una cúpula dorada estallaba en llamas, y las casas del malecón empezaron a desplegar sus fantasiosos colores: amarillo limón, rosa, púrpura, aguamarina. Era realmente una ciudad hermosa, se dijo.

En la sala de autopsias del Instituto de Medicina Legal, desde las altas ventanas caía la luz sobre tres mesas de acero inoxidable. En la mesa de la derecha se encontraba el torso y otras partes sueltas del «neumático», ordenadas como si fueran una antigua estatua rescatada del mar. Contra las paredes había bargueños esmaltados, balanzas, un panel de rayos X, un lavabo, estanterías para especímenes, un congelador, una nevera, cubos. Arriba, en el nivel de los observadores, Rufo y Arkady disponían de un semicírculo de asientos para ellos solos. Arkady no había reparado antes en todas las cicatrices de las cejas de Rufo.

—El capitán Arcos prefiere que observe desde aquí. El forense es el doctor Blas.

Rufo esperó, a la expectativa, hasta que Arkady se dio cuenta de que debía reaccionar.

—¿El famoso doctor Blas?

—El mismísimo.

Blas lucía una cuidada barba española y llevaba guantes de goma, gafas de protección y bata verde. Hasta no quedar convencido de que tenía un cuerpo razonablemente entero, no empezó a medirlo y buscar minuciosamente marcas y tatuajes, tarea difícil, puesto que la piel tendía a deslizarse cuando la tocaba. Una autopsia podía tardar dos horas y hasta cuatro. En la mesa de la izquierda, la detective Osorio y un par de técnicos registraban la cámara de neumático desinflada y la red de pesca; habían dejado el cuerpo enredado en esta, por temor a seguir alterándolo. El capitán Arcos se mantenía apartado y Luna, un paso detrás de él. A Arkady se le ocurrió que la cabeza de Luna era tan redonda y contundente como un puño negro con ojos enrojecidos. Osorio ya había hallado un fajo de dólares mojados y un llavero guardados en una bolsa de plástico agujereada. Las huellas digitales no habrían sobrevivido a la bolsa y despachó de inmediato las llaves con un oficial. Había algo atrayente en la energía y la meticulosidad de Osorio. Tendió la ropa interior, la camisa y los *shorts* mojados en un perchero.

Mientras Blas trabajaba hacía comentarios por un micrófono sujeto a la solapa de su bata.

—Quizá dos semanas en el agua —tradujo Rufo, y añadió—: Ha hecho calor y ha llovido mucho, mucha humedad. Hasta para aquí.

—¿Ya había presenciado alguna autopsia?

—No, pero siempre he sentido curiosidad. Y, por supuesto, había oído hablar del doctor Blas.

Llevar a cabo una autopsia en un cuerpo en avanzado estado de descomposición resultaba tan delicado como disecar un huevo pasado por agua. El sexo era obvio, pero no así la edad ni la raza; ni el tamaño, cuando las cavidades torácicas y estomacales estaban distendidas; ni el peso, cuando el agua en el interior del cuerpo lo hacía pandearse; ni las huellas dactilares, cuando las manos que habían permanecido una semana en el agua acababan en dedos que habían sido mordisqueados hasta quedar en los huesos. Además, había que tener en cuenta la presión gaseosa del cambio químico. Cuando Blas perforó el abdomen, un sonoro chorro flatulento salió disparado, y cuando hizo la incisión en forma de «Y» desde el pecho hasta las ingles, una oleada de agua negra y materia licuada inundó la mesa. Usando un cubo, un técnico atrapó con destreza las vísceras que salían flotando. Un hedor a podredumbre tomó posesión de la sala —como si hubiesen metido una pala en gas de pantano— e invadió la nariz y la boca de todos. Arkady se alegró de haber dejado su preciado abrigo en el coche. Tras el primer trauma causado por la pestilencia —cinco minutos, no más—, los nervios olfativos se saturaron e insensibilizaron, pero Arkady ya estaba cogiendo un cigarrillo.

—Eso apesta —dijo Rufo.

—Tabaco ruso. —Arkady se llenó los pulmones de humo—. ¿Quiere uno?

—No, gracias. Boxeé en Rusia cuando estaba en el equipo nacional. Odiaba Moscú. La comida, el pan y, más que nada, los cigarrillos.

—¿A usted tampoco le agradan los rusos?

—Me encantan los rusos. Algunos de mis mejores amigos son rusos. —Rufo se inclinó para obtener una mejor vista en tanto Blas abría y extendía el pecho para la cámara—. El doctor es muy bueno. Al paso que van, usted podrá tomar el avión. Ni siquiera tendrá que pasar la noche aquí.

—¿La embajada no armará alboroto por esto?

—¿Los rusos, aquí? No.

Blas echó la masa pulposa del corazón sobre una bandeja.

—Confío en que no crea que les falta delicadeza —comentó Rufo.

—Oh, no. —Para ser justos, Pribluda solía hurgar en los cuerpos con un entusiasmo digno de un jabalí en busca de nueces, según recordaba Arkady. «Imagina la sorpresa del pobre cabrón. Flotando, mirando las estrellas y luego, bang, está muerto», habría dicho Pribluda.

Arkady encendió un cigarrillo con otro e inhaló el humo con suficiente fuerza para que le picaran los ojos. Se le ocurrió que había llegado a un punto en que conocía a más muertos que vivos, en el lado equivocado de cierta línea.

—Aprendí un montón de idiomas cuando viajaba con el equipo —continuó Rufo—. Después de boxear, hacía de guía para la embajada de grupos de cantantes, músicos, bailarines, intelectuales. Echo de menos esos días.

La detective Osorio ordenó metódicamente los suministros que el muerto había llevado al mar: termo, caja de mimbre y bolsas de plástico con velas, rollos de cinta adhesiva, bramante, anzuelos y un sedal adicional.

Por lo general, el forense cortaba la piel en el nacimiento del cabello y pelaba la cara desde la frente para alcanzar el cráneo. Puesto que en este caso tanto la frente como la cara ya se habían desprendido en la bahía, Blas procedió directamente a descubrir el cerebro mediante el uso de una sierra rotativa, el cual resultó estar lleno de gusanos que a Arkady le recordaron los macarrones servidos por Aeroflot. Al aumentar la sensación de náusea, pidió a Rufo que lo llevara a un diminuto lavabo, cuyo retrete se vaciaba aún con cadena, donde vomitó, así que quizá no se hubiese vuelto tan inmune, después de todo, pensó. Acaso había llegado a su límite. Rufo había desaparecido y, al regresar a solas a la sala de autopsias, Arkady pasó frente a una habitación perfumada por bombonas de formol y decorada con gráficos anatómicos. En una mesa, dos pies con uñas amarillas sobresalían de debajo de una sábana. Entre las piernas había una jeringa descomunal conectada mediante un tubo a una tina que se hallaba en el suelo, llena de líquido para embalsamar; esta técnica se utilizaba en las aldeas rusas más pequeñas y primitivas cuando fallaban las bombas eléctricas. La aguja de la jeringa era especialmente larga y fina a fin de caber en una arteria, que era más fina que una vena. Entre los pies se hallaban unos guantes de goma y otra jeringa en una bolsa de plástico cerrada. Arkady se metió la bolsa en el bolsillo.

Cuando Arkady regresó a su asiento, Rufo lo esperaba con un cigarrillo cubano para que se recuperara. Para entonces, ya habían pesado y apartado el cerebro, y el doctor Blas encajaba la mandíbula a la cabeza.

Si bien el encendedor de Rufo era de los desechables, de plástico, le dijo que lo había llenado veinte veces.

—El récord cubano es de más de cien veces.

Arkady mordió el cigarrillo e inhaló.

—¿De qué marca es?

—Popular. Tabaco negro. ¿Le gusta?

—Es perfecto.

Arkady dejó escapar una voluta de humo tan azul como el del escape de un coche con problemas.

Rufo dio un masaje al hombro de Arkady.

—Relájese. Está en los huesos, amigo.

El oficial a quien Osorio había dado las llaves regresó. En la otra mesa, después de medir el cráneo verticalmente y a lo ancho en la frente, Blas extendió un pañuelo y lavó, diligente, la dentadura con un cepillo de dientes. Arkady entregó a Rufo un diagrama dental que había traído de Moscú (precaución propia de un investigador), y el chófer bajó corriendo con el sobre marrón y se lo dio a Blas, que comparó sistemáticamente la sonrisa, ahora brillante, del cráneo, con los círculos numerados del diagrama. Cuando acabó, habló con el capitán Arcos, que gruñó, satisfecho, y llamó a Arkady para que bajara a la sala.

Rufo interpretó:

—El ciudadano ruso Serguei Sergueevich Pribluda

llegó a La Habana hace once meses como agregado de la embajada rusa. Sabíamos, claro, que era un coronel del KGB... Disculpe, del nuevo servicio de seguridad federal, el SVR.

—Es lo mismo —manifestó Arkady.

El capitán —y, detrás de él, Rufo— continuó:

—Hace una semana, la embajada nos informó que Pribluda había desaparecido. No esperábamos que invitaran a uno de los principales investigadores de la oficina del fiscal de Moscú. Quizás un miembro de la familia, nada más.

Arkady había hablado con el hijo de Pribluda, que se había negado a ir a La Habana. Administraba una pizzería, cosa de gran responsabilidad.

—Por suerte —prosiguió Rufo—, la identificación llevada a cabo hoy ante sus propios ojos es sencilla y definitiva. El capitán dice que una llave encontrada entre las pertenencias se llevó al apartamento del hombre desaparecido y se usó para abrir la puerta. Tras un examen del cuerpo sacado de la bahía, el doctor Blas concluye que se trata de un varón caucásico de entre cincuenta y sesenta años, de un metro sesenta y cinco de estatura, noventa kilos de peso, en todos los aspectos como el desaparecido. Es más, el diagrama dental del ciudadano ruso Pribluda que usted mismo ha traído muestra una muela inferior empastada. Esa muela, en la mandíbula recuperada, es de acero que, en opinión del doctor Blas, según dice el capitán, es típica de la odontología rusa. ¿Está de acuerdo?

—Por lo que he visto, sí.

—El doctor Blas dice que no encontró heridas ni

huesos rotos, ninguna señal de violencia o de juego sucio. Su amigo murió de causas naturales, tal vez una apoplejía, un aneurisma o un ataque cardíaco. En estas condiciones sería casi imposible determinar cuál de estos. El doctor cree que no sufrió demasiado.

—Qué amable. —Aunque el médico parecía más satisfecho consigo mismo que comprensivo.

—El capitán, por su parte, pregunta si acepta usted las observaciones de la autopsia.

—Quisiera meditarlo.

—Pero ¿acepta la conclusión de que el cuerpo recobrado es el del ciudadano ruso Pribluda?

Arkady se volvió hacia la mesa de reconocimiento. Lo que había sido un cuerpo hinchado estaba ahora cortado y destripado. De todos modos, no había ni cara ni ojos que identificar, y los huesos de los dedos nunca producían huellas, pero alguien había vivido en ese cuerpo echado a perder.

—Creo que una cámara de neumático en la bahía es un lugar extraño en el que encontrar a un ciudadano ruso.

—El capitán dice que todos piensan lo mismo.

—Entonces, ¿habrá una investigación?

—Depende.

—¿De qué?

—De muchos factores.

—¿Como cuáles?

—El capitán dice que su amigo era un espía. Lo que hacía cuando murió no era inocente. El capitán opina que su embajada nos pedirá que no hagamos nada. Somos nosotros los que podríamos convertir esto en un incidente internacional, pero, francamente, no vale el esfuerzo.

Lo investigaremos cuando nos convenga, a nuestro modo, aunque en este período especial el pueblo cubano no puede desperdiciar recursos en gentes que se han revelado como enemigos nuestros. ¿Ahora entiende a qué me refiero? —Rufo se interrumpió mientras Arcos se tomaba un segundo para controlarse—. El capitán dice que una investigación depende de muchos factores. La posición de nuestros amigos de la embajada rusa ha de tenerse en cuenta antes de tomar medidas prematuras. Aquí lo único que importa es la identificación de un ciudadano extranjero que ha muerto en territorio cubano. ¿Acepta usted que es el ciudadano ruso Serguei Pribluda?

—Podría serlo —aceptó Arkady.

El doctor Blas suspiró, Luna inhaló hondo y la detective Osorio pesó las llaves con la palma de la mano. Arkady no pudo evitar sentirse como un actor difícil.

—Probablemente lo sea, pero no puedo decir terminantemente que este cuerpo sea el de Pribluda. No hay cara, ni huellas dactilares, y dudo realmente que puedan descubrir su tipo sanguíneo. Lo único que tienen es un diagrama dental y una muela de acero. Podría ser otro ruso. O uno de los miles de cubanos que fueron a Rusia. O un cubano que se hizo arrancar una muela por un dentista que estudió en Rusia. Es probable que tengan razón, pero no me basta. Abrieron la puerta de Pribluda con una llave. ¿Miraron dentro?

El doctor Blas preguntó, en preciso y cortante ruso:

—¿Ha traído alguna otra identificación de Moscú?

—Solo esto. Pribluda lo mandó hace un mes.

Arkady extrajo de la funda de su pasaporte una foto de tres hombres de pie en una playa que miraban la cámara con ojos entornados. Uno era tan negro que podría haber sido esculpido en azabache. Exhibía un pez, un brillante arco iris, para la admiración de dos blancos, uno que compensaba su baja estatura con una torre de cabello estropajoso y, parcialmente oculto por los otros, Pribluda. A sus espaldas había agua, un trocito de playa y palmeras.

Blas estudió la fotografía y leyó los garabatos en el reverso.

—El Club de Yates de La Habana.

—¿Existe este club de yates? —preguntó Arkady.

—Existía antes de la Revolución —contestó Blas—. Creo que su amigo estaba haciendo una broma.

—A los cubanos les encantan los títulos grandiosos —interpuso Rufo—. Una «sociedad de bebedores» puede ser un grupo de amigos en un bar.

—Los otros no me parecen rusos. Puede sacar copias de la foto y hacerlas circular.

La foto dio la vuelta, hasta llegar a Arcos, que volvió a ponerla en manos de Arkady, como si fuese tóxica.

—El capitán dice que su amigo era un espía —indicó Rufo—, que los espías acaban mal, que reciben su merecido. Esto es típico de un ruso, tratar de ayudar y luego apuñalar a Cuba por la espalda. La embajada rusa manda a su espía y, luego, cuando desaparece, nos piden que lo encontremos. Cuando lo encontramos, usted se niega a identificarlo. En lugar de colaborar, piden una investigación, como si todavía fuesen los amos y Cuba, el títere. Como ya no es así, puede llevarse su foto a Moscú. El mundo entero sabe que Rusia traicionó al pueblo cubano y... bueno, dice más cosas por el estilo.

Arkady se lo imaginó. El capitán parecía a punto de escupir.

Rufo dio un empujón a Arkady.

—Creo que ha llegado el momento de marcharnos.

La detective Osorio, que había seguido la conversación en silencio, reveló de pronto que hablaba ruso con soltura.

—¿Había una carta con la foto?

—Solo una tarjeta postal de saludo. La tiré.

—Idiota —exclamó Osorio y nadie se molestó en traducirlo.

—Es una suerte que se vaya a casa; no tiene muchos amigos aquí —manifestó Rufo—. La embajada dijo que lo alojáramos en un apartamento hasta el vuelo.

Condujeron pasando frente a casas de piedra de tres pisos transformadas por la revolución en un fondo mucho más colorido de ruina y decadencia: columnatas de mármol cubiertas con cualquier color disponible —verde, ultramarino, amarillo verdoso—, y no cualquier verde, sino un vibrante espectro —verde mar, verde lima, verde palmera y verdigrís—. Las casas eran tan azules como turquesa en polvo, estanques de agua, cielos pelados; ornamentados balcones de hierro —embellecidos a su vez con jaulas de canarios, rojos gallos, bicicletas colgadas—, daban vida a los niveles superiores. Hasta los desvencijados automóviles rusos lucían una variedad de colores, y, si la ropa de la gente resultaba monótona, todos poseían en general la lenta gracia y el color de un gran felino. Se detenían en diversas mesas que ofrecían dulce de guayaba, pastelillos, tubérculos y frutas. Una chica que raspaba hielo estaba manchada de jarabe rojo y verde; otra vendía dulces bajo una tienda de estopilla. Un cerrajero daba vueltas a los pedales de una bicicleta que accionaba un torno de llaves; pedaleaba sin ir a ningún sitio y se protegía los ojos de las chispas y las virutas con gafas de protección. Impregnaba el aire la música de una radio colgada del pomo de la sombrilla de una carreta.

—¿Por aquí se va al aeropuerto? —preguntó Arkady.

—El vuelo es mañana. Normalmente hay un solo vuelo por semana de Aeroflot a Moscú y no quieren que lo pierda. —Rufo bajó la ventanilla—. Pfuag, apesto más que un pescado.

—Las autopsias lo impregnan todo. —Arkady había dejado su abrigo fuera de la sala de autopsias y ahora lo separó de la bolsa de papel que contenía los efectos de Pribluda—. Si el doctor Blas y la detective Osorio hablan ruso, ¿por qué me acompañó usted?

—Hubo un tiempo en que se prohibía hablar inglés. Ahora el ruso es tabú. En todo caso, la embajada quería que alguien lo acompañara cuando estuviera con la policía, pero alguien que no fuera ruso. ¿Sabe?, nunca había visto a nadie que se hiciera tan impopular en tan poco tiempo como usted.

—Es una especie de mérito, ¿no?

—Pero, ahora que está aquí, debería divertirse. ¿Quiere ver la ciudad, ir a un café, al Habana Libre? Antes era el Hilton. Tienen un restaurante en el tejado con una vista fantástica. Y sirven langosta. Solo los restaurantes del Estado tienen permiso para servir langosta, que son capital del Estado.

—No, gracias.

La idea de cascar bogavante después de una autopsia no sentaba nada bien.

—O un «paladar», un restaurante privado. Son pequeños, solo tienen derecho a doce sillas, pero la comida es superior, con mucho. ¿No?

Quizá Rufo no tuviese ocasión de comer a menudo fuera de casa, pero Arkady no creía poder mirar siquiera a alguien comer.

—No. El capitán y el sargento llevaban uniforme verde, y la detective uno gris y azul. ¿Por qué?

—Ella es policía y ellos son del Ministerio del Interior. Lo llamamos el minint. La policía está bajo el minint.

Arkady asintió con la cabeza; en Rusia la milicia estaba bajo el mismo ministerio.

—Pero Arcos y Luna no suelen ocuparse de homicidios, ¿verdad?

—No lo creo.

—¿Por qué despotricó tanto el capitán contra la embajada rusa?

—Tiene cierta razón. En los viejos tiempos, los rusos actuaban como señores feudales. Incluso ahora, para que la policía cubana plantee preguntas a la embajada necesita una nota diplomática. A veces la embajada colabora, y a veces no.

El tráfico consistía principalmente en Ladas y Moskoviches rusos, que soltaban humo, y algunos coches norteamericanos de antes de la revolución que avanzaban tan laboriosamente como un dinosaurio. Rufo y Arkady se apearon frente a un edificio de dos pisos decorado como una tumba egipcia azul con escarabajos, cruces egipcias y flores de loto grabadas en el estuco. Un coche sobre bloques de hormigón parecía tener su residencia permanente en el porche.

—Un Chevrolet del 57. —Rufo miró el interior destripado del vehículo y pasó la mano por la pintura desconchada, desde atrás—: Aletas —hasta el frente—, y tetas —añadió.

Gracias a la llave en la bolsa de pertenencias de Pribluda, Arkady sabía que este poseía un Lada. No había pechos en los coches rusos.

Entraron y, mientras subían, la puerta del apartamento de la planta baja se abrió lo suficiente para que una mujer en bata de casa siguiera su avance.

—¿Una portera? —inquirió Arkady.

—Una chismosa. No se preocupe. De noche ve la tele y no oye nada.

—Regreso a casa esta noche.

—Es cierto. —Rufo abrió la puerta de arriba—. Este es un apartamento de protocolo que la embajada utiliza para los dignatarios que vienen de visita. Bueno, los dignatarios de menor rango. No creo que hayamos tenido a nadie aquí desde hace más de un año.

—¿Va a venir alguien de la embajada a hablar acerca de Pribluda?

—El único que quiere hablar de Pribluda es usted. ¿Le gustan los cigarros puros?

—Nunca he fumado uno.

—Hablaremos de eso después. Regresaré a medianoche para llevarlo al avión. Si cree que el vuelo a La Habana fue largo, espere a ver el de regreso a Moscú.

El apartamento estaba amueblado con unas sillas de comedor color crema y dorado, un aparador con un servicio de café, un sofá lleno de bultos, un teléfono rojo, una estantería con títulos como *La amistad ruso-cubana y Fidel y el arte*, sostenidos por sujetalibros eróticos de caoba. En una nevera desconectada un paquete de pan Bimbo lucía manchas de moho. El aire acondicionado estaba apagado y se veían en él las manchas de carbón de un cortocircuito con incendio. Arkady pensó que probablemente él también luciera algunas manchas de carbón.

Se despojó de la ropa y se duchó en una ducha de azulejos que chorreaba agua por cada poro y le quitó de la piel y del cabello el olor de la autopsia. Se secó con una diminuta toalla provista; se tumbó en la cama, debajo del abrigo, y escuchó en la oscuridad las voces y la música que se filtraban a través de las persianas cerradas de la ventana. Soñó que flotaba entre los juguetones peces de la bahía de La Habana. Soñó que volaba de regreso a Moscú y no aterrizaba, sino que daba vueltas en círculo en la noche.

A veces los aviones rusos hacían eso, si eran viejos y sus instrumentos fallaban. Aunque también podía haber otros factores: si un piloto hacía un segundo intento de aterrizaje podían cobrarle la gasolina adicional gastada, de modo que hacía un solo aterrizaje, bueno o malo. O bien el aparato iba sobrecargado o escaso de combustible.

Lo mismo que le ocurría a Arkady: sobrecarga y escasez de combustible.

Sobrevolar en círculos le parecía bien.

2

Osorio sorteó los baches de la calle en un Lada blanco de la policía. Hablaba como conducía, rápido y con seguridad; borraba cualquier «s» del ruso que le pareciera superflua. Puesto que el español de Arkady consistía en «gracias» y «por favor», no se sentía inclinado a criticarla, aunque se hubiese presentado a primeras horas de la tarde y le metiera prisas.

—Quería ver el apartamento de su amigo y eso haremos —le dijo.

—Es lo único que pedí.

—No, pidió mucho más. Creo que se niega a identificar a su amigo porque piensa que puede obligarnos a investigar.

—Doy por sentado que quieren estar seguros de que mandan el cuerpo indicado a Moscú.

—¿Cree que es imposible que estuviese en el agua como lo encontramos? ¿Como un cubano?

—Se me antoja insólito.

—Lo que me parece insólito es que cuando recibe un

mensaje de una embajada en La Habana, lo deja todo para venir. Eso es insólito. Debe de ser muy costoso.

El viaje de ida y vuelta le había costado la mitad de sus ahorros. Por otro lado, ¿para qué ahorraba? En todo caso, todo en La Habana le parecía insólito, incluyendo esta detective, aunque había algo entrañable en su baja estatura y su arrogancia. Sus rasgos eran delicados y bien definidos; la suspicacia oscurecía aún más sus oscuros ojos, como si fuese un aprendiz de diablo a quien entregaban un alma difícil. También le agradaba su deportiva gorra con visera de plástico, la gorra de la PNR.

—Hábleme de este amigo suyo —pidió ella.

—¿Le interesa? —No recibió respuesta. Desde luego, estaba tanteando a ver qué sacaba—. Serguei Serguee-vich Pribluda. Familia obrera de Sverdlovsk. Al salir del ejército entró a trabajar en el comité para la seguridad estatal. Estudios superiores en la escuela del partido Frunze. Apostado ocho años en Vladimir, dieciocho en Moscú, alcanzó el rango de coronel. Héroe del Trabajo, recibió honores por su valentía. Esposa, muerta desde hace diez años; un hijo, administrador de un estableci-miento norteamericano de comida rápida en Moscú. Yo no sabía que lo hubiesen mandado al extranjero ni que hablara español. Políticamente reaccionario, miembro del Partido. Intereses: el equipo de hockey sobre hielo del Ejército Central. Salud: vigorosa. Afición: la jardinería.

—¿No le daba a la bebida?

—Fabricaba vodka con sabores. Forma parte de la jardinería.

—¿La cultura, las artes?

—¿Pribluda? De eso nada.

—¿Trabajaban juntos?

—En cierto modo. Intentó matarme. Era una amistad complicada. —Arkady le explicó la versión corta—. Hubo un asesinato en Moscú que tenía que ver con la política. De hecho, él sospechaba de una disidente. Como yo la creía inocente, me convertí en sospechoso y a Pribluda le encomendaron la tarea de entregarme una carta de nueve gramos en la nuca, como nosotros lo llamamos. Pero para entonces habíamos pasado mucho tiempo juntos, suficiente para que descubriera que había en él algo extrañamente honrado y para que él decidiera que había en mí algo de idiota, como usted lo llama. Cuando le ordenaron matarme, no lo hizo. No sé si podría llamarse amistad, pero nuestra relación se basaba en esto.

—¿Desobedeció una orden? No hay ninguna excusa para eso.

—Solo Dios lo sabe. Le agradaba cultivar sus propias verduras. Cuando su esposa murió, yo iba de vez en cuando a su apartamento, bebía su vodka y comía sus pepinos, y él me recordaba que no todos los huéspedes tienen el privilegio de comer con su verdugo. Tomate rojo en salmuera, tomate verde en salmuera, pimientos y pan negro para comer. Hierba de limón para dar sabor al vodka.

—Ha dicho que él era comunista.

—Un buen comunista. Habría participado en el golpe del partido si no lo hubiesen encabezado lo que él llamó imbéciles. En lugar de eso, bebió hasta que la situación se estabilizó y a partir de entonces empezó su declive. Decía que ya no éramos verdaderos rusos, sino eunucos; que el último ruso, el último comunista auténtico era Castro —cosa que en su momento Arkady tomó por desvaríos de borracho, aunque no pensaba compartir este detalle con Osorio—. Dijo que buscaba un cargo fuera de Moscú. No supe que se refería a Cuba.

—¿Cuándo fue la última vez que usted vio al coronel?

—Hace más de un año.

—Pero eran amigos.

—A mi esposa no le simpatizaba.

—¿Por qué?

—Una cuenta que tenían pendiente. ¿Por qué rechazó el capitán la foto de Pribluda y sus amigos?

—Seguro que tiene sus razones. —El tono de Osorio daba a entender que ella tampoco las entendía.

El jazmín cubría las paredes, cual nieve. De los contenedores de basura rebosaba el dulce hedor de pieles de frutas.

El océano ceñía lo que Osorio llamaba el malecón, que protegía un bulevar de seis carriles y una primera línea de mar de edificios de tres pisos. El mar estaba negro, y el tráfico en el bulevar consistía en faros de coches que avanzaban separados unos de otros por un centenar de metros. Los edificios eran el grupo chillón que Arkady había visto al amanecer desde el otro lado de la bahía; sin sus colores, tenuemente iluminados por lámparas, constituían ruinas ocupadas. A la sombra de una larga arcada, Osorio abrió una puerta de la fachada y lo precedió, desgastadas escaleras de piedra arriba, hasta una puerta de hierro que dio paso a una sala de estar que bien podrían haber llevado entera desde Moscú; lámparas amortiguadas, cadena musical, tablero y fichas de ajedrez, tapiz en la puerta de entrada, cortinas de encaje en la puertaventana del balcón. El hogareño símbolo de la hoz y el martillo sobre seda sujeto a la pared con chinchetas. Una mesa y una bandeja con vasos para agua, un platito con sal. Objetos de nostálgico recuerdo tallados en madera —gallos, osos, la catedral de San Basilio— en los estantes. Adornos de hiedra y claveles de plástico en una reducida cocina con una cocina económica de dos fuegos, una nevera, bombonas de butano. Debajo del fregadero, botellas de ron Havana Club y vodka Stolichnaya.

El único elemento fuera de lugar era un negro con camisa blanca, pañuelo rojo en la frente y zapatillas de baloncesto Reebok, sentado en una silla en un rincón con un largo y rígido bastón en la mano. Arkady tardó un momento sin aliento en darse cuenta de que se trataba de una efigie de tamaño natural. Las toscamente moldeadas cejas, nariz, boca y orejas hacían resaltar aún más el brillo de los ojos.

—¿Qué es eso?

—Chango.

—¿Chango?

—Un espíritu de la santería.

—De acuerdo. ¿Y por qué iba a tenerlo Pribluda?

—No lo sé. No hemos venido a esto.

Al parecer, lo que habían ido a ver era el esmero con que Osorio había buscado huellas en el apartamento: cada puerta, cada jamba, cada pomo y cada tirador estaban cubiertos de polvo. Habían levantado algunas huellas, dejando las de la cinta. Pero muchas más eran visibles en forma de remolinos marrones cepillados con pericia.

—¿Usted hizo todo esto? —preguntó Arkady.

—Sí.

—¿Polvo marrón? —Arkady nunca había visto nada igual.

—Polvo cubano para huellas dactilares. En este período especial, los polvos importados son demasiado caros. Fabricamos el polvo a partir de follaje de palmeras quemado.

No se le había escapado una sola oportunidad. Debajo de la lámpara había una pequeña y obtusa tortuga en su armadura, dentro de un cuenco de arena. Un perfecto animal de compañía para un espía, pensó Arkady. El caparazón llevaba la marca de una huella marrón.

—Pribluda habría podido conseguir una casa de protocolo —explicó Osorio—, pero alquiló este apartamento ilegalmente al cubano que vive abajo.

—¿Por qué cree que lo hizo?

Por toda respuesta, la detective abrió las dos partes de la puertaventana del balcón, cuyas cortinas se desplegaron, cual alas, con la brisa que entró a raudales. Arkady salió entre dos sillas de aluminio, se apoyó en la balaustrada de mármol y miró hacia la bóveda del cielo nocturno y el malecón, que se veía como una elegante curva de farolas de bulevar. Más allá del malecón distinguió el parpadeo del faro y las luces de cubierta de un buque de carga y de un barco del práctico que entraban en la bahía. Cuando sus ojos se ajustaron a la oscuridad vislumbró las más tenues luces de regala de barcos de pesca y, más cerca, un extenso brillo como de bujías.

—Neumáticos —manifestó Osorio.

Arkady se las imaginó, una flota de cámaras de neumático surcando las olas.

—¿Por qué no hay sello de policía en la puerta del apartamento?

—Porque no estamos investigando.

—Entonces ¿qué hacemos aquí?

—Tranquilizarlo a usted.

Con un ademán, Osorio indicó a Arkady que la siguiera a través del vestíbulo, hacia un pasillo. Pasaron frente a un lavadero y entraron en un despacho que contenía un antiguo escritorio de madera, un ordenador, una impresora y estanterías repletas de carpetas del ministerio cubano del azúcar y álbumes de fotos. Debajo de la impresora, dos portafolios, uno de piel marrón y el otro de plástico de un verde extraordinariamente feo. Las paredes estaban cubiertas de mapas de Cuba y La Habana. Arkady se percató de que Cuba era una isla grande, de mil doscientos kilómetros de largo; el mapa estaba marcado con equis. Arkady abrió un álbum y vio fotos de lo que parecían bambúes verdes.

—Cañaverales —explicó Osorio—. Pribluda los habría visitado porque dependíamos tontamente de Rusia para las cosechadoras.

—Entiendo. —Arkady dejó el álbum y se acercó al mapa de La Habana—. ¿Dónde estamos?

—Aquí. —Osorio señaló el lugar donde el malecón giraba hacia el este, rumbo al castillo de San Salvador; allí acababa La Habana vieja y empezaba la bahía. Al oeste se hallaban los barrios llamados Vedado y Miramar, donde Pribluda había garabateado «embajada rusa»—. ¿Por qué lo pregunta?

—Me gusta saber dónde estoy.

—Se va esta noche. Da igual que sepa dónde está.

—Cierto. —Arkady comprobó que hubiesen levantado huellas del botón de encendido del ordenador—. ¿Ha acabado aquí?

—Sí.

El ruso encendió el ordenador y el monitor; la pantalla pulsó con un expectante azul eléctrico. Arkady no se consideraba un experto en ordenadores, pero en Moscú los asesinos avanzaban con los tiempos y se había convertido en requisito que los investigadores fueran capaces de abrir los archivos electrónicos de los sospechosos y las víctimas. A los rusos les encantaban el correo electrónico, el Windows, las hojas de cálculo; los documentos en papel los quemaban de inmediato, pero dejaban intacta la información electrónica que pudiera delatarlos, bajo fantasiosas contraseñas: el nombre de una primera novia, una actriz preferida, un perro de compañía. Cuando Arkady pulsó el icono de Programas, la pantalla pidió una contraseña.

—¿La conoce? —inquirió Osorio.

—No. Un espía que se precie ha de usar una cifra aleatoria. Podríamos pasarnos una eternidad tratando de adivinarla.

Arkady registró los cajones del escritorio, en cuyo interior halló una variedad de bolígrafos, papel de carta y cigarros puros, mapas y lupas, cuchillos, lápices y sobres de papel de estraza atados con cuerda, especiales para la valija diplomática. Ninguna contraseña escondida en una caja de cerillas.

—¿Hay teléfono, pero no fax?

—Las líneas telefónicas de esta zona son de antes de la revolución. No son lo bastante claras para la transmisión de faxes.

—¿Las líneas telefónicas tienen cincuenta años?

—Gracias al embargo de Estados Unidos y al período especial...

—Causado por Rusia, lo sé.

—Sí. —Osorio apagó el ordenador y cerró el cajón—. Basta ya. No está aquí para investigar. Está aquí únicamente para verificar que el apartamento se ha examinado meticulosamente en busca de huellas dactilares.

Arkady reconoció la pista de huellas en las jambas de la puerta y en las superficies del escritorio, en el cenicero y en el teléfono. Osorio le indicó que la siguiera pasillo abajo, a un dormitorio que contenía una cama estrecha, una mesita de noche, una lámpara, una cómoda, una radio portátil, una librería y, en la pared, un retrato de la difunta señora Pribluda. Al lado de este, el del hijo con mandil y con la vista clavada en un disco de masa de pizza suspendido en el aire. En el cajón superior de la cómoda había un marco para foto. Estaba vacío.

—¿Había una foto aquí?

Osorio se encogió de hombros. El material de lectura en el dormitorio consistía en diccionarios bilingües ruso-español, guías de viaje, unos números de *Estrella Roja* y *Pravda* reflejaban los intereses de un saludable comunista no reformado. La superficie de la cómoda estaba vacía, aunque se veían pistas de la recogida de huellas. En el armario había ropa, una tabla de planchar y una plancha, también con huellas levantadas. En buen orden, en el suelo, sandalias de caucho, zapatos de trabajo y una maleta vacía. Arkady se detuvo un momento al oír que alguien tocaba el tambor en el apartamento de abajo, un movimiento tectónico con ritmo latino.

Osorio abrió la puerta al fondo del pasillo, que daba a un cuarto de baño de azulejos irregulares aunque inmaculados. Una esponja vegetal y jabón, colgados con cordón de la varilla de la cortina de la ducha. Una esquina del botiquín lucía una huella dactilar entera y otra se asomaba por debajo de la palanca de la cisterna del retrete.

—No pasa nada por alto —comentó él—. Pero me pregunto por qué se molestó en hacerlo.

—¿Acepta usted que este es el apartamento de Pribluda?

—Parece serlo.

—¿Y que las huellas dactilares que encontramos aquí son las de Pribluda?

—No las hemos comprobado en realidad, pero digamos que sí.

—Acuérdese de que durante la autopsia le dijo al capitán Arcos que le parecía un modo extraño de pescar, para un ruso.

—¿En una cámara de neumático? Sí. Era la primera vez que veía algo así.

La detective lo llevó al lavadero y encendió una bombilla que colgaba del techo; en esta ocasión, aparte de una pila de piedra y una cuerda de tender, Arkady vio rollos de monofilamento, alambre y, sobre burdas estanterías hechas con cajas para naranjas, tarros que contenían una maraña de horribles anzuelos con lengüeta, ordenados por tamaño. Cada tarro había sido espolvoreado y estaba cubierto de huellas dactilares claras. La detective Osorio entregó a Arkady una ficha con las huellas levantadas. Arkady vio de inmediato una gran huella con una marcada espiral cruzada por una cicatriz idéntica a la de las huellas en los frascos. En un tarro distinguió la misma huella, cuidadosamente espolvoreada.

—¿Era diestro? —preguntó Osorio.

—Sí.

—Se nota por los ángulos cuando sostenía el tarro; las huellas en el tarro son de su pulgar e índice derechos y las del cristal son de su pulgar e índice izquierdos. Están en todas las habitaciones, puertas, espejos, por todas partes. Así que verá que su amigo ruso era un pescador cubano.

—El cuerpo, ¿cuánto tiempo llevaba muerto?

—Según el doctor Blas, unas dos semanas.

—¿Nadie ha entrado aquí desde entonces?

—Se lo pregunté a los vecinos. No.

—Pues la tortuga debe de estar muerta de hambre.

Arkady regresó a la habitación del frente; por costumbre memorizó la disposición del apartamento: balcón, sala de estar, lavadero, despacho, cuarto de baño, dormitorio. En la nevera había yogur, verduras, berenjenas, setas en salmuera, lengua de buey hervida y media docena de cajas de película de color de 35 mm. Dio eneldo a la tortuga y echó un vistazo al muñeco negro que llenaba la silla del rincón.

—He de reconocer que no conocía esta faceta de Pribluda. ¿Encontraron su coche?

—No.

—¿Sabe de qué marca era?

—Lada. —Osorio agitó la cabeza ligeramente para subrayar lo que iba a decir—. No importa. Su vuelo sale dentro de cuatro horas. Están preparando el cuerpo para el transporte. Usted lo acompañará. ¿De acuerdo?

—Supongo que sí.

Osorio frunció el entrecejo, como si percibiera cierto matiz en la respuesta.

Camino de vuelta, Osorio preguntó:

—Dígame, siento curiosidad, ¿es usted un buen investigador?

—No especialmente.

—¿Por qué no?

—Por varias razones. Antes tenía un nivel bastante bueno de éxitos, como dice su capitán. Pero eso fue cuando los asesinatos en Moscú eran asunto de aficionados con tubos de acero y botellas de vodka. Ahora son cosa de profesionales con artillería pesada. Además, a la policía nunca se la pagó bien, pero se la pagaba y ahora, cuando hace seis meses que no han visto su sueldo, los hombres ya no trabajan con el mismo celo. Añada a esto el hecho de que, si uno hace progresos en un homicidio contratado, el hombre que ordenó el asesinato se lleva al fiscal a comer y le ofrece un piso en Yalta, con lo que se archiva el caso, de modo que mi proporción de éxitos ya no es como para sentirse orgulloso. Y sin duda mis capacidades ya no son las de antes.

—Hizo muchas preguntas.

—Por costumbre.

Haciendo lo que es debido, pensó Arkady, como si su cuerpo fuese un traje que se arrastraba hacia la escena del crimen, cualquier crimen, en cualquier lugar. Se sentía más irritado consigo mismo que con ella. ¿Por qué había empezado a husmear? ¡Basta ya! Osorio tenía razón. Sintió su mirada posada en él, pero solo un momento, pues, ya que cruzaban un apagón, la mujer tuvo que conducir con tanto cuidado como si pilotara una lancha en la oscuridad. En la mente de Arkady, la jeringa lo llamaba, la aguja de una brújula.

Cuando se detuvieron para dejar pasar a unas cabras que atravesaban la carretera, los faros iluminaron una pared en la que estaba escrito el lema «¡Venceremos!». Arkady trató de pronunciar la palabra en silencio, pero Osorio lo pilló haciéndolo.

—¡Venceremos! Significa que ganaremos, a pesar de Estados Unidos y de Rusia.

—¿A pesar de la historia, la geografía, la ley de la gravedad?

—¡A pesar de todo! En Moscú ya no tienen letreros y carteles como este, ¿verdad?

—Tenemos letreros y carteles. Ahora dicen Nike y Absolut —comentó Arkady, refiriéndose a las zapatillas de deporte y a una popular marca de vodka.

Osorio le lanzó una ojeada que no era peor que la llama de un soplete. Al llegar al apartamento de la embajada, la detective le informó que un chófer lo recogería al cabo de dos horas para llevarlo al aeropuerto.

—Y tendrá la compañía de su amigo.

—Esperemos que de veras sea el coronel.

El comentario ofendió más a Osorio de lo que él pretendía.

—Un ruso vivo, un ruso muerto, cuesta distinguirlos.

—Tiene razón.

Arkady subió solo. Se oía una rumba en la casa o fuera de ella, ya no era capaz de distinguirlo; solo sabía que la constante música lo agotaba.

Giró la llave de la puerta y encendió un cigarrillo, con cuidado de no dejar caer ascuas sobre su manga. Era un abrigo de cachemira que Irina le había obsequiado como regalo de bodas, un abrigo negro, suave y envolvente que, según Irina, le daba un aire de poeta. Con los zapatos de suela delgada y el pantalón casi raído que insistía en ponerse, lo tomaban aún más por artista. Era un abrigo de buena suerte: las balas no lo penetraban. Arkady había atravesado el tiroteo en la calle Arbat como un santo con armadura; más tarde se dio cuenta de que nadie le había disparado precisamente porque con su milagroso abrigo no tenía aspecto ni de gángster ni de policía.

Es más, el abrigo guardaba una débil traza del perfume de Irina, una secreta sensación táctil de Irina; y, cuando pensar en ella le resultaba insoportable, este aroma constituía un aliado contra su pérdida.

Qué extraño, eso de que Osorio le preguntara si era buen policía. Lo que no le había dicho era que en Moscú su trabajo padecía lo que se denominaba oficialmente «falta de atención». Y esto cuando se presentaba a trabajar. Permanecía acostado días enteros, con el abrigo como manta, y se levantaba de vez en cuando a hervir agua para un té. Esperaba la noche para ir a comprar cigarrillos. Hacía caso omiso de los colegas que llamaban a su puerta. Las grietas en el yeso del techo de su apartamento en Moscú formaban vagamente el perfil de África occidental, y, cuando miraba hacia arriba, captaba el momento en que la luz que entraba por la ventana era lo bastante oblicua para convertir las protuberancias en montañas de yeso y las grietas en una red de ríos y afluentes. Con el abrigo negro como pabellón, su embarcación navegaba hacia cada puerto de escala.

La falta de atención era el peor de todos los crímenes. Arkady había visto toda clase de víctimas, desde cuerpos casi naturales en su cama, hasta muertos descuartizados, monstruosamente alterados, y tenía que reconocer que en general todavía estarían roncando o riendo un chiste bien contado si alguien hubiese prestado más atención a una navaja que se acercaba, o a un rifle o a una jeringa. Ni siquiera todo el amor del mundo compensaba la falta de atención.

Digamos que uno se encuentra en la cubierta de un transbordador que cruza un estrecho; que pese a la corta distancia, el viento y las olas se desatan y el barco zozobra. Uno cae al agua, y la persona a la que más quiere se encuentra a su alcance. Lo único que ha de hacer para salvarla es no soltarla. Entonces uno mira, y la mano está vacía. Falta de atención. Debilidad. Bueno, los que se condenan a sí mismos viven noches más largas, y con razón. Porque se pasan la vida tratando de invertir el tiempo, de regresar a ese fatídico momento para no soltar a la persona amada. De noche, cuando pueden concentrarse.

En la oscuridad de la habitación Arkady visualizó la policlínica en una calle perpendicular a la Arbat, donde él, el amante solícito, había llevado a Irina para que le trataran una infección. Ella había dejado de fumar —los dos lo habían dejado, juntos— y, con los nervios típicos de una sala de espera, le pidió que fuera al quiosco a comprarle una revista, *Elle* o *Vogue,* daba igual que fuera un número antiguo. Recordó el taconeo fatuo de sus zapatos al cruzar la sala y, afuera, los volantes de los vendedores sujetados con grapas a los árboles: «¡Se venden! ¡Las mejores medicinas!», lo que explicaría por qué los fármacos escaseaban en la clínica. Semillas de álamo se levantaban en la luz de esa tarde veraniega. De pie, satisfecho consigo mismo, en los escalones de la clínica, ¿en qué estaría pensando? ¿Que finalmente habían conseguido una vida normal, una bendita burbuja por encima del caos general? Mientras tanto, la enfermera llevaba a Irina a la sala de reconocimiento. (Desde entonces, Arkady se había vuelto más tolerante con los asesinos. Las emboscadas tan cuidadosamente planeadas, la pintoresca colocación de los cables, el coche repleto de Semtex, el trabajo que todo esto suponía. Ellos, al menos, mataban adrede.) El médico explicó a Irina que la clínica sufría de escasez de Bactrim, el tratamiento habitual. ¿Era alérgica a la ampicilina, a la penicilina? Sí. Irina se aseguraba siempre de que este hecho quedara resaltado en su historial. En ese momento, el bolsillo del médico pitó y él salió al pasillo a hablar en su móvil con su agente de bolsa acerca de un fondo rumano que prometía unos réditos del tres por uno. Unos minutos antes, en la sala de reconocimiento, la enfermera se había enterado de que el municipio había vendido su apartamento a una empresa suiza, que lo utilizaría como oficina. ¿A quién podía quejarse? Había captado la palabra «ampicilina» y, puesto que la clínica ya no tenía dosis administradas por vía oral, aplicó a Irina una inyección intravenosa y salió de la sala. Así de sumarias y completas deberían ser las ejecuciones.

Una vez comprada la revista, Arkady siguió las semillas, que parecían un riachuelo de encaje, de vuelta a la clínica. Para entonces, Irina había muerto. Las enfermeras trataron de evitar que entrara en la sala de reconocimiento. Un error. Los médicos trataron de impedirle el paso hacia la sábana que cubría la camilla y eso también fue un error, que acabó con mesas volcadas, bandejas desperdigadas, las gorras blancas del personal médico pisoteadas y, finalmente, una llamada a la policía para que sacaran al demente.

Fue un melodrama. Irina detestaba el melodrama, los excesos demoníacos de una Rusia en la que la mafia vestía ropa de etiqueta con chalecos antibalas, donde las novias se casaban con vestidos de encaje transparente, donde lo que más atraía de los cargos públicos era que suponían inmunidad judicial. Irina lo odiaba y seguro que se sintió avergonzada al morir en pleno melodrama ruso.

Faltaban cinco horas para que saliera el avión. Arkady se dijo que el problema de las líneas aéreas era que no dejaban que los pasajeros embarcaran con pistolas. De lo contrario, habría podido traer la suya y volarse la tapa de los sesos frente a una vista tropical de oscuras azoteas aparejadas con ropa tendida, como si navegaran a toda vela, como si fuesen constelaciones nuevas.

¿Cuál fue la última imagen que vio Irina en la clínica? ¿Los ojos de una enfermera que se abrían como platos al entender la enormidad de su equivocación? No tan profunda, apenas intravenosa, pero con eso bastaba. Ambas debieron de entenderlo. En pocos segundos, el brazo de Irina habría mostrado un rosáceo círculo levantado y los ojos habrían empezado a escocerle. Más tarde, a Arkady se le permitió leer declaraciones de la enfermera, por cortesía profesional. «Irina Asanova Renkova abrió la puerta del pasillo, interrumpió la conversación del médico y le enseñó una ampolla vacía.» Su respiración ya se había convertido en resoplido. Mientras el médico pedía «un carrito de urgencias», Irina temblaba y sudaba; su corazón se aceleró, cambió de ritmos como una corneta golpeada por ráfagas de viento. Para cuando encontraron un carrito y lo metieron en la sala, Irina se encontraba «en profundo *shock* anafiláctico»; la tráquea se le había cerrado y su corazón latía violentamente, se detenía, latía violentamente. Sin embargo, «la adrenalina, que supuestamente debía encontrarse en el carrito», la inyección que habría acompasado su corazón como si fuese un reloj, que habría aliviado la constricción de su garganta, no estaba, la habían extraviado: un error inocente. Presa del pánico, el médico trató de abrir el botiquín y «rompió la llave en la cerradura». Lo que equivalió al golpe de gracia.

Cuando Arkady arrancó la sábana de la camilla en la policlínica se asombró al ver todo lo que habían hecho a Irina en el tiempo que él tardó en ir al quiosco y comprar una revista. Su cara retorcida descansaba en una maraña de cabello que de repente lució mucho más oscuro, tanto que parecía ahogada, como inmersa en agua durante un día. Arrugada y desabrochada hasta la cintura, su vestido revelaba el pecho magullado de tanto aporrearlo. Sus manos eran puños de agonía y su cuerpo se hallaba caliente todavía. Arkady le cerró los ojos, le apartó el cabello de la frente y le abrochó el vestido, pese a la insistencia del médico de que «no tocara el cuerpo». Por toda respuesta, Arkady alzó al médico y lo utilizó para romper un cristal garantizado como «a prueba de balas». El impacto hizo estallar varias vitrinas, que escupieron su instrumental, e hizo chorrear el alcohol, que volvió el aire plateado y aromático. Cuando hubo echado al personal y dominó la sala de reconocimiento formó una almohada con su abrigo y lo puso debajo de la cabeza de Irina.

Arkady nunca se había considerado melancólico, no a nivel ruso. La suya no era una familia de suicidas, con excepción de su madre, pero ella había sido siempre muy dramática y directa. Bueno, su padre también, pero su padre había sido siempre un asesino. Arkady se resistió a la idea del suicidio, no por razones morales, sino por cortesía, por no querer armar un alboroto y ensuciarlo todo. Además, estaba la cuestión práctica de cómo hacerlo. Ahorcarse no siempre daba resultados y no le apetecía dejar que alguien descubriera algo tan desagradable. Un tiro se anunciaba con un disparo demasiado fanfarrón. El problema era que los expertos en suicidio solo podían enseñar con el ejemplo, y él había visto suficientes intentos fallidos para saber que a menudo la mano se desviaba entre el vaso y los labios. Lo mejor sería desaparecer, sencillamente. Estando en La Habana ya se sentía medio desaparecido.

Antes era una persona mejor. Antes le importaba la gente. Siempre había considerado que los suicidas eran unos egoístas que dejaban su cuerpo para que, al encontrarlo, la gente se espantara, para que otros tuvieran que limpiar su inmundicia. Arkady sabía que podría volver a empezar, dedicarse a una causa digna, permitirse sanar. El problema era que no deseaba que el recuerdo se desvaneciera. Ahora, mientras todavía la recordaba, recordaba su aliento al dormir, la calidez de su espalda, su modo de volverse hacia él por la mañana, mientras todavía era lo bastante loco para creer que despertaría a su lado, o la oiría en la habitación de al lado o la vería en la calle, ahora era el momento. Si eso suponía una molestia para otra gente, pues se disculpaba.

Del bolsillo de la americana sacó la jeringa estéril que había robado en la sala de embalsamamiento. La había robado llevado por un impulso, sin ningún plan consciente, o como si otra parte de su cerebro aprovechara la oportunidad y preparara un plan que él iba descubriendo a medida que se desarrollaba. Todos sabían que Cuba carecía de suministros médicos y hete aquí que él los robaba. Abrió la bolsa y colocó el contenido —una jeringa de embalsamamiento de cincuenta centímetros cúbicos y una aguja— sobre la mesa. La aguja era de diez centímetros de largo. La enroscó a la jeringa y tiró del émbolo para llenar el cilindro de aire. Las patas de su silla eran desiguales y debía quedarse quieto para que no se moviera. Se arremangó la manga izquierda del abrigo y de la camisa y se dio unas palmadas en la parte interior del codo a fin de resaltar la vena. Después de que el aire se introdujera en la corriente sanguínea el corazón tardaría aproximadamente un minuto en pararse. Solo un minuto, no los cinco que Irina tuvo que sufrir. Hacía falta suficiente aire, no una mera cadena de burbujas, sino un buen gusano de aire, porque el corazón bombearía y bombearía antes de rendirse. Los postigos se agitaron y se abrieron hacia dentro. Perfeccionista como era, Arkady se levantó a cerrarlos de un empujón y recuperó su lugar a la mesa. Por última vez se frotó la mejilla con el abrigo, cuya cachemira era tan suave como el pelo de un gato; luego apartó la manga, volvió a darse una palmada en el brazo y, cuando el cordón verde se tensó, introdujo la aguja a fondo. Un capullo de sangre entró en el cilindro.

Por encima del violento latido de su corazón oyó a alguien llamar a la puerta.

—¡Renko! —gritó Rufo.

Todavía faltaba empujar el émbolo y lo que Arkady no deseaba era que alguien lo oyera caer. La muerte que había elegido era como la que sufren los buzos, y las convulsiones hacían mucho ruido. Como un buzo oculto bajo la superficie, aguardó a que el visitante se marchara. Cuando las llamadas se volvieron más insistentes gritó:

—¡Váyase!

—Abra la puerta, por favor.

—Váyase.

—Déjeme entrar. Por favor, es importante.

Arkady extrajo la aguja, se ató un pañuelo en el brazo, dejó caer la manga y metió la jeringa en el bolsillo del abrigo, antes de ir a abrir, apenas, la puerta.

—Se ha adelantado.

—Acuérdese de que hablamos de puros. —Rufo acertó a adentrarse en la habitación, primero un pie, luego la pierna y después un brazo. Se había cambiado y llevaba un chándal de una pieza y, en la mano, una caja de madera pálida sellado con un imponente diseño de espadas entrelazadas—. Montecristos. Hechos a mano con la mejor hoja de tabaco del mundo. Para los fumadores de puros esto es como el santo grial.

—No fumo puros.

—Entonces, véndalos. En Miami podría vender esta caja por mil dólares. Quizá más en Moscú. Para usted, cien dólares.

—No me interesa y no tengo cien dólares.

—Cincuenta dólares. Normalmente no los suelto por tan poquito, pero... —Rufo extendió las manos como un millonario que se ha quedado sin cambio.

—De veras que no me interesa.

—De acuerdo, de acuerdo. —Rufo se mostró decepcionado pero flexible—. ¿Sabe?, creo que cuando vine antes dejé mi encendedor ¿Lo ha visto?

Arkady se sentía como si estuviese intentando saltar desde un avión y la gente se lo impidiera. No había ningún encendedor en la sala de estar. Arkady buscó en el cuarto de baño y en el dormitorio. Nada de encendedor. Cuando regresó a la sala, Rufo registraba la bolsa con las posesiones de Pribluda.

—Aquí no hay ningún encendedor.

—Quería asegurarme de que lo tuviera todo. —Rufo levantó el encendedor—. Lo he encontrado.

—Adiós, Rufo.

—Mucho gusto. Regresaré en una hora. No lo molestaré antes.

Rufo retrocedió hacia la puerta.

—No es molestia, pero adiós.

En cuanto Rufo bajó, Arkady volvió a arremangarse la manga del abrigo y con el pulgar encontró la vena y le dio un golpe con un dedo. El impulso de acabar se había vuelto tan fuerte que permaneció junto a la puerta abierta para hacerlo. La luz en la escalera se apagó. ¿Ves? Ahora sí que necesitaba un encendedor. Típico apagón socialista, una bombilla aquí, otra allá. A la luz de la sala su brazo desnudo semejaba mármol. Una samba le llegó desde otro apartamento. Si Cuba se hundía en el mar, la música se filtraría a través del agua. Sentía la garganta seca, rasposa. Se apoyó en la pared, sacó la larga jeringa del bolsillo del abrigo, tocó la vena con la aguja y un lunar rojo apareció y le envolvió la muñeca; se lo limpió para que la cachemira no se ensuciara. Pero oyó a alguien subir por la escalera y, decidido a no acabar haciendo un espectáculo, se deslizó, jeringa en mano, hacia el otro lado de la puerta y se apoyó en ella. Unos pasos se detuvieron frente a esta.

—¿Sí? —preguntó Arkady.

—Olvidé los puros —dijo Rufo.

—Rufo...

En cuanto Arkady abrió, Rufo lo empujó y lo arrastró más allá de las sillas color crema y oro, hasta las obras completas de Fidel de la pared del fondo; con un antebrazo en su garganta lo apretó contra la vitrina. Puede que Rufo fuera corpulento, pero era más rápido de lo que Arkady se había imaginado. Lo mantuvo quieto con un brazo y tiró del otro hasta que Arkady se dio cuenta de que su abrigo estaba clavado a la vitrina con una navaja que Rufo intentaba arrancar a fin de darle otra puñalada. El abrigo, al moverse, había hecho que Rufo fallara. El otro problema de Rufo era la jeringa de embalsamamiento que sobresalía de su oreja izquierda, lo que significaba que seis centímetros de jeringa de acero se habían enterrado en su cerebro. Arkady había contraatacado sin pensar, de tan repentino que había sido el asalto. La protuberancia en su cabeza llamó poco a poco la atención del cubano, cuyos ojos se alzaron, vislumbraron de soslayo el cilindro y regresaron, perplejos, hacia Arkady. Rufo dio un paso atrás para aferrar la jeringa como un oso molestado por una abeja; giraba la cabeza y daba vueltas, se iba bajando de lado, cada vez más, hasta que cayó sobre una rodilla, empujó con el otro pie y, por fin, consiguió extraerse la aguja. Con los ojos llorosos, parpadeando, miró la enrojecida aguja y alzó la mirada pidiendo una explicación.

—Solo hacía falta que esperara —le respondió Arkady.

Rufo rodó sobre sí mismo y quedó boca arriba, con la vista fija aún en la jeringa, como si esta contuviera su último pensamiento.

3

No pensaba contárselo a Renko, desde luego, pero Ofelia Osorio había trabajado en un buque factoría cubano construido por los rusos y repleto de consejeros rusos, de modo que se había vuelto experta no solo en cómo manejar a los autoritarios «hermanos mayores» del norte, sino también en cómo repelerlos con un cuchillo para limpiar pescado. Antes de eso, siendo una idealista joven pionera, fue delegada en una Conferencia Mundial de Juventudes celebrada en Moscú, donde visitó la tumba de Lenin y la Universidad de Lumumba, y viajó en metro. Se acordaba de cómo los pasajeros del metro hundían las mejillas, conteniendo el aliento, al ver a una negra. Los cubanos se limitaban a tocarse el antebrazo para indicar la presencia de algún moreno, pero los rusos se encogían como para protegerse de una serpiente. Al menos en tierra firme. En el mar, en cambio, estaban muy dispuestos a hacer experimentos.

No eran solo los rusos. A La Habana acudían investigadores vietnamitas, y Ofelia entrenaba tanto a hombres como a mujeres. Cuando fue a Hanoi descubrió que a sus mejores alumnas las habían relegado a la mecanografía y que después de las cenas de solidaridad internacional lavaban dos veces los platos que ella había usado.

Lo interesante era que cuando los europeos y los asiáticos conocían a las cubanas en Cuba, eran como glotones en una tienda de caramelos. Decentes padres de familia se convertían en animales en cuanto aterrizaban en la isla. Unas caricaturas en las calles advertían a las chicas que se aseguraran de que los turistas llegaran con condones. Había brigadas contra el vicio, generalmente al mando de detectives que habían reunido su propio grupo de «jineteras». Buena palabra esta. Muy descriptiva: una chica montada a horcajadas sobre un cerdo que salta. Además de sus habituales casos de homicidio, Ofelia había montado una operación contra los policías corruptos con desganado apoyo oficial. En todo caso, estaba bien armada mentalmente para enfrentarse a un ruso, investigador y de visita, la peor de todas las combinaciones.

Ofelia vivía en un «solar», un callejón de apartamentos de una sola habitación y llamado así por el modo en que absorbían el calor del sol. Aunque era muy tarde, Muriel y Marisol, sus dos hijas, se encontraban tendidas lánguidamente en el fresco suelo muy concentradas en un programa televisivo acerca de los delfines. El oscuro cabello de las niñas de ocho y nueve años, respectivamente, estaba salpicado de mechones dorados; el brillo azul de la pantalla se proyectaba sobre su barbilla, como una manta. La madre de Ofelia se mecía en el balancín, fingiendo dormir en señal de silencioso reproche por la tardanza de la detective, dejando que el arroz y las alubias negras hirvieran a fuego lento en la cocina. ¡Qué escandaloso que la madre de una detective de la policía se pasara el día haciendo las compras de todos los inquilinos del solar, buscando cigarrillos para una casa, haciendo cola para un par de zapatos para otra!

—Hay que moverse o morirse de hambre —contestaba la anciana frente a las protestas de Ofelia—. Con tu gran salario y nuestras raciones, tus hijas comerían dos días de cada tres. Conoces el chiste, ¿verdad? «¿Cuáles son los tres logros de la Revolución? La salud, la educación y los deportes. ¿Cuáles son sus tres fracasos? El desayuno, el almuerzo y la cena.» Dicen que el mismísimo Fidel lo cuenta. ¿Por qué será?

Ofelia discutía solo hasta cierto punto, pues su madre tenía razón. Además, había muchos otros temas sobre los que discutir con ella. La semana anterior, Ofelia había llegado a casa para enterarse de que su madre había cambiado de sitio el retrato del Che, para poner en su lugar una foto de revista de Celia Cruz. ¿Quién podía ser capaz de desplazar al mayor mártir del siglo xx para reemplazarlo con una gorda y vieja traidora de Florida? Su madre, y sin vacilar.

Ofelia envolvió la funda de la pistola con el cinturón, se desvistió y colgó el uniforme, cuidadosamente doblado, en una percha. En su calidad de detective, podía ir de uniforme o de paisano, pero le agradaba la seguridad que le proporcionaban el pantalón azul, la camisa gris con el emblema de la PNR en el bolsillo, la gorra con su propio escudo en relieve. Además, con el uniforme gastaba menos su propia ropa, consistente básicamente en dos pantalones tejanos. Moviendo ligeramente una cortina que servía de puerta entró en una alcoba que hacía las veces de cuarto de baño, tocador y ducha, y encendió automáticamente un radiocasete portátil colgado de una cuerda. Habían hallado el aparato en un día de campo familiar en Playa del Este. Ofelia había dicho a sus hijas que no hicieran caso de las «parejas de amantes», o sea, jineteras y sus turistas; pero, después de que Muriel se topó con algo tan increíble como una radio del tamaño de una concha de almeja, ella y su hermana mayor registraban la playa como buitres en cuanto desaparecía una «pareja», dispuestas a remover la arena en busca de un tesoro.

El agua llegaba en riachuelos templados, pero con esto le bastaba. Le corría por la frente y el cuello, y se le escurría por las manos. Ofelia se sentía secretamente orgullosa de su cabello, corto y tan suave como un gorro de piel de cordero persa. La música resultaba insinuante: «Se te cayó el *tabaco*. Me dijiste que era muy bueno y que a todas las mujeres les gustaba tu puro grande. Apenas comenzamos a fumar se te cayó el *tabaco*.» Ofelia dejó que los hombros se le relajaran y se movieran al ritmo de la canción. Entre sus pies, el agua salía por el sumidero. En el espejo encima del lavabo vio una imagen que empezaba a cubrirse de vaho. Una mujer de treinta años que parecía todavía la hija de un negro cortador de caña de azúcar. Aunque no era vanidosa, odiaba las marcas del bronceado. Mejor estar toda morena. Se inclinó y dejó que el agua bajara por su cabello, cual hilos de cristal.

La detective que había en ella se preguntaba acerca del ruso que habían hallado muerto en la bahía. Habría esperado mucho más interés por parte de la embajada, y el hecho de que parecieran disponer de él como de un perro atropellado probaba que el tipo estaba tramando algo malo. Después de todo, la bahía constituía un lugar perfecto para hacer contrabando, infiltrarse, espiar los barcos y los transportes. Como decía el propio comandante, no hay peor enemigo que un hombre al que uno ha llamado amigo.

El nuevo ruso resultaba algo contradictorio. El lujoso abrigo era una clara señal de corrupción, mientras que el aspecto lastimoso del resto de su ropa indicaba una indiferencia total por las apariencias. Parecía un investigador razonablemente alerta y, de pronto, desaparecía en una corriente de pensamientos privados. Era pálido, pero de ojos hundidos en la sombra.

El jabón, un trocito de pastilla, era un regalo a la madre de Ofelia de una amiga que trabajaba en un hotel; algo tan lujoso que Ofelia alargó la ducha, el momento más íntimo de la jornada, pese a las voces que llegaban de otros apartamentos del solar. Normalmente solo se daba el lujo de ducharse el tiempo que duraba una canción, a fin de no gastar la batería.

Vistiendo un jersey y tejanos, sirvió arroz para Muriel y alubias para Marisol, así como una fritura de algo con la consistencia de un cartílago y que su madre se negó a identificar. De la nevera sacó una botella de plástico de un refresco llamado Mirinda, pero ahora llena de agua bien fría.

—En el programa de cocina de hoy enseñaron cómo

freír un bistec con cáscara de toronja —explicó su madre—. Convirtieron una cáscara de toronja en bistec. Asombroso, ¿verdad? Esta es una revolución que se vuelve cada día más asombrosa.

—Estoy segura de que era bueno —contestó Ofelia—, dadas las circunstancias.

—Se lo comieron con gusto. Con gusto.

—Esto también es bueno. —Ofelia cortó la fritada—. ¿Qué dijiste que era?

—Mamífero. ¿Has conocido a algún tipo peligroso hoy, alguien que podría matarte y dejar a tus hijas sin madre?

—Uno. Un ruso.

Ahora le tocó a su madre exasperarse.

—Un ruso. Peor que una piel de toronja. ¿Por qué te metiste en la policía? Todavía no lo entiendo.

—Para ayudar a la gente.

—La gente de aquí te odia. Los de La Habana no se meten en la policía. Solo se meten los de fuera. Éramos felices en Hershey.

—Es un pueblo de ingenio.

—¡En Cuba! ¡Qué sorpresa!

—No se puede uno mudar a La Habana sin permiso. Soy experta en cuestiones de policía. Me quieren aquí, yo quiero estar aquí y las niñas también.

En esta cuestión Ofelia sabía que sus hijas la apoyarían siempre.

—Queremos estar aquí.

—Nadie quiere estar en Hershey. Es un pueblo de ingenio.

—La Habana está llena de chicas que vienen de ingenios sin permisos oficiales y todas ganan dólares boca arriba. Un día de estos voy a tener que buscar condones para mis nietas.

—¡Abuela!

La madre de Ofelia se ablandó y, en silencio, todas cortaron la carne en sus platos, hasta que la anciana preguntó:

—¿Y cómo es el ruso?

A Ofelia se le ocurrió de pronto.

—Una vez, en Hershey, me señalaste a un cura que había tenido que colgar los hábitos porque se había enamorado de una mujer.

—Me sorprende que lo recuerdes; eras muy chiquitica. Sí, era una mujer muy bonita, muy religiosa, y fue una cosa muy triste.

—Pues el ruso es así.

Su madre reflexionó.

—Me cuesta creer que lo hayas recordado.

Justo cuando Ofelia creía que la tensión se había aplacado lo bastante para que la cena, aunque tardía, resultara agradable, sonó el teléfono. El suyo era el único teléfono del solar y Ofelia sospechaba que su madre lo usaba para la lotería del barrio. La ilegal lotería cubana se compaginaba con la lotería legal venezolana, y los corredores de apuestas con teléfono poseían una ventaja. Ofelia se levantó, rodeó lentamente las sillas de las niñas y se dirigió hacia el teléfono en la pared, siempre poco a poco, para que su madre supiera que no pensaba correr por los nefastos negocios de nadie. Su madre mantuvo una expresión inocente hasta que Ofelia colgó.

—¿Qué era?

—Tiene que ver con el ruso. Ha matado a alguien.

—¡Ah! Están hechos el uno para el otro, él y tú.

Cuando Ofelia llegó al apartamento, el capitán Arcos colgaba violentamente el teléfono y decía a Renko:

—Su embajada no puede protegerlo. El pueblo cubano va a expresar su rabia contra los que lo vendieron, contra los que nos dieron el beso de Judas por treinta monedas de plata. Si de mí dependiera, no dejaría salir a un solo ruso a la calle. No puedo garantizar la seguridad de un ruso, ni siquiera en la capital más segura del mundo, porque la rabia de los cubanos es muy profunda. Ustedes se arrastran hacia el territorio del enemigo y advierten a los cubanos que deben hacer lo mismo. Esa historia ha quedado atrás. ¡No! Cuba es amo de su propia historia. Cuba tiene más historia que hacer y no necesitamos instrucciones de los antiguos camaradas. Eso es lo que le dije a su embajada.

Arcos estaba tan furioso que su cara se había contraído como un puño. Su sargento, Luna, un negro, se hallaba cerca, con los hombros caídos y aspecto a la vez ominoso y aburrido. Renko permanecía sentado, tranquilo, envuelto en su abrigo. Rufo se encontraba tendido en el suelo, en su chándal plateado, clavada la vista en la jeringa que aferraba con la mano izquierda. Lo que asombró a Ofelia fue la falta de técnicos. ¿Dónde estaba el habitual ajetreo de técnicos de vídeo y de luz, los forenses y los detectives? Aunque no ponía en tela de juicio la autoridad de los dos hombres del ministerio se puso ostentosamente los guantes de látex.

—El capitán habla ruso también —comentó Renko a Ofelia—. Es una noche llena de sorpresas.

Arcos contaba cuarenta y pico de años, pensó Ofelia; era de la generación que había perdido el tiempo aprendiendo ruso y que desde entonces se sentía amargada. Pero no pensaba compartir esta conclusión con Renko.

—Pero tiene razón —añadió Renko—. Mi embajada no parece inclinada a ayudarme.

—Esta es su increíble declaración —manifestó Arcos—. Que Rufo Pinero, un hombre sin antecedentes delictivos, un deportista cubano, un orgullo para su patria, chófer e intérprete de la embajada del propio Renko, lo abordó con la intención de venderle puros; se le dijo que no y, de todos modos, regresó a este apartamento, sin advertencia previa y sin provocación, asaltó a Renko con dos armas, una navaja y una jeringa, y en la lucha se clavó accidentalmente la aguja en la cabeza.

—¿Hay testigos? —inquirió Ofelia.

—Todavía no —respondió Arcos, como si aún pudiese encontrar uno.

Ofelia nunca había trabajado con el capitán, aunque reconoció el tipo: más vigilante que competente y ascendido más allá de su capacidad natural. De Luna no podía esperar ayuda, pues el sargento parecía tratar a todos, incluso a Arcos, con la misma hosca indiferencia.

Bajó la cremallera del chándal de Rufo y vio que debajo de este vestía todavía la camisa y el pantalón que llevaba por la mañana en el Instituto de Medicina Legal. Esto no tenía sentido en un clima caliente. En el bolsillo de la camisa había un forro de plástico y, dentro de este, un documento de identidad del tamaño de un pasaporte, en el cual leyó: «Rufo Pérez Pinero; Fecha de Nacimiento: 2/6/56; Profesión: traductor; Casado: No; Número de habitación: 155 Esperanza, La Habana; Condición Militar: reserva; Hemotipo: B.» Pegada en un rincón, una foto de Rufo, más joven y más delgado. En el forro se hallaba asimismo la tarjeta de racionamiento, con columnas para los meses y filas para el arroz, la carne y las alubias. Ofelia vació los bolsillos de Rufo: dólares, pesos, llaves de coche y de casa, y lo cogió todo por la punta. Le pareció recordar que también tenía un encendedor. Los cubanos se fijaban en esos detalles. Y algo le decía que el ruso ya había registrado los bolsillos de Rufo, que no iba a encontrar nada que él no hubiese encontrado.

—¿Ya se ha iniciado la investigación? —quiso saber Renko.

—Habrá una investigación —le prometió Arcos—, pero de qué, esa es la pregunta. Todo lo que usted hace es sospechoso: su actitud frente a la autoridad cubana, su renuencia a identificar el cuerpo como el de un colega ruso, y ahora su asalto a Rufo Pinero.

—¿Mi asalto a Rufo?

—Rufo es el muerto —le recordó Arcos.

—¿El capitán cree que he venido de Moscú a asaltar a Rufo? —preguntó Renko a Ofelia—. Primero Pribluda y ahora yo. Asesinato y asalto. Si no investigan esto, ¿qué es, exactamente, lo que investigan?

Ofelia se sentía disgustada, porque el protocolo normal consistía en revisar pronto la escena de un crimen y Luna no había hecho nada. Dio unos pasos atrás a fin de obtener una mejor vista y vio un cuchillo clavado en el panel lateral de una vitrina de madera, a nivel del pecho de un hombre; sin embargo, ni un solo libro se había movido, ni siquiera *Fidel y el arte,* un pesado libro de regalo con valiosas ilustraciones. No había ni una silla rota ni un cardenal en Renko, como si el enfrentamiento hubiese terminado en un instante.

—Su amigo era un espía y usted, un asesino —dijo Luna a Renko—. ¡Esto es intolerable!

Sin extraerlo, Ofelia examinó el cuchillo clavado en la vitrina. Era un arma de fabricación brasileña, con resorte, mango de marfil y plata, y hoja de doble filo tan afilada como una navaja de afeitar. Alojado en la madera había un hilo negro.

—A los de la embajada les dije que Renko es como cualquier otro visitante, que no tiene derecho a protección diplomática —afirmó Arcos—. Este apartamento es como cualquier otro apartamento cubano, no goza de protección extraterritorial. Esto es un asunto cubano, y solo nos compete a nosotros.

—Bien —dijo Renko—. Fue un cubano el que trató de matarme.

—No se ponga difícil. Puesto que los hechos de este asunto son tan poco claros y usted está vivo y no tiene heridas, tendrá suerte si lo dejamos salir de La Habana.

—Quiere decir salir vivo de La Habana. Bueno, pues he perdido el vuelo de esta noche.

—Habrá otro en una semana. Entretanto, seguiremos investigando.

—¿Usted considera esto una investigación? —preguntó el ruso a Ofelia.

Ella vaciló porque había hallado, en la solapa del abrigo negro de Arkady, un fino corte, en un lugar que no correspondía a un ojal. Su silencio indignó a Arcos.

—Esta es mi investigación y la llevaré como a mí me parezca, teniendo en cuenta muchos factores, como el que usted sorprendió a Rufo, le clavó la aguja y, cuando estaba muerto, se la puso en la mano. Todavía puede tener sus huellas dactilares.

—¿Eso cree?

—El rígor mortis no ha llegado aún. Lo miraremos.

Antes de que Ofelia pudiese detenerlo, Arcos se arrodilló y trató de apartar los dedos de Rufo de la jeringa. Rufo se aferró a ella, como hacen a veces los muertos. Luna agitó la cabeza y sonrió.

—Informe al capitán de que no se trata de rígor monis sino de un espasmo del muerto —pidió Renko a Ofelia—, que ahora tendrá que esperar a que el rígor venga y desaparezca. Dependiendo de cuántas ganas tenga de luchar con Rufo, claro.

Lo que tuvo por efecto que Arcos tirara con mayor fuerza aún de los dedos del difunto.

Ofelia llevó a Renko al apartamento de Pribluda en el Malecón, puesto que no había otro lugar donde pudiera alojarse. Renko no tenía dinero para un hotel, el apartamento de la embajada era ahora el escenario de un crimen y hasta que identificara oficialmente a Pribluda se estaría alojando en el apartamento de un amigo ausente.

Durante un minuto, ella y Renko observaron, desde el balcón, un solitario coche recorrer el bulevar y las olas romper contra el muro del Malecón. En el agua, la luz de las farolas se derramaba de los botes y de los neumáticos de pescadores.

—¿Ya ha estado en el océano? —inquirió Ofelia.

—En el mar de Bering. No es lo mismo.

—No tiene por qué sentir lástima por mí —espetó ella—. El capitán sabe lo que hace.

Incluso a Ofelia esto le sonó poco convincente, pero Renko cedió.

—Tiene razón.

Estaba envuelto en su abrigo negro, como un náufrago contento con el único objeto salvado. Ofelia tuvo la sensación de que había una suerte de conspiración entre ellos porque él no había mencionado a Arcos y a Luna la visita que habían hecho antes al apartamento de Pribluda.

—El capitán no suele investigar homicidios, ¿verdad?

—No.

—Recuerdo los noticiarios del primer viaje de Castro a Rusia. Un apuesto y dinámico revolucionario con boina y traje de faena militar, cazando osos mientras los miembros de nuestro Politburó, el del Kremlin, lo seguían a trompicones, como una manada de furcias viejas, gordas y enamoradas. Era un romance que debía durar eternamente. Cuesta creer que a los rusos los acosan ahora en La Habana.

—Creo que está usted confundido. Su amigo muere y ahora lo atacan a usted. Esto podría darle una visión muy distorsionada de la vida cubana.

—Es posible.

—Y podría perturbarlo.

—Ciertamente me desazona.

Ofelia no supo qué quería decir con esto.

—¿No había más testigos?

—No.

—Usted abrió la puerta y Rufo lo atacó sin previo aviso.

—Así es.

—¿Con dos armas?

—Sí.

—Suena inverosímil.

—Eso es porque usted es una buena detective. Pero ¿sabe lo que he aprendido?

—¿Qué ha aprendido?

—De mi propia experiencia he aprendido que, en ausencia de otros testigos, resulta difícil descubrir una mentira sencilla, a la que uno se aferra con resolución.

4

En cuanto Arkady se encontró a solas en el apartamento de Pribluda fue al despacho y encendió el ordenador, que solicitó de inmediato la contraseña. Un
código de acceso que combinaba hasta doce letras y
números era prácticamente imposible de descifrar; pero
también hacía falta recordar los códigos y sabía que los
seres humanos que él conocía tendían a usar su cumpleaños o su dirección. Probó con el nombre de la esposa de Pribluda, los de su hijo, su santo (aunque Pribluda era ateo solía tomarse una botella el día de su
santo), sus escritores preferidos (Shólojov y Gorki), sus
equipos favoritos (Dínamo y Ejército Central). Probó
el 06111968, la fecha de ingreso de Pribluda en el Partido, la fórmula química C12H22O11 para el azúcar, un
nostálgico 55-45-37-37 por las coordenadas (latitud y
longitud, minutos y segundos) de Moscú. Probó con
palabras escritas y traspuestas en números (aunque el
orden correcto del alfabeto ruso provocaba una con-
troversia que seguiría en el siglo XXI). El ventilador del

ordenador zumbaba un momento y luego ronroneaba. Continuó probando, hasta sustituir el brillo del aparato por la oscuridad del balcón, donde se consoló con el regular barrido del haz de la luz del faro y con el profundo insomnio de la noche.

Descubrió que, como un asesino, confiaba en que, aunque su historia fuese inverosímil, la verdad no resultara más verosímil. También se sentía ligeramente perplejo ante su propia reacción al asalto. Se había defendido por instinto, como un hombre a punto de arrojarse al vacío se resiste a que lo empujen.

No tenía idea de por qué Rufo lo había atacado, salvo que algo tenía que ver con su amigo Pribluda. No es que Pribluda fuese un amigo en el sentido corriente. No compartían ni gustos, ni intereses, ni ideología política. De hecho, a decir verdad, Pribluda era, en muchos aspectos, un hombre terrible.

Arkady se lo imaginó sacando el vodka y diciendo:

—Renko, viejo, estás jodido. Te encuentras en un país demencial, en una tierra extraña de la que no conoces nada, ni siquiera el idioma. —Pribluda se inclinaría con los hombros caídos, tocaría el vaso de Renko con el suyo y esbozaría su pavorosa sonrisa. Acostumbraba desabrocharse un botón, el cuello, un puño con cada nueva copa, como si beber fuese cosa seria—. De lo único que puedes estar seguro es de que no sabes nada. Nadie te ayudará solo por tus ojitos castaños. Todos los que se hagan pasar por amigos serán enemigos. Todo el que ofrece ayuda esconde un cuchillo en la espalda. ¡Salud! —El coronel haría un gesto grandioso, echaría el tapón de la botella al mar. Esa era su idea del donaire—. ¿Te gusta la lógica?

—Me encanta la lógica —podría contestar Arkady.

—Aquí tienes lógica: Rufo no tenía por qué matarte. Rufo trató de matarte. *Ergo,* alguien mandó a Rufo. *Ergo,* ese alguien va a mandar a otra persona.

—Agradable pensamiento. ¿Me lo dejaste como regalo para llevármelo a casa? —Con la cabeza, Arkady indicaría el muñeco de tamaño natural que rumiaba en un rincón. El modo en que su sombra se movía cada vez que la brisa empujaba la lámpara resultaba bastante desconcertante—. Encantador. —Extrajo de su abrigo el papel en que había escrito las señas de Rufo, así como la llave de la casa que había quitado al cuerpo antes de que Luna acudiera.

—Lo que creo que deberías hacer —continuaría Pribluda, cual una apisonadora— es encerrarte con una pistola y naranjas, pan y agua, en una habitación de la embajada, acaso un cubo para tus necesidades, y no abrir la puerta hasta que vayas al aeropuerto.

En su mente, Arkady preguntó:

—Pasar una semana en La Habana escondido en una habitación. ¿No es un poco perverso?

—No. Matar a Rufo cuando ibas a suicidarte, eso sí que es perverso.

Arkady se dirigió pasillo abajo hacia el despacho, regresó con un plano de la ciudad y lo extendió debajo de una lámpara.

—¿Te marchas? —Pribluda se mostraba siempre horrorizado cuando Arkady se rendía antes de llegar al fondo de la botella.

Arkady buscó una calle llamada Esperanza y apuntó la dirección de Rufo en un papel. «No voy a quedarme aquí a esperar —dijo para sus adentros—. Tengo también la llave de tu coche. Si quieres ayudarme, dime dónde está el coche. O dame tu contraseña.»

El fantasma de Pribluda, ofendido, desapareció. Arkady, por su parte, se encontraba del todo despierto.

Salir a la calle en una ciudad extraña, en plena noche, equivalía a zambullirse en una oscura piscina sin conocer su profundidad. Unos soportales recorrían la manzana entera, y no surgió a la tenue y fumosa luz hasta alcanzar la farola de la esquina. Continuó andando por el bulevar porque su larga curva paralela al mar simplificaba el problema de la orientación.

Aunque aguzó el oído por si oía un coche o pisadas, lo único que percibió fue el eco de sus propios pasos y las olas que se levantaban, al otro lado de los carriles vacíos de la calle. Pasó frente a un retrato de Castro pintado en un mural en el lado de un edificio de tres pisos. La figura daba la impresión de ser un gigante caminando por su ciudad, con la cabeza oscurecida por la sombra encima de una farola, vistiendo el característico traje de faena, un pie ligeramente delante del otro, y echando un saludo con la mano derecha a alguien invisible que prometía: «¡A sus órdenes, comandante!» «Pues él y el comandante formaban una extraña pareja de insomnes —pensó Renko—, un ruso furtivo y un gigante desvelado patrullando.»

Seis manzanas más allá distinguió una oscura fachada de hotel y un taxi; la cabeza del taxista se apoyaba en sus brazos sobre el volante. Arkady lo sacudió y, cuando un ojo pestañeó y se abrió, le enseñó las señas de Rufo y un billete de cinco dólares.

Se sentó en el asiento del copiloto. El taxi atravesó el apagón, volando cual un murciélago; el taxista no dejó de bostezar, como si aparte de un choque, nada mereciera el esfuerzo de despertarse, y solo aminoró la marcha cuando montañas de escombros urbanos se cernieron frente a sus faros delanteros. Alguien había estarcido el número de Rufo en la fachada de una casa baja y sin ventanas, en una calle estrecha. El taxi se alejó, diríase que a tientas, mientras, gracias al encendedor de Rufo, Arkady encontraba la llave correcta; cuando se la había quitado al muerto, antes de llamar a la PNR, Arkady se fijó en cuánto se parecía a la de su propia casa: un diseño ruso con una estrella estampada en el anillo; sin duda un recuerdo del comercio socialista. Se le ocurrió que, si la detective Osorio había tratado de entrar con las llaves que había dejado en el bolsillo de Rufo, se sentiría frustrada e irritada.

La puerta daba a una estancia lo bastante estrecha para que la claustrofobia reptara por su espalda. Acompañó a la llama del encendedor entre un sofá-cama deshecho y una mesita, sobre la cual había un cenicero de cerámica en forma de mujer desnuda, una cadena de televisión, tocadiscos, casete y vídeo. Un minibar parecía haber sido arrancado de la *suite* de un hotel. El borde de un lavabo de pedestal estaba repleto de minoxidil, vitaminas y aspirinas. Un armario contenía, aparte de ropa, cajas de zapatillas Nike y New Balance, cajas de cigarros puros, una videoteca y copias del Windows 95, todo un almacén. Abrió una puerta y echó un vistazo a un asqueroso retrete, volvió a meterse en la habitación y se movió más lentamente. Sujetos a las paredes con chinchetas había recortes de periódico con el titular GRAN ÉXITO DE EQUIPO CUBANO y, encima de una foto del joven Rufo, campeón, alzando los guantes de boxeo, otro titular: ¡PINERO TRIUNFA EN LA URSS! En unas fotos enmarcadas figuraban grupos de hombres con las camisetas de su equipo, en la plaza Roja, delante del Big Ben, junto a la Torre Eiffel. Arkady dio la vuelta a las fotos y copió los nombres que encontró escritos. También había nombres y números garabateados en la pared junto a la cama.

Daysi 32-2007
Susy 30-4031
Vi. Aflt. 2300
Kid Choc. 5/1
Vi. CYLH 2200 Angola

Lo único que sacó en claro de la lista fue que él había sido el visitante que llegaba en Aeroflot a las 23.00 y que parecía que otro visitante, de Angola, llegaba casi a la misma hora. En todo caso, la lista contenía muchos números de teléfono para una habitación sin teléfono ni enchufe para uno. Arkady recordó que Rufo tenía un móvil cuando se habían encontrado en el aeropuerto, aunque cuando, más tarde, registró su cuerpo, el aparato había desaparecido.

De una percha colgaba un elegante sombrero de paja color marfil con «Made in Panama» y las iniciales RPP en la badana. Registró la cómoda, miró debajo de la almohada y del colchón, revisó los vídeos, que parecían todos de boxeo o, los que tenían las etiquetas más personales, pornográficos. El minibar contenía cacahuetes de aerolíneas y saludables botellas de agua de Evian. No había señales de una visita de Luna u Osorio, nada de polvo de hojas de palmera quemadas para huellas dactilares.

Lo más importante fue que no halló ninguna razón para que Rufo intentara asesinarlo. Había planeado bien el asalto. El chándal tenía sentido por la misma razón que tienen los pintores para ponerse un mono de faena, y a Arkady le parecía que a Osorio se le había ocurrido la misma idea. Pero ¿por qué molestarse en matar a alguien que se marcharía en pocas horas? ¿Estaría buscando algo o es que se había levantado la veda de la caza de rusos en La Habana?

Cuando salió del apartamento, la luz del amanecer hizo resaltar una pared desconchada con un letrero de un rojo taurino que rezaba GIMNASIO ATARÉS. Junto a la acera, en un sedán de la PNR, se encontraba la detective Osorio, que clavó la mirada en Arkady el tiempo suficiente para hacerlo retorcerse, le tendió la mano.

—La llave.

—Lo siento.

Arkady metió la mano en el bolsillo y le dio la llave de su apartamento en Moscú. Siempre podría allanar su propia casa, de ser necesario.

—Súbase —le ordenó Osorio—. Yo lo encerraría en una celda, pero el doctor Blas quiere verlo.

Con su barba recortada y su olor a ácido fénico, el doctor Blas, el Plutón de un personal y cordial submundo, dio la bienvenida a Arkady al Instituto de Medicina Legal y alabó a Osorio.

—Nuestra Ofelia es muy inteligente. De haber tenido una Ofelia la mitad de inteligente, Hamlet habría resuelto rápidamente el misterio del asesinato de su padre, el rey. Claro que entonces no habría quedado gran cosa para una obra teatral. —Dos mujeres jóvenes con ceñidas camisetas del IML pasaron de largo por el pasillo; los ojos del médico las aprobaron—. Nos entrenamos con el FBI en Washington y Quantico, hasta la Revolución, y luego con los rusos y los alemanes. Pero me gusta pensar que tenemos un estilo propio. Su problema, Renko, es que no confía en nosotros. Me di cuenta cuando estuvo aquí la última vez.

—¿De eso se trata?

A él le parecía que su problema era que Rufo había intentado matarlo, pero el director parecía tener una visión más amplia. Pasaron frente a una vitrina con fotos del rostro de dos hombres con los labios distendidos y ojos cerrados.

—Personas desaparecidas y muertas sin identificar. Para que el público las vea. —Blas retomó el hilo de la conversación—. Cuando piensa en Cuba, piensa en una isla caribeña, un lugar como Haití, un país como Nicaragua. Cuando decimos, por ejemplo, que hemos identificado a un hombre como ruso, usted se pregunta cuán precisa es la identificación, cuán cualificadas son las personas que le dicen que acepte este cuerpo y se lo lleve a casa. Cuando ve que sacan un cuerpo del agua como perros jugando con un hueso se pregunta cuán minucioso es el trabajo policial. Por eso robó la llave de Rufo y fue por su cuenta a su habitación. Yo asisto muy a menudo a conferencias internacionales y me encuentro con gentes que no conocen Cuba y tienen los mismos reparos. Así que déjeme hablarle de mí mismo. Tengo un diploma médico por la Universidad de La Habana, con especialización en patología. He estudiado en la Escuela Superior de Investigación en Volgogrado, en Leipzig y en Berlín. El año pasado pronuncié un discurso en las conferencias de la Interpol en Toronto y en la ciudad de México. De modo que no lo han soltado en los confines del mundo. Algunos enemigos de Cuba desean aislarnos, pero no estamos aislados. El tema internacional del crimen no nos permite aislarnos. Yo no lo permitiré.

Pasaron frente a un hombre esposado a una silla, que levantó una cara llena de cicatrices viejas y magulladuras nuevas.

—Espera su evaluación psicológica —explicó Blas—. Tenemos otros expertos en biología, odontología, toxicología e inmunología forenses. Tal vez a un ruso le cueste creerlo. Antes, ustedes eran los maestros y nosotros los alumnos. Ahora nosotros somos los maestros en África, Centroamérica, Asia. Nuestra Ofelia... —Blas movió la cabeza en dirección a Osorio, que había andado a su lado con modestia— ha dado clases en Vietnam. Aquí no hay ignorancia. No lo permitiré. Como resultado, me complace decirle que La Habana tiene la tasa más baja de homicidios no resueltos de todas las capitales del mundo. Así pues, cuando digo de quién es un cadáver, es que es de esa persona. Pero la detective Osorio me dice que usted ha vuelto a dudar en cuanto a la identificación del coronel Pribluda.

—Está reaccionando al asalto que ha sufrido —manifestó Ofelia.

—Es probable que mi reacción se haya visto influida por eso —concedió Arkady—. O por encontrar a Pribluda muerto. O por el *jet lag*.

—Pasará usted otra semana aquí. Se adaptará. Fue muy emprendedor, eso de ir al apartamento de Rufo. Ofelia dijo que quizá lo hiciera. Es intuitiva, creo.

—Yo también lo creo.

—Si lo que dice es cierto, Rufo murió accidentalmente por su propia mano durante una breve y violenta lucha, ¿no?

—Suicidio accidental.

—Efectivamente. Pero esto no responde a por qué Rufo lo atacó. Esto me resulta muy preocupante.

—Aquí, entre nosotros, a mí también me preocupa.

Blas se detuvo en lo alto de una escalera por la que subía un frío acre, como el olor a leche agria.

—La naturaleza del ataque con navaja y jeringa es sumamente extraña. Alguien robó una jeringa de embalsamamiento aquí ayer, aunque no entiendo cuándo Rufo pudo haberla cogido. Usted estuvo con él todo el tiempo, ¿no?

—Fui al lavabo una vez. Podría haberla cogido en ese momento.

—Sí, tiene razón. Bien, probablemente fuera esa la jeringa, aunque no entiendo por qué un asesino la escogería cuando ya tenía un arma mejor. ¿Usted lo entiende?

Arkady pensó en ello un momento.

—¿Tenía antecedentes de violencia?

—Conozco la opinión del capitán Arcos en este asunto, pero he de ser sincero. Mejor decir que Rufo tenía antecedentes de no haber sido pillado. Era un jinetero. De los que andan con turistas y les encuentra chicas, cambia sus divisas, les consigue puros. Se supone que tenía mucho éxito con alemanas y suizas, secretarias que venían de vacaciones. ¿Puedo serle franco?

—Por favor.

—Se dice que anunciaba a las extranjeras que tenía una pinga como una locomotora.

—¿Qué es una pinga?

—Yo no soy psiquiatra, pero un hombre que tiene una pinga como una locomotora no utiliza una jeringa para matar a alguien.

—Más bien un machete —declaró Osorio.

—No se pueden usar muchos de esos. ¿Cuánta gente tiene machete en la ciudad?

—Cada cubano posee un machete —le informó Blas—. Yo tengo tres en mi armario.

—Yo también tengo uno —afirmó Osorio.

Arkady aceptó su error.

—¿No puede aclarar lo de la jeringa? —inquirió Blas.

—No.

—Entienda que no soy detective, no soy policía sino un simple patólogo forense, pero hace mucho tiempo mis maestros rusos me enseñaron a pensar de modo analítico. Creo que no somos tan distintos, así que le enseñaré algo que aumentará su confianza en nosotros. Y quizá pueda aprender algo, de paso.

—¿Como qué?

Blas se frotó las manos, cual el presentador de un programa.

—Empezaremos por donde usted entró.

El depósito de cadáveres contaba con seis cajones, un congelador y una nevera con puerta de cristal, todos con los mangos rotos y perlados de condensación.

—Los refrigeradores funcionan todavía —explicó Blas—. Teníamos un piloto de la invasión de bahía de Cochinos. Su avión cayó y él murió, y durante diecinueve años la CIA dijo que no sabían quién era. Finalmente, su familia vino a recogerlo. Y estaba en buenas condiciones, en su humedecedor, aquí. Lo llamábamos el Puro.

Blas extrajo un cajón. En el interior se encontraba, en desorden, el cuerpo morado identificado como Pribluda: el cráneo, la mandíbula y el pie derecho entre las piernas, una bolsa de plástico con los órganos donde debía estar la cabeza. Todavía abierta, la cavidad estomacal desprendía un tufillo a zoo que hizo que a Arkady le escocieran los ojos; habían colocado el cuerpo entero en una bañera de zinc para evitar que se desbordara la carne a punto de licuarse. Arkady encendió un cigarrillo e inhaló hondo. Con esto tenía un buen pretexto para fumar. Hasta ahora, su confianza no había aumentado.

—Nuestros amigos rusos nos prometieron financiar un nuevo sistema de refrigeración. Entiende por qué es tan importante la refrigeración en La Habana,

¿verdad? Luego los rusos dijeron que teníamos que comprarlo. —Blas volvió la cabeza de un lado a otro y estudió el cuerpo—. ¿Ve usted alguna característica de Pribluda que sea distinta de la de este cuerpo?

—No, pero creo que después de una semana en el agua y con las partes del cuerpo cambiadas de lugar, cualquier persona se parecería.

—El capitán Arcos me ordenó que no hiciera ninguna biopsia. Sin embargo, todavía soy el director aquí, y la practiqué. En el cerebro y los órganos no había indicios de drogas o toxinas. Esto no es algo concluyente, porque el cuerpo estuvo mucho tiempo en el agua, pero resulta que el músculo del corazón mostraba señales claras de necrosis, lo que es un fuerte indicador de un ataque cardíaco.

—¿Un ataque cardíaco mientras flotaba en el agua?

—Un ataque cardíaco después de toda una vida de comer y beber como un ruso, un ataque tan potente y tan rápido que no tuvo tiempo ni de retorcerse, razón por la cual los aparejos de pesca se encontraban todavía a bordo. ¿Sabe que la esperanza de vida es de veinte años menos en Rusia que en Cuba? Le daré muestras del tejido. Enséñeselas a cualquier médico de Moscú y le dirán lo mismo.

—¿Alguna vez ha visto que un pescador de neumático muera de un ataque al corazón?

—No, mueren sobre todo atacados por tiburones. Pero esta es la primera vez que oigo hablar de un neumático ruso.

—¿Y no cree que esto merece una investigación?

—Tiene que entender nuestra situación. Como no

tenemos ni escena del crimen ni testigos, una investigación resulta muy desalentadora, muy cara. Ni crimen. Peor aún, es ruso y la embajada se niega a colaborar. Dicen que nadie trabajaba con Pribluda, que nadie lo conocía y que era un mero estudiante inocente de la industria azucarera. Para nosotros, hasta una visita a la embajada precisa una nota diplomática. De todos modos, pedimos una fotografía de Pribluda y, puesto que no la recibimos, lo hemos comparado con el cuerpo hasta donde nos fue posible. No hay más que podamos hacer. Hemos de considerarlo identificado y usted debe llevárselo a casa. No queremos más «puros» aquí.

—¿Por qué pidieron una fotografía a la embajada? Yo le enseñé una.

—La suya no era lo bastante buena.

—No puede comparar nada con su aspecto actual.

Blas dejó que una sonrisa fuera ganando terreno en su cara. Cerró el cajón.

—Tengo una sorpresa para usted. No quiero que regrese a casa con una idea equivoca de Cuba.

En el primer piso, Blas precedió a Arkady y a Osorio hacia un despacho con un deslucido letrero en la puerta: ANTROPOLOGÍA.

La primera impresión de Arkady fue que se trataba de unas catacumbas, con restos de mártires esmeradamente organizados en estantes de cráneos, pelvis, huesos de cadera, metacarpos como cogidos de la mano, espinas dorsales enredadas cual serpientes. El polvo nadaba en torno a la pantalla de una lámpara; la luz se reflejaba en una caja tras otra de escarabajos tropicales cuidadosamente sujetos con alfileres, escarabajos irisados como ópalos. Una víbora enseñaba los dientes, enroscada en un tarro de especímenes coronado por una tarántula parada sobre las puntas de las patas. En la pared, la mandíbula barroca de un tiburón parecía sonreír más que una mandíbula humana con los dientes afilados y puntiagudos. El cordón del ventilador de techo era el cabello trenzado de una cabeza reducida. No, catacumbas, no; Arkady cambió de opinión. Más bien una factoría en la jungla. En el escritorio, una sábana cubría algo que zumbaba, y, de haberse tratado de un gran mono volviéndose filosófico, Arkady no se habría sorprendido.

—Este es nuestro laboratorio antropológico —aclaró Blas—. No es grande, pero aquí determinamos, mediante huesos y dientes, la edad, raza y sexo de las víctimas. Así como los distintos agentes venenosos o violentos.

—El Caribe posee un buen número que no se encuentran ni en Moscú —indicó Osorio.

—Nosotros tenemos déficit de tiburones —declaró Arkady.

—Y —continuó Blas—, con la actividad de los insectos, determinamos cuánto tiempo lleva muerta la víctima. En otros climas, los diferentes insectos se ceban en momentos diferentes, pero aquí, en Cuba, empiezan todos juntos, aunque cada uno avanza a su propio ritmo.

—Fascinante.

—Fascinante, pero quizá no lo que un investigador de Moscú llamaría un laboratorio forense serio, ¿verdad?

—Hay diferentes laboratorios para diferentes lugares.

—¡Exactamente! —Blas cogió la mandíbula de dientes afilados—. Nuestra población es... digamos que única. Un buen número de tribus africanas practicaba escarificaciones y afilaban los dientes. Los abakuas, por ejemplo, constituían una secreta sociedad del Congo, los leopardos. Los trajeron aquí como esclavos para trabajar en los muelles y al poco tiempo controlaban todo el contrabando de la bahía de La Habana. El comandante fue el que consiguió convertirlos en sociedad folclórica. —Dejó la dentadura y llamó la atención de Arkady hacia un cráneo y una hacha de dos filos salpicada de sangre seca—. Para usted, este cráneo tendría indicios de trauma.

—Es posible.

—Pero, para un cubano, un cráneo y un hacha cubierta de sangre animal puede indicar un altar religioso. La detective puede explicárselo a fondo, si lo desea. —Osorio se retorció, disgustada con la sugerencia—. Así pues, cuando llevamos a cabo el análisis psicológico de una persona utilizamos el perfil de Minnesota, claro, pero también tenemos en cuenta el hecho de que pueda ser un devoto de la santería.

—¡Oh!

De hecho, Arkady nunca había utilizado el perfil de Minnesota.

—No obstante... —Blas levantó la sábana—, déjeme probarle que, pese a las supersticiones, Cuba se mantiene al día con los avances del mundo.

Lo que dejó al descubierto sobre el escritorio era un ordenador 486 enchufado a un escáner y una impresora, cada uno de los cuales funcionaba, así como una cámara de vídeo de ocho milímetros, montada encima de una pequeña plataforma, con la lente hacia abajo. Dentro de un círculo, sobre la plataforma, e inclinado hacia la cámara había un cráneo con un agujero en el centro de la frente. El cráneo estaba ensamblado con un alambre, y la falta de unos dientes le confería una sonrisa de caricatura.

Arkady solo había leído acerca de un sistema como este.

—Esta es una técnica de identificación alemana.

—No. Es una técnica cubana. El sistema alemán, incluyendo el software, cuesta más de cincuenta mil dólares. El nuestro cuesta diez veces menos, pues adaptamos un programa ortopédico. En este caso, por ejemplo, encontramos una cabeza con los dientes sacados con martillo. —Blas tocó el teclado y en la pantalla apareció la imagen en color de un contenedor de basura lleno de hojas de palmas coronadas por una cabeza decapitada. Al pulsar una tecla la imagen desapareció, sustituida por cuatro fotografías de sendos hombres, uno casándose, otro bailando animadamente en una fiesta, el tercero con una pelota de baloncesto en la mano y el cuarto montado a caballo. Cuatro hombres desaparecidos. ¿Cuál será? Acaso el asesino confiaba en que una cara en avanzado estado de descomposición, sin dientes, no podría emparejarse a ninguna fotografía o diagrama dental. Después de todo, aquí, en Cuba, la naturaleza es un enterrador muy eficaz. Ahora, sin embargo, solo necesitamos una fotografía clara y un cráneo limpio. Usted es nuestro huésped, escoja uno.

Arkady escogió al novio y la imagen del hombre llenó la pantalla, con los ojos casi saliéndosele de las cuencas por nerviosismo y el cabello tan cuidadosamente arreglado como los volantes de su camisa. El doctor Blas arrastró el ratón sobre la alfombrilla, delineó la cabeza del novio, pulsó una tecla y borró la camisa y los hombros. Con un golpe en otra tecla, la cabeza flotó hacia la izquierda de la pantalla y, en la derecha, apareció el cráneo, mirando la videocámara, como un paciente que espera a que el dentista empiece a taladrar. Blas cambió la posición del cráneo, de modo que mirara la lente desde el mismo ángulo, exactamente, que la cara del novio. Amplió la cara hasta que alcanzó el tamaño del cráneo, resalió las sombras para que la carne desapareciera y los ojos se hundieran en sus cuencas, colocó flechas blancas en la barbilla, en la coronilla, en los extremos externos de las cejas, en el interior de las cavidades orbitales y nasales, en las mejillas y en los bordes de la mandíbula. Comparado con la laboriosa reconstrucción de caras a partir de cráneos que Arkady había visto en Moscú, esta manipulación avanzaba a la velocidad de la luz. Blas añadió flechas en los mismos puntos de la fotografía y, con otro golpe a una tecla, hizo aparecer, entre cada par de marcas correspondientes, la distancia en píxeles, o sea, los miles de destellos de luz de la pantalla. Una última pulsación de una tecla juntó ambas cabezas en una única imagen desenfocada con unos números superpuestos entre las flechas.

—Los números representan las discrepancias entre las medidas del hombre desaparecido y las del cráneo cuando están exactamente superpuestos. Así probamos científicamente que es imposible que sean del mismo hombre.

Blas repitió el procedimiento, esta vez con el cráneo número 3, un chico que, con una camiseta de los Chicago Bulls, sonreía orgullosamente y sopesaba en una mano un balón de baloncesto. Blas recortó, amplió y resaltó la cabeza del chico, luego hizo aparecer el cráneo en la pantalla y lo situó adecuadamente. Las distancias entre los marcadores resultaron virtualmente idénticas, y cuando Blas superpuso las dos imágenes, los números bajaron precipitadamente a cero y una sola cara, muerta y viva a la vez, los miró desde la pantalla. Si existiera una foto de un fantasma sería esta.

—Ahora nuestro desaparecido ya no está desaparecido y ahora ve que, aunque se supone que las cosas son imposibles en Cuba, las hacemos de todos modos.

—¿Para esto quería una foto de Pribluda?

—Para superponerla con el cuerpo que encontramos en la bahía, sí. Pero la fotografía que usted trajo no era apropiada y la embajada se niega a proporcionarnos otra.

Se produjo un silencio expectante hasta que Arkady captó el mensaje.

—Yo no necesito una nota diplomática para entrar en la embajada.

Blas actuó como si no se le hubiese ocurrido semejante idea.

—Si quiere. La Revolución siempre necesita voluntarios. Puedo apuntarle las señas de la embajada y cualquier coche lo llevará probablemente por dos dólares. Los dólares, si los tiene, son el mejor sistema de transporte del mundo.

A Arkady lo asombró la capacidad del médico para dar la vuelta a todo. Su atención se centró de nuevo en la pantalla.

—¿La tapa del contenedor?

—¿Con qué lo decapitaron? Con un machete. El corte del machete es muy fácil de distinguir. No hay marcas de serrado.

—¿Han identificado al asesino?

—Todavía no. Pero lo haremos —indicó Osorio.

—¿Cuántos homicidios ha dicho que tienen por año?

—¿En Cuba? Unos doscientos —contestó Blas.

—¿Cuántos cometidos al calor de la pasión?

—En conjunto, unos cien.

—Del resto, ¿cuántos son por venganza?

—Unos cincuenta.

—¿Por robo?

—Unos cuarenta.

—¿Por drogas?

—Cinco.

—Faltan cinco. ¿Cómo los caracterizaría usted?

—Del crimen organizado, no me cabe duda. Asesinos a sueldo.

—¿Qué tan organizado? ¿Qué armas usan en esos casos?

—En ocasiones una pistola. La Taurus de Brasil es muy popular, pero normalmente usan machetes o navajas o bien los estrangulan. Aquí no tenemos verdaderas bandas, nada como la mafia.

—¿Machetes?

A Arkady esto no le sonaba a homicidio moderno.

Cierto, recordó los tiempos en que eran considerados astutos los asesinos rusos que se acordaban de limpiar su cuchillo después de cortarle a alguien el pescuezo, esos extrañamente inocentes tiempos antes de que la extensión mundial de las transferencias de dinero y de las bombas de control remoto. Lo cual hacía de Cuba, con respecto a la evolución criminal, el equivalente de las islas Galápagos. De repente vio en perspectiva al Instituto de Medicina Legal.

—Nuestro índice de solución de homicidios es del noventa y ocho por ciento —manifestó Blas—. El más alto del mundo.

—Disfrútenlo —respondió Arkady.

5

La embajada rusa, un rascacielos de treinta pisos, sugería un pecho cuadrado y una cabeza con armadura, y se cernía como un monstruo de piedra que hubiese cruzado continentes y vadeado océanos para luego detenerse de golpe, hundidos los tobillos entre las verdes palmeras de La Habana. Las lunas de su fachada brillaban, pero, en su conjunto, el edificio se alzaba en su propia mortaja de sombras y quietud. En el interior, en un despacho tras otro, las paredes habían quedado desnudas, excepto por los enchufes de teléfono. Fantasmas se rezagaban en las descoloridas manchas de las alfombras de los pasillos, en las empañadas botellas sin lavar, alineadas junto a las paredes, en un sistema de ventilación que dispersaba un antiguo hedor a cigarrillos. Desde el despacho del vicecónsul Vitaly Bugai, Arkady miró hacia el mundo de mansiones de columnas blancas de las embajadas francesa, italiana y vietnamita, cuyas azoteas estaban adornadas con complejas ristras de antenas bipolares de radio y parabólicas enmarcadas por jardines de hibiscos rosados.

Bugai era un joven de rasgos menudos apretujados en el centro de un rostro terso. Vestido con bata de seda y sandalias chinas, flotaba en la diáfana atmósfera del aire acondicionado, llevado, según Arkady, por impulsos contradictorios: alivio de que no hubiese muerto otro ruso e irritación por tener que vérselas una semana más con el ruso superviviente. Acaso también parecía un tanto sorprendido de que los últimos vestigios de autoridad rusa hubiesen acertado a defenderse.

—Esas casas son todas de antes de la Revolución. —Bugai se reunió con Arkady junto a la ventana—. Eran de ricos. El mayor concesionario de Cadillac del mundo se encontraba en La Habana. Cuando llegó la Revolución, el camino al aeropuerto estaba repleto de Cadillac y Chrysler abandonados. Imagínese a un rebelde en un Cadillac gratis.

—Creo haber visto algunos de esos coches.

—De todos modos, este no es un agujero negro. Un agujero negro sería un cargo en Guyana o Surinam. Tenemos música, playas y tiendas en las Bahamas, a una hora de aquí. —Bugai ostentó el Rolex de oro en su muñeca—. La Habana se halla a nivel del mar y eso es importante para mí. Claro que no es Buenos Aires.

—Tampoco es como en los viejos tiempos, ¿verdad?

—En absoluto. Entre los técnicos y los consejeros militares, teníamos doce mil rusos y un personal diplomático de mil agregados, suplentes, enlaces culturales, KGB, secretarias, oficinistas, mensajeros y personal de comunicaciones y de seguridad. Teníamos viviendas rusas, escuelas rusas y campamentos para los niños rusos. ¿Y por qué no? Metimos treinta mil millones de rublos en Cuba. Cuba recibió de Rusia más ayuda extranjera per cápita que cualquier otro país del mundo. Pregúntese esto: ¿quién hizo más que Castro para derrotar a la Unión Soviética? —Bugai captó la mirada de Arkady—. Oh, sí, las paredes tienen oídos. Los cubanos son excelentes cuando de vigilancia electrónica se trata. Nosotros los adiestramos. Las únicas líneas realmente seguras son las de la embajada. Solo hay que dejar de preocuparse. En todo caso, ahora contamos con un personal diplomático de veinte personas. Este es un buque fantasma. Da igual que quedáramos en quiebra por pagar este circo flotante, da igual que nuestro sistema entero se derrumbara mientras ellos bailaban salsa. Lo importante es que las relaciones entre nosotros y los cubanos nunca han sido tan malas, ¿y ahora viene y me dice que no puede identificar a Pribluda?

—No de manera concluyente.

—Fue lo bastante concluyente para los cubanos. He hablado con el capitán Arcos y me parece un hombre razonable, teniendo en cuenta que sacó un ruso del puerto de La Habana.

—Un ruso muerto.

—Según tengo entendido, la muerte la causó un ataque cardíaco. Algo trágico pero natural.

—No hay nada natural en que Pribluda flotara en la bahía.

—Estas cosas les suceden a los espías.

—Era un agregado autorizado encargado del azúcar.

—Claro. Pues lo único que tenía que hacer era recorrer la isla visitando cañaverales y comprobar que los cubanos no alcanzan su cuota, porque nunca lo han hecho. En cuanto a informaciones secretas, el ejército cubano traslada ahora los misiles con bueyes en lugar de camiones, eso es todo lo que usted necesita saber al respecto. Cuanto más rápido acabemos con este pequeño incidente, mejor.

—También está el otro pequeño incidente de Rufo conmigo.

—Pues ¿quién sabe qué es usted? Gracias a usted, hemos perdido a un chófer y un apartamento.

—Me quedaré en el de Pribluda. Está vacío.

Bugai frunció los labios.

—No es la peor de las soluciones. Pretendo mantener este problema tan lejos de la embajada como me sea posible.

Arkady descubrió que hablar con Bugai era como tratar de pescar una medusa; cada vez que acechaba una respuesta el vicecónsul se alejaba flotando de su alcance.

—Antes incluso de que los cubanos encontraran el cuerpo, alguien en la embajada sabía que Pribluda tenía problemas y me mandó un fax. Sin firmar. ¿Quién podría ser?

—Ojalá lo supiera.

—¿No puede averiguarlo?

—No tengo suficiente personal para investigar a mi personal.

—¿Quién me asignó a Rufo?

—El Ministerio del Interior cubano nos asignó Rufo a nosotros. Rufo era su hombre, no el nuestro. No había nadie más a mano cuando usted llegó en plena noche. Yo no sabía quién era usted, exactamente, y todavía no lo sé. Desde luego, he llamado a Moscú y quizás hayan oído hablar de usted, pero no sé en qué está metido en realidad. El crimen no es mi especialidad.

—Estoy metido en la identificación de Pribluda. Los cubanos pidieron fotografías de él y querían venir a la embajada. Usted se lo negó.

—Bueno, este es mi campo. Para empezar, no tenemos fotografías. En segundo lugar, los cubanos aprovechan cualquier oportunidad para acceder a la embajada y husmear en asuntos delicados. Es un estado de sitio. Antes éramos los camaradas y ahora somos los criminales. Neumáticos pinchados en plena noche. Nos detienen y nos registran cuando la policía ve una matrícula rusa.

—Como en Moscú.

—Pero en Moscú el gobierno no tiene el control, esa es la diferencia. He de decir que nunca tuve problemas con Rufo hasta que usted llegó.

—¿Dónde está el embajador?

—En este momento no tenemos embajador.

Arkady cogió un taco de notas del escritorio y escribió: «¿Dónde está el agente del servicio secreto con quien comunicaba Pribluda?»

—No es un gran secreto —contestó Bugai—. El jefe de los guardias se encuentra aquí, pero no es más que un musculitos. El jefe de seguridad lleva un mes en Moscú, intentando conseguir un puesto en la gerencia de un hotel, y me dejó muy claro que mientras estuviese fuera no quería ninguna «bandera roja». Por mi parte, no pienso dejar que me llamen de Moscú a causa de un espía que tuvo un ataque cardíaco mientras flotaba en la oscuridad.

—Cuando Pribluda se comunicaba con Moscú, ¿utilizaba una línea segura?

—Mandamos mensajes codificados por correo electrónico, en un ordenador protegido que se limpia automáticamente. No queda el menor rastro en el disco duro cuando se borra el mensaje. Pero no mandamos muchos mensajes en código. Los habituales faxes, llamadas telefónicas y correspondencia electrónica se envían mediante ordenadores normales y me encantaría tener una destructora de papel que funcionara. —Arkady sacó la fotografía del Club de Yates de La Habana a fin de preguntar acerca de los amigos cubanos de Pribluda, pero el vicecónsul apenas si le dedicó una ojeada—. No tenemos amigos cubanos. Antes, cuando un artista ruso visitaba La Habana era todo un acontecimiento. Ahora, la gente ve películas norteamericanas en la televisión. Fidel las roba y las emite. No le cuesta nada. Algunas personas tienen antena parabólica y sintonizan con Miami. Además, está la santería; Fidel está dispuesto a fomentar el vudú para entretener a las masas. Supersticiones africanas. Desde que estoy aquí, esta gente se ha vuelto cada vez más africana.

Arkady guardó la foto del club de yates.

—Los cubanos necesitan una foto más clara de Pribluda. Seguro que la embajada tiene una foto de seguridad.

—Eso es cosa de nuestro amigo en Moscú. Tendríamos que esperar a que regrese de su búsqueda de trabajo, y podría tardar otro mes.

—¿Un mes?

—O más.

Bugai no dejaba de retroceder y Arkady no dejaba de avanzar, hasta que pisó un lápiz, que se rompió con un sonoro crujido. El vicecónsul se sobresaltó y su tranquilo aspecto de medusa fue reemplazado por el de una yema de huevo al ver un tenedor. Su nerviosismo hizo recordar a Arkady que había matado a un hombre; que fuera en defensa propia o no, el asesinato era un acto violento que sin duda no le atraería nuevos amigos.

—¿En qué trabajaba Pribluda, su agregado del azúcar?

—No puedo, de ninguna manera, decírselo.

—¿En qué trabajaba? —insistió Arkady separando las palabras.

—No creo que tenga usted la autoridad... —empezó a decir Bugai y se retrajo cuando Arkady se dispuso a rodear el escritorio—. Muy bien, pero lo hago bajo protesta. Hay un problema con el protocolo del azúcar, una cuestión comercial que usted no entendería. En resumen, nos mandan azúcar que no pueden vender en otros lugares, y nosotros les mandamos petróleo y maquinaria que no somos capaces de descargar en otros sitios.

—Eso me suena normal.

—Hubo un malentendido. El año pasado los cubanos pidieron que se renegociara un acuerdo ya firmado. Dada la hostilidad entre nuestros dos países, dejamos que interviniera una tercera parte, una empresa panameña de importación y exportación azucarera llamada AzuPanamá. Todo se resolvió. No sé por qué Pribluda lo investigaba.

—Pribluda, ¿el experto en azúcar?

—Sí.

—¿Y una fotografía de Pribluda?

—Déjeme ver —se apresuró a decir Bugai, antes de que Arkady diera otro paso. Retrocedió hasta las estanterías y extrajo un álbum de cuero; lo abrió sobre el escritorio y pasó varias páginas sujetas con argollas y llenas de fotografías montadas—. Invitados y acontecimientos sociales. El primero de mayo. El cinco de mayo mexicano. Le dije que Pribluda no asistía a estos actos. El cuatro de julio con los norteamericanos. Los norteamericanos no tienen una embajada, sino lo que se llama una sección de intereses, mayor que una embajada. Octubre, el día de la Independencia cubana. ¿Sabía que el padre de Fidel era un soldado español que luchó contra Cuba? Diciembre. Acaso haya una aquí. Solíamos celebrar una fiesta tradicional de Año Nuevo con un Abuelo Nieve para los niños rusos, todo un acontecimiento. Ahora solo tenemos unos cuantos niños, pero piden un Santa Claus y una fiesta de Navidad.

En la fotografía se veía a dos niñas con lazos en el cabello, sentadas en el regazo de un hombre barbudo con traje rojo, cuerpo redondo y las mejillas pintadas con colorete para dar la impresión de salud; unos regalos rodeaban un árbol de oropel. Detrás de los niños, junto a una mesa repleta de comida, unos adultos hacían cola y equilibraban platos con quesos y pastel de Navidad y copas de champán dulce. En el fondo, alguien que podría haber sido Serguei Pribluda se metía la mano entera en la boca.

El calor con ese traje era increíble.

—¿Era usted? —Arkady miró más atentamente la foto—. No parecía encontrarse bien.

—Insuficiencia cardíaca congestiva. Una válvula en mal estado. —Frotándose los brazos, Bugai rodeó el escritorio y hurgó en los cajones—. Fotos. Haré una lista de los posibles nombres y direcciones. Mostovoi es el fotógrafo de la embajada y también está Olga.

—Usted debería estar en Moscú.

—No, pedí Cuba. Puede que no tengan suficientes fármacos aquí, pero tienen médicos excelentes, más médicos por persona que cualquier otro país del mundo, y operan a cualquiera, ya sea general, granjero o un obrero que lía puros, da igual. ¿Moscú? A menos de ser millonario, uno tiene que esperar dos años, como mínimo. Estaría muerto. —Bugai parpadeó bajo un velo de sudor—. No puedo irme de Cuba.

Elmar Mostovoi poseía la jeta redonda de un mono, uñas curvadas y un bisoñé de rizos anaranjados que coronaba su cabeza cual un objeto comprado en una tienda de regalos para turistas. Arkady le calculó poco más de cincuenta y cinco años, pero en buena condición física, la clase de hombre que hace abdominales apoyándose en las yemas de los dedos; llevaba la camisa abierta y los pantalones arremangados a fin de lucir el pecho y unas pantorrillas afeitadas y tan lisas como tubos. Residía en Miramar, en la misma zona que la embajada, en un hotel en primera línea de mar llamado Sierra Maestra, que presentaba muchas de las características de un buque de carga a punto de hundirse: balcones inclinados, balaustradas oxidadas y vista al mar. El mobiliario de su apartamento, sin embargo —un sofá y sillones tapizados con piel color vainilla sobre una mullida alfombra lanuda—, resultaba bastante lujoso.

—Aquí meten a polacos, alemanes y rusos. Lo llaman Sierra Maestra, pero yo lo llamo Europa central. —Mostovoi insertó un Marlboro en una boquilla de marfil—. ¿Ha visto la máquina para hacer palomitas en el pasillo? Muy estilo Hollywood.

Su apartamento estaba decorado con carteles de películas (*Lolita, Al este del Edén*), de fotografías de un expatriado (en un *bistrot* de París, navegando, alguien agitando la mano hacia la Torre de Londres), libros (Graham Greene, Lewis Carroll, Nabokov), recuerdos (una polvorienta gorra de campaña, campanas de bronce, falos de mármol de tamaño creciente).

—¿Le interesan las fotografías? —preguntó.

—Sí.

—¿Las aprecia?

—A mi manera.

—¿Le agrada la naturaleza? —Era muy natural. Mostovoi tenía cajas repletas de fotografías de 20×25 de jóvenes desnudas ocultas detrás de palmeras, jugueteando en las olas, mirando a través de bambúes—. Un cruce entre Lewis Carroll y Helmut Newton.

—¿Tiene fotografías de sus colegas en la embajada?

—Bugai no deja de insistir en que saque fotos de lo que él llama acontecimientos culturales. No me interesan. No hay forma de que los rusos posen así. Ni siquiera hay forma de que se quiten la ropa.

—El clima, tal vez.

—No, ni siquiera aquí. —Mostovoi contempló, meditabundo, la fotografía de una cubana rebozada en arena—. No sé cómo, pero la gente aquí consigue equilibrar el socialismo y la ingenuidad. Y al mezclarme con los cubanos no experimento la paranoia que ha hecho presa del resto de nuestra comunidad, cada vez más reducida.

—¿A qué paranoia se refiere?

—A la paranoia de los ignorantes. Cuando un agente secreto como Pribluda aparece flotando en el puerto en plena noche, ¿qué hacía, sino espiar? Nunca cambiaremos. Es indignante. Es lo que ocurre a los europeos en el paraíso: nos matamos los unos a los otros y luego culpamos a los nativos. ¿Sabe?, el KGB solía crear personas muy civilizadas. En una ocasión le dije algo en francés a Pribluda y me miró como si le estuviese hablando en chino. —Mostovoi abrió otra caja. En la primera foto una chica apretaba una pelota de voleibol—. Mi serie sobre deportes.

—Más de las del ángulo dramático.

En la foto siguiente una mestiza arrullaba un cráneo en el regazo. Dirigía a la cámara una mirada sensual, a través de una melena de rizos que apenas si le cubrían los pechos. En torno a ella había velas derretidas, tambores y botellas de ron.

—Me he equivocado de caja —comentó Mostovoi—. Mi serie de los días lluviosos. Trabajamos aquí y tuve que usar los accesorios que tenía a mano.

El cráneo constituía un burdo facsímil; carecía de detalles alrededor del orificio nasal y de dientes, si bien a Arkady lo impresionó el número de artefactos que debía tener a mano un fotógrafo serio para un día de lluvia. En la siguiente foto, otra chica lucía una boina para modelar arcilla.

—Muy artístico.

—Muy amable. Se rumorea que habrá una exposición en la embajada. Bugai me toma el pelo y a mí me da igual. Solo espero estar presente con mi cámara cuando le dé el ataque cardíaco.

La mujer era entradita en carnes, de cabello fino, que se iba convirtiendo de rubio en gris, y un rostro ovalado de ojos pequeños y un tanto humedecidos por los recuerdos. Si bien su aire acondicionado se había estropeado, el apartamento de Olga Petrovna constituía un rinconcito de Rusia, con una alfombra oriental en la pared y geranios floridos en maceteros; un canario de un amarillo limón gorjeaba en una jaula. Dispuestos sobre la mesa, pan moreno, ensalada de alubias, sardinas, ensalada de col con semillas de granada y tres tipos de pepinillos; junto a un samovar eléctrico, un tarro de mermelada y tazas de té con asas de plata. Buscó para Arkady en los álbumes de fotos mientras, con modales femeninos, tiraba de su vestido donde se le adhería.

—Se remontan a veinticinco años. Qué vida aquella. Nuestras propias escuelas, con los mejores maestros, buena comida rusa. Era una verdadera comunidad. Nadie hablaba español. Los niños tenían sus propios campos de exploradores, todo en ruso, con tiro con arco, alpinismo y voleibol. Nada de esta idiotez cubana del béisbol. Nuestras propias playas, nuestros propios clubes y, por supuesto, cumpleaños y bodas, auténticas celebraciones familiares. Se sentía una orgullosa de ser rusa, de saber que estaba aquí para proteger el socialismo de las fauces norteamericanas, en esta isla tan lejos de casa.

Cuesta creer que fuéramos tan poderosos, tan seguros de nosotros mismos.

—¿Es usted la historiadora oficiosa de la embajada?

La madre de la embajada. Llevo más tiempo allí que nadie. Vine muy jovencita. Mi marido ha muerto y mi hija se casó con un cubano. A decir verdad, soy rehén de mi nieta. Si no fuera por mí, no hablaría nunca ruso. ¡Imagíneselo! Se llama Carmen. ¿Es ese un nombre adecuado para una chica rusa? —Olga Petrovna sirvió el té y le añadió mermelada con una sonrisa de conspiradora—. ¿Quién necesita azúcar?

—Gracias. ¿Su nieta fue a la fiesta de Navidad de la embajada?

—Aquí está. —Olga Petrovna abrió en la primera foto de lo que parecía el álbum más reciente, y señaló una niña de cabello rizado con un vestido blanco que le daba el aspecto de un pastel de bodas ambulante.

—Muy mona.

—¿Le parece?

—Absolutamente.

—De hecho, es una mezcla interesante de ruso y cubano. Muy precoz, un tanto exhibicionista. Carmen insistió... todos los niños insistieron... en un Santa Claus norteamericano. Eso pasa por ver la televisión.

De foto en foto, Arkady siguió los progresos de la niña hacia el regazo de Santa Claus, un susurro en su oreja y la retirada hacia la mesa de comida. Señaló una espalda ancha junto a la mesa.

—¿Ese no es Serguei Pribluda?

—¿Cómo lo sabe? Fue Carmen la que lo llevó a la fuerza a la fiesta. Serguei trabaja mucho.

Olga Petrovna tenía a Pribluda en gran estima: un hombre fuerte de familia verdaderamente obrera, patriótico, que nunca se emborrachaba, aunque tampoco era tímido, silencioso pero profundo; obviamente un agente, pero no de los que actúan de modo misterioso. Ciertamente, no era un debilucho como el vicecónsul Bugai.

—¿Se acuerda de la palabra «camarada»? —preguntó Olga Petrovna.

—Demasiado bien.

—Así definiría yo a Serguei Sergueevich, en el mejor sentido de la palabra. Y culto.

—¿En serio? —Esta era una imagen tan nueva de Pribluda que Arkady se preguntó si hablaban de la misma persona. Por desgracia, pese al respeto que sentía por el coronel, no tenía más fotos de él. Luego, con gran deleite:

—¡Oh, aquí está! —Una niña de unos ocho años, con uniforme escolar de un deslucido color pardo que ya le quedaba pequeño, se encontraba en el umbral de la puerta de la sala. Echó una mirada airada a Arkady por debajo de unas cejas en forma de uve—. Carmen, este es nuestro amigo, el ciudadano Renko.

La niña dio tres lentos pasos al frente, y gritó:

—¡Jai! —Y dio un puntapié que, por tres milímetros, no alcanzó el pecho de Arkady—. El tío Serguei sabe kárate.

—¿Ah, sí?

Arkady habría jurado que Pribluda era de los que dan un puñetazo en los riñones.

—Lleva un cinturón negro en el maletín.

—¿Has visto el cinturón?

—No, pero estoy segura. —Lanzó un golpe de ká-rate al aire, y Arkady dio un paso atrás—. ¿Lo ve? Pu-ños peligrosos.

—Ya basta —ordenó Olga Petrovna—. Sé que tie-nes deberes.

—Si él es amigo del tío Serguei querrá ver lo que sé hacer.

—Ya basta, jovencita.

—Estúpido abrigo. —Carmen miró a Arkady.

Olga Petrovna batió palmas hasta que la niña bajó la barbilla y se fue a la habitación contigua.

—Lo siento. Así son los niños ahora.

—¿Cuándo fue la última vez que vio a Serguei Ser-gueevich?

—Un viernes, después del trabajo. Yo había llevado a Carmen a tomar un helado en el Malecón y nos lo encontramos hablando con un cubano. Recuerdo que Carmen dijo que había oído un rugido, y Serguei Ser-gueevich dijo que su vecino tenía un león que se desa-yunaba a las niñitas. La pequeña se irritó tanto que tuvimos que volver a casa. Por lo general se entendían muy bien. —Cuando Arkady le pidió que le enseñara el lugar en un plano, ella señaló el malecón justo enfren-te del apartamento de Pribluda—. Serguei Sergueevich llevaba gorra de capitán, y el cubano tenía una de esas enormes cámaras de neumáticos que usan para pescar. Era negro, es lo único que recuerdo.

—¿Usted oyó un rugido?

—Algo, tal vez. —Al guardar los álbumes en su si-tio, Olga Petrovna preguntó—: ¿Cree que es cierto eso que dicen, que Serguei Sergueevich está muerto?

—Me temo que puede serlo. Algunos de los investigadores cubanos son muy competentes.

—¿De qué murió?

—De un ataque cardíaco, dicen.

—¿Pero usted tiene dudas?

—Solo me gusta estar seguro.

Olga Petrovna suspiró. En el tiempo que llevaba viviendo en La Habana, la ciudad se había convertido en otro Haití. Y Moscú estaba dominado por chechenos y bandas de gángsteres. ¿Adónde podía uno ir?

Arkady regresó al Malecón en taxi y caminó las últimas manzanas que lo separaban del apartamento de Pribluda. Pasó frente a niños que pedían chicles y hombres que ofrecían mulatas; e hizo caso omiso de las frases hechas con que intentaban iniciar una conversación, como «Amigo, ¿qué hora es?», o «¿de qué país?», o bien «Momentico, amigo». Arriba colgaban balcones, arabescos de picos de hierro forjado y plantas en maceteros, mujeres en bata de casa y hombres en ropa interior fumando puros, y música que cambiaba de una ventana a otra y a otra. Decadencia por doquier, calor por doquier, colores deslavados que intentaban mantener juntos yeso en proceso de desintegración y vigas carcomidas por el salitre.

Por un momento le pareció haber vislumbrado a un hombre que lo seguía en la oscuridad de los soportales. ¿Lo estarían siguiendo? No estaba seguro. Costaba distinguir una sombra cuando, a diferencia de uno, todos sabían en qué dirección iban las calles; cuando, a diferencia de uno, todos parecían estar en su lugar, con el mar a un lado y al otro un laberinto de montones de escombros, coches subidos a la acera, personas haciendo cola para un helado, un autobús, pan, agua.

De modo que continuó avanzando envuelto en su abrigo, atrayendo miradas como si fuera un monje que se hubiese desviado de la Vía Dolorosa.

6

Ofelia hizo de Arkady y el doctor Blas, de Rufo. Colocaron las mesas y, con una cinta adhesiva en el suelo de la sala de conferencias del IML, marcaron el perímetro de las paredes, las estanterías y las puertas del apartamento de la embajada rusa, a fin de «reconstruir los hechos» de la muerte de Rufo Pinero, para su propia información.

«La reconstrucción de los hechos» diferenciaba la medicina forense cubana de la norteamericana, la rusa y la alemana. En laboratorios cubanos, en la selva tropical de Nicaragua, en los polvorientos campos de Angola, Blas había reconstruido homicidios para asombro, no solo de los jueces, sino también de los propios criminales. Una reconstrucción de los hechos que tuvieran que ver con la muerte de un «neumático» ruso podría resultar imposible debido a que el cuerpo había ido a la deriva y se había deteriorado. La muerte de Rufo, sin embargo, tuvo lugar en un apartamento, no en el mar, y dejó ciertos hechos irrefutables: el cuerpo de Rufo con una descomunal jeringa arterial en la mano, un cuchillo con las huellas dactilares de Rufo clavado en una librería-vitrina, ninguna magulladura en el cuerpo del muerto, ningún desorden en la ropa, ninguna señal que indicara nada que no fuera un enfrentamiento rápido y mortal.

No obstante, el médico estaba fastidiado y respiraba con dificultad. Tuvieron en cuenta el hecho de que Rufo Pinero era un ex atleta, más alto y veinte kilos más pesado que Renko, tal vez más. El ruso, que obviamente no era del tipo atlético, se encontraba cansado y confuso por el viaje, aunque a todas luces no era obtuso. En opinión de Blas, esto describía bastante bien a Renko.

Escenificaron el ataque de diversos modos. Rufo se levantaba de una silla, esperaba en la habitación, entraba por la puerta. Daba igual. Blandían unas tijeras y un lápiz en lugar de un cuchillo y una jeringa. Blas no conseguía despachar a Ofelia con eficacia y rapidez, ni mucho menos. Parte del problema era que Ofelia se movía muy deprisa. Había corrido los cien metros en la escuela y no había engordado ni un kilo desde entonces; además, tenía la costumbre de apoyar el peso del cuerpo en una pierna y luego en la otra, costumbre que irritó a Blas.

Otro problema era que el ataque indicaba sorpresa. Pero, al usar tanto el «cuchillo» como la «jeringa», Blas se movía con lentitud y torpeza. El mero hecho de que sacara no solo una, sino dos armas, daba a la víctima tiempo para reaccionar. Rufo habría tenido que correr mucho por la habitación; tanto la mesa como las sillas habrían salido disparadas en todas direcciones de haber sido Ofelia la víctima.

—Tal vez fue un ataque impremeditado —comentó Blas.

—Rufo vestía un mono impermeable encima de la camisa y el pantalón. No hay nada de impremeditado en eso. Sabía lo que iba a hacer.

—Renko no parece tan escurridizo.

—Quizá sí, si lo amenazaron con un arma.

—Dos armas.

—No —decidió Ofelia—. Rufo tenía un arma, el cuchillo. La jeringa fue una sorpresa para él. —Se apresuró a hablar, pues era una mera detective y Blas un patólogo reconocido por el vigor de su metodología. Sin embargo, casi podía visualizar la lucha que había tenido lugar en ese apartamento—. Sabe que el ruso lleva siempre puesto ese ridículo abrigo. Creo que el cuchillo sujetó el abrigo a la librería. Hay una rasgadura en la solapa del abrigo y había una fibra del abrigo en el cuchillo. Creo que ese fue el momento en que Rufo murió.

—¿Con la jeringa?

—En defensa propia.

Blas tomó la mano de Ofelia, una mano fina en su palma olorosa a jabón.

—Lo que me maravilla de ti es lo comprensiva que eres con las gentes más increíbles. Solo que ahora no hacemos una investigación. Tú y yo no tratamos más que de satisfacer nuestra curiosidad profesional acerca de los hechos físicos de una muerte.

—¿Pero no se pregunta los motivos?

—No. —La expresión de Blas decía que no era machista, pero que, a su juicio, las mujeres solían perder el enfoque—. A ti te preocupa la jeringa. Muy bien. Perdimos una en el laboratorio. Tanto Rufo como Renko pudieron robarla. Pero ¿por qué iba a robarla Renko? ¿Para drogarse? No encontré drogas en la jeringa. ¿Como arma? Si temía por su vida no habría venido a La Habana. Analicémoslo mejor. Por ejemplo, observemos el carácter. Rufo era un timador, un oportunista. Vio la jeringa y la tomó. Renko es un ruso flemático; para él, todo está sujeto a un debate mental, te lo garantizo. Además está lo de la fuerza física. Renko no puede haber creído que sometería a alguien tan fuerte como Rufo. Ni siquiera en defensa propia.

—Tal vez no pensó, sino que reaccionó.

—¿Con una jeringa ya en la mano? ¿Una jeringa que de nada le servía? ¿Una jeringa que acabó en la mano de Rufo?

Ofelia apartó la mano de la de Blas.

—Acaso Rufo se la arrancó de la cabeza. Yo lo haría.

—¿Acaso? ¿Haría? Estás haciendo conjeturas. La verdad se revela mejor a la lógica que a la inspiración. —Blas había contenido el aliento—. Intentemos la reconstrucción de nuevo. Pero esta vez muévete más despacio; te olvidas de que Renko es un fumador, probablemente un bebedor y que ciertamente no está en buena forma. Tú, por otro lado, estás definitivamente en buena forma, eres más joven y más alerta. No veo cómo Renko podría empezar a defenderse. Tal vez Rufo resbaló. ¿Lista?

Rufo no era de los que resbalan», pensó Ofelia.

«En la universidad, Ofelia tenía una buena amiga, María. Unos años más tarde, María se casó con un poeta que se declaró defensor de los derechos humanos en La Habana.

Al poco tiempo, Ofelia vio en la televisión que lo habían condenado a veinte años por asalto y que a María la habían detenido por prostitución. Cuando Ofelia la visitó, María le dio una versión muy distinta; dijo que acababa de salir de casa por la mañana, cuando un hombre la agarró y le arrancó la ropa, allí mismo en la puerta de su propia casa. Cuando su marido salió corriendo para protegerla, el hombre lo tumbó de un puñetazo y le destrozó los dientes a patadas. Solo entonces apareció un coche de la policía, conducido por un único agente. Este solo tomó declaración al hombre, que alegó que María le había hecho proposiciones indecentes y que, cuando él la rechazó, el marido lo asaltó. María recordaba dos cosas más: que el asiento trasero del coche estaba cubierto ya por un plástico y que, al sentarse en el asiento del pasajero en el coche patrulla, el hombre que golpeó a su marido cogió dos tubos de aluminio, tubos de puros, y se los metió en el bolsillo de la camisa. Los puros eran suyos y los había dejado allí para no perderlos. El poeta y María se ahorcaron en diferentes cárceles el mismo día. Impulsada por la curiosidad, Ofelia leyó el informe de las detenciones, que declaraba que el buen ciudadano que había llegado paseando frente a la puerta era Rufo Pinero.

Rufo no necesitaba un arma, y mucho menos dos.

La cuestión de la jeringa la molestaba y la muerte de María la perturbaba, pero el ruso la enfurecía. Qué arrogancia, robar la llave de Rufo, como si supiera qué buscar en la habitación del cubano. ¡Pensar que podía ponerse frente a un plano de La Habana en el despacho de Pribluda y ver más que un papel!

Para Ofelia, cada calle en el plano, cada esquina, tenía recuerdos. Por ejemplo, su primera excursión escolar a La Habana, cuando saltaba vallas en lo que había sido el canódromo, en Miramar, a la que regresó esa noche con Tolomeo Durán y perdió su virginidad en la colchoneta del salto de altura. Eso era Miramar para ella. O el teatro en el barrio chino, donde a su tío Chucho lo apuñalaron mientras veía una película pornográfica. O la heladería Copelia en La Rampa, donde conoció a su primer marido, Humberto, mientras hacían cola durante tres horas para poder comer una cucharada de helado. O el bar La Floridita en La Habana vieja, donde pilló a Humberto con una mexicana. Más de un matrimonio había acabado porque las turistas acudían en busca de cubanos. Era fácil divorciarse en Cuba. Ofelia tenía amigos que se habían divorciado hasta cuatro o cinco veces. ¿Qué sabría un ruso de todo esto?

—Todavía demasiado rápido —resopló Blas.

7

Cuando Arkady llegó al malecón, La Habana se había hundido en las sombras vespertinas; el mar se adornaba de festones negros, y las golondrinas correteaban entre los soportales. Al subir por la escalera oyó la radio del vecino de la planta baja y algo que no era exactamente un rugido de león, pero sí, definitivamente, un retumbo.

Rendijas de luz penetraban a través de las persianas y se extendían sobre las paredes de la sala de estar de Pribluda, hasta descansar en el muñeco negro sentado en el rincón, con la cabeza acurrucada sobre un hombro. Quizá fuera por el ángulo bajo de la luz en el agua, pero el apartamento se le antojó sutilmente alterado: el techo más bajo, la mesa más ancha, una silla volteada en otra dirección. Desde niño, Arkady siempre ponía las sillas ligeramente ladeadas como para que conversaran en silencio. Una costumbre infantil, pero costumbre al fin.

Aparte de la puerta, solo se accedía al apartamento por el balcón y un conducto de aire en mitad del pasillo.

En el momento en que encendió las luces, un fallo eléctrico redujo la iluminación a la intensidad de velas. Colgó su abrigo en el armario del dormitorio y, mientras abría la maleta, metió el pasaporte en un zapato. Acaso las camisas estuvieran dobladas de modo distinto.

Si había fisgones, no se habían llevado comida, pues la reserva rusa en la nevera estaba entera. Arkady se sirvió agua helada de una jarra. Una tenue luz se arrastró de la nevera hasta los vasos sobre la mesa, el cuenco de la tortuga y los ojos de vidrio del muñeco de trapo. La pintura negra otorgaba a Chango no solo color sino también una suerte de tosco vigor. Arkady levantó el pañuelo rojo para tocar la cara, de toscos rasgos de cartón piedra: una boca a medio formar a punto de hablar, una nariz a medio formar a punto de respirar, una mano a medio formar a punto de hacer palanca con el bastón para que el muñeco se levantara. Los muñecos deberían ser más insustanciales, no tan conscientes y vigilantes, pensó Arkady. El sudor le corrió por la columna vertebral. Iba a tener que dejar de usar abrigo en La Habana.

El ruido procedente de abajo le recordó que tenía la intención de entrevistar al vecino de la planta baja, en una u otra lengua. Según la agente Osorio, el vecino era el que había alquilado ilegalmente el alojamiento del primer piso a Pribluda. La parte ilegal atraía a Arkady. Además, se preguntó por qué el vecino no quería usar ambas plantas. El estruendo resultaría aún más estereofónico.

El ruido paró. Qué interesante: el modo en que un apartamento con todas las persianas cerradas sonaba como una concha. El paso apenas audible de los coches, el rumor del agua en el malecón, el golpeteo del corazón.

Tal vez se equivocaba con lo de las sillas y la maleta, se dijo. Nada más parecía estar fuera de lugar. Abajo, el estruendo empezó de nuevo. Con el vaso en la mano, Arkady se acercó al teléfono del despacho y estudió la lista de números que había copiado de la pared de Rufo.

Daysi 32-2007
Susy 30-4031
Vi. Aflt. 2300
Kid Choc. 5/1
Vi. CYLH 2200 Angola

Ahora que lo pensaba, ¿por qué había dado por sentado que «Vi». significaba visitante? Cierto, él era un visitante que había llegado en Aeroflot, pero Rufo sabía que venía. ¿No habría sido más importante saber en qué día de la semana? Buscó en el diccionario ruso-español de Pribluda. Viernes. «Vi.» era viernes. Lo que sugería que en otro viernes, a las 22.00, en un lugar o con una persona con las iniciales CYLH, ocurriría algo que tuviera que ver con Angola. Si eso no era andarse con vaguedades, ¿qué lo sería?

Arkady probó con los nombres en la lista. Alguien contestó al primer timbrazo.

—Dígame.

—Hola, ¿es usted Daysi? —inquirió Arkady en ruso.

—Dígame —le contestaron en español.

—¿Es usted Daysi?

—Oye, ¿quién es?

En inglés:

—¿Es usted Daysi?

—Sí, soy Daysi.

—¿Habla inglés?

—Un poco, sí.

—¿Es amiga de Rufo?

—Muy poco.

—¿Conoce a Rufo Pinero?

—A Rufo, sí.

—¿Podríamos vernos y hablar?

—¿Qué?

—¿Hablar?

—¿Qué?

—¿Conoce a alguien que hable inglés?

—Muy poco.

—Gracias.

Arkady colgó y lo intentó con Susy.

—*Hi.*

—Hola, usted habla inglés.

—*Hi.*

—¿Puede decirme dónde encontrar a Rufo Pinero?

—¿El coño de Rufo? ¿Es amigo suyo? Es un cabrón y comemierda. Oye, hombre, síngate y singa a tu madre también.

—No la entendí.

—Y singa tu perro. Cuando veas a Rufo, pregúntale dónde está el dinero de Susy. O mi regalito de QVC.

—Digamos que conoce a Rufo. ¿Conoce a alguien que hable inglés o ruso?

—Y dile ¡chupa mis nalgas hermosas!

Mientras Arkady buscaba «chupa» en el diccionario, Susy colgó el auricular.

Un ruido lo atrajo hacia la sala, aunque no encontró

más que a Chango, que seguía observándolo airadamente desde la silla. El muñeco, todavía malhumorado, todavía demasiado pesado en la parte superior, se había desmoronado un poco. ¿Habría vuelto la cabeza desde la última vez que Arkady había estado en la sala, habría alzado los ojos para echar una mirada de soslayo? Por alguna razón, Arkady recordó al gigantesco comandante que había visto en una pared la noche anterior; le hizo pensar en cómo la figura se cernía por encima de las farolas, cual un espectro omnisciente que lo veía todo, o en cómo un director se colocaba en la oscuridad, al fondo de un teatro. Arkady se había sentido sumamente pequeño e inerme.

Volvió a llenar el vaso y regresó al despacho y al plano de La Habana sobre el escritorio. Frente al plano, Arkady se dio cuenta del alcance de su ignorancia. ¿Barrios llamados La Habana vieja, Vedado, Miramar? Sonaban preciosos, pero igual podría haber estado mirando unos jeroglíficos. Al mismo tiempo, qué alivio encontrarse lejos de Moscú, donde cada calle le hacía pensar en Irina o en el café de periodistas al que le gustaba ir, el atajo al teatro de títeres, la pista de hielo donde lo había provocado para que volviera a patinar. En cada esquina esperaba verla aparecer, arremetiendo más que andando, como siempre, con la bufanda y el largo cabello violentamente agitados, como banderas. Hasta había regresado a la clínica, desandando el camino, cual un hombre que busca ese paso, ese error fundamental que podría corregir para que todo volviera a ser como antes. Pero su futilidad aumentaba a medida que los días pasaban, como olas, una cresta negra tras otra, y la distancia entre Arkady y la última vez que la había visto no hacía más que agrandarse.

De hecho, el trabajo mismo le recordaba que el tiempo era algo de una sola dirección. Un homicidio significaba, por definición, que alguien había llegado demasiado tarde. Desde luego, resultaba relativamente sencillo investigar un crimen ya cometido. Investigar uno que no hubiese sido cometido aún, ver las líneas antes de que se entrecruzaran, eso sí que requeriría habilidad.

Al oír el crujido de la madera, Arkady descubrió al sargento Luna, de pie en la puerta del despacho. No era solo el sonido, pensó Arkady, sino un campo magnético entero que atravesaba el umbral. No lo reconoció de inmediato, pues el sargento vestía tejanos, sudadera y una gorra con el lema *Go Gators*. Calzaba unas zapatillas Air Jordan, y sus musculosas manos se flexionaban en torno a un largo bate de metal, diríase que para doblarlo en dos. Solo por el vigor con que movía los pies se notaba que era un atleta nato. Tenía los brazos y la sudadera manchados de tierra, como si viniera directamente de un partido. En el bate se leía «Emerson».

—Sargento Luna, no lo oí entrar.

—Porque camino silenciosamente y tengo llave.

Luna levantó una llave para demostrárselo y se la guardó en un bolsillo. Su voz era como hormigón mojado que alguien remueve con una pala. Lo estrecho de la gorra destacaba tanto la redondez de su cabeza como los músculos que resaltaban en su frente y en su mandíbula. El blanco de sus ojos semejaba la clara de un huevo frito. Sus bíceps se tensaban de rabia.

—Usted también habla ruso.

—Lo aprendí por ahí. Se me ocurrió que podíamos hablar sin la presencia del capitán o de la detective, sin nadie más.

—Me gustaría hablar. —Luna se había mostrado tan callado en presencia del capitán Arcos, que Arkady tenía ganas de escucharlo. No obstante, el bate lo inquietaba—. Le traeré algo de beber.

—No, solo hablar. Quiero saber lo que está haciendo. Arkady empezaba siempre con la sinceridad.

—Yo mismo no estoy muy seguro. Solo que no me pareció que la identificación del cuerpo era del todo segura. Desde que Rufo me atacó, creo que hay más cosas que debo descubrir.

—¿Cree que fue estúpido por parte de Rufo?

—Es posible.

—¿Quién es usted?

Luna lo tocó con la punta gorda del bate.

—Ya sabe quién soy.

—No, quiero decir que qué es. —Luna volvió a pincharlo con el bate en las costillas.

—Soy un investigador de la fiscalía. Me gustaría que dejara de hacer eso.

—No, no puede ser un investigador aquí. Solo puede ser un turista, no un investigador. ¿Entendido? ¿Comprende?

Luna lo rodeó. Para Arkady, era como hablar con un tiburón.

—Lo entiendo perfectamente.

—Yo no iría a Moscú para decirle cómo hacer las cosas. Sería una falta de respeto. Además, ha matado a un ciudadano cubano.

—Lamento lo de Rufo. —Hasta cierto punto, se dijo Arkady.

—A mí me parece que es un incordio.

—¿Dónde está el capitán Arcos? ¿Lo ha mandado él?

—No se preocupe por el capitán Arcos. —El sargento lo pinchó de nuevo con el bate.

—Va a tener que dejar de hacer eso.

—¿Va a perder los estribos? ¿Va a atacar a un sargento del Ministerio del Interior? Me parece que sería una mala idea.

—¿Qué cree que sería una buena idea? —Arkady trató de hacer hincapié en lo positivo.

—La buena idea sería que comprendiera que no es cubano.

—Le juro que no creo que soy cubano.

—No sabe nada de aquí.

—No podría estar más de acuerdo con eso.

—No haga nada.

—Eso es, básicamente, lo que hago: nada.

—Entonces, podemos ser amistosos.

—Amistoso está bien.

Por su parte, Arkady sentía que se estaba mostrando agradable, tan suave como una porción de mantequilla, pero Luna seguía dando vueltas a su alrededor.

—¿Eso que tiene allí es un bate de béisbol? —inquirió.

—El béisbol es un deporte nacional. ¿Quiere verlo? —Luna le ofreció el bate por el mango—. Haga como que va a golpear la pelota.

—No, gracias.

—Tómelo.

—No.

—Entonces, yo lo tomaré —dijo Luna y pegó a Arkady en el muslo izquierdo, justo por encima de la rodilla. Arkady cayó al suelo, y Luna se colocó a sus espaldas—. ¿Ve? Tiene que doblarse y dar un paso adelante para dar impulso a la pelota. ¿Lo sintió?

—Sí.

—Tiene que volverse hacia la pelota. ¿Es de Moscú?

—Sí.

—Le voy a decir algo que debí decirle antes. Soy de Oriente, del este de Cuba.

Cuando Arkady trató de ponerse en pie, Luna le dio un batazo en la parte posterior de su otra rodilla y Arkady cayó boca arriba, con la cabeza en el pasillo; empezó a gatear hacia la sala a fin de alejar al sargento de la lista de números de teléfono. «Siempre pensando», se dijo. Luna lo siguió.

—Los hombres de Oriente son cubanos, pero lo son más —continuó Luna—. O uno les cae bien o les cae mal. Si uno les cae bien, tiene un amigo para toda la vida. Si uno les cae mal, tiene un problema. Está jodido. —De una patada lo puso boca abajo—. Su problema es que a mí no me caen bien los rusos. No me gusta cómo hablan, no me gusta su olor, no me gusta su aspecto. No me gustan, punto. —Aunque el pasillo era demasiado estrecho para que pudiera blandir bien el bate, Luna le daba en las costillas con el bate para subrayar cada frase—. Cuando dieron una puñalada trapera a Cuba, los echamos de aquí. —Un golpe—. Cientos de rusos salían en avión cada día. —Otro golpe—. La noche antes de que echáramos a la KGB alguien pinchó las ruedas de todos los coches de la embajada para que tuvieran que caminar —otro golpe— al aeropuerto. Es cierto —un nuevo golpe—. Los cabrones tuvieron que buscar coches en el último minuto. Si no, piensa, qué vergüenza —otro golpe—: que los rusos caminaran veinte kilómetros hasta el aeropuerto —un nuevo golpe.

Arkady gritó pidiendo socorro, si bien sabía demasiado bien que gritaba en la lengua equivocada y que con el ruido de abajo nadie lo oiría. Una vez en la sala se puso de pie, apoyándose en la pared y, sosteniéndose en piernas que se movían para todos lados, acertó a asestar un golpe que arrancó un gruñido del hombre más corpulento. En tanto los dos peleaban, dando vueltas alrededor de la mesa, el cuenco de la tortuga cayó al suelo. Finalmente, el sargento se soltó lo bastante para volver a blandir el bate y Arkady se encontró en la alfombra, parpadeando para protegerse de la sangre, a sabiendas de que había perdido unos segundos de memoria y un par de células cerebrales. Sintió un pie sobre el cuello; Luna se inclinó profundamente para registrar los bolsillos de la camisa y del pantalón de Arkady. Todo lo que este veía era la alfombra y Chango que, desde su silla, le devolvía la mirada. Allí no halló ninguna señal de piedad.

—¿Dónde está la foto?

—¿Qué foto?

El pie presionó la tráquea de Arkady. En fin, era una pregunta tonta, reconoció el ruso. Había una sola foto, la del Club de Yates de La Habana.

—¿Dónde? —Luna aflojó la presión para darle otra oportunidad.

—¿Primero no la querían y ahora sí? —Al sentir que se le cerraba la tráquea añadió—: En la embajada. Se la di a los de la embajada.

—¿A quién?

—A Zoshchenko.

Zoshchenko era el caricaturista preferido de Arkady, quien sintió que la situación precisaba un poco de sentido del humor. Esperaba que no hubiese un pobre Zoshchenko en la embajada. Oyó que Luna palmeaba el bate.

—¿Quiere que lo joda?

—No.

—¿Quiere que lo joda de verdad?

—No.

—Porque se quedará jodido.

Aunque Arkady se hallaba clavado, cual un insecto, se esforzó por asentir con la cabeza.

—Si no quiere que lo joda, quédese aquí. A partir de ahora es un turista, pero solo hará turismo en esta habitación. Le mandaré comida cada día. No va a salir. Quédese aquí. El domingo regresa a casa. Un viaje tranquilo.

Eso sonaba tranquilo, cierto.

Satisfecho, Luna quitó el pie del cuello de Arkady, le levantó la cabeza por el pelo y le dio un último batazo, como para despachar a un perro.

Cuando Arkady volvió en sí era de noche y se hallaba todavía pegado al suelo. Arrancó la cabeza de la alfombra y rodó sobre sí mismo hasta llegar a la pared, a fin de mirar y escuchar, antes de atreverse a moverse más. En torno a un ojo chorreó más sangre. El mobiliario constituía una masa de sombras. Los ruidos del trabajo se habían detenido abajo, sustituidos por la empalagosa melodía de un bolero. Luna se había marchado. Menudas vacaciones, pensó Arkady. Y ciertamente el peor suicidio al que hubiese asistido.

El solo hecho de ponerse en pie resultó una hazaña de equilibrio; diríase que el bate del sargento había empujado el fluido de un oído al otro. Sin embargo, consiguió arrastrar una silla y apuntalar la puerta.

Una vez limpiada la sangre, la cara en el espejo del cuarto de baño no estaba tan mal: tuvo que afeitar el pelo alrededor de una herida en el nacimiento del cabello y cerrarla con tiritas que encontró en el botiquín. Aparte de eso, solo había una ligera modificación en la topología de la parte trasera del cráneo, además de tener el puente de la nariz algo más ancho, un chichón en la frente, una duradera impresión de la alfombra en la mejilla y dificultad para tragar, pero todos los dientes se hallaban en su lugar. Tenía la impresión de que las piernas estaban fracturadas; no obstante, funcionaban. Luna había hecho un buen trabajo: había limitado los daños a magulladuras y humillaciones.

Cojeó hacia el armario del dormitorio y encontró los bolsillos del abrigo vueltos del revés, pero el pasaporte y la fotografía del Club de Yates de La Habana seguían en el zapato, donde los había metido. El mareo y las náuseas aumentaron, señal segura de una conmoción cerebral.

La alfombra de la sala estaba llena de sangre lodosa. Como cualquier fiesta, se dijo, lo más difícil era limpiar después. Lo haría más tarde. Lo primero era lo primero. En un cajón de la cocina encontró una piedra de afilar y un cuchillo para deshuesar, de cuchilla fina que afiló concienzudamente. En la silla que apuntalaba la puerta equilibró una bolsa llena de latas vacías que harían las veces de alarma y, acaso, de diversión; desenroscó todas las bombillas de la sala y del pasillo, de modo que, si Luna regresaba, entraría en la oscuridad y su silueta se recortaría contra la luz. Lo más que pudo hacer con la rejilla del conducto del aire acondicionado fue cerrarla con un palo. Lo más que podía hacer para su cabeza era tumbarse boca arriba, cosa que iba a hacer cuando se desmayó.

No se sentía descansado. No tenía idea de la hora; la habitación se hallaba a oscuras. No habría sabido en qué habitación se encontraba, de no ser por las duras cerdas de la alfombra en la cara. Como un borracho, no estaba del todo seguro de dónde quedaba arriba y dónde abajo.

Su cuerpo se había acomodado en la posición que menos dolor le provocaba, teniendo en cuenta que todo es relativo, y, al igual que una silla rota, no tenía intenciones de volver a enderezarse. Pese a esto, lo hizo, porque un poco de circulación probablemente fuese buena para las extremidades magulladas. La tortuga pasó a su lado, casi trotando. Arkady la siguió a cuatro patas hasta la nevera, sacó la jarra de agua y se regodeó en el suave y nada amenazador nimbo de la bombilla del aparato.

Desde un punto de vista puramente objetivo resultaba interesante constatar que se sentía mucho peor que antes. Le dolía beber agua. Tocarse la cabeza con un pañuelo húmedo combinaba el tormento con el alivio.

A Irina le agradaba decir «cuidado con lo que deseas», refiriéndose, claro, a sí misma. Habiéndola perdido, lo que había deseado era el fin del sentimiento de culpabilidad, pero no se refería a que lo mataran a golpes. En Moscú dejaban que uno se suicidara a solas. En La Habana no había un solo momento de paz.

El cable del teléfono había sido arrancado de la pared, aunque, de todos modos, Arkady no estaba seguro de a quién podía llamar. ¿La embajada, para que se atemorizaran al ver todos los problemas que provocaba uno de sus ciudadanos?

La oscuridad estaba tan quieta que Arkady casi oía cómo la luz del faro barría la bahía, casi sentía el roce del haz en las persianas.

—No se vaya —le había dicho Luna.

Arkady no tenía intención de hacerlo. Descansó la cabeza en la nevera y se durmió.

Cuando despertó de nuevo, la luz de la mañana entraba a raudales. Levantó la cabeza con el mismo cuidado con que habría levantado un huevo roto. El petardeo de los coches y los gritos en el malecón sonaban altos y enérgicos, magnificados por el sol.

A trompicones cruzó el pasillo hasta el espejo del cuarto de baño. La nariz no había mejorado y la frente tenía el tono oscuro de una nube de tormenta. Se bajó los pantalones a fin de ver las rayas que habían dejado los batazos en sus piernas.

«Descanso y agua» se dijo. Ingirió un puñado de aspirinas pero no se atrevió a ducharse, por miedo a resbalar, por miedo a no oír si se abría la puerta del apartamento, por miedo al dolor.

Dio dos pasos y se mareó, pero consiguió llegar al despacho. Arkady se había alejado de allí gateando cuando Luna empezó a demostrar sus habilidades de jugador de béisbol, a fin de alejar al sargento de la miserable lista de teléfonos que había copiado de la pared de Rufo. Por extraño que pareciera, esta se hallaba donde Arkady la había dejado, en el diccionario ruso-español, lo que significaba que Luna no sabía cómo registrar o que había ido exclusivamente a buscar la foto del Club de Yates de La Habana.

Puesto que ahora contaba con tiempo, Arkady pensó que un verdadero investigador aprovecharía la oportunidad para aprender un poco de español, llamar para que repararan el teléfono y volver a tratar de hablar con Daysi y Susy. En lugar de esto, se deslizó por la pared hasta sentarse, con el cuchillo en la mano. No se dio cuenta de que se había dormido hasta que un petardeo en la calle lo despertó con un sobresalto.

No es que tuviera miedo.

Dos jóvenes policías uniformados, uno blanco y el otro negro, patrullaban por el Malecón. Aunque llevaban radios, pistola y porras, sus órdenes parecían todas negativas: no te apoyes en el muro del malecón, no escuches música, no fraternices con las chicas. Si bien no parecían prestar mucha atención al edificio, a Arkady se le ocurrió que sería más sensato huir de noche.

Limpió la alfombra porque resultaba demasiado deprimente mirar su propia sangre seca. Abajo, la música había cambiado a una salsa con el trabajo por tema, acompañada por el ruido de un taladro. Arkady no sabía si se encontraba encima de un apartamento o de una fábrica. No toda la sangre desapareció de la alfombra; quedaba suficiente para parecer una rosa jaspeada.

Luna podía fregar el bate, y Arkady estaba seguro de que el equipo de béisbol al completo estaría dispuesto a jurar que el sargento estaba jugando en un campo con ellos. ¿Cuántos jugadores formaban un equipo? ¿Diez, veinte? Testigos más que suficientes. Bugai no presentaría una protesta. Aunque se atreviera a hacerlo, ¿a quién se quejaría, sino a Arcos y Luna? ¿La única comunicación que Arkady podía esperar entre la embajada y Luna era la pregunta: «¿Trabaja aquí un tal Zoshchenko? ¿No? Gracias, muchas gracias.»

Para mantener la moral alta, Arkady se afeitó, con cuidado de no tocar las zonas heridas, y al peinarse intentó cubrirse las tiritas en el nacimiento del cabello. Cuando las náuseas disminuyeron lo celebró poniéndose camisa y pantalones limpios, con lo que su aspecto era el de una acicalada víctima de un crimen violento. Además, ató otro cuchillo a una escoba que usaría como lanza, y, ufano con su hazaña, echó un vistazo a través de las persianas del balcón.

Un coche patrulla de la PNR aparecía más o menos cada cuarenta minutos. Entretanto, los patrulleros libraban su propia lucha contra el aburrimiento, fumando un cigarrillo a hurtadillas, clavando la mirada en el mar, contemplando a toda la gama de cubanas pasar contoneándose en *shorts* y zapatos de plataforma.

Ya muy avanzada la tarde, Arkady despertó, con una sed gigantesca y un dolor de cabeza agravado por el ruido de la planta baja. Tomó aspirinas y agua mientras admiraba la variedad de dientes de ajo y setas en salmuera que almacenaba Pribluda. No le apetecía la comida de momento, y, cuando dio la espalda a la nevera, se percató de que Chango había desaparecido. El muñeco que antes reposaba en la silla se había desvanecido.

¿Cuándo? ¿Durante la conferencia de Luna acerca de las sutilezas del béisbol? ¿Con el sargento o por voluntad propia? La desaparición del muñeco bastó para recordar a Arkady que un coche patrulla acudiría de un momento a otro y que Luna se había retrasado. A través de las rendijas de la persiana vio a dos chicas negras, con idéntico pantalón ciclista color amarillo limón, coquetear con los policías.

Algunas vacaciones se alargaban y otras pasaban volando, sin tiempo siquiera para broncearse. Arkady decidió que cuando un muñeco de tamaño natural empezaba a andar por su propio pie y se marchaba había llegado el momento de irse también, de acampar en la embajada rusa, aunque no fuese bien venido. O en el aeropuerto. Los aeropuertos de Moscú, por ejemplo, estaban atestados de gentes que no iban a ninguna parte.

Arkady se puso el preciado abrigo, con la lista de teléfonos y la foto en un bolsillo, y las llaves y el cuchillo en el otro. Apartó de la puerta la silla y la bolsa de latas vacías. Todavía tenía la llave del coche de Pribluda y hasta quizá, ¿quién sabe?, hasta fuera capaz de conducirlo. Al bajar tambaleándose, los escalones vibraban bajo sus pies.

Desde la puerta del edificio vio a las chicas y a los dos policías bromear y presumir. Detrás de ellos, el cielo cubano era dorado con filo azul, más una mezcla de día y noche que una simple puesta de sol. Mientras un coche —¡Dios, un Zaporojets de dos asientos!— pasaba, traqueteando y escupiendo humo negro, Arkady se deslizó hacia la larga sombra de los soportales.

8

Ofelia vestía una camiseta rojo cereza y *shorts* tejanos con un parche de Minnie Mouse en el bolsillo posterior. Sentada frente a la Casa de Amor en un DeSoto del 55, color aguamarina, se preguntaba: ¿Será el humo de los puros, algo en el ron, las dos cucharadas de azúcar en el café, lo que vuelve locos a los hombres? Como viera a otra joven cubana cogida del brazo de otro gordo y calvo turista español que no sabía hablar sin cecear, mataría.

Había detenido a muchos. Algunos eran hombres de familia que nunca habían sido infieles, pero a los que de pronto se les antojaba antinatural pasar una semana en La Habana sin una chica. La mayoría, sin embargo, eran la clase de escoria humana que acudía en busca de cubanas, como antes iban a Bangkok o a Manila. Ya no se le llamaba trata de blancas, sino turismo sexual. Más eficiente. En todo caso, no era de blancas, no; lo que los turistas en Cuba querían eran mulatas o negritas. De cuanto más al norte era el europeo, tanto más seguro de que buscaba la experiencia de tirarse a una negra.

La Casa de Amor había sido un motel de diez habitaciones con patio y puertas correderas de aluminio, en torno a una piscina. Una mujer corpulenta en bata de casa leía un libro de bolsillo, sentada en una silla de metal en lo que antes era césped, ahora pavimentado y pintado de verde. En la oficina había, además del registro, una selección de condones, cerveza, ron y Tropicola. El indicio de que algo malo ocurría era que el agua de la piscina estaba limpia. La piscina era para los turistas.

La concurrencia entraba y salía. Ofelia ya se había vuelto experta en diferenciar a los alemanes (rosados) de los ingleses (cetrinos) y de los franceses (*shorts* de safari), mas lo que ahora esperaba era un uniforme cubano. La ley era inútil. El derecho cubano excusaba a los hombres que hacían proposiciones sexuales, dando por sentado que era cosa masculina, y dejaba en manos de Ofelia la carga de probar que la chica era la que había abordado al hombre. Ahora bien, cualquier mujer cubana de más de diez años sabía cómo incitar a un hombre para que hiciera la primera proposición. Una chica cubana podía hacer que san Jerónimo la abordara.

La policía era inútil, peor que inútil; los policías explotaban a las chicas, les exigían dinero para dejarlas entrar en los vestíbulos de los hoteles, pasearse por el puerto deportivo, llevar a los turistas a lugares como la Casa de Amor, que era, se suponía, para las actividades conyugales de las parejas cubanas que no disponían de suficiente intimidad en casa. Pues las jineteras tenían el mismo problema y pagaban más.

La concurrencia entraba y salía del despacho al que las chicas, cual pequeños remolcadores, guiaban a sus clientes. Ofelia las dejó en paz. Alguien con autoridad había hecho arreglos con la Casa de Amor y lo que más deseaba Ofelia era que un repugnante comandante de la PNR viniera a comprobar su operación, la viera en el coche y la invitara a unirse a su grupo. En el bolso de paja tenía la placa y una pistola. ¿La expresión en la cara del poli cuando las sacara? ¡Vaya!

A veces Ofelia tenía la impresión de que era ella contra el mundo. Esta débil campañita suya contra una industria que era casi oficial. El Ministerio de Turismo desalentaba las medidas verdaderamente enérgicas contra las jineteras, pues constituían una amenaza para el futuro económico de Cuba. Si deploraban la prostitución, ¿por qué añadían siempre que las prostitutas de Cuba eran las más bonitas y sanas del mundo?

La semana anterior había detenido a una jinetera de doce años en la plaza de Armas. Doce años, uno más que Muriel. ¿Eso era un futuro?

No pensó mucho en Renko hasta que abandonó la vigilancia al final de la jornada y fue al IML a comprobar si habían etiquetado al ruso muerto para su transporte; al ver que no lo habían hecho buscó a Blas. Lo encontró trabajando en una mesa del laboratorio.

—Estoy averiguando algo —le explicó Blas—. No estoy investigando, pero armaste tanto alboroto por lo de la jeringa que creo que esto te interesará a ti más que a nadie.

Su instrumento era una videocámara modificada para que cupiera en un microscopio. Habían extraído la lente del microscopio, a fin de que la videocámara enfocara directamente una pasta grisácea extendida sobre un portaobjetos. Un cable iba de la cámara a la pantalla del vídeo, en la cual había una versión ampliada de la pasta con graduaciones de color que iban del negro betún al blanco yeso. Delante del monitor se hallaba una jeringa de embalsamamiento.

—¿La de Rufo? —preguntó Ofelia.

—Sí, la jeringa que robaron de aquí, de mi propio laboratorio, encontrada en la mano de Rufo. Bochornoso, pero también informativo, porque, ¿sabes?, el tejido metido en el interior de la aguja constituye una muestra tan buena como una biopsia.

—¿Lo exprimiste?

—Por pura curiosidad. Porque somos científicos —respondió Blas en tanto movía el portaobjetos en minúsculos segmentos bajo la cámara—. Yendo de atrás para adelante: tejido cerebral, sangre que corresponde al grupo sanguíneo de Rufo, hueso, material del caracol óseo del oído de Rufo, piel, más sangre y piel. Lo interesante es la última sangre, que en realidad es la primera que entró en la aguja. Dime lo que ves.

La pantalla constituía un hervidero de células, unas grandes muy rojas y otras, más pequeñas, con un núcleo blanco.

—Células sanguíneas.

—Vuelve a mirar.

«Con Blas siempre se aprende», pensó Ofelia. Al volver a observar notó que muchas de las células rojas parecían aplastadas, o estalladas, como granadas demasiado maduras.

—Les pasa algo. ¿Una enfermedad?

—No. Lo que ves es un campo de batalla, un campo

de batalla entre células enteras, fragmentos dc células y racimos de anticuerpos. Esta sangre tiene hemólisis, está en guerra.

—¿Consigo misma?

—No, es una guerra que solo tiene lugar cuando dos grupos sanguíneos entran en contacto. ¿El de Pinero y...?

—¿El de Renko?

—Probablemente. Me encantaría una muestra del ruso.

—Dice que no lo tocó.

—Yo digo lo contrario —exclamó Blas, contundente, y Ofelia sabía que, cuando se mostraba contundente, casi siempre tenía razón.

—¿Hará un análisis para ver si hay drogas?

—No hace falta. No estuviste presente en la autopsia de Rufo, pero puedo decirte que en sus brazos había cicatrices de inyecciones antiguas. ¿Sabes lo que vale una nueva jeringa para un adicto? Esto prueba que Rufo tenía dos armas.

—Pero Renko está vivo y Rufo muerto.

—Reconozco que eso es lo desconcertante.

Ofelia pensó en la rasgadura en el abrigo de Renko. Era del cuchillo. ¿Por qué no iba a mencionar una herida hecha con la jeringa?

Blas observó que Ofelia llevaba todavía *shorts* y camiseta minúscula, que sus rizos negros brillaban y su tez morena resplandecía.

—¿Sabes?, el mes que viene tengo que asistir a una reunión en Madrid. Me iría bien alguien que me ayudara con el proyector y los gráficos. ¿Has estado en España?

El doctor era popular entre las mujeres que trabajaban para él. De hecho, una invitación para acompañarlo a una conferencia internacional sobre patología era uno de los premios del instituto. Era un hombre admirado, impresionante, enchufado con la élite del gobierno y lo único negativo que Ofelia encontraba en él era que su labio inferior, anidado en la barba bien recortada, estaba siempre mojado. Con esto bastaba.

—Suena bien, pero tengo que cuidar a mi madre.

—Detective Osorio, ya van dos veces que te invito a una conferencia. Ambas interesantes, ambas en lugares fascinantes, y siempre me contestas que tienes que cuidar a tu madre.

—Es muy, pero que muy frágil.

—Pues espero que se cure.

—Gracias.

—Bueno, si no puedes ir, no puedes ir.

Blas apartó el microscopio y la cámara como si fuesen una cena enfriada. Los ojos de Ofelia, no obstante, permanecieron fijos en el monitor, en la ampliación del campo de batalla entre células sanguíneas, en la cual halló una nueva respuesta.

9

Había más miembros de la PNR apostados en el Malecón de los que Arkady esperaba ver. Dobló en la primera calle perpendicular a la playa, luego evitó un coche patrulla en la siguiente esquina y se encontró detrás de la manzana de la que acababa de salir, en un callejón en el que había un antiguo todoterreno chato pintado con pintura roja para casas. Detrás de este, otros dos todoterrenos, verde y blanco, respectivamente, cada uno con arcos de tubo y tapicería nuevos. Brillaban bajo farolas enchufadas a un generador que zumbaba detrás de las puertas abiertas de un taller, donde un hombre en mono examinaba una cámara de neumático que sostenía en un barreño lleno de agua. Alzó una cara blanca y afable y llevó la cámara hacia una manguera de aire comprimido.

—Necesita aire —comentó en ruso.

—Supongo que sí —contestó Arkady.

En el interior, debajo de una bombilla enjaulada que colgaba de un cable, un Jeep descansaba sobre una rampa y, debajo de este, un hombre trabajaba boca arriba.

Al acelerarse el motor, una manguera de caucho pegada al tubo de escape lanzaba humo blanco en el callejón. Había más señales de la naturaleza improvisada del taller, como la falta de foso de reparación y de plataforma de elevación hidráulica. Un motor colgaba de unas cadenas suspendidas de una viga encima del desorden de tanques, armarios con herramientas, latas de grasa, amperímetros, neumáticos, una llave para tuercas y una cavidad para neumáticos, una silla plegable detrás de un banco de trabajo lleno de mazos, un tablero de ganchos con aros de émbolo, abrazaderas y tornillos de banco, así como trapos grasientos por todas partes y una cortina de cuentas que separaba la zona de trabajo de la zona privada. Arkady comprendió que se encontraba justo debajo de la sala de Pribluda. Junto al todoterreno, un descomunal radiocasete hacía la competencia al estrépito del taller. Puesto que la capota estaba levantada, Arkady vio un motor de Lada trasplantado que resonaba como un guisante en una lata. Una gorra de punto, una cara manchada y una barba sucia salieron de debajo del coche y escudriñaron a Arkady desde un ángulo invertido.

—¿Ruso?

—Sí. ¿Resulta obvio para todos?

—No es tan difícil. ¿Ha tenido un accidente?

—Más o menos.

—¿De tráfico?

—No.

El mecánico alzó la vista hacia el objeto de su trabajo.

—Si necesita coche, los hay peores que este. Un Jeep del 48. Trate de conseguir repuestos para un Jeep del 48.

Lo mejor que he conseguido ha sido un Lada 2101; tuve que eliminar el diferencial y adaptar los frenos. Ahora lo que me está volviendo loco son los cierres y las válvulas. —Sus ojos se esforzaron por vislumbrar algo que buscaba debajo del coche. El motor aceleró y él se encogió—. Una lluvia de mierda. —Volvió a meterse debajo del coche y gritó—: ¿Ve una cinta?

Arkady encontró llaves inglesas, gafas protectoras, guantes de soldador, cubos con arena, pero nada de cinta, según informó.

—¿No está Mongo?

—¿Qué es Mongo? —Arkady no estaba seguro de haber oído bien debido a la música.

—Mongo es un negro con mono y una gorra de béisbol verde.

—No hay ningún Mongo aquí.

—¿Y Tico? Un hombre que está arreglando un neumático.

—Está aquí.

—Está buscando una fuga. Se pasará todo el día buscándola. —Después de lo que Arkady tuvo que tomar por palabrotas en español, el mecánico añadió—: Muy bien, le operaremos el corazón pasando por el culo. Encuéntreme un martillo y un destornillador y prepáreme un cazo.

Arkady le dio las herramientas.

—¿Le gustan los Jeeps? —preguntó.

El mecánico se metió más a fondo debajo del vehículo.

—Me especializo en Jeeps. Los otros coches norte-americanos son demasiado pesados. Hay que ponerles un motor de Volga, y cuesta demasiado encontrar un Volga. Me gustan los Jeeps, chiquiticos y resistentes con un corazoncito de Lada que va tacatacataca. ¿Seguro que no quiere un coche?

—No.

—No se deje llevar por las apariencias. Esta isla es como el patio de los milagros, como en el París medieval, donde los cojos salían caminando y los ciegos viendo, porque todos estos coches siguen funcionando después de cincuenta años. Y eso es porque el mecánico cubano es, por necesidad, el mejor del mundo. ¿Puede subir el volumen de la radio?

¡Increíble! El botón del volumen todavía podía moverse hacia la derecha. Puede que sea una radio hecha en Cuba, pensó Arkady. Entretanto, los violentos golpes debajo del todoterreno provocaban que la cabeza le diera punzadas.

—Así que vende coches, ¿eh? —gritó Arkady.

—Sí y no. Coches viejos de antes de la Revolución, sí. Para comprar uno nuevo se necesita el permiso del más alto nivel, el más alto de todos. Lo bonito del sistema es que ningún coche en Cuba queda abandonado. Puede parecer abandonado, pero no lo está. —Otro golpe—. ¡El cazo, el cazo, el cazo!

Arkady oyó un borboteo glutinoso. Con un solo movimiento, el mecánico metió el cazo debajo del todoterreno y salió disparado en su carretilla, hasta que sus manos toparon con una columna de neumáticos, se paró de golpe y se sentó, sonriente. Era un espécimen robusto con la sonrisa de alguien que acaba de evitar un desastre; se parecía tanto a un piloto de pruebas que acaba de hacer un aterrizaje interesante que Arkady tardó un rato en percatarse de que las perneras del mono del mecánico terminaban con almohadillas de cuero, en las rodillas. Cuando el hombre se limpió la cara y se quitó la gorra liberó una melena entrecana demasiado única para que Arkady no reconociera el hombre bajito de la fotografía de Pribluda en el Club de Yates de La Habana, solo que era mucho más bajo de lo que Arkady esperaba.

—Erasmo Alemán —se presentó—. ¿Usted es el amigo de Serguei?

—Sí.

—Le estaba esperando.

Empujando su carretilla hecha de bloques de madera con bordes de trozos de neumático, Erasmo se movió por el taller a toda velocidad, se lavó las manos en un lavabo con el pie recortado y se secó con unos trapos que se hallaban sobre un tonel. El volumen de la radio bajó a la mitad.

—Vi a una policía llevarlo arriba hace un par de noches. Lo veo... diferente.

—Alguien trató de enseñarme a jugar al béisbol.

—Ese no es deporte para usted.

La mirada de Erasmo se paseó de la magulladura en la mejilla de Arkady a la tirita en su frente.

—¿Este es Serguei? —Arkady le enseñó la foto de Pribluda en el Club de Yates.

—Sí.

—¿Y...? —Arkady señaló el pescador negro.

—Mongo —contestó Erasmo, como si fuese obvio.

—Y usted.

Erasmo admiró la foto.

—Estoy muy guapo.

—El Club de Yates de La Habana —leyó Arkady en el reverso.

—Era una broma. De haber tenido un velero habríamos dicho que éramos una armada. En todo caso, oí hablar del cuerpo que encontraron al otro lado de la bahía. Francamente, no creo que sea Serguei. Es demasiado obstinado y duro. Hace semanas que no lo veo, pero podría regresar mañana con un cuento chino como que se metió en un bache con el coche. Hay baches en Cuba que se ven desde la luna.

—¿Sabe dónde está su coche?

—No, pero si estuviese por aquí lo reconocería.

Erasmo explicó que las matrículas diplomáticas eran negras y blancas y que el número de la de Pribluda era 060 016; 060 para la embajada rusa y 016 para su rango. Las matrículas cubanas eran pardas para los autos del Estado y rojas para los vehículos privados.

—Pongámoslo así —continuó—: hay coches que pertenecen al Estado y que no van a circular nunca; de ese modo los coches privados pueden funcionar. Un Lada llega aquí como un donante de órganos para que los Jeeps no mueran nunca. Discúlpeme —pidió y bajó el volumen de una salsa que amenazaba con salirse de madre—. La radio es para que la policía diga que no me oye, porque se supone que uno no puede convertir un apartamento en taller. De todos modos, a Tico le gusta fuerte.

Arkady pensó que entendía a Erasmo, la clase de ingeniero que trabaja alegremente bajo cubierta en un barco que se hunde, lubricando los pistones, bombeando para sacar el agua, y, de algún modo, consiguiendo que el buque siga avanzando mientras se asienta en las olas.

—¿Sus vecinos no se quejan del ruido?

—En este edificio viven Serguei y una bailarina, ambos fuera todo el tiempo. A un lado hay un restaurante privado; no quieren visitas de la policía porque les cuesta, como mínimo, una cena gratis. Al otro lado vive un santero, y le aseguro que la policía no quiere molestarlo. Su apartamento es como un silo de misiles nucleares lleno de espíritus africanos.

—¿Qué es un santero?

—Los que practican la santería.

—¿Es un amigo?

—En esta isla conviene tener a un santero como amigo.

Arkady estudió la foto del Club de Yates de La Habana. Había en ella un mensaje que aún no entendía, y si iban a darle de porrazos en la cabeza quería saber por qué.

—¿Quién sacó la foto?

—Alguien que pasaba por ahí. ¿Sabe?, la primera vez que vi a Serguei, Mongo y yo lo vimos de pie junto a su coche a un lado de la carretera; del capó salían chorros de humo. Nadie se para a ayudar a alguien con placas rusas, pero yo tengo debilidad por los viejos camaradas, ¿no? Pues le arreglamos el coche. Solo era cuestión de poner una abrazadera en un manguito, y mientras hablábamos descubrí lo poco que había visto de Cuba.

Cañaverales, tractores, segadoras, sí. Pero nada de música, ni de bailes ni de diversión. Era como un muerto ambulante. Francamente, pensé que no volvería a verlo. Al día siguiente, sin embargo, estaba yo en la primera avenida en Miramar, pescando con una corneta.

—¿Con una corneta?

—Es una manera muy bonita de pescar. Y me fijé en que el ruso, el oso humano del día anterior, estaba en la acera, mirándome. Así que le enseñé cómo hacerlo. Tengo que decirle que nunca veíamos a rusos solos; siempre iban en grupos y se vigilaban los unos a los otros. Serguei era distinto. En nuestra conversación mencionó que tenía muchas ganas de tener un alojamiento en el Malecón. Yo tenía las habitaciones arriba y no las usaba para nada; una cosa llevó a la otra.

Pese a ser minusválido, Erasmo no dejaba de moverse. Rodó hacia atrás, hasta la nevera y regresó con dos cervezas frías.

—Kelvinator del 51, el Cadillac de los refrigeradores.

—Gracias.

—Por Serguei.

Mientras bebían, Erasmo hizo un recuento de las heridas que había sufrido Arkady.

—Debió de ser una escalera muy larga. Bonito abrigo. Un poco caliente, ¿no?

—Es enero en Moscú.

—Eso lo explica todo.

—Habla muy bien el ruso.

—Estuve con el equipo de demoliciones del ejército cubano en África, trabajando con los rusos. Puedo decir «no pises esa jodida mina» de diez maneras diferentes en ruso. Pero los chicos rusos siempre han sido tercos, así que él estalló en pedacitos y yo perdí ambas piernas. Como símbolo viviente del deber internacionalista y en lugar de mis extremidades, me hicieron el honor de darme mi propio Lada. De ese Lada surgieron dos Jeeps y, *voilà*, tuve un taller. Tengo que darle las gracias a él.

—¿A quién?

—Al comandante. —Erasmo hizo como que se acariciaba la barba.

—¿Fidel?

—Lo va captando. Cuba es una gran familia con un maravilloso, cariñoso y paranoico papá. A lo mejor eso también describe a Dios, ¿quién sabe? ¿Dónde sirvió usted?

—En Alemania. Berlín.

Durante dos años, Arkady había controlado las emisiones radiofónicas de los Aliados desde la azotea del hotel Adlon.

—La muralla del socialismo.

—El dique desmoronado.

—Desmoronado. Polvo. Que no deja nada en pie, excepto la pobre Cuba, como una mujer desnuda frente al mundo.

Brindaron por eso; era lo primero que Arkady ingería en todo el día, y el alcohol de la cerveza hizo las veces de un suave anestésico. Pensó en el pescador negro que Olga Petrovna había visto con Pribluda. Luego tendría tiempo de ir a la embajada rusa a esconderse.

—Quisiera conocer a Mongo.

—¿No lo oye?

Erasmo apagó la radio, y Arkady oyó lo que podrían

haber sido piedras rodando con las olas, si es que las piedras se movían siguiendo un ritmo.

Arkady no estaba preparado para lo que vio al trasponer la puerta del santero. Cuando en la escuela en Rusia les hablaban de Cuba, solo mencionaban hombres blancos como el Che y Fidel. Lo que los rusos aprendían acerca de los negros tenía que ver con los crímenes de Occidente, con el imperialismo y la esclavitud. Los únicos negros con que se topaban en Moscú eran los estudiantes africanos, tiritando de frío, importados por la Universidad Patrice Lumumba. Los músicos en la sala del santero eran distintos. Había negros de rostro arrugado, rodeados de cristal oscuro y negrura, que se diferenciaban algo por gorras de golf blancas, la gorra de béisbol verde de Mongo o peinados a lo rastafari, pero bajo un manto de sombras que vibraba a la luz de las velas. La estancia entera fluctuaba en la débil luz de cuarenta o cincuenta velas colocadas en una mesita lateral y a lo largo del zócalo. Como si apenas estuviera habituado a ello, un hombre tocaba con indolencia las cajas de madera sobre las que estaba sentado; otros dos ladeaban la cabeza, mientras palmeaban el parche de dos largos y estrechos tambores, y Mongo sacudía una calabaza cubierta de conchas marinas. A sus pies había campanas, palos, maracas. Dejó la calabaza y levantó una placa de metal; la golpeó con una vara de acero, y produjo notas tan nítidas y alegres que Arkady tardó en reconocer que el instrumento era una hoja de azadón. Un mantel ocultaba un espejo. Cuando Arkady intentó acercarse a

Mongo, un gordo envuelto en una nube de humo de cigarro puro los apartó, a él y a Erasmo.

—El santero —explicó Erasmo y de repente lo tuteó—. No te preocupes, apenas se están calentando.

El mecánico se había cambiado el mono por una camisa blanca plisada que llamaba guayabera, «el colmo de la etiqueta cubana»; sin embargo, con la delatora grasa en las manos y su barba semejaba un corsario en silla de ruedas. Atravesó una cocina y un pasillo hasta llegar a un patio trasero, donde, debajo de dos larguiruchos cocoteros que, entrecruzados, formaban una «X», una anciana negra en falda blanca y jersey Michael Jordan removía el contenido de un caldero que hervía sobre el carbón. Su cabello era gris y tan corto que parecía algodón.

—Esta es Abuelita —dijo Erasmo—. Abuelita es no solo la abuela de todos, sino también el CDR de nuestra manzana. El Comité de Defensa de la Revolución. Suelen ser informadores, pero tenemos suerte con Abuelita, que observa desde su ventana desde las seis de la mañana y no ve nada en todo el día.

—¿Llegó a ver a Pribluda?

—Pregúntaselo tú mismo. Habla inglés.

—Desde antes de la Revolución. —La voz de la abuela era suave, susurrante—. Había muchos norteamericanos y yo era una chica muy pecadora.

—¿Alguna vez vio al ruso aquí?

—No. Si lo hubiera visto habría tenido que acusarlo por alquilar el apartamento de un cubano, porque eso es ilegal. Pero era un hombre agradable.

La cabeza de un cerdo subía y bajaba en el caldero. Una botella llegó hasta Erasmo, que tomó un largo trago y lo compartió con Abuelita. Ella bebió con delicadeza y se la pasó a Arkady.

—¿Qué es?

—Ron peleón. —Los ojos de la anciana se fijaron en las tiritas en la cabeza de Arkady—. Lo necesitas, ¿no?

Arkady había pensado encontrarse acostado y a salvo en el sótano de la embajada, quizá con una taza de té. Esto no era sino un desvío insignificante. Bebió y tosió.

—¿Qué tiene?

—Ron, ají, ajo, testículos de tortuga.

Con cada minuto iban llegando más personas, tanto blancas como negras. Arkady estaba acostumbrado al silencio de los fieles en la iglesia rusa ortodoxa. Los cubanos se abrían paso hacia el patio como si de una fiesta se tratara, algunos con la sombría devoción del creyente, la mayoría con la alegre expectación de alguien que va al teatro. La única persona que acudía sin expresión era una pálida joven de cabello negro, tejanos y una camisa en la que se leía «Tournée de Ballet». La seguía un cubano moreno claro de ojos azules, canas en las sienes y elegante camisa de manga corta.

—Jorge Washington Walls —lo presentó Erasmo—. Arkady.

No era cubano. De hecho, era un nombre estadounidense que a Arkady se le antojó conocido. Detrás de Walls venía un turista con un broche en forma de hoja de arce y el último hombre al que Arkady habría deseado ver, el sargento Luna. Era el Luna de la vida nocturna, un espléndido Luna con pantalón de lino, zapatos blancos y camisa ceñida sin mangas que hacía resaltar las capas de músculos en la parte superior y triangular del cuerpo. Arkady se sintió encoger automáticamente.

—Mi buen amigo, mi gran amigo, no sabía que se sintiera tan bien. —Con un brazo desnudo Luna rodeó los hombros de Arkady y con el otro los de una joven cuya tez y cuyo espeso cabello eran del mismo tono ambarino. Refulgía con sus pantalones ajustados, camiseta minúscula y uñas escarlatas, y se retorcía tanto bajo el apretón de Luna que a Arkady no le habría sorprendido ver que un rubí saliera disparado de su ombligo—. Hedy, mi mujer. —El sargento se inclinó hacia Arkady en gesto confidencial—. Quiero decirle algo.

—Por favor.

—No hay ningún Zoshchenko en la embajada rusa.

—Mentí. Lo siento.

—Pero mintió y salió del apartamento donde le dije que se quedara, ¿entiende? Diviértase esta noche; no quiero que le agüe la fiesta a nadie. Luego usted y yo vamos a conversar sobre cómo va a ir al aeropuerto.

Luna se rascó la barbilla con un corto punzón para picar hielo. Arkady entendía el dilema del sargento. Una parte deseaba ser un buen anfitrión, la otra deseaba clavar el punzón en la cara de alguien.

—No me molestaría andar —contestó Arkady.

Hedy soltó una carcajada, como si Arkady hubiese dicho algo ingenioso, cosa que no hizo gracia a Luna; este le dijo algo en español que ruborizó el color de sus mejillas, antes de volver a centrar su atención en Arkady; lucía una sonrisa de anchos dientes blancos y montones de encías rosadas.

—¿No le molestaría andar?

—No. He visto muy poco de Cuba.

—¿Quiere ver más?

—Me parece una isla muy bonita.

—Está loco.

—Puede ser.

La chica de la camiseta de «Tournée de Ballet» se llamaba Isabel y hablaba un excelente ruso. Preguntó a Arkady si era cierto que se alojaba en el apartamento de Pribluda.

—Vivo encima de él —explicó la chica—. Serguei iba a recibir una carta de Moscú para mí. ¿Ha llegado?

Luna había desconcertado tanto a Arkady que este tardó un momento en contestar.

—No, que yo sepa.

El sargento parecía tener otros deberes. Tras consultar con Luna, Walls dijo a su amigo, el de la hoja de arce:

—La verdadera función empieza en un minuto.

—Ojalá hablara español.

—Eres canadiense, no necesitas hablarlo. Los inversores no lo necesitan —le aseguró Walls—. Y todos los inversores vienen aquí: canadienses, italianos, españoles, alemanes, suecos y hasta mexicanos. Todos, menos los estadounidenses. Aquí se producirá la próxima mayor explosión económica del mundo. Gente sana y culta. Una base tecnológica. Lo latino está de moda, más vale cogerlo mientras puedas.

—Lleva dos días vendiéndomelo —manifestó el canadiense.

—Suena convincente —respondió Arkady.

—Esta noche —comentó Walls— hemos organizado algo folclórico para nuestro amigo de Toronto.

—Odio esto —dijo Isabel a Arkady.

—Isabel, estamos hablando inglés para nuestro amigo —suplicó Walls con el tono afable de quien habla en serio—. Te he dado clases de inglés. Hasta Luna habla inglés. ¿Puedes hablar un poco de inglés?

—Dice que me va a llevar a Estados Unidos —afirmó Isabel—. Y no es capaz ni de llevarse a sí mismo de vuelta a Estados Unidos.

—Creo que el espectáculo está por empezar. —Walls hizo pasar a la gente al interior de la casa, en tanto los tambores alcanzaban una nueva intensidad—. Arkady, me he perdido algo. ¿Qué hace aquí?

—Tratando de encajar.

—Bien hecho. —Dicho esto, Walls levantó un pulgar en señal de aprobación.

Cada tambor era distinto, una «tumba» alta, una «bata» en forma de reloj de arena, congas dobles, y cada uno invocaba a un espíritu diferente de la santería o abakúa, una maraca para despertar a Chango, una campana de bronce para Oshun, todo mezclado, como un combinado de alcohol, un tanto peligroso, sí, preguntaba Erasmo, a la vez que daba explicaciones. Mongo, con los ojos brillantes bajo ríos de sudor, golpeaba su hoja de azadón, su llamamiento en un idioma que no era español recibía la respuesta simultánea de los tambores y de quienes los tocaban; diríase que cada hombre poseía dos voces. Todos se habían apiñado en la estancia y se apretujaban contra las paredes. Erasmo se balanceaba en su silla, como si pudiese levantarla con la pura fuerza de sus brazos, y aseguraba a Arkady que esta era la riqueza de Cuba, donde el bolero español y la *quadrille* francesa habían chocado de frente con el continente africano entero y creado una erupción tectónica. Las cajas sobre las que estaban sentados y que usaban como tambor eran una prueba del ingenio cubano. En África, los reservados abakúas tenían «tambores que hablaban», indicó Erasmo; cuando llegaron aquí, encadenados para trabajar en los muelles de La Habana y los negreros les quitaron los tambores, usaron cajas como tambores, y, ¡presto!, La Habana se llenó de tambores. Como al pescador cubano, ¡nada detenía al músico cubano! Lo único que sabía Arkady era que en Moscú había escuchado algo de música cubana en casete; he aquí la diferencia entre ver un paisaje marino y estar hasta las rodillas en el mar. Mientras la voz profunda de Mongo hacía un llamamiento en un idioma que no era español, el resto de la concurrencia se mecía y contestaba; las congas llevaban el ritmo, las manos en las cajas las seguían en ritmo sincopado. Junto a la puerta, con los brazos cruzados sobre el pecho, Luna sonreía y movía la cabeza de arriba abajo. Arkady intentó idear una ruta de escape, pero Luna se encontraba siempre entre él y la salida.

—¿Conoces a ese hombre? —preguntó Erasmo a Arkady.

—Sí, nos hemos encontrado. Es un sargento del Ministerio del Interior. ¿Cómo puede estar metido en un espectáculo como este?

—¿Por qué no? Todos hacen dos cosas; lo necesitan, no tiene nada de extraño.

—¿Haciendo arreglos para la santería?

Erasmo se encogió de hombros.

—Así es Cuba hoy en día. De todos modos, no es realmente santería, sino más bien abakúa. El abakúa es distinto. Cuando mi madre se enteraba de que había abakúas en el barrio me sacaba de la calle porque creía que reunían a niños blancos para el sacrificio. Ahora vive en Miami y todavía lo cree.

—Pero has dicho que esta es la casa de un santero.

—No se practica la santería de noche —repuso Erasmo como si fuera algo a todas luces evidente—. Los muertos salen de noche.

—¿Los muertos andan por ahí ahora?

—De noche, esta es una isla atestada—. Erasmo sonrió ante la idea—. En todo caso, seguro que Luna se relaciona con los abakúas. Aquí todos están metidos en la santería, el abakúa o cualquier otra cosa.

—Su amigo, Jorge Washington Walls, ¿por qué me suena tanto el nombre?

—En otra época fue famoso, el radical, el pirata aéreo.

Muy famoso en su día, se percató Arkady; recordó una foto de periódico de un joven norteamericano con corte de cabello africano y pantalón de pata de elefante, quemando una pequeña bandera en lo alto de una escalerilla de avión.

—¿Qué clase de inversiones ofrece Walls en Cuba? ¿Cuando los muertos no anden?

—Buena pregunta.

Arkady no entendió por qué el ritmo de los tambores había cambiado y Luna y su amiga dorada, Hedy, habían copado la atención, bailando, no tanto por separado como piel contra piel, ondulando las caderas; las grandes manos del sargento se deslizaban por la espalda de la mujer y ella se arqueaba, brillantes los ojos y los labios, separándose solo para invitarlo a acercarse más. Arkady no sabía si esto era algo religioso, pero sí sabía que si hubiese ocurrido en una iglesia ortodoxa rusa los iconos se habrían caído al suelo. Mientras los demás empezaban a bailar, Walls maniobró para alejar a Hedy de Luna y aproximarla al canadiense, que bailaba como si jugase hockey sobre hielo pero sin palo. Ahora resultaba aún más difícil llegar a la puerta.

Erasmo empujó a Arkady.

—Sal a bailar.

—No bailo.

De hecho, se sentía a gusto de pie.

—Todo el mundo baila.

El ron pareció golpear a Erasmo de repente. Se meció de adelante para atrás en su silla de ruedas, al ritmo de la música, antes de deslizarse fuera de la silla y ponerse a bailar con Abuelita, cual un hombre que vadea enérgicamente a través de una fuerte oleada.

—Sin piernas y me muevo mejor que tú —amonestó a Arkady.

Embarazoso pero cierto, se dijo Arkady. Cierto también que, en su condición, los tambores, la oscuridad, la mezcla de efluvios de humo, ron y sudor le resultaba tan agobiante como un fuego demasiado caldeado. Los tambores hablaban juntos, por separado y juntos de nuevo, sin aliento, sincopados, fuera de tiempo. Cuando Mongo sacudía la calabaza, las conchas atadas a su panza serpenteaban cual una víbora. El canto iba de llamamiento y respuesta a Mongo, con sus gafas oscuras y su voz de una profundidad volcánica. Se balanceaba y sus manos se desdibujaban. El ritmo se extendió, se dividió y volvió a dividirse como lava que baja bullendo. Acaso fuera por efecto del ron peleón en un estómago vacío. Arkady salió al vestíbulo y se encontró con que Isabel lo había seguido.

—No estudié ballet clásico para esto —declaró la mujer.

—No es el Bolshoi, pero no creo que el Bolshoi haga muy bien esta clase de baile.

—¿Cree que soy una puta?

—No —exclamó Arkady, atónito, pues la chica parecía más bien una santa iluminada por una vela.

—Estoy con Walls porque puede ayudarme, lo reconozco. Pero, si fuera una verdadera puta, aprendería italiano. El ruso no sirve para nada.

—Quizá sea usted demasiado severa consigo misma.

—Si fuese severa conmigo misma me cortaría el pescuezo.

—No lo haga.

—¿Por qué no?

—Me he dado cuenta de que muy poca gente sabe cortarse el pescuezo.

—Interesante. Un cubano habría dicho: «Ah, pero es un pescuezo tan bonito...» Con ellos todo lleva al sexo, hasta el suicidio. Por eso me gustan los rusos, porque para ellos el suicidio es el suicidio.

—Es nuestra perspicacia.

Isabel apartó la vista, meditabunda. Poseía el aire demacrado de un Picasso, pensó Arkady. Del período azul.

Qué maravilla, los dos deprimidos de la fiesta habían

hecho contacto, como imanes. Captó la mirada ansiosa de Walls en su dirección y, a la vez, se fijó en que Luna se hallaba todavía junto a la puerta.

—¿Cuánto tiempo va a quedarse en La Habana? —preguntó Isabel.

—Una semana. Luego regreso a Moscú.

—¿Está nevando allí ahora? —Isabel se frotó los brazos, diríase que sintiendo el frío.

—Estoy seguro de que sí. Su ruso es extraordinario.

—¿Sí? Bueno, es que para mi familia Moscú era como Roma para los católicos, y antes del período especial el ruso resultaba útil. ¿Es usted un espía como Serguei?

—Parece que era un gran secreto. No.

—Claro, no es muy buen espía. Dice que si necesitaran un buen agente en La Habana no lo habrían enviado a él. Iba a ayudarme a ir a Moscú y desde allí, claro, podría ir a cualquier sitio. Tal vez usted pueda ayudarme. —Garabateó una dirección en un papel y se lo dio—. Hablaremos mañana por la mañana. ¿Puede ir a esa hora?

Antes de que Arkady pudiese disculparse, Walls se reunió con ellos.

—Te lo estás perdiendo todo —dijo a Isabel.

—Ya quisiera. Hablábamos de Serguei.

—¿Ah, sí? ¿Dónde está el buen camarada? —preguntó Walls a Arkady.

—Buena pregunta.

Un griterío estalló en la sala, y un momento después Hedy pasó corriendo a su lado. El santero y el canadiense la seguían.

—Oh, no —manifestó Walls—, no quería que fuera tan real.

—¿Qué quiere decir? —inquirió Arkady.

—Está poseída.

Isabel no se inmutó.

—Ocurre muy a menudo. La isla entera está poseída.

El patio trasero se encontraba a oscuras, pero Hedy había tirado el caldero de sopa y daba vueltas sobre los carbones en tanto las ascuas se prendían a su pelo. Huyó del fuego con el pantalón deslucido por las cenizas, tironeándose el cabello dorado, mientras el santero la perseguía, tratando de arrancar algo invisible de su cuerpo. El canadiense parecía dispuesto a retirarse a un lugar apacible y lejano. Cuando Luna irrumpió en el patio, el santero extendió los brazos en señal de impotencia y se protegió detrás de Hedy.

Erasmo se abrió paso en su silla de ruedas y explicó a Arkady:

—Luna dice que va a matar al santero si no le saca el espíritu a Hedy. El santero dice que no puede.

—Quizá debiera intentarlo de nuevo.

Arkady vio el punzón en la mano de Luna.

Este apartó violentamente a Hedy, uno de cuyos tirantes se rompió, con lo que un pecho salió despedido como un ojo suelto. Luna cogió al santero por el cuello y lo dobló, panza arriba, entre los árboles. El canadiense atravesó a toda prisa la multitud que salía en tropel al patio y empujó a Arkady hacia delante. Nadie más se movió, excepto Abuelita, que metió las manos en el fuego, se puso de puntillas y echó un brillante torrente de carbones ardientes sobre la espalda de Luna. Luna se giró bruscamente hacia ella; Arkady agarró la muñeca del sargento, que era como coger la rueda de acero de una locomotora, se la dobló hacia atrás y hacia arriba, tal como enseñaban a los milicianos de Moscú, y lo impulsó hacia la pared. Luna rebotó, dejando una huella rosada en el hormigón. La sangre manchó de rubí sus zapatos blancos.

Arkady se dijo que no lo había impulsado con suficiente fuerza.

—Ahora sí que está jodido de verdad. —Luna ni siquiera jadeaba; apenas había empezado.

—¡Quieto!

Una mujer bajita con voz afilada como una aguja se interpuso entre ellos. Puesto que llevaba un minúsculo top y *shorts*, en lugar del uniforme de la PNR, Arkady tardó un momento en reconocer a su nueva colega, la agente Osorio. ¿De dónde venía y cuánto llevaba observando la escena con esa miradita sombría? Tenía un bolso de paja en una mano y en la otra una Makarov de 9 mm, arma que Arkady identificó de inmediato. Osorio no la levantó ni apuntó con ella, pero allí estaba. Luna también reconoció el arma. Levantó las manos, un gesto que, más que rendición o timidez, significaba que se percataba de las complicaciones, de su deber como policía y que, de momento, había terminado.

—Jodido de verdad —insistió, dirigiéndose a Arkady al salir.

—¿Estás bien? —preguntó Walls a Arkady—. Lo siento. Es típico de una fiesta cubana. Demasiados espíritus en un mismo lugar. Ahora tendrás que disculparme, porque mi inversor me lleva la delantera.

Abuelita se sacudió las cenizas de las palmas. En medio del patio, Hedy se miró la camiseta rota, la mugre en sus brillantes *shorts* y rompió a llorar. Arkady entró en la casa en busca de Mongo y los tambores, pero todos se habían marchado. Osorio lo siguió con una expresión que decía claramente que los tontos se multiplican.

10

Mientras él y Osorio acostaban a Erasmo, Arkady echó una ojeada a lo que el mecánico se permitía como vivienda: un espacio reducido, agrandado por el hecho de que catre, mostrador, mesa y sillas estaban cortados, todos, a mitad de altura. En una almohada con funda dorada africana había una colección de medallas y galones militares. Las fotografías en la pared reflejaban más gloria de la que Erasmo había revelado. Una escena en la que lo visitaban en su cama de hospital dos hombres con traje de faena militar, uno atezado con gafas de aviador, al que en Rusia habrían tomado por armenio; el otro, mayor con poblada barba gris y cejas de tono metálico, único e inconfundible, el mismísimo comandante. Ni el uno ni el otro lucían insignias de oficial en la gorra ni en la guerrera; después de todo, el suyo era un ejército igualitario. A Castro se lo veía tan ufano y orgulloso como un padre. El segundo visitante, más bien triste, parecía enfocar lo breve de las extremidades del enfermo.

—El general cubano en Angola —explicó Osorio.

En otra foto figuraban los mismos amigos distinguidos en un bote de pesca, pero esta vez Erasmo estaba atado a la silla para pescar peces grandes. Las fotos de familia mostraban hombres y mujeres amistosos y acaudalados en piscinas, mesas de bridge, bailando. O bien niños jugando en campos de béisbol o montando en bicicleta o a caballo. Y la familia entera vestida de etiqueta, los hombres, y traje largo, las mujeres, en recepciones, bebiendo champán y en fiestas navideñas. En un amplio fotomontaje, ellos y cientos más como ellos ocupaban toda la extensión de la gran escalera doble de una mansión blanca.

—Dormirá mucho tiempo —comentó Osorio.

—«Inconsciente» es la palabra.

Al igual que Luna era el último hombre con quien Arkady deseaba toparse, el último lugar que esperaba ver de nuevo era el apartamento de Pribluda, pero ante la insistencia de Osorio subió con ella. Aunque creía haber limpiado y ordenado bastante bien, en cuanto encendió la luz la policía descubrió una diferencia.

—Sangre seca en la alfombra. ¿Qué ha ocurrido aquí?

—¿No lo sabe? Trabaja con Luna y Arcos.

—Solo en este caso, porque tiene que ver con rusos.

—¿No la sorprendió ver que el sargento me perseguía con un punzón de hielo?

—Lo único que vi es que usted lo arrojaba contra una pared.

—Es una relación tensa. Después de todo, me dio una paliza con un bate de béisbol. Creo que era un bate de béisbol, él dijo que lo era.

—¿Le dio una paliza?

—¿No sabe nada al respecto?

—Es una acusación grave.

—En otros lugares, tal vez; aquí no. Según mi experiencia, aquí no se investiga mucho.

—De hecho, le pregunté a su amigo Erasmo, antes de que perdiera el conocimiento, qué le había ocurrido. Dijo que usted le explicó que se había caído escaleras abajo. —¿Ves?, pensó Arkady, ese es el castigo por ocultar la verdad. La mirada de Osorio se posó en la silla vacía del rincón—. ¿Qué ha hecho con Chango?

—¿Que qué hice con Chango? ¿El muñeco? Solo en Cuba se plantearía esta pregunta. No lo sé. Si no se lo llevó Luna, se fue por voluntad propia. ¿Cómo me ha encontrado?

—Lo buscaba. No estaba aquí, así que seguí los tambores.

—Naturalmente.

Arkady se tocó el corte en el nacimiento del pelo para ver si se le había abierto.

Osorio dejó su bolso en la mesa de la sala.

—Déjeme ver su cabeza. Ha limpiado todas las pruebas del supuesto asalto.

—Agente, llevo tres días aquí y he visto que la PNR utiliza todos los pretextos para no investigar dos muertes violentas. No creo que quieran investigar un mero asalto.

Osorio le bajó la cabeza, la hizo girar bruscamente de un lado a otro y pasó los dedos por su cuero cabelludo.

—Según usted, ¿qué dijo Luna?

—El sargento mencionó que preferiría que no anduviera por la calle.

—Pues no le hizo caso.

Arkady hizo una mueca cuando ella separó el cabello en torno al corte.

—No llegué muy lejos.

—¿Qué más?

—Nada.

Arkady no tenía intenciones de desnudarse y enseñarle los cardenales en su espalda y piernas, ni de entregarle la foto del club de yates para que se la hiciera llegar directamente al sargento. El que todavía la tuviera se debía a la suerte, a que la había metido en el zapato junto con el pasaporte.

Osorio le soltó la cabeza.

—Debería ver a un médico.

—Gracias, eso me ayuda mucho.

—No me insulte. Oiga, solo digo que, puesto que no hay pruebas de que usted no haya tenido un accidente, que ya ha cambiado su versión una vez y que los funcionarios del Ministerio del Interior no dan golpizas a los visitantes de otros países, ni siquiera a los de Rusia, lo más probable es que haya otra explicación. Teniendo en cuenta los golpes que recibió en la cabeza, quizá no sea responsable de lo que dice.

Arkady se preguntó por qué Osorio había insistido en subir al apartamento. También se preguntó por qué vestía como una vampiresa con zapatos de plataforma y un bolso de paja grande.

—Agente, ¿a qué ha venido?

—Quiero que llegue a casa vivo.

Mientras él buscaba una respuesta, las luces de la sala se atenuaron y luego se apagaron. Salió al balcón y vio que no era un problema únicamente del apartamento, sino que el arco entero de edificios a lo largo del malecón sufría el apagón.

A la luz del encendedor de Rufo, Arkady dio de comer a la tortuga de Pribluda, encendió un cigarrillo e inhaló el humo analgésico. Osorio se sentó a la mesa.

—Un apagón —especificó Osorio.

—Conozco la sensación.

—Debería dejar de fumar.

—¿Ese es mi peor problema? —El ruso encontró unas velas encima del fregadero, encendió la más gruesa y se reunió con la policía.

—Además del sargento Luna y su amigo de abajo, ¿a quién más conocía en la casa del santero?

—A nadie. Había oído hablar de Walls.

—Todos en Cuba conocen a Jorge Washington Walls.

—Luna preparó el espectáculo para él. Creo que Luna va a preparar uno para mí. Quizá no esté segura aquí. —El propio Arkady no había tenido la intención de quedarse en el apartamento. Osorio metió la mano en el bolso y sacó la Makarov de 9 mm, la misma arma que usaba la policía de Moscú—. ¿Lo habría usado con Luna?

—Él sabe que tengo las balas. Los patrulleros que ve en la calle tienen arma, pero no balas.

—Eso me tranquiliza. —Arkady vio que Osorio dejaba un estuche de maquillaje junto a la pistola—. ¿Para qué es eso?

—Voy a pasar la noche aquí.

—Agradezco el gesto, agente, pero seguro que tiene un lugar al que ir. Un hogar, una familia, un querido animal de compañía.

—¿Le ofende que una mujer lo proteja? ¿Es eso? ¿Los rusos son machistas?

—Yo no. Pero ¿por qué hacerlo si no cree lo que le he dicho sobre Luna?

—Luna no es el que me preocupa. El doctor Blas examinó la jeringa que, según usted, Rufo usó para atacarlo. No debía hacerlo, pero lo hizo, en busca de rastros de drogas.

—¿Las había?

—No, solo sangre y tejido cerebral de Rufo y rastros de sangre de otro grupo sanguíneo.

—Acaso se la clavó a otra persona.

—¿Ah, sí? ¿Dónde consiguió la jeringa?

—El doctor Blas dijo que la robó del laboratorio.

—Sí, eso dijo el doctor. Yo tengo otra respuesta. El encendedor que acaba de usar, ¿no era de Rufo?

—Sí, supongo que sí.

—Enciéndalo.

Arkady lo hizo y la llama se convirtió en un círculo resonante entre los dos. Osorio pasó la mano por encima de la llama y subió las mangas del abrigo y la camisa del ruso, revelando dos oscuros moretones en la arteria.

—Por eso he vuelto.

Arkady contempló los moretones con la expresión de alguien que se sorprende al ver que tiene un tatuaje.

—Seguro que Rufo me hizo un rasguño cuando luchábamos.

Osorio rozó la vena.

—Esto son punciones, no rasguños. ¿Por qué ha venido a La Habana?

—Me lo pidieron, ¿se acuerda?

Sopló la llama, pero siguió sintiendo que los ojos de Osorio lo observaban con atención. Ya no sabía por qué había respondido a un llamamiento que habría podido pasar por alto fácilmente, pero exhumar las razones era más de lo que deseaba hacer para la Policía Nacional de la Revolución. No obstante, el control de la situación había pasado a manos de la agente, de eso no cabía duda.

Debido al calor, acamparon en el balcón, en sillas de metal. Las farolas estaban todavía encendidas, y el balcón era un buen punto desde el que avistar a Luna si regresaba por el lado del océano del Malecón. Osorio, al parecer preocupada por otra cosa, seguía cada movimiento de Arkady, como si de repente este fuera a arrojarse al pavimento. Tal vez un top color caramelo de cereza y *shorts* fuesen la moda entre las jineteras —ella le había resumido su vigilancia—, pero en vista de que no hacían sino acentuar lo menudo de sus huesos, el cabello peinado en largas y negras capas de rizos y los ojos resaltados debajo de unas extravagantes pestañas, Arkady tenía la impresión de que lo cuidaba una niña. No sabía por qué se había quedado con ella en lugar de aporrear la puerta de la embajada rusa.

Una ola se desmoronó en el muro del Malecón y se preguntó si las luces de los pesqueros mar adentro surcaban la marea alta o baja. No distinguía Casablanca, el pueblo al otro lado de la bahía, pero el faro arrojaba y recuperaba su haz de luz. Osorio le dio un codazo y vio a la chica que había acabado poseída en casa del santero, sentada en el malecón. Hedy, recién lavada y lustrada, llamó la atención de un paseante nocturno; este llevaba la elegante camisa holgada típica de los europeos de vacaciones.

—El italiano es el idioma oficial de las jineteras. —Ofelia bajó la voz.

—Eso he oído. Es Hedy, la chica que estaba en casa del santero. Al menos está en pie de nuevo.

—No por mucho tiempo. —Osorio dejó caer las palabras como una apuesta.

En ocasiones, a Arkady se le antojaba que Osorio hablaba con la satisfacción de un verdugo.

—Bueno, ¿qué le pasó, exactamente? ¿Estaba poseída pero el santero no podía ayudarla?

—Los tambores eran abakúas.

—¿Y qué?

—El abakúa es del Congo y estaba poseída por un espíritu del Congo. Los santeros no tienen nada que ver con los espíritus del Congo.

—¿En serio? Eso me suena terriblemente... compartimentado.

Osorio entornó los ojos.

—Podemos creer en la santería, en palo monte, en el abakúa o en el catolicismo. O en una combinación de cualquiera de estos. ¿Cree que es imposible?

—No. Las cosas en las que yo creo son asombrosas: la evolución, los rayos gamma, las vitaminas, la poesía de Ajmatova, la velocidad de la luz. La mayoría de ellas son artículo de fe para mí.

—¿En qué creía Pribluda?

Arkady reflexionó un momento, pues le agradaba la pregunta.

—Era tan duro como un barril y hacía cien abdominales cada día, pero creía que la clave de la salud se encontraba en el ajo, el té negro y el tabaco búlgaro. Desconfiaba de los pelirrojos y de los zurdos. Le gustaban los largos viajes en tren porque podía andar en pijama de día y de noche. Nunca cogía setas venenosas. Todavía llamaba a Lenin «Ilich». Le advertía a uno que no nombrara al diablo porque podía presentarse. En la casa de baños se bañaba primero y luego entraba en la sauna, porque es más educado. Decía que el vodka era agua para el alma.

Hedy y su nuevo amigo desaparecieron de la vista. Osorio estiró las piernas sobre la balaustrada del balcón, acomodándose ostensiblemente, aunque las sillas ofrecían poca comodidad. Arkady advirtió que la planta de sus pies era de un rosa delicado.

—Sé que el doctor Blas ha determinado que Pribluda sufrió un ataque cardíaco, y tiene razón en cuanto a que los aparejos de pesca parecen intactos —especificó Arkady—. Pero tal vez hubiese algo más que aparejos. Si me dijeran que Pribluda se desplomó tratando de correr en una maratón, puede que lo creyera. Pero tomando el sol en el agua, no. Déjeme preguntarle algo: ¿conoce bien al doctor Blas? ¿Se fía de su honradez?

Osorio tardó un momento en contestar.

—Blas es demasiado vanidoso para equivocarse. Si dice que fue un ataque cardíaco, lo fue. Que examinen el cuerpo en Rusia, si quiere; le dirán lo mismo.

—Hay otras preguntas que solo tienen respuesta aquí.

—No habrá investigación.

—¿Investigarán a Rufo?

—No.

—¿A Luna?

—No.

—¿Investigarán algo?

—No. —El desdén de Osorio habría aplastado a un hombre con un mínimo de sensibilidad.

Una oscura ola se movió bajo el haz del faro. Había veces en que Arkady casi sentía que el mar lo llamaba, como un maravilloso descanso sin soñar. El balcón daba al norte, hacia constelaciones familiares. La verdad era que él ya no creía en un universo en expansión, sino en un universo que sufre una implosión, una furiosa bajada de todo por un sumidero celestial hasta alcanzar un punto absoluto, el de la nada. Sintió que los ojos de Osorio lo observaban.

—Tengo dos hijas, Muriel y Marisol —dijo la agente—. ¿Usted tiene hijos?

—No.

—¿Está casado?

—No.

—¿Está casado con su trabajo? ¿Es un hombre dedicado? Así era el Che. Estaba casado y tenía hijos, pero se entregó a la revolución.

—Más bien estoy divorciado de mi trabajo. No soy como el Che, no.

—Porque tienen el mismo...

—¿El mismo qué?

—Nada. —Al cabo de un silencio, la mujer preguntó—: ¿Le gusta la música cubana? A todo el mundo le gusta la música cubana.

—Tiene cierto ritmo.

—¿Que tiene ritmo?

—Básicamente.

Otro silencio, un poco más largo.

—Entonces, ¿juega al ajedrez? —tanteó Osorio. Arkady encendió un cigarrillo.

—No.

—¿Algún deporte?

—No.

—Cuba inventó el béisbol.

—¿Qué?

—Que Cuba inventó el béisbol. Los indios que vivían aquí, los que Colón encontró, jugaban con una pelota y un bate.

—¡Oh!

—¿No lo ha leído?

—No, lo que leí en Moscú fue que Rusia lo inventó. Hay un antiguo juego ruso con una pelota y un bate. Según el artículo, los emigrantes rusos se llevaron el juego a Estados Unidos.

—Estoy segura de que uno de nosotros tiene razón.

—La única diferencia es que el sargento Luna utilizó un bate de acero.

—De aluminio.

—Acepto mi error.

Osorio volvió a cruzar las piernas. Arkady se apoyó en el respaldo y soltó una larga voluta de humo.

—Si hubiese una investigación —inquirió por fin la policía—, ¿qué haría usted?

—Empezaría con una cronología. Pribluda fue visto primero a las ocho de la mañana por una vecina, una bailarina. La última persona que lo vio fue una compañera de trabajo en la embajada, entre las cuatro y las seis de la tarde. Ella dice que Pribluda estaba aquí, en la calle, hablando con un neumático, un negro. Si yo hablara español iría al Malecón con esta foto hasta encontrar a todos los que lo vieron ese día.

—Supongo que podemos hablar con el CDR de la manzana.

—Sé quién es la representante.

—De acuerdo, lo haremos.

—Y echaría otro vistazo al lugar donde encontraron el cuerpo.

—Pero lo encontramos al otro lado de la bahía, en Casablanca. Usted estuvo allí.

—No de día.

—Esta no es una investigación.

—No, claro que no.

—¿No tiene miedo de que vuelvan a asaltarlo?

—Estaré con usted.

Los ojos de Osorio parecieron oscurecerse aún más.

—Qué idiota.

Ese, a todas luces, era el nombre que le había adjudicado.

Finalmente, Arkady concilió el sueño, si bien era consciente del perfume de la agente, un ligero aroma a vainilla que teñía el aire como la tinta tiñe el agua.

11

Las horas antes del amanecer conferían al Malecón una luz submarina, como si el mar hubiese cubierto la ciudad durante la noche. Arkady y Osorio siguieron el tenue brillo de Abuelita, que fumaba un puro en el alféizar de su ventana. Los invitó a entrar en el apartamento de paredes tan gastadas como ropa vieja, con capas de distintos colores; les ofreció café cubano en oscuros y pesados vasos y los sentó junto a una estatua de la Virgen con una pluma de papagayo en la espalda y, a los pies, una corona de cobre repleta de sándalo y dólares. Arkady se sentía bien, virtualmente rejuvenecido por el hecho de que Luna no hubiera regresado en plena noche con un bate de béisbol o un punzón. La agente Osorio lucía de nuevo el uniforme azul y el talante hosco. El haber hecho juegos malabares con carbones ardientes la noche anterior no había dejado quemaduras en las manos de Abuelita. De hecho, su comportamiento era el de una jovencita que finge ser vieja; empezó a coquetear de inmediato con Arkady, le dio las gracias por haberla rescatado la noche anterior, lo dejó volver a encender su puro, y, aunque el humo, el olor y los tonos dorados lo desorientaban, el ruso logró explicarle que, aunque no se investigaba oficialmente la muerte de Pribluda, sí se sentía cierta curiosidad acerca de la vida de este; le preguntó si como miembro vigilante del Comité para la Defensa de la Revolución podía describir su rutina diaria.

—Aburrida. A veces su amigo se iba semanas enteras, claro, pero cuando estaba aquí, era siempre lo mismo. Salía a las siete con su maletín y regresaba hacia las siete de la tarde. Salvo los jueves. Los jueves regresaba a media tarde, volvía a salir y regresaba de nuevo. Los sábados hacía sus compras en el Diplomercado, porque siempre encontraba alguna cosita para mí. Chocolates o ginebra. Era bondadoso. Los domingos iba de pesca con Mongo cerca del Malecón o ataban neumáticos al coche e iban a otro lugar.

—Es usted muy observadora.

—Es mi deber. Soy el CDR.

—¿El jueves era su día más atareado?

—Oh, sí. —Los ojos y la sonrisa de Abuelita se ensancharon.

Arkady se dio cuenta de que no captaba su insinuación, pero prosiguió.

—Además del viaje adicional, ¿hacía algo distinto los jueves?

—Pues se llevaba el otro maletín.

—¿Otro?

—El feo de plástico verde. Cubano.

—¿Solo ese día?

—Sí.

—¿Cuándo fue la última vez que lo vio?

—Tengo que pensar. Hijo, déjame pensar.

Puede que Arkady se sintiera confuso, pero no era estúpido.

—¿Para qué es el dinero en la corona?

—Son ofrendas de gente que necesita consejos espirituales, para leer las conchas o las cartas.

—Yo necesito consejos acerca de Pribluda. —Arkady puso cinco dólares—. No tienen por qué ser espirituales.

Abuelita se concentró.

—Ahora que lo pienso, a lo mejor la última vez fue hace dos viernes. Sí. Salió un poco más tarde que de costumbre y regresó un poco más temprano, cerca de las cuatro.

—¿A las cuatro de la tarde?

—De la tarde. Luego se fue otra vez hacia las seis. Lo recuerdo porque se cambió y se puso unos *shorts*. Siempre llevaba *shorts* cuando iba con Mongo a la bahía. Pero Mongo no estaba con él.

Osorio no fue capaz de contenerse.

—¿Lo ve? Todo indica que el cuerpo era de Pribluda.

—Hasta ahora.

Arkady se alegró, porque todos tenían algo. Él tenía una versión del último día de Pribluda, Osorio tenía su momento de triunfo y Abuelita tenía cinco dólares.

Fuera, el día se iba acercando; más que luz, era una sombra perceptible. Mientras Arkady y Osorio andaban por el Malecón, un grupo confuso resultó formado por cuatro agentes de la PNR fumando a hurtadillas. Curiosos, se acercaron a Arkady hasta que repararon en el uniforme de Osorio, que echó una mirada con los párpados entornados, cosa que los hizo retirarse a trompicones. Con su uniforme y gorra, su pesado cinturón y funda, constituía una pequeña columna armada, pensó Arkady. O un pequeño tanque con ojos de láser.

En todo el puerto, la única embarcación en movimiento era el transbordador de Casablanca, que se aproximaba a su embarcadero en La Habana. Las ventanillas del transbordador estallaron en llamas; luego, cuando el sol las abandonó, se vieron los rostros de los viajeros matutinos mirando por el cristal con ojos entrecerrados. Agitándose entre los remolinos que había creado, el barco rozó un embarcadero protegido con neumáticos; en cuanto pusieron la pasarela, los pasajeros, unos equipados con carteras para un día en la oficina, otros empujando bicicletas cargadas con costales de cocos y plátanos, salieron hacia un día amarillento que se iba calentando. Un letrero pedía a los DISTINGUIDOS USUARIOS que no llevaran armas de fuego a bordo.

Una contraoleada de pasajeros entró a empujones en el transbordador, llevándose consigo a Arkady y a Osorio. La temperatura interior alcanzaba un calor casi sofocante. Había asientos a los lados; quienes llevaban bicicleta iban al fondo, y las barras para agarrarse se entrecruzaban en el techo. El abrigo de Arkady atrajo miradas. A él le daba igual.

—¿Le gustan los barcos tanto como a mí?

—No —contestó Osorio.

—¿Los veleros, las lanchas pesqueras, los botes de remo?

—No.

—Acaso sea una característica masculina. Creo que

lo que atrae es la aparente irresponsabilidad, la sensación de estar flotando, aunque es todo lo contrario. Hay que trabajar como un condenado para no hundirse. —Osorio no respondió—. ¿Qué pasa? ¿Qué es lo que la preocupa?

—Va en contra de la ley revolucionaria que un turista alquile alojamiento. Abuelita debió reportarlo. Se ocultaba entre el pueblo porque era un espía.

—No sé si esto es un consuelo, pero dudo que Pribluda haya podido hacerse pasar por cubano. Quería tener vistas al mar. Eso lo entiendo.

Cuanto más veía del puerto, tanto más lo impresionaban la magnitud y la falta de actividad, el panorama de abulia: los muelles de La Habana y las oficinas aduaneras a un lado y, al otro, el verdoso acantilado de Casablanca con su estación meteorológica color de rosa y su blanca estatua de Cristo. En la bahía interior, Arkady distinguió unos cuantos cargueros aislados, un amontonamiento de grúas de carga y la cruda antorcha y el humo de los ingenios. Hacia el mar se dirigía un torpedero cubano negro y jorobado, de diseño ruso, con cañones automáticos en la cubierta de popa. Se fijó en que Osorio estudiaba su cabeza.

—¿Cómo estoy?

—Maduro. Su embajada debería encerrarlo.

—Estoy a salvo con usted.

—Solo estoy con usted porque quiere ir a Casablanca y no habla una sola palabra de español. Viejo, tengo otras cosas que hacer.

—Bueno, pues yo lo estoy pasando muy bien.

Casablanca daba la impresión de haber empezado en la cima del monte, a los pies de Cristo, y de haber rodado hacia abajo hasta el agua, amontonando chabolas, hechas con bloques de escoria y chapa de acero, sobre casas coloniales más dignas. Buganvillas escarlatas caían en cascada sobre las paredes, y el aire se calentaba con el empalagoso aroma del jazmín. Desde el embarcadero del transbordador, Arkady y Osorio subieron hasta la terminal de los tranvías, equipados con rastrillos delanteros para las zonas rurales. Anduvieron por una calle principal cuyas persianas estaban bajadas para proteger contra el calor de la mañana, incluyendo la puerta cerrada y las ventanas tapadas de una diminuta comisaría de la PNR; bajaron por los restos de una escalinata en espiral hacia un parque repleto de malas hierbas, y siguieron por una acera de cemento, desde donde tenían una vista de la bahía de agua negra como el betún y los pilotes, los desechos y las latas; allí habían encontrado al «neumático» tres días antes.

La escena era distinta de día, sin los reflectores, sin multitud, ni música ni el capitán Arcos gritando urgentes instrucciones equivocadas. El sol destacaba los detalles de una fila de elegantes casas en primera línea de mar, tan vaciadas que semejaban templos griegos en ruinas, y hacía resaltar la fragilidad del muelle tendido sobre el agua hacia media docena de barcas pesqueras, todas ellas con largos palos alzados cual antenas y el nombre de «Casablanca» vistosamente pintado en la popa, por si se aventuraban en el ancho mundo.

—Aquí es donde acabó, no donde empezó. No hay nada que encontrar —afirmó Osorio.

El muelle había desaparecido detrás de la barricada

de una choza que Arkady no había visto en su primera visita. La rodeó y llegó a una verja que daba paso a un taller que bien podría haber sido la Isla del Diablo. Una confusa variedad de embarcaciones naufragadas y barcos con el casco remendado descansaban en compañía de gatos dormidos. Un perro ladró desde una cubierta. Dos hombres desnudos de cintura para arriba enderezaban un árbol de transmisión mientras, a sus pies, unas gallinas arañaban el suelo en busca de maíz. Esto era independencia, un astillero que podía fabricar un resistente barquito a partir de pecios y, además, suministrar huevos. Los dos hombres mantuvieron la cara apartada, pero acaso fuera por la mirada de acero de Osorio, pensó Arkady. El Noé de este astillero surgió de la oscuridad de la choza. Se llamaba Andrés, se tocaba con un gorro de capitán echado confiadamente hacia delante; pronunció lo que sonaba como una florida explicación, antes de que Osorio le cortara las alas.

El barco que reparaban, dijo el hombre, construido en España, se usaba como auxiliar de un carguero; lo habían declarado tecnológicamente obsoleto y lo vendieron a Cuba como chatarra. De eso hacía veinte años. Arkady sospechaba que las insinuaciones de contrabando y tormentas se habían perdido en la traducción. Osorio era diferente de los demás cubanos, que revelaban cada emoción con un indicador emocional de amplio alcance. El indicador de Osorio no se movía nunca.

—¿Ha oído Andrés hablar del cuerpo que encontraron aquí?

—Dice que solo hablan de eso. Se pregunta por qué hemos regresado.

—¿Encontraron algo más en el agua donde hallaron el neumático?

—Dice que no.

—¿Tiene un plano de la bahía? —Arkady sorteó los montones de latas y botellas rescatadas del mar y del apestoso fango, rumbo al muelle.

—Ya se lo he dicho, el cuerpo llegó flotando. No tenemos escena del crimen.

—De hecho, yo creo que lo que tenemos es una amplia escena del crimen.

Andrés regresó con un plano que revelaba que la bahía de La Habana era un canal que discurría entre la ciudad de La Habana y el Castillo del Morro y alimentaba tres ensenadas: Atarés, al oeste, la más cercana al centro de la ciudad; Guanabacoa, en medio, y Casablanca al este. Arkady recorrió con el dedo el trazado de las vías de navegación, las rutas de los transbordadores, las profundidades, las boyas, los escasos peligros, y entendió por qué la bahía de La Habana había sido la mayor estación de clasificación de las posesiones coloniales de España. Pero para Andrés era un «bahía bolsa».

—Lo que entra flotando puede salir flotando, dice —explicó Osorio—. Depende de la marea: entra con la marea alta y sale con la baja. Depende del viento: entra con el de noroeste y sale con el de sudeste. Depende de la estación: en invierno los vientos suelen ser más fuertes, en verano los huracanes sacan el agua al mar. En igualdad de condiciones, un cuerpo puede dar vueltas eternamente en medio de la bahía, pero el viento viene normalmente del noroeste e impulsa a los cuerpos hacia este astillero, razón por la cual se encuentran neumáticos vivos en La Habana y neumáticos muertos en Casablanca.

Arkady examinó el largo y estrecho muelle y, por alguna razón, halló en él una promesa. En el barco de Andrés, *El pingüino,* de un coqueto azul, había lugar para dos, si es que conseguían cambiar de lugar la caja de un motor, corchos, cubos, un arpón y la caña del timón. En la proa, una vela estaba medio desplegada entre enjarciados palos de pescar. En popa, cordeles y alambres se amontonaban sobre un yugo manchado de tanto romper la crisma a los peces. Ni antena parabólica, ni sonar, rastreador de peces, radar o radio.

Osorio lo siguió.

—Las apariencias engañan, dice Andrés. El barco es más que suficiente para llegar a Cayo Hueso y ser detenido por pescar pez vela norteamericano. —De su propia cosecha añadió—: En La Habana, Fidel fue el ganador de la primera competición de pesca en alta mar, organizada por Hemingway.

—¿Por qué será que no me sorprende?

Atraído por la embarcación, Arkady anduvo sobre planchas lo bastante separadas para que viese su propio reflejo en el agua. Lo que le sorprendía eran los corchos, numerados y ensartados de tal modo que al menos tres metros de palos anaranjados sobresalieran del agua.

—Esto —explicó Andrés por medio de Osorio— es el sistema cubano.

El pescador dio la vuelta al plano y, con un cabo de lápiz, dibujó una superficie ondulada de agua y luego, a intervalos regulares, los palos —ramales— flotando en vertical. Un «sedal madre» —palangre— los unía, formando una larga sarta de ramales.

—El problema con los peces es que nadan a profundidades distintas en momentos distintos —continuó—. De noche, con luna llena, el atún se alimenta a mayor profundidad. También las tortugas, aunque solo podemos pescarlas cuando copulan, una temporada que dura apenas un mes. Claro, es ilegal, así que no lo haría. Pero con el sistema cubano es posible pescarlos todos poniendo el anzuelo en diferentes secciones del sedal madre y a diferentes profundidades: cuarenta metros, treinta, diez. Todos echan varios sedales y así peinan la zona entera.

—Pregúntele por la corriente que traería del Malecón a la bahía un neumático que fuera a la deriva.

—Dice que allí es donde se concentran los barcos porque allí se encuentran los peces, en la corriente. Los barcos no faenan en toda la bahía, solo en el corredor, con sedales madre y una amplia variedad de anzuelos.

—Ahora pregúntele qué encontraron, no aquí, en el muelle, sino en el mar. Y no me refiero a peces.

Andrés se detuvo para recuperar el aliento, como un hombre que se ha extralimitado. Después de todo, razonó Arkady, un cubano que pesca ilegalmente en Florida tendería a extralimitarse.

—Pregunte: ¿algo atrapado en la bahía? ¿Más o menos cuando encontraron al pobre hombre en el muelle? —Como para ayudar a la memoria, Andrés echó un vistazo hacia los dos hombres que habían estado reparando el árbol de transmisión, pero sus amigos habían desaparecido—. ¿Basura, tal vez, atrapada por accidente en los anzuelos?

—Exactamente.

Para entonces, Osorio había captado el propósito de Arkady y, cuando Andrés se retiró a su choza, lo acompañó. Regresaron con una bolsa de plástico y unos cincuenta papeles que parecían billetes de lotería, a todas luces empapados y secados al sol. En verde y blanco, un dibujo apenas distinguible rezaba: «Montecristo, puro de La Habana, fabricado a mano», una y otra vez.

—Son etiquetas oficiales del Estado antes de que les pongan cola y las corten para las cajas de puros —aclaró Osorio—. Con estas, podrían poner la etiqueta de Montecristo en puros corrientes. Esto es muy grave. —Andrés se convirtió en un torrente de elucidaciones—. Dice que los sellos se engancharon en el sedal de alguien, no se acuerda de quién, una semana o más antes de que hallaran el cuerpo. La bolsa se había agujereado y las etiquetas se habían echado a perder; además, fue antes de que el tiempo cambiara. Nadie vino a las barcas y se olvidaron de las etiquetas. Andrés las secó, pero solo para leerlas y ver si valía la pena guardarlas. Estaba a punto de hacerlo.

A Arkady le hizo gracia la idea de unos puros tan caros. Azúcar y puros, los diamantes y el oro de Cuba.

—¿Podría preguntarle dónde, exactamente, encontraron la bolsa?

Andrés hizo una marca en el plano a quinientos metros del Malecón, entre el hotel Riviera y el apartamento de Pribluda.

—Dice que solo un loco robaría etiquetas del gobierno, pero él cree que un neumático ya de entrada está desesperado. ¿Navegar en una rueda de goma y aire?

¿Un pinchazo de nada? ¿Tiburones? Un hombre de esos hace quedar mal a todos los pescadores.

Osorio estaba asqueada con Casablanca. En la PNR del pueblo, tan oscura que un retrato del Che era un fantasma al que nadie había quitado el polvo, los agentes se movieron apenas lo suficiente para tomar una declaración firmada a Andrés y darle a ella un recibo por las etiquetas.

Arkady se sentía satisfecho de haber hecho algo, aunque fuera mínimamente profesional. En el transbordador de regreso a La Habana compró un cucurucho de cacahuetes garrapiñados e indujo a Osorio a compartirlos con él.

La actitud de la policía había cambiado ligeramente.

—Ese hombre, Andrés, solo nos enseñó las etiquetas de los puros porque usted lo miró a los ojos. Usted sabía que escondía algo. ¿Cómo lo hizo?

Era cierto. En cuanto Arkady hubo entrado en el astillero había sentido que algo lo guiaba hacia el frágil muelle y los corchos en forma de punta de lanza del «sedal madre». Podría decir que era porque los trabajadores habían evitado a Osorio, pero no, no era eso; diríase que *El pingüino* lo había llamado por su nombre.

—Un momento de intuición.

—Más que eso. Lo caló enseguida.

—Me han adiestrado para ser sumamente suspicaz. Es el método ruso.

Osorio le dedicó una mirada impenetrable, sin el más leve asomo de humor. Arkady todavía no la había descifrado. El hecho de que Luna se retrajera cuando Osorio había acudido al patio del santero podía sugerir que trabajaban juntos, pero también que eran de bandos contrarios. Cabía la posibilidad de que ella fuera una versión más menuda del hombre que le había propinado una paliza con un bate. Sin embargo, había momentos en que Arkady entreveía en ella a una persona del todo diferente, una persona que no se había manifestado. Los motores del transbordador dieron marcha atrás e hicieron vibrar la cubierta, en tanto la embarcación se acercaba al embarcadero.

—Ahora deberíamos ir a ver a un médico —manifestó Osorio—. Conozco a uno bueno.

—Gracias, pero por fin tengo una misión. Su doctor Blas necesita una fotografía mejor de Serguei Pribluda. Me ofrecí para encontrársela o al menos intentarlo.

La dirección que Isabel le había dado la noche anterior era una antigua casa que, cual una viuda en un vestido antaño elegante y ahora andrajoso, conservaba la ilusión de cultura europea. Barandales de hierro colado protegían la escalinata de mármol. Lunetos de color arrojaban destellos rojos y azules en el suelo de una sala de recepción provista de personal femenino en bata blanca.

Arkady siguió los compases de Chaikovski, notas alegres y nítidas que se proyectaban desde un piano mal afinado hacia un patio soleado, donde, a través de una ventana abierta, vio una clase en curso, bailarinas que equilibraban su torso de niñas que parecían pasar hambre, sobre poderosos músculos que se iniciaban en la región lumbar, esculpían las caderas y bajaban hasta las piernas. Las bailarinas rusas tendían a ser como gamas, suavemente rubias; las cubanas, en cambio, poseían el rostro fino de un lebrel adornado con cabello y ojos negros, iluminadas por la arrogancia de las bailadoras de flamenco. Con sus leotardos combinaban la pobreza con la elegancia; calzando zapatillas de ballet atadas con cintas se movían de puntillas con los rígidamente elegantes pasos de un ave por un suelo de madera remendado con cuadrados de linóleo.

Siendo ruso tardó un momento en adaptarse. Lo habían educado con la convicción de que los grandes bailarines —Nijinsky, Nureyev, Makarova, Baryshnikov— eran, per se, rusos, que se graduaban en escuelas como la Academia Vaganova de San Petersburgo y que bailaban en el Kirov o el Bolshoi hasta que se fugaban. Aún ahora, aunque fuesen libres como jugadores de hockey sobre hielo, la tradición era rusa. Sin embargo, aquí veía un aula llena de bailarines tan exóticos como orquídeas de invernadero. Sobre todo Isabel, de figura clásica, que hacía que cada movimiento pareciera fácil, cuyos arabescos eran infinitamente gráciles, cuya gracia, incluso estando en la última fila, atraía la mirada, hasta que la maestra batió palmas y despidió a sus alumnos, momento en que Isabel cogió su sudadera y su bolso, se reunió con Arkady y le pidió en ruso:

—Dame un cigarrillo.

Se sentaron a una mesa en un rincón del patio. Isabel inhalaba con frenesí mientras miraba a Arkady de arriba abajo.

—Veintiocho grados y todavía llevas el abrigo. Eso sí que es clase.

—Es un estilo. Me he fijado en que eres muy buena.

—No importa. Nunca seré más que parte del cuerpo de ballet, por muy buena que sea. Si no fuera la mejor, ni siquiera estaría en la compañía.

A Arkady volvieron a impresionarlo la melancolía de la voz de la joven, la larga línea de su cuello y los ligeros rizos negros en la blancura lechosa de su nuca, así como sus uñas, comidas hasta sacarse sangre. La muchacha dio una larga calada al cigarrillo, como si este hiciera las veces de comida.

—Me gusta que seas delgado.

—Siempre queda eso. —Arkady encendió un cigarrillo a su vez, celebrando un atributo del que no se había dado cuenta.

—Ya ves las condiciones en las que hemos de trabajar.

—No parecen detenerte. Las bailarinas bailan, pase lo que pase, ¿verdad?

—Bailan para comer. El ballet nos da mejores alimentos de los que muchos cubanos ven. Además, cabe la posibilidad de que un español de Bilbao se encapriche de nosotras y nos ponga un apartamento en Miramar y solo tengamos que bajarnos las bragas cuando venga a la ciudad. El resto de las chicas dirían «Ay, Gloria, qué suerte tienes». Yo preferiría cortarme el pescuezo a vivir así. Las otras al menos tienen la oportunidad de viajar fuera de Cuba, mientras que yo me pudro aquí. Serguei iba a ayudarme.

—¿Una bailarina huyendo a Rusia?

—¿Te burlas?

—Sería un cambio. No conocía el interés de Pribluda por el ballet.

—Le interesaba yo.

—Eso es otra cosa —aceptó Arkady. La chica estaba tan ensimismada que aún no se había fijado en los rasguños de Arkady—. ¿Erais íntimos tú y él?

—Por mi parte no éramos más que amigos.

—¿Y él quería estrechar la relación?

—Supongo que sí.

—¿Tenía fotografías tuyas? —decidió tutearla, como hacía ella.

Arkady pensó en el marco en la mesita de noche de Pribluda, en la pose cimbreña de Isabel.

—Creo que sí.

—Y tú, ¿tienes fotografías de él?

—No. —Al parecer, la pregunta se le antojó ridícula.

—¿O de los dos juntos?

—Por favor.

—Solo lo preguntaba.

—Serguei quería una relación distinta, pero era muy viejo; y no era el hombre más guapo ni más culto.

—¿No sabía distinguir un *plié* de... lo que sea?

—Exactamente.

—Pero hacía algo por ti.

—Serguei se comunicaba con Moscú en mi nombre, te lo dije. ¿Estás seguro de que no hay ninguna carta ni correo electrónico para mí?

—¿Acerca de qué?

—De largarme de este miserable país.

Arkady tenía la sensación de estar hablando con una princesa de cuento de hadas presa en una torre.

—¿Cuándo viste a Serguei por última vez?

—Hace dos semanas. Era el día de la primera representación de la *Cenicienta*. Una de las principales bailarinas estaba enferma y yo la sustituí como una de las horribles hermanastras, y hubo un problema con mi peluca porque aquí en Cuba las horribles hermanastras son rubias. Fue un viernes.

—¿A qué hora?

—En la mañana. Puede que a las ocho. Llamé a su puerta al bajar. Vino a la puerta con *Gordo*.

—¿*Gordo*?

—Su tortuga. Yo le puse el nombre.

Arkady visualizó a Pribluda abriendo la puerta. ¿Acaso el coronel se imaginaba en el papel de un caballero que iba a rescatar a Isabel de su prisión isleña?

—Vivías justo encima de Pribluda. ¿Alguna vez viste quién lo visitaba?

—¿Quién visitaría a un ruso sabiendo que vigilan su casa?

—¿Quién vigilaba?

Isabel se tocó la barbilla, como si en tan delicado rasgo pudiese crecer una barba.

—Él observa. Lo observa todo.

—La última vez que viste a Pribluda, ¿mencionó lo que iba a hacer ese día?

—No. No fanfarroneaba como George, que siempre tiene grandes proyectos. Pero Serguei te trajo a ti.

—No me mandó llamar, solo vine por iniciativa propia. —Arkady trató de encauzar nuevamente la conversación—. ¿Alguna vez viste a Pribluda con un tal sargento Luna del Ministerio del Interior?

—Sé a quién te refieres. No. —Isabel le regaló una sonrisa—. Te enfrentaste a Luna anoche. Te vi.

—Débilmente.

Lo que Arkady recordaba del enfrentamiento era que la llegada de la agente Osorio lo había salvado.

—Y vas a salvarme. —Isabel puso la fría mano sobre la de él y, como si hubiesen llegado a un acuerdo, comentó—: Cuando la carta llegue de Moscú necesitaré una invitación a Rusia. Pues tienes que organizarla a través de un organismo cultural, una compañía de ballet, un teatro, lo que sea. ¿Has visto dónde bailan ahora los cubanos? En Nueva York, París, Londres. No tiene por qué ser el Bolshoi desde el principio, lo que importa es largarme de aquí.

Por encima del hombro de Isabel, Arkady vio que Jorge Washington Walls casi daba un traspié y recuperaba el equilibrio, al entrar en el patio desde la calle. Su tez apenas morena palideció aún más antes de recobrar el impulso, el andar de paseo de norteamericano aminorado al ritmo cubano, y la pose de estudiado desenfado de un actor: tejanos azules planchados y un jersey de una blancura inmaculada encima de bíceps morenos. Tendría por lo menos cincuenta años, calculó Arkady, y casi podía interpretarse a sí mismo de joven si hacían una película sobre él. ¿Por qué no? El ruso recordó las protestas contra la guerra, la marcha sobre Washington, el avión. Al atravesar el patio, el norteamericano iba repartiendo palmaditas y sonrisas aquí y allí. La única persona que no se dejaba impresionar por su encanto era Isabel, que se echó para atrás cuando él quiso besarla. Walls se sentó.

—Oh, oh —dijo a Arkady—, estoy perdiendo puntos. Arkady, se nota que eres un recién llegado. Isabel se inclinó sobre la mesa.

—Comemierda —dijo en español. Apagó su cigarrillo, retorciéndolo en el cenicero, y regresó a la sala de ensayos.

—¿Quiere que se lo traduzca? —preguntó Walls.

—No.

—Bien. Es tan malvada como bonita y es una dama hermosa. —Walls centró toda su atención en el ruso—. ¿Te interesa el ballet? Yo contribuyo a la causa aquí, pero soy más bien fanático del boxeo. Voy a menudo. ¿Y tú?

—No mucho.

—Pero a veces sí. —Walls observó los apósitos en la cabeza de Arkady—. Por cierto, ¿qué te ha pasado?

—Creo que fue el béisbol.

—Menudo juego. Mira, quería darte las gracias por detener a Luna anoche.

—Creo que tú ayudaste.

—No, tú lo hiciste bien. El sargento se salió de madre. Estas cosas ocurren en Cuba. ¿Sabes quién soy? —Jorge Washington Walls.

—Sí, eso lo dice todo, ¿verdad? Heme aquí, como un chiquillo, vigilando a todos los que hablan con Isabel. Me sorprendiste, lo reconozco. Anoche no me porté muy bien tampoco. El problema es que soy el político de más edad entre los radicales que han venido huyendo a Cuba, pero soy como un niño cuando se trata de Isabel.

—No pasa nada. —Arkady cambió de tema—. ¿Qué sentiste al fugarte?

—No estaba mal. En Alemania del Este, la antigua República Democrática, las rubias Hildas e Ilses hacían cola para servir a las órdenes del comandante negro. Me creía un dios. Aquí me esfuerzo por sacarle una sonrisita a Isabel.

—Llevas bastante tiempo aquí.

—Eternamente. No sé qué coño tenía en mente. La verdad es que siempre hablo antes de pensar. Mi boca dijo: «No voy a ir a la guerra, no voy a dejar que me deis órdenes como a mis hermanos negros del sur, voy a secuestrar este jodido avión.» Y el resto de mí decía: «¡Jesús! No lo decía en serio, por favor, no me peguen más.» De veras no creía que me traerían a La Habana. Pero los ojos se me salían de las órbitas. Estaba alucinando con LSD, blandiendo una enorme pistola de cowboy en la cabina del piloto. Seguro que pensaron que era un tío superpeligroso. Salí del avión aquí y una de las azafatas me entregó una banderita de Estados Unidos. ¿Qué le pasaba por la cabeza? Coño. La quemé. ¿Qué más iba a hacer? La foto apareció en todo el mundo. Hizo que el FBI se subiera por las paredes. Me convertí en uno de los diez más buscados en Estados Unidos y, al mismo tiempo, en un héroe en medio mundo. Eso es lo que he sido en los últimos veinticinco años. Un héroe. Al menos lo intentaron. Creyeron que era un endurecido revolucionario y me mandaron a campamentos con palestinos, irlandeses, khmeres rojos, los hombres más pavorosos del mundo, y resultó que no era más que un bocazas de Athens, Georgia, que soltaba frases de Mao, jugaba más o menos al béisbol y probablemente habría conseguido una beca Rhodes en Oxford si no hubiese venido a Cuba. Esos tipos metían miedo. Pavor. De los que lo obligan a uno a comer serpientes. ¿Conoces su tipo?

—Intento imaginármelo.

—No te molestes. Finalmente renunciaron y me trajeron de vuelta a La Habana y me dieron un cómodo empleo como traductor del español al inglés. Vaya humillación. Pero todavía estaba lleno de celo revolucionario y traducía treinta páginas por día, hasta que mis colegas cubanos me llevaron aparte y me dijeron: «Jorge, ¿qué coño te pasa? Cada uno de nosotros traduce tres páginas al día. Estás desequilibrando la cuota.» Creo que el día que oí esas palabras entendí lo que se cocía en Cuba. Se hizo la luz para mí. Karl Marx había llegado a la playa, y lo único que el cabrón quería era un daiquiri bien frío y un buen puro. ¿Sabes?, cuando la Unión Soviética lo pagaba todo, esto era como una fiesta. El problema es que la fiesta se ha acabado.

—De todos modos... —Arkady trató de ajustar la imagen del que había agitado al mundo con el que vendía inversiones. Walls atrapó su mirada.

—Lo sé, yo era alguien. Mira, también lo fueron Eldridge Cleaver y Stokely Carmichael —aclaró, refiriéndose a dos militantes del movimiento estadounidense Poder Negro—. El hermano Cleaver regresó arrastrándose a Estados Unidos para cumplir una condena en prisión y Stokely acabó en África, absolutamente chiflado, vestido de uniforme, con pistola, en Kissidougou, esperando a que la revolución llamara a su puerta. Así que, dime, ¿te pidió Isabel que la sacaras de Cuba?

—Sí.

—Es que está obsesionada con eso, se obsesiona con hombres que cree que pueden ayudarla. Y tiene razón:

nunca la dejarán ser primera bailarina y nunca la dejarán marcharse. ¿La quieres?

—Acabo de conocerla.

—Pero os vi juntos. Los hombres se enamoran muy pronto de ella, sobre todo cuando la ven bailar. A veces le ofrecen ayuda a la primera.

—La ayudaría si pudiera.

—Ah, eso significa que no tienes idea de cómo es la situación.

—De eso estoy seguro —reconoció Arkady—. ¿Conoces a Serguei Pribluda?

—Lo conocía, sí. Me enteré de que lo habían encontrado en la bahía. ¿Tú también eres espía?

—Investigador de la fiscalía.

—¿Pero eras amigo de Serguei?

—Sí.

—Hablemos fuera.

Walls lo precedió. Pasaron frente a la recepción, sortearon las palmeras de un pequeño patio y salieron a la calle; un elegante descapotable norteamericano, blanco, tapizado de cuero rojo, se encontraba aparcado frente a la acera. De las aletas redondeadas colgaban aros plateados y en el capó del maletero, apenas una sugerencia de un neumático de repuesto. Como si le presentara a una persona, Walls anunció:

—Chrysler Imperial del 57. Trescientos veinticinco caballos, V-8, transmisión de Torque Flite, suspensión de Torsion Aire. El coche de Ernest Hemingway.

—Quieres decir que es como el coche de Hemingway, ¿no? Walls acarició el parachoques.

—No, quiero decir que era el coche de Hemingway.

Era de Papá Hemingway y ahora es mío. De lo que quería hablar era de la carta que debe llegar de Rusia para Isabel. ¿Te ha hablado de su familia?

—Un poco.

—¿De su padre?

—No.

Walls bajó la voz.

—Me encantan los cubanos, pero adornan la verdad. Mira, estas gentes llevaron a Rusia a la quiebra. En algún momento Rusia tenía que decir: «Que alguien cuerdo tome el mando.»

¿Por qué? se preguntó vagamente Arkady. Rusia nunca tuvo a nadie cuerdo al mando. ¿Por qué cebarse con Cuba?

—¿De qué hablas?

—Lázaro Lindo era el número dos en el partido cubano, enviado a Moscú, una elección lógica. Se suponía que sería un golpe silencioso, una rápida transferencia del poder y un cómodo arresto domiciliario para Fidel. Lindo regresó de Moscú en un avión negro y durante todo el camino le hablaron de las tropas dispuestas a movilizarse y de los tanques prestos a arrancar. Imagínate la escena cuando el pobre hijo de puta baja del avión y allí está Fidel, esperándolo al pie de la rampa. Esa misma noche, la embajada en Moscú pone a la señora de Lindo y a Isabel, que cuenta apenas dos años, en otro avión, rumbo a La Habana.

—¿Fidel lo sabía?

—Desde un principio. Dejó que el complot se desarrollara para averiguar quién tomaría parte. Por algo ha durado tanto el comandante.

—¿Qué pasó con Isabel?

—Su madre enloqueció y la arrolló un autobús. A Isabel la crio su tía, con otro nombre, y esa es la única razón por la que la escogieron para la escuela de ballet. El ballet cubano es como los deportes cubanos, un milagro hasta que uno averigua cómo lo hacen. Registran el país en busca de pequeños dotados, y ella era una estrella a los doce años. ¿Te imaginas la indignación cuando averiguaron que era la pequeña de Lázaro Lindo? Ahora la señalan y dicen: «¿Ves cómo dejamos que los hijos de los enemigos del pueblo se reintegren a la sociedad?» Lo que no van a hacer es poner el nombre de Isabel Lindo en una cartelera como primera bailarina, y nunca van a dejar que haga una gira.

—¿Todavía vive su padre?

—Murió en la cárcel. Alguien dejó caer una roca encima de él. Lo que quiero decir es que no es un mensaje normal el que Isabel espera de Rusia. Podría contener toda clase de nombres y acusaciones y el mensajero podría lamentar realmente haber ayudado a remover las cosas. Ella no te lo dirá, pero yo sí.

—Te lo agradezco.

—Es una chica difícil, lo sé. Puedes ayudarla.

—¿Cómo?

—No dejes que se haga ilusiones.

—¿Pribluda dejó que se hiciera ilusiones?

—Pribluda iba a trabajar para mí.

—¿En calidad de qué?

—En seguridad.

—¿Seguridad? ¿Qué clase de seguridad puede ofre-

cer un oficial ruso en Cuba? ¿Está presente aquí la mafia rusa?

—Cerca. En Antigua, las Caimanes, Miami. En La Habana no, todavía no. De hecho, lo que ahora me preocupa es Luna. ¿Has visto al sargento hoy?

—Todavía no. Luna dijo que volvería a verlo y no creo
que sea de los que amenazan en vano. Dudo que el sargento Luna sepa lo que es amenazar en vano.

Walls rodeó el coche hasta el lado del pasajero y abrió
la guantera. Envuelto en una gamuza había un enorme
revólver con disparador automático.

—Es un Colt-45 automático, un clásico, el preferido
de Fidel. Luna ha sido útil. Tiene un montón de contactos interesantes. Pero viste anoche que se está des-
controlando. Tengo que retirarme y resultaría más fácil
con alguien que me cubriera las espaldas. Puede que te
interese.

Arkady tuvo que sonreír. Pocas cosas lo habían divertido últimamente, pero esta oferta lo hizo.

—De momento estoy cuidando mi propia espalda.

—No lo parece. Hay en ti algo que dice «jódete» por
lo bajo. También podrías encargarte de seguridad general.

—No hablo español.

—Lo aprenderías.

—De hecho, prefiero un trabajo más seguro.

—Esto es absolutamente seguro. La verdad, Arkady,
es que vivo en este paraíso tropical gracias a la toleran-
cia de las autoridades. Hay gentes que aprovecharían
cualquier oportunidad, cualquier cosa que me avergon-
zara y dirían: «Que se joda Jorge Washington Walls, es

agua pasada. Si los norteamericanos todavía lo buscan, vamos a mandarlo de vuelta.» En mi situación, cuanto más quieto esté, mejor.

—Es interesante, pero solo estaré en Cuba unos días.

—Eso dice la gente. Dicen que solo pasan por La Habana, pero te sorprendería cuántos se quedan. Alguien que da la vuelta al mundo para venir a un lugar como este, no lo hace por azar. Hay un motivo.

12

Arkady creía que Luna se dejaría caer de un momento a otro desde una señal de tráfico o irrumpiría desde una esquina y cumpliría su promesa de «joderlo». Joder y matar se parecían pero no eran lo mismo. Existía una carga sexual, la sugerencia de cópula violenta, como si perder un ojo o una oreja fuese algo razonable en el contacto sexual. Matar era limpio; joder, sucio.

Por extraño que fuera, sin embargo, Arkady se sentía revitalizado. No exactamente dichoso, sino impulsado por la búsqueda de la fotografía y el margen, aunque escaso, que esto le daba para hacer preguntas sobre Pribluda. Divertido también, en un momento depresivo, por la inverosímil oferta de empleo asegurando la seguridad de un radical norteamericano como Jorge Washington Walls. Tal vez porque La Habana le resultaba tan irreal, pero el caso era que Arkady se sentía ligeramente invulnerable, como un hombre que se da cuenta de que solo está teniendo una pesadilla. Luna era un ser de pesadilla. Luna era perfecto.

Al regresar al apartamento de Pribluda apuntaló la

puerta y llevó una botella de agua helada al despacho, donde encendió el ordenador y, cuando la máquina pidió una contraseña, tecleó GORDO. La máquina canturreó, la pantalla parpadeó y ofreció varios iconos: PROGRAMS, STARTUP, ACCESSORIES, MAIN, PRINTER: veinticinco años en el KGB, y un agente secreto utilizaba el nombre de su tortuga como contraseña. Lenin sollozó.

Interesado aún por los últimos días de Pribluda, Arkady pulsó ACCESSORIES y luego CALENDAR. Horas, días, meses dieron marcha atrás sin ninguna cita. Qué curioso consuelo el suyo, pensó: no hablaba español pero era capaz de navegar por el ordenador portátil universal. CUMIN era el Ministerio cubano del Azúcar y unas tablas; RUSMIN, el Ministerio ruso de Comercio; SUGFUT, los precios futuros del azúcar cubano, brasileño e indio que competían en las bolsas de comercio. Entretanto, la bulla de tambores y maracas que procedía de abajo sugería que Erasmo, el mecánico, estaba trabajando. Arkady pretendía hablar con Mongo y encontrar una fotografía de Pribluda, pero lo primero era lo primero, mientras aún estaba inspirado.

Abrió el icono de SUGHAB, que dividía La Habana en 150 ingenios azucareros. El último archivo guardado se llamaba COMCFUEG.

La Comuna Camilo Cienfuegos es el antiguo ingenio Hershey al este de La Habana. Visitas de campo revelan un mantenimiento deficiente de equipos anticuados. Sin embargo, hemos de reconocer que los buques rusos con piezas de repuesto no se han materializado; el último fue un carguero que debía atracar en La Habana la semana pasada. Se sospecha que el capitán del barco ha desviado la carga a otro puerto en la costa sudamericana y la ha vendido a mejor precio. Lamentablemente, esto dificulta aún más las negociaciones con el ministerio del azúcar.

Arkady supuso que los cubanos estarían irritados con esto. Empezó una búsqueda del Club de Yates de La Habana. Nada. Rufo Pinero. Nada. Sargento Luna y, por añadidura, capitán Arcos. Nada. Abrió las bandejas de salida y de entrada del correo electrónico. Nada.

Un documento llamado AZUPANAMÁ atrajo su atención, porque el vicecónsul Bugai había mencionado el éxito de las negociaciones entre Rusia y Cuba gracias a un agente azucarero panameño con ese nombre, y a Arkady se le ocurrió que sería interesante ver el papel del agregado comercial Serguei Pribluda en dichas negociaciones. Pulsó RETRIEVE y de su tumba salió una corta correspondencia enviada.

serk@dir.com/IntelWeb/ru miér. 5 de agosto de 1996

A. I. Serkov, gerente
Diamond International Trading
1123 Smolenskaya Ploshad, hab. 167
Moscú

Estimado Serkov:
Saludos desde la tierra de los reyes del mambo. Apenas estoy aprendiendo a mandar corresponden-

cia por internet, de modo que espero que estéis todos bien, etc. El tiempo es agradable, gracias. Dime si la presente te llega bien.

Saludos,

S. S. Pribluda

Era como ver a alguien aprender a andar en bicicleta.

A. I. Serkov
Diamond International Trading

Estimado Serkov:
Progresos. Saludos,
S. S. Pribluda

A Arkady le gustó cómo sonaba eso. ¡Progresos! Ruso y al grano. Interesante asimismo que no tuviera dirección de correo electrónico ni fecha de envío, lo que sugería que era una nota para un mensaje auténtico que debía enviarse en código desde la embajada.

serk@dir.com/IntelWeb/ruLunes 1 de octubre de 1996

Serkov:
El contacto chino ha dado sus frutos. ¡Creo que verás que se ha levantado al zorro! ¡Un zorro y un lobo!

Pribluda

Qué imaginativo uso de vocabulario. A todas luces Pribluda se sentía triunfante. «¡Éxito!» era lo único que necesitaba decir un agente. «Contacto chino» parecía una exageración. Que Arkady supiera, ninguna parte de China lindaba con La Habana.

Según la hoja de balance, las finanzas de Pribluda eran claras, tanto cada mes para comida, lavandería y tintorería, artículos personales, gasolina y mantenimiento del coche. La única partida sin explicación eran cien dólares pagados cada jueves. Si se tratara de sexo, pensó Arkady, Pribluda lo habría ocultado; como comunista no reformado, la suya era una moral torcida aunque inflexible. No, el gasto podría ser para el contacto chino... o lecciones de kárate. Según la pequeña Carmen, Pribluda llevaba un cinturón negro en el maletín.

El hecho más inmediato era que el coronel poseía mucho más dinero que el que habían encontrado con el cuerpo en la cámara de neumático. Arkady apagó el ordenador y registró de nuevo el apartamento, cosa que iba mejor con su trabajo. Esta vez lo vació todo, incluyendo zapatos y badanas de sombrero. En un pantalón colgado en el armario halló los resguardos de dos entradas rojas. En el botiquín, en un frasco blanco de aspirinas, enrollados en cartulina blanca, descubrió 2.500 dólares debajo de un par de aspirinas dejadas para efectos sonoros.

Poco le decía todo esto. No obstante, Arkady se sintió satisfecho de haber encontrado algo. Cogió un cuchillo en la cocina y dejó que el azul del mar lo atrajera hacia la silla del balcón. Hacía un momento estaba lleno de energía nerviosa y, de pronto, apenas si acertaba a mover los pies. ¿Sería por las seis horas de diferencia horaria con Moscú, o por el miedo? La brisa era suave, el peso del cuchillo sobre el estómago, tranquilizador, y se durmió, refrescado por el sudor en la cara.

Lo despertó el ulular cada vez más fuerte de unas sirenas. El sol se había trasladado al fondo del Malecón, por el que venía una veloz vanguardia de cuatro motocicletas; les abrían el paso agentes de la PNR que aparecían de repente en cada cruce con el fin de detener el tráfico y apartar a gritos a ciclistas y «bicitaxis». Detrás de las motos iba un silencioso convoy. En la acera las gentes se paraban con un pie todavía a punto de dar el paso; sus ojos saltaban hacia cada vehículo que pasaba volando, desde el Land Rover con aspecto de caja, seguido por un ancho Humvee, hasta un pequeño Lada del Minint que corría como un galgo delante de dos Mercedes 280 negros con ventanillas teñidas y el bamboleo característico de un coche fuertemente blindado; desde una furgoneta de la radio hasta una ambulancia; desde otro Land Rover hasta una retaguardia de otras cuatro motocicletas: un enérgico torbellino que hizo que el Malecón entero se parara, cual una población en trance, para luego liberarlos al pasar.

Alguien gritaba el nombre de Arkady; este vio a Erasmo en la calle, inclinado hacia atrás en su silla de ruedas.

—«Bolo», ¿lo viste? —Erasmo se tocó la barba para dar a entender que se trataba del líder, el comandante, el mismísimo Fidel.

—¿Era él?

—En uno de los Mercedes. O su doble. Nadie lo sabe, y nunca se anuncia dónde y cuándo pasará el desfile presidencial. De hecho, es la única sorpresa en Cuba. —Erasmo esbozó una sonrisa pícara y movió la silla de ruedas para atrás y para adelante—. Dijiste que querías hablar con Mongo cuando viniera a trabajar. Pues no va ha venido.

—¿Tiene teléfono?

—Muy gracioso. Baja, vamos a buscarlo. Además, es un día demasiado bonito para quedarse en casa. Te explicaré la perspectiva cubana.

A Arkady se le ocurrió que, a menos de tener un coche blindado y un séquito, por muy bonito que fuera el día, con Luna ahí fuera, él probablemente estuviera más seguro dentro.

—Bueno —reconoció Erasmo—, necesito un chófer.

Conducir un todoterreno con la radio machacando y Erasmo con medio cuerpo fuera de la portezuela, gritando a sus amigos, constituía, ciertamente, un nuevo enfoque de la vida. Para empezar, el mecánico dirigió un saludo grosero a los agentes de la PNR.

—Son hijos de puta profesionales —explicó—. Yo soy capitalino, de La Habana. Odiamos a la policía; son todos guajiros y no les caemos bien. Es una guerra.

—De acuerdo.

Algunas casas eran castillos españoles de piedra caliza rosada tallada; los edificios de oficinas lucían filas de persianas con tablillas torcidas, y el propio sol se desintegraba hasta convertirse en luz. Mientras Arkady vigilaba por si Luna aparecía, Erasmo iba identificando los vehículos que venían en sentido contrario.

—Chevrolet Styleline del 50; Buick Roadmaster del 52; Plymouth Savoy del 58; Cadillac Fleetwood del 57. Tienes suerte de ver uno de esos.

Además, pedía a Arkady que aminorara la marcha cada vez que veían a una chica que hacía autostop. Con sus brillantes pantalones ciclistas, sus minúsculas camisetas y las horquillas en el cabello, cada chica se parecía a Madonna... la cantante, no la madre de Dios.

—¿No es peligroso para las chicas hacer autostop?

En Moscú las únicas que se atrevían a hacerlo eran prostitutas o tan viejas que estaban a prueba de balas.

—Si los autobuses no funcionan —contestó Erasmo—, las mujeres tienen que encontrar otro medio de transporte. Además, puede que los cubanos sean muy machos, pero poseen sentido del honor. —Todas las muchachas que Arkady veía eran púberes con aspecto de estar convirtiéndose en adultas a marchas forzadas; con el ombligo al aire o un *body* que parecía pintado directamente sobre la piel, alzaban el pulgar ostensiblemente para unos eunucos. Erasmo vislumbró a una vestida de naranja subido.

—Cuando veas a una muchacha como esa deberías al menos tocar el claxon.

—¿Lo hacía Pribluda?

—No. Los rusos no saben nada de las mujeres.

—¿Eso crees?

—Descríbeme a una mujer.

—Inteligente, con sentido del humor, artística.

—¿Es tu abuela? Yo hablo de una mujer. Como las de aquí. Criolla: muy española, muy blanca, como Isabel, la bailarina; negra: africana, que puede ser odiosamente rígida o muy sexy; mulata: de color caramelo, la piel suave como el cacao, ojos de gacela. Como tu amiga la detective.

—¿La has visto?

—Me fijé en ella.

—¿Por qué siempre que un hombre describe a una mujer lo hace en términos de comida?

—¿Por qué no? Y luego está la mejor para los cubanos, la china, una mulata con una pizca de china, exótica. Ahora descríbeme a una mujer.

—Un cuchillo clavado en el corazón.

Siguieron conduciendo.

—No está mal.

—Cuando me requeriste desde la calle me llamaste bolo. ¿Qué significa?

—Por lo del juego de bolos. Así llamamos a todos los rusos: bolos.

—¿Por nuest...?

—Gracia física.

Erasmo mostró una sonrisa malvada. El mecánico tenía una cara ancha, vigorosa, y hombros enormes. Arkady se percató de que con piernas sería un Hércules.

—Hablando de chinos, ¿hay algún evento o entretenimiento chino los jueves en La Habana?

—¿Eventos chinos? Te equivocas de ciudad, amigo.

Sin duda, pensó Arkady.

Pasaron frente a rascacielos tan sucios como postales muy manoseadas, hasta que un túnel se tragó el Malecón. Surgieron en Miramar, y Erasmo guio a Arkady por la costa a lo largo de una soleada pero desolada calle llamada avenida Primera. Pasaron frente a Sierra Maestra, el edificio de apartamentos donde Arkady había entrevistado al fotógrafo Mostovoi. Erasmo le señaló un cine llamado teatro Karl Marx, antaño teatro Charlie Chaplin; si existía un mejor ejemplo del sentido del humor socialista, a Arkady no se le ocurrió. Más allá, una línea de casas de playa en colores pastel (desconchados), blasones familiares (desfigurados) y patios con (nuevos) bancos de bloques de cemento. Erasmo pidió a Arkady que subiera el coche a la acera, como si allí estuviera más seguro que en la calle.

—Para los neumáticos, al menos. Esta es una isla de caníbales. ¿Te acuerdas de la película *Alive,* la del accidente aéreo? Fidel es nuestro piloto, pero él llamaría período especial a un accidente.

La silla de ruedas de Erasmo era plegable con ruedas de bicicleta; en cuanto la sacaron del asiento trasero y Erasmo se hubo sentado en ella, dio a entender al ruso que más valía no ofrecerse para empujarlo. Sorteó temerariamente botellas rotas hasta llegar a varios estanquitos del tamaño de una piscina, llenos de nauseabunda agua salina, y, justo un paso debajo de ellos, un arrecife salpicado de corales, envuelto en agua de mar de un verde desasosegado. Bloques de hormigón que se alzaban cual piedras de pirámide hacían las veces de rompeolas, y entre estos y el coral flotaban buzos de superficie.

—Están pescando pulpos con arpón —aclaró Erasmo cuando Arkady lo alcanzó—. Antes de la Revolución se podía nadar aquí en un estanque de agua dulce, en uno de agua salada o en el mar. Había fiestas todo el tiempo, amigos estadounidenses aprendiendo a bailar el mambo. —Con la barbilla señaló una casa con pérgola de madera en el primer piso, donde unas sábanas ondeaban, cual entusiastas velas—. De mi abuela. Llevaba chaqueta de marta cebellina y usaba impertinentes en lugar de gafas —explicó—; así lo hacían las mujeres de cierta clase. Yo correteaba de arriba abajo con un triciclo Schwinn con banderolas en el manillar. Supongo que en cierta forma sigo haciéndolo.

—¿Todavía tienes familia aquí?

—Se marcharon hace mucho tiempo. Se fueron en avión, en barco o remando con pagayas. Por supuesto, si uno se va es oficialmente un traidor, un gusano. No se puede estar en desacuerdo con Fidel; si uno está contra Fidel, contra la Revolución, es un criminal, un maricón o un chulo. Así, nadie está contra Fidel, salvo la escoria.

Arkady observó la casa, una casa grandiosa. El cabello y la barba de Erasmo se habían alborotado con la brisa.

—¿No quieres vivir aquí?

—Antes, sí. Pero lo cambié por un alojamiento donde no fuera tan obvio un taller. Mongo vive aquí ahora.

—¿Sois viejos amigos, tú y él?

—Sí, somos viejos amigos. ¿Sabes?, a menudo no viene a trabajar, pero hasta ahora siempre me avisaba.

Subieron los escalones con la silla en marcha atrás y atravesaron una progresión de comedor, sala de estar, patio, segunda sala, todo convertido en apartamentos separados; paredes de madera contrachapada y sábanas dividían las salas más grandes en dos apartamentos, de modo que la casa constituía un pueblecito, según la descripción de Erasmo. Llamó a la puerta del fondo. Cuando nadie contestó pidió a Arkady que buscara una llave encima del dintel.

—Este era mi dormitorio cuando me quedaba a dormir. Algunas cosas permanecen iguales. Me encantaba. Aquí yo era el capitán Kidd.

La estancia confería una vista tan panorámica del mar que debía de haber sido un teatro de fantasía para un niño que había crecido con relatos caribeños de piratas, se dijo Arkady. La vivienda resultaba sumamente reducida: un camastro, un baúl de marinero, un escritorio y un estante con libros de aventuras como *Don Quijote, Ivanhoe* y *La Isla del Tesoro,* un reproductor de CD, un espejo con marco de terciopelo rojo, cocos y conchas en el alféizar, un santo de plástico rodeado de flores de papel. Una cámara de neumático de camión colgada del techo hacía las veces tanto de parachoques como de araña. Colgados asimismo de las paredes, en bolsas hechas con redes de pesca, había aletas, carretes, velas, palos y tarros con anzuelos, estos últimos por tamaño. Debajo de la cama se veían una caja de herramientas, latas de lubricante de automóvil, tambores y calabazas; arriba de la cama, en un gancho, lo que parecía una ballesta sin arco: una larga boca de madera con pistolete, gatillo y tres bandas redondas de fuerte caucho que pendían del frente.

—Un arpón —dijo Erasmo.

Hizo que Arkady lo bajara y le enseñó a colocar la alargada parte trasera contra la cadera, a tirar de las bandas con ambas manos y apuntar. La flecha misma era de acero; dos alas dobladas sujetas por un collarín deslizante en la punta sustituían a las lengüetas.

—El pescador cubano afronta a su presa desde todos los frentes —comentó Erasmo.

A Arkady le interesaron más las fotos de boxeadores que había en las paredes.

—El Chico Chocolate, el Chico Gavilán, Teófilo Stevenson. Los héroes de Mongo —señaló Erasmo.

En una foto de periódico se veía a Fidel en pose de boxeo con un boxeador larguirucho; el pie de la foto rezaba: «El jefe con el joven pugilista Ramón Bartelemy.»

—Dijiste que se llamaba Mongo.

Erasmo se encogió de hombros como si fuese obvio.

—Ramón, Mongo, es lo mismo.

La foto de boxeadores cubanos delante de la Torre Eiffel era idéntica a la que Arkady había visto en la habitación de Rufo, solo que ahora Arkady se dio cuenta de que Ramón Bartelemy *Mongo*, figuraba junto a Rufo.

—Si no se encuentra aquí, ¿dónde crees que podría estar?

—No lo sé. Su neumático está aquí. Arkady, ¿te molesta que te pregunte acerca de la PNR? Había dos policías apostados al otro lado de la calle hasta que empezó el espectáculo en casa del santero. Sé que no les gustan los rusos, pero ¿hay algo que quieras decirme? Después de todo, aquí también vivo yo.

Arkady pensó que era una petición razonable.

—El sargento Luna podría tener algo que ver con ellos.

—Luna. Ese Luna, la cara oscura de la luna, invisible pero presente. Sí, es malo irritar a un hombre así, malo avergonzarlo delante de sus amigos. Exquisita tu elección de enemigo. Y ahora los PNR se han ido. Puede que prefieras su presencia, por si Luna regresa.

—Ya se me había ocurrido.

—¿Estás realmente dispuesto a encontrar a Serguei?

—O a averiguar lo que le sucedió.

—Deberías empezar a pensar en lo que podría pasarte a ti. No tienes autoridad y ni siquiera finges que hablas nuestro idioma, lo que es un alivio. No puedes investigar; solo puedes involucrarte.

—¿En qué?

—En Cuba, y eso resulta muy complicado. Pero créeme: si no quieres que tu cabeza acabe en un cubo mantente alejado de Luna. Te lo digo porque me siento un poco responsable por lo de anoche. No necesito más cosas que lamentar.

Arkady abrió un poco más la persiana. Aplastadas por el sol bajo, las olas se presionaban contra una brisa venida del mar, y aparecieron dos «neumáticos» surcando la cresta de una ola; se deslizaron por turnos sobre la cima, desaparecieron de la vista y volvieron a aparecer en la siguiente pendiente de agua, cual jinetes en caballos sumergidos.

—Bien, si el neumático de Mongo está aquí, ¿dónde está él?

—De todos modos puede pescar.

Para cuando Arkady y Erasmo salieron de nuevo, los «neumáticos» remaban con pagayas para sortear el rompeolas. Olas verdes y oxigenadas se agitaban entre el rompeolas y las rocas de la costa. Los pescadores se habían acercado todo lo posible sobre una oleada; a Arkady le pareció que las rocas constituían un lugar excelente para romperse la crisma.

—¿Cuándo sale Mongo?

—Nunca se sabe. Los neumáticos salen de día y de noche. Pescan en un tramo de la bahía y luego en otro. Reconoce que pescar en un neumático es toda una hazaña de improvisación. Pueden quedarse cerca de la costa o salir a kilómetros de aquí, donde los barcos fletados cogen peces vela en sus anzuelos. A los barcos no les gusta eso de que un par de pobres cubanos se metan con sus turistas.

—¿Los neumáticos tratan de pescar peces vela?

—Podrían hacerlo. Son como boyas, se dejan arrastrar hasta que el pez se cansa. Un pez podría arrastrarlos hasta Florida, ¿quién sabe? Pero tienen que traer el pez de vuelta, ¿no? ¿Te gustaría atrapar un pez vela en un neumático? No. Otro problema son las barracudas, porque muerden lo que sea. Una barracuda en el regazo tampoco hace mucha gracia. Así que pescan peces más chiquiticos. Les va bien, sobre todo de noche, pero entonces tienen que llevar linternas y lámparas, y de noche los neumáticos atraen a los tiburones. Eso es lo que a mí no me gusta. Por eso salen en pareja, por seguridad.

—¿Siempre en parejas?

—Absolutamente, por si uno se enferma o pierde las aletas. Sobre todo de noche.

—¿Tienen radio?

—No.

—¿Y qué, exactamente, podría hacer un «neumático» mientras un tiburón se traga a su compañero?

Erasmo arqueó las cejas.

—Pues tenemos un montón de religiones entre las que escoger.

Lo que atraía a Arkady era el aspecto marginal de los pescadores, el modo en que se doblegaban ante el movimiento del mar, se alzaban en el horizonte y se deslizaban fuera de la vista, todo un acto de desaparición. Repantigados en sus neumáticos, se quitaron las aletas y se enderezaron con las pagayas levantadas. A un espacio de tranquilidad siguió una depresión que absorbía la arena y, luego, una serie de tres olas adquirieron fuerza. Ambos hombres escogieron el mismo clímax del oleaje y dieron poderosos golpes de remo para surcar la ola, rodear el rompeolas y aproximarse a las rocas. El más cercano se cayó, aferrado al neumático con una mano y a las rocas con la otra, antes de subir arrastrándose boca abajo. El segundo, un hombre mayor con sombrero de paja, calculó mejor y dejó que el impulso de la ola lo levantara suavemente sobre el coral, con el ala de su sombrero temblando precariamente en la brisa, descoloridos su camisa y su pantalón, grises de tantos callos los pies en la extremidad de unas pantorrillas negras. Encontró un estanque formado por la marea, en el cual depositó su pesca mientras guardaba sus aparejos entre el neumático y la red que constituían su embarcación de un solo piloto. Pese a la carga y al agua que chorreaba del neumático equilibrado sobre la cabeza halló una cerilla y encendió un trozo de puro que sostenía entre los labios.

Arkady sacó la fotografía del Club de Yates de La Habana para que Erasmo se la enseñara. El pescador señaló primero a Mongo y luego el cielo.

—Pescando con cometa. Con cometa.

—Eso me pareció. —Erasmo indicó un punto en el cielo—. ¿Ves esa cometa? El viejo dice que tal vez vio a Mongo pescando allí. El cubano industrioso encuentra peces hasta desde el aire.

Arkady pensó en el ataque cardíaco de Pribluda.

—¿Podrías preguntarle si alguna vez pesca bajo la lluvia?

—Dice que claro que sí.

—¿Cuando hay relámpagos?

Un solemne movimiento negativo de la cabeza.

—No.

—¿Cuándo fue la última vez que hubo relámpagos en la bahía?

—Dice que hace un mes.

Subieron al Jeep. Puesto que la cometa se encontraba demasiado lejos para seguirla con la vista desde la calle, Arkady se detuvo para mirar de nuevo. En una escalera a unos doscientos metros de allí vislumbró una figura delgada de pie en unos escalones, dando vuelo a un hilo que se alzaba, formando una delicada curva que desapareció en el aire. A unos trescientos metros por encima del agua, una cometa surcó el viento que venía del mar. El claxon del Jeep sonó.

—Lo siento, pero deberías haberlas visto —explicó Erasmo cuando Arkady regresó al coche. El ruso giró sobre los talones y vio a un par de rubias de largas piernas que se alejaban en patines de ruedas en línea—. Jineteras sobre ruedas, el colmo de un mecánico.

—Estamos buscando a Mongo.

—Cierto. Para pescar con cometa se necesitan dos sedales —aclaró Erasmo cuando volvieron a emprender la marcha—. Uno atado a la cometa y uno al anzuelo. El primer sedal arrastra al segundo y, cuando la cometa se ha alejado hasta donde se puedan pescar los peces que uno quiere, se tira del segundo sedal y este cae al agua.

—¿Qué hay de los barcos fletados allí abajo?

—Muy divertido. Ahí están jugando a ser Hemingway, y les cae encima el anzuelo de un pobre cabrón cubano que está en la playa.

Aunque a Mongo no se lo distinguía desde la calle, en cuanto se acercaron el hilo de la cometa los guio hacia dos casas de playa color verde lima, unidas en el primer piso como mellizos siameses. Las ventanas estaban tapadas, y en el tejado crecían malas hierbas. Arkady ayudó a Erasmo a sentarse en la silla de ruedas y avanzaron por la calzada que discurría entre las casas, rumbo a unas rocas cubiertas de centelleantes escamas. Habían clavado una larga pala entre escalones rajados. Un montón de hilos de cometa y de sedales daban vueltas en el palo de madera, dejándose llevar tan rápidamente por la cometa que zumbaban. Un gorra de béisbol verde palpitaba en el mango. Arkady no estaba seguro de haber visto a Mongo o la pala. El bocinazo no había ayudado nada.

—¿Cómo puede desaparecer tan deprisa?

—Puede ser elusivo. Así lo llamaban en el cuadrilátero, Mongo el Elusivo.

—¿Por qué iba a correr?

—Tendrías que preguntárselo, pero la gente suele

mantenerse lejos de las investigaciones policiales si pueden.

—¿Reconocerías su gorra?

—Claro.

En tanto Arkady alargaba el brazo para coger la gorra, una brisa la arrojó al agua, donde flotó, alejándose, hasta que un tirón la hundió. Al mismo tiempo, los hilos y los sedales volaron en el aire y bien podrían haber sido hilos que llevaban al sol, tan poca era la probabilidad de recuperarlos.

Estaban en enero. En Moscú el agua estaría helada y podría haber caminado por ella para recoger la gorra, se dijo Arkady. En Moscú, las cometas no llevaban anzuelos, los muñecos negros no corrían de casa en casa y la gente podía caer debajo de unas ruedas, pero —otra diferencia— no se convertían en palas.

13

Ofelia encontró a Renko en el apartamento del Malecón. Después de apuntalar la puerta con una silla, el ruso la precedió pasillo abajo hacia el despacho, donde el monitor del ordenador contaba algo triste, pero cierto.

Los atentados norteamericanos contra la vida del jefe de Estado cubano incluyen el uso de puros explosivos, conchas explosivas, plumas envenenadas, píldoras envenenadas, trajes isotérmicos envenenados, azúcar envenenado, puros envenenados, submarinos enanos, francotiradores, obsequios. Han utilizado a cubanos, cubanos norteamericanos, venezolanos, chilenos, angoleños y gángsteres norteamericanos. La seguridad cubana ha investigado 600 complots contra la vida del presidente. La CIA ha intentado introducir aerosoles alucinógenos en los estudios televisivos donde el presidente pronunciaba un discurso y polvos depiladores para que se le cayera la barba. Por esto, el presidente continúa usando varias residencias seguras y nunca anuncia su programa con antelación.

—¿Ha encontrado la contraseña de Pribluda?

—¿A que fui brillante? Esto se introdujo el 5 de enero; es el antepenúltimo archivo que introdujo, y tengo que preguntarme: ¿qué tiene que ver con el azúcar?

—Eso es algo que ningún cubano ignora. La vida del comandante siempre corre peligro.

—¿El día antes de desaparecer, tal vez el día antes de morir, a Serguei Pribluda le entran ganas de escribir una corta historia de los intentos de asesinato?

—Parece que sí. Era un espía. ¿Por qué le interesa tanto?

—Estoy pescando con el método cubano, poniendo anzuelos por todas partes.

Ofelia se había duchado en casa; ahora llevaba tejanos, una camisa atada debajo de los pechos, sandalias cómodas y bolso de paja colgado del hombro, aunque mantenía una actitud profesional.

—¿Ha encontrado una fotografía de Pribluda para el doctor Blas?

—No.

—Pero ha estado ocupado.

Nuevos y viejos planos de La Habana impresos por el Ministerio de Turismo, por Rand McNally y por la Texaco cubrían el escritorio.

—Una visita cultural al ballet, un agradable paseo en coche por el Malecón. ¿Y usted?

—Tengo otros casos, ¿sabe? —Osorio observó el ordenador de Pribluda—. Esta máquina está en territorio cubano.

—Ah, pero la memoria de la máquina... es puramente rusa. —Cual un virtuoso del teclado, Arkady salió del archivo, apagó el ordenador y, al oscurecerse el monitor y la estancia, añadió—: Es inútil sin la contraseña.

—Usted no tiene ni autoridad ni conocimientos para investigar aquí, ni habla el idioma.

—Yo no diría que lo que hago es investigar. Pero la verdad es que usted tampoco.

A Osorio no le resultaba fácil controlar el mal genio con este hombre. Abrió el bolso y sacó un destornillador, tornillos y un pasador. El destornillador era suyo, pero había tardado una hora en el mercado frente a la estación del ferrocarril para encontrar el pasador y los tornillos.

—Le traje esto para la puerta.

—Gracias. Es usted muy solícita. Déjeme pagárselo.

—Es un regalo del pueblo cubano. —La agente se los puso bruscamente en las manos.

—Insisto.

—Y yo más.

—Gracias, entonces. Dormiré como un bebé. Mejor que un bebé, como un bivalvo.

«A saber lo que es eso», pensó Osorio.

Después de atornillar las dos partes del pasador y para celebrar lo que llamó su «mayor sensación de seguridad», Renko abrió una botella del ron de Pribluda y sacó al balcón una bandeja con los pepinillos, las setas y otros indigestos comestibles rusos. Sentada en una silla de aluminio, Osorio escudriñó la calle en busca de peligros, mientras él disfrutaba de una media luna suspendida en el extremo de un sendero plateado en el agua. El haz de luz del Morro barría el aire, y algún que otro Lada pasaba traqueteando, como si alguien estuviese entregando unos tambores. Jineteras con todos los tonos de mallas circulaban por el Malecón. Un anciano vendía zanahorias sacadas de una cartera que, según señaló Arkady, parecía idéntica a la cartera de plástico de Pribluda, y Ofelia le explicó que era de fabricación cubana. Un hombre que iba a pescar de noche portaba una enorme cámara de neumático inflada; diríase un caracol de dos patas con su concha a cuestas. Unos ciclistas hacían carreras, y Osorio vio a un chico pasar corriendo junto a una turista y arrancarle el bolso del hombro, con tanta pericia que la mujer giró sobre los talones, buscando el bolso en el suelo, mientras el chaval cruzaba el bulevar y se alejaba con presteza por una calle lateral. Agentes de la PNR llegaron para interpretar el drama, la turista regresó, desilusionada, a su hotel y el equilibrio del Malecón se restableció. Buceadores nocturnos escalaban las rocas con una linterna en una mano y un pulpo en la otra. Unos perros pequeños se disputaban por los restos de unas gaviotas muertas. Unos hombres bebían de botellas envueltas en bolsas de papel. Unas parejas se achuchaban bajo las sombras nocturnas de los pilares del muro.

Desde el portal, abajo, llegaba un son cubano, un poema de Emilio Balladas adaptado para una guitarra de seis cuerdas. «María Belén, María Belén, María Belén, veo tus caderas menearse y contonearse de Camagüey a Santiago, de Santiago a Camagüey.»

Renko encendió un cigarrillo.

—De hecho, parece que el sargento Luna me ha olvidado. No me pareció de los que olvidan. Buen ron.

—Cuba es reconocida por su ron. ¿Conocía la contraseña del ordenador cuando lo traje a usted la primera vez?

—No.

Eso pensaba Osorio, lo que significaba que lo había descubierto desde que se había mudado al apartamento, aunque ella lo había buscado por todas partes mientras levantaba huellas dactilares. Controló el impulso de echar un vistazo al interior del apartamento y se dio cuenta de que él lo notaba.

—He pensado que a lo mejor estaría más seguro si fuera a la embajada y se quedara allí bajo guardia.

—¿Y echar a perder mis vacaciones en el Caribe? Oh, no.

Aun bajo la mala iluminación, Osorio vio la costra y la venda en el nacimiento del cabello de Arkady. Se sentía inexplicablemente responsable de su salud y enfurecida, como de costumbre, por su forma de sacar las conversaciones de quicio.

—¿Todavía afirma que un policía lo atacó? ¿Cree que existe una conspiración contra usted?

—Oh, no, eso sería una locura. Sin embargo, sí diría que, después de Rufo y Luna, existe un indicio de animosidad.

—Lo de Rufo es una cosa —insistió Osorio—. La acusación de que un policía lo atacara es un esfuerzo por presentar a Cuba como país atrasado.

—¿Por qué? Ocurriría en Rusia. El Senado ruso está

lleno de mafiosos. Se atacan los unos a los otros con regularidad con porras, sillas, pistolas.

—En Cuba no. Creo que se imaginó lo de Luna.

—¿Me imaginé que el capitán calza zapatillas Air Jordan?

—Entonces ¿por qué no regresa?

—No lo sé. Tal vez gracias a usted.

Osorio no estaba segura de cómo tomarse esa declaración.

—Usted me dijo que el doctor Blas era honrado; si dice que el músculo cardíaco del hombre que sacaron de la bahía muestra señales de un paro cardíaco, ¿está diciendo la verdad?

—Si él lo dice...

—Digamos que lo creo. Lo que no creo es que un hombre saludable tenga un ataque cardíaco sin una causa. Si estuviese en el mar y lo alcanzara un rayo sería harina de otro costal. ¿No cree que Blas debería examinar el cuerpo a ver si encuentra señales de un rayo?

—¿Algo más? —Osorio pretendía mostrarse sarcástica.

—Podría averiguar con quién habló Rufo entre el momento en que me dejó en el apartamento y el momento en que regresó a matarme. Comprobar sus llamadas.

—Rufo no tenía teléfono.

—Tenía un móvil cuando me recogió en el aeropuerto.

—No lo tenía cuando lo registré. En todo caso, no hay investigación.

La guitarra cubana era la más dulce del mundo, con notas que parpadeaban como motas de luz en el agua.

La agente lo observó encender otro cigarrillo con el anterior.

—¿Ha dejado de fumar alguna vez?

—Claro que sí. —Renko dio una calada—. Pero conozco a un médico que dice que el momento idóneo para empezar a fumar es hacia los cuarenta años, cuando se puede utilizar el efecto de la nicotina para centrar la mente y retrasar la senectud. Dice que las consecuencias... cáncer, problemas coronarios, enfisema... tardan unos veinte años en desarrollarse y entonces de todos modos está uno listo para irse. Claro que es un médico ruso.

Aunque le parecía una costumbre asquerosa, Ofelia se oyó decir:

—Ha habido momentos en que he deseado ser fumadora. Mi madre fuma puros y ve telenovelas mexicanas y grita a los personajes cosas como «No le creas, ¡no creas lo que te dice esa puta!».

—¿En serio?

—Mi madre es de piel clara; proviene de una familia que cultivaba tabaco y, aunque se casó con un cortador de caña negro, siempre insiste en la superioridad de los que elaboran el tabaco. «Cuando lían los puros en la fábrica siempre hay alguien que lee las grandes obras en voz alta, *Madame Bovary, Don Quijote.*» ¿Cree que en medio de un cañaveral hay alguien que lea *Madame Bovary*?

—Me imagino que no.

Ofelia abrió su bolso, colocó la Makarov en el regazo y se puso un collar de cuentas blancas y amarillas en el cuello.

—Muy bonito —comentó Renko.

Blas lo habría desaprobado. El amarillo era para Oshun, la diosa del agua dulce y de las cosas dulces, el color de la miel y del oro, el brillo mulato de Oshun. Ofelia se sentía a gusto con el collar en compañía del ruso porque era un ignorante.

—Solo son cuentas. ¿Le molesta la música?

Una canción se rezagaba en el soportal debajo del balcón. Puesto que La Habana estaba tan poblada, escaseaba la intimidad. A veces los amantes escogían la oscuridad de un soportal en el Malecón para consumar lo que no tenían otro lugar para consumar. La canción decía algo como: «Eros, ciego, deja que te enseñe el camino. Deseo tus manos fuertes, tu cuerpo caliente como llamas, abriéndome como los pétalos de una rosa.»

—No —contestó Arkady.

—¿No entiende el español?

«La miel y el ajenjo salen a chorros de tus venas a mi surco ardiente y me vuelven loca.» Junto con la canción se oían murmullos y cierto frufrú. Las parejas en el Malecón se acercaban más.

—Ni una palabra.

—¿Sabe?, hay diferencias entre la rumba, el mambo, el son, el songo y la salsa.

—No lo dudo.

—Pero todo se basa en los tambores, para bailar.

—Pues yo no bailo muy bien.

No todos tenían que bailar bien, pensó Ofelia; no es que el ruso le pareciera atractivo. Como diría su madre, ¿sobreviviría a ese día? El primer marido de Ofelia, Humberto, era negro como un dominó, un jugador de béisbol, y bailaba de modo fantástico. El segundo, un músico, era de los que todos llamaban chino, no solo porque era tan guapo por la mezcla, sino también porque agradaba a todos. Tocaba los bongoes, cosa que exigía una personalidad abierta. Hasta que se abrió tanto que se marchó. Pero bailaba aún mejor que Humberto. La madre de Ofelia despreciaba a ambos y los llamaba Primero y Segundo, dejando espacio para los que llegaran después. Comparado con ellos, envuelto en su abrigo negro pese al calor, Renko parecía un inválido.

—Así se comunican los espíritus —explicó—. Están en los tambores. Si uno no baila, los espíritus no pueden salir.

—¿Como salieron para Hedy?

—Sí.

—Entonces es más seguro no bailar.

—Entonces es que ya está muerto.

—Buena observación. ¿El abakúa es una versión de la santería?

—Difícilmente podrían ser más distintos. La santería es de Nigeria y el abakúa del Congo. —Era como confundir Alemania con Sicilia.

—Según Blas, antes se dedicaban al contrabando.

Ofelia empezaba a darse cuenta de que Renko se ocultaba detrás de una expresión de lo más inocente cuando se preparaba para atacar. Ofelia no tenía intenciones de aclararle que existían dos abakúas, el público, con sinceros creyentes que podían ser profesores universitarios o miembros del partido, y el abakúa secreto, criminal, que había salido de su tumba. Huelga decir que este segundo abakúa era solo para hombres y poseía la moralidad del ladrón. Se permitía asesinar a los intrusos, mientras que delatar a otro abakúa constituía el peor de los pecados. Y los cubanos creían que el abakúa podía llegar a donde fuera. Ofelia conocía a un informador al que le habían dado un cargo en Finlandia para que huyera de La Habana. Murió al andar sobre hielo poco profundo, y la gente dijo: «¡abakúa!». La policía no había conseguido infiltrarse en el abakúa. De hecho, cada vez más agentes, negros y blancos, se hacían miembros. En todo caso, lo que menos falta le hacía a Ofelia era una conversación de esta índole con un ruso.

—No tenemos por qué hablar de ello —manifestó Arkady.

—Es por su forma de preguntarlo.

—¿Parecía burlarme? No es más que ignorancia. Le pido disculpas.

—No hablaremos de religiones.

—Dios sabe que no.

Desde la radio, en el soportal, se elevó el profundo ritmo de un tambor; Ofelia sabía que era un *iya* alto con un centro rojo oscuro en la piel, acompañado con el rechinante ritmo de un güiro, una calabaza barrigona con ranuras. Un solo saxo se insinuaba, como un hombre pidiéndole a una mujer que bailara con él.

—De todos modos, no es malo estar poseído.

—Bueno, la mía es una mente rusa sin imaginación y no creo que me vaya a suceder a mí. ¿Qué se siente?

—¿En teoría? —Ofelia lo escudriñó en busca de la más mínima señal de aires de superioridad.

—En teoría.

—Seguro que de niño abría los brazos, levantaba la

cara y bailaba bajo la lluvia. Empapado, limpio y mareado. Eso es lo que se siente cuando se está poseído.

—¿Y después?

—La mente sigue dando vueltas.

Un *abwe*, el triángulo del pobre, se unió a los demás instrumentos. No era más que la hoja de un azadón golpeada por un palo de hierro, pero podía sonar como el tictac de la mente cuando una mano fuerte nos toma de la cintura. En tanto el saxo intentaba envolverlo, el güiro temblaba y el tambor se detenía y volvía a empezar, como un corazón. Estas eran las trampas puestas para las niñas tontas que se rezagaban en las sombras. Pero no para Ofelia. Ella mantenía la mente clara. Miró el brazo de Arkady, el brazo en el que había visto los moretones.

—Suena mejor. No estaba de humor saludable cuando llegó.

—Ahora sí que lo estoy. Siento curiosidad por Pribluda, Rufo y Luna. Tengo una nueva meta en la vida, por así decirlo.

—Pero ¿por qué quiso herirse?

Ofelia preveía un desdeñoso rechazo, pero Renko respondió:

—Fue al revés.

Ofelia sintió tan profundamente la siguiente pregunta que se le salió antes de que pudiera contenerla.

—¿Ha perdido a alguien? No aquí, sino en Moscú.

—Pierdo a gente todo el tiempo. —Renko encendió otro cigarrillo con el anterior—. La mayoría de los barcos que zozobran contra las rocas no pretenden hacerlo. No es un estado de ánimo. Es puro agotamiento. Agotamiento por la autocompasión. Uno está con alguien y, sin saber por qué, con esa persona se siente más vivo, en otro nivel —añadió—. El sabor tiene sabor y el color, color. Ambos creen en las mismas cosas al mismo tiempo y están dos veces vivos. Y, si uno lo pierde de un modo irrevocablemente espantoso, ocurren cosas extrañas. Uno anda por ahí con la esperanza de que un coche lo arrolle para no tener que ir a casa por la tarde. Así que este incidente con Rufo me interesa porque no me importa que un coche me arrolle, pero sí que me molesta que un chófer trate de arrollarme. Es hilar muy fino, pero así es.

Ofelia despertó por la noche; los amantes habían desaparecido, y la luna se había sosegado. En la mismísima falta de brisa detectó un ligero aroma, un perfume que rastreó hasta el suave abrigo negro de Renko, hasta la manga de un hombre que afirmaba no haber estado poseído nunca.

14

Osorio se marchó antes del amanecer. A partir de ese momento Arkady pensó que Luna treparía por la fachada del edificio o que llegaría arrastrándose por el conducto de aire. Más que no confiar en ella, Arkady no la entendía. Por qué pasaría la noche en una silla de metal con el ruso menos popular de la isla era algo que le suponía un misterio. Pasaban bicicletas con un padre pedaleando, un niño en el manillar, una madre con su bebé en una tabla situada encima de la rueda trasera, una familia entera. Luna aún no se había presentado.

Arkady bajó, pero en lugar de salir a la calle llamó a la puerta de Erasmo, siguiendo adrede el ritmo de la música de la radio del taller hasta que Tico abrió y lo dejó entrar en la zona privada de Erasmo, la de la cama y la mesa con las patas recortadas.

—Erasmo no está. —Con su habitual mono, Tico llevaba una cámara de neumático en el hombro y una lata de Tropicola en la mano.

—Habla usted ruso —gritó Arkady por encima de la radio.

—Hablo ruso.

Diríase que Tico acababa de reparar en ello. Era de la misma edad que su amigo Erasmo, pero el tiempo parecía haber dejado su cabello oscuro y tan espeso como el pelaje de un animal; ni una arruga o línea de preocupación mancillaba su confiada cara de piel lisa, el rostro de un niño en un hombre de edad mediana.

—¿Le importa que salga por el taller?

—No me importa. Puede salir por allí pero no volver a entrar. El taller está cerrado.

Arkady se abrió paso por la cortina de cuentas. Tico había dicho la verdad. Las puertas del taller se hallaban cerradas y los Jeeps, en el interior, parachoques contra parachoques.

—El taller está cerrado porque Erasmo no quiere que venda ningún coche cuando él no esté.

—No lo molestaré, solo quiero salir por atrás. —Y evitar las miradas enfrente, se dijo Arkady.

—Erasmo está con los chinos.

—¿Ah, sí? ¿Qué chinos?

—Los chinos muertos. Estará allí todo el día y se supone que no debo vender ningún coche. Dijo: «¡Silencio de radio!» Se supone que no debo hablar con nadie.

—¿Dónde están los chinos muertos?

—¡Silencio de radio!

—Ah.

—Se suponía que no debía abrir la puerta.

—No, solo fui educado. —Arkady extrajo un lápiz del bolsillo de su abrigo y extendió un papel sobre el capó—. ¿Puede escribírmelo?

—Puedo escribir tan bien como cualquiera.

—No me lo diga, pero escríbame el lugar donde puedo encontrar a Erasmo y a los chinos.

—Están muertos; esa es una pista.

—Bien. —Mientras Tico, inclinado, escribía con letras de molde, Arkady añadió, por si acaso—: ¿Sabe dónde está Mongo?

—No.

—¿Sabe lo que le ocurrió a Serguei?

—No. —Tico le devolvió el lápiz con expresión angustiada—. ¿Va a ir a ver a Erasmo ahora? Si lo ve enseguida, sabrá que yo se lo dije.

—No iré enseguida.

La expresión de Tico se alegró.

—¿Adónde va?

—Al Club de Yates de La Habana.

—¿Dónde está eso?

Arkady le enseñó un plano.

—En el pasado.

Salió por la puerta del taller y recorrió media docena de manzanas de la calle de atrás, antes de regresar al Malecón. Se había familiarizado con el bulevar en cuestión de pocos días; con la tos de los camiones, los niños echando redes desde el muro, los perros lastimosos mordisqueando el cuerpo aplastado de una gaviota. En una esquina, un agente de la PNR centraba toda su atención en una carreta tirada por una bicicleta y cargada de adolescentes. Nada de Luna.

En la mano de Arkady se encontraba el plano, de esos que se desdoblan, de la Texaco, que había hallado en el apartamento de Pribluda y que se remontaba a cuarenta años; en él localizó el palacio presidencial, el club hípico e hipódromo cubano-norteamericano, la tienda Woolworth's y el club de campo Biltmore, todos de una Habana desaparecida. No era que la ciudad ya no fuese surrealista. Las casas en el Malecón eran fantasiosas: frontones griegos sobre columnas moriscas y paredes a punto de desmoronarse decoradas con flores de lis en rosa y azul deslavados. Venecia solo corría el riesgo de hundirse; en cambio, diríase que La Habana ya se había hundido y la habían sacado del mar.

Lo que tanto sorprendía a Arkady era que La Habana se semejaba mucho a la del plano de hacía cuarenta años. Pasó frente al colosal hotel Nacional y la ladeada torre de cristal del hotel Riviera, ambos «populares entre los turistas norteamericanos», según la clave del mapa. Unos «neumáticos» llenaban sus cámaras de aire en lo que antaño fuera una gasolinera de la Texaco «¡con servicio Fire Chief!».

Arkady tardó noventa minutos en recorrer el Malecón, en atravesar el río Almendares flanqueado de pequeños astilleros y sumido en el hedor a alcantarilla, en cruzar Miramar, caminando tranquilamente rumbo al oeste, pasando frente a la casa de la familia de Erasmo, a los escalones por donde Mongo había desaparecido. Habría podido coger un taxi en cualquier momento y ya sabía que la mitad de los conductores se sentirían contentos de que les pidiera transporte a cambio de unos cuantos dólares. Sin embargo, no deseaba llegar al pasado a toda velocidad, sino hundirse en él, paso a paso.

Al final de Miramar se aproximó a una rotonda flanqueada por una antigua gasolinera de la Texaco, un estadio que había sido el canódromo de La Habana y, según el plano de Pribluda, el Club de Yates de La Habana.

No era la clase de lugar con el que uno se topaba por azar. No había más peatones. Los coches se precipitaban alrededor de la rotonda y se alejaban casi volando. Solo alguien que lo buscara habría visto un camino de entrada que se curvaba en medio de una pantalla de palmeras reales y en torno a un césped, hasta llegar a una mansión clásica pintada de blanco, con pesadas columnas, dos majestuosas escalinatas y ancha columnata. Sobre ella planeaba el fantasmal silencio característico del palacio de un gobernador colonial, abandonado tras un golpe de estado, cuyos habitantes se hubiesen largado; las primeras señales de decadencia se notaban en el reflejo dividido que entraba por una ventana rota y una teja roja desaparecida del tejado de cuatro aguas. Tallado en el frontón de un porche central se veía el timón de un barco sobre un gallardete. En toda la escena, el único movimiento era el contoneo de las hojas de las palmeras. A Arkady no le costó imaginarse a la élite social de La Habana posando en la escalinata, porque lo había visto ya, en la fotografía de la familia de Erasmo.

Subió por la escalinata y, trasponiendo las puertas de caoba abiertas, entró en un vestíbulo de paredes blancas y suelo de piedra caliza. Debajo de una araña de hierro forjado, una anciana negra sentada en una silla de aluminio lo miró a través de gruesas gafas, como si él hubiese bajado de una nave espacial. A su lado, un teléfono rojo. Verlo la impulsó a levantar el auricular y hablar con alguien en un español mal articulado mientras Arkady trasponía unas altas puertaventanas hacia un vestíbulo vacío. Una fila de salas de recepción se conectaban entre sí cual una iluminada tumba aireada; lo precedió el sonido de sus propios pasos rumbo a un bar con barra oscura y curva desprovista de taburetes, sillas y botellas. Había un retrato del Che junto a una vitrina vacía que sin duda debía de haber contenido trofeos de carreras, escalas, modelos. Lo único marino que quedaba era, en una pared, unos medallones de timón. El bar daba a una zona exterior con una tarima preparada para una banda cubana capaz de enseñar a bailar el mambo incluso a los norteamericanos.

Arkady regresó al interior y subió al primer piso; en el descansillo se hallaba una alta silla de almirante de caoba negra. Se habían llevado lo demás, sin añadir nada nuevo, a excepción de unas sillas metálicas de la Revolución. Salió a un porche con vistas a una cala privada.

Un paseo de ladrillos, tan amplio como una plaza central, se extendía hacia una fila de sombrillas de paja y palmeras en forma de abanico que llevaban a la arena blanca; anchos embarcaderos abrazaban el agua poco profunda y, más allá, en el brillante mar azul había suficiente fondeadero para una regata. Las únicas embarcaciones que vio fueron unos «neumáticos», puntos en el horizonte, y los únicos seres en la playa eran una docena de chiquillos que pateaban un balón de fútbol.

Arkady no resistió la tentación. Bajó de nuevo, se quitó los zapatos y los calcetines para andar por la playa y sentir la fina y cálida arena bajo las plantas de los pies. Los chicos no le hicieron caso. Subió los escalones de un ancho embarcadero de hormigón y recorrió los cincuenta metros que lo separaban del extremo. La Habana había desaparecido. El club dominaba cien metros de primera línea de mar, acompañado en el oeste por el viejo canódromo y en el este por un minarete blanco que se alzaba por encima de las palmeras. Ni una sola persona ocupaba la playa delante de la torre morisca y, aunque la arena se extendía hasta unos matorrales que podrían haber formado parte de una isla desierta, a Arkady le resultó familiar. Sacó la fotografía de Pribluda, Mongo y Erasmo en cuyo trasfondo figuraban esos mismos árboles, del mismo tamaño y en el mismo ángulo. Se encontraba en el lugar en que habían tomado la foto. En el Club de Yates de La Habana.

Los chicos saludaron con la mano; a Arkady se le antojó que lo saludaban a él y se volvió hacia el estampido de una lancha con motor a bordo. Esta rodeó un rompeolas, con los rayos del sol rebotando en sus ventanillas; surcó las olas, aminoró la marcha serpenteando como un patinador, hasta que Arkady distinguió a Jorge Washington Walls en mangas cortas y gafas de sol. El norteamericano hizo girar la lancha, puso el motor en punto muerto y se acercó paralelo al embarcadero a una distancia segura de los pilotes. Se trataba de una embarcación baja, larga y angulosa, de casco y cubierta de fulgurante caoba, envuelta en latón su proa, corridas las cortinas negras del camarote. El salpicadero lucía el centelleo y la oscura pátina que solo dan los años y un cuidado infinito. En el palo de popa ondeaba un gallardete de pirata con sables cruzados.

—¿El barco de Hemingway?

Walls hizo un gesto negativo con la cabeza.

—Puede que de Al Capone. Un barco avituallador de hidroavión convertido en contrabandista de ron.

—¿Capone estuvo aquí?

—Tenía casa.

De nuevo, Arkady se sintió impresionado.

—¿Cómo sabías que yo estaba aquí?

—Las viejas con teléfono constituyen la forma básica de comunicación en esta isla. ¿Por qué has venido?

—Por curiosidad. Quería ver el club de yates.

—No existe.

—Siempre he deseado ver un lugar que no existe.

—Lo encontrarás en Cuba —reconoció Walls. Observó primero el club y luego a Arkady y los zapatos que llevaba en la mano—. Sí, parece que te estás aclimatando. ¿Tienes un par de minutos? ¿Te gustaría tomar café con dos hombres que están en la lista de los más buscados por el FBI?

—Suena irresistible. —Arkady vaciló—. ¿También has invitado a Luna?

—A esta fiesta no. Nada de tambores, ni de baile ni de Luna. Súbete.

Walls dio marcha atrás e hizo girar la lancha de modo que presentó la popa, en la cual se leía «*Gavilán*». Arkady saltó sin romperse una pierna y cuando se sentó en un asiento de cuero, la lancha lo levantó y se alejó del muelle.

Fue un viaje corto, rozando olas de la cala hacia aguas más profundas y azules, hasta que Walls aminoró la marcha con la misma suavidad con que se detiene un chófer de limusina, con la punta de la lancha contra el viento.

Indicó a Arkady que aguardara; con los hombros agachados bajó al camarote y regresó con una mesa-bandeja que se sujetaba a la cabina del timón. Volvió a bajar y regresó con una bandeja de latón cargada de una cesta de pastelillos, una cafetera y tres tacitas de porcelana con el logotipo del *Gavilán*. Las puertas del camarote se abrieron de nuevo, y en el umbral apareció un hombre bajo de cabello plateado que vestía pijama negro y pantuflas; subió y se sentó frente a Arkady. Lucía la sonrisa de un hombre que es tanto el mago como el conejo en el sombrero.

—John, te presento a Arkady Renko. Arkady, este es John O'Brien —dijo Walls.

—Mucho gusto. —O'Brien cogió la mano de Arkady entre las suyas. Percibió la mirada que echaba el ruso a su pijama—. Es mi barco y me visto como me apetece. Winston Churchill, como sabe, andaba por ahí en cueros. Le ahorraré eso. Y usted lleva un abrigo bastante asombroso, George me lo ha contado —comentó O'Brien, usando el nombre inglés del otro norteamericano—. Me disculpo por no haber subido antes, pero cuando George da cuerda al *Gavilán* me quedo abajo. Caer fuera de borda sería fatal para mi dignidad. Espero que le guste el café cubano.

Walls sirvió el café. Arkady calculó a O'Brien unos setenta años, pero su voz resultaba juvenil, sus ojos contenían una expresión simpática y su ovalado rostro estaba tan ligeramente pecoso como un huevo de ave costera. Lucía alianza y, en la muñeca, un Breitling de plata.

—¿Le gusta La Habana?

—Es hermosa, interesante, cálida.

—Las mujeres son increíbles. Mi amigo George está encandilado. Yo no puedo permitirme enamorarme porque todavía tengo familia en Nueva York, en Long Island, que es una isla muy distinta de esta. Resulta que soy un hombre fiel y algún día, si Dios quiere, regresaré a casa.

—¿Tiene problemas ahora? —Arkady enfocó el tema con delicadeza.

O'Brien quitó una miga de la mesa.

—Un par de obstáculos legales. George y yo hemos tenido suerte al encontrar aquí un hogar fuera del hogar. Por cierto, lamento lo de su amigo Pribluda. ¿La policía cree que está muerto?

—Sí. ¿Lo conocía?

—Claro, iba a trabajar con nosotros en el campo de la seguridad. Un hombre sencillo, diría yo. No muy buen espía, me temo.

—No soy un juez de espías.

—No, solo un humilde investigador, seguro. —O'Brien añadió un deje irlandés a la frase. Batió palmas—. ¡Qué día! Si fuese fugitivo de la justicia, ¿dónde preferiría estar?

—¿Son ustedes los únicos fugitivos en Cuba?

—De ninguna manera. ¿Cuántos somos, George? —John O'Brien echó una mirada cariñosa a Walls.

—Ochenta y cuatro.

—Ochenta y cuatro prófugos norteamericanos. Bueno, es una vida mejor que una cárcel federal de mínima seguridad en Estados Unidos, donde uno convive con abogados, congresistas, camellos... la habitual muestra representativa. Aquí lo que uno encuentra son auténticos agitadores como George. Para un hombre de negocios como yo supone una oportunidad de conocer a gente enteramente nueva. Nunca habría podido intimar tanto con George en Estados Unidos.

—¿Así que trata uno de mantenerse ocupado?

—Tratamos de seguir vivos. Útiles. Dígame, Arkady, ¿qué hace aquí?

—Lo mismo.

—¿Visitando el Club de Yates de La Habana? Explíqueme qué tiene esto que ver con un ruso muerto.

—¿Un hombre desaparecido en un lugar que ya no existe? Me suena perfecto.

—Es bastante cauteloso —dijo Walls a O'Brien.

—No, tiene razón. —O'Brien dio una palmadita a la rodilla de Arkady—. Arkady es un hombre que acaba de sentarse a jugar a la baraja y no conoce ni las reglas ni el valor de las fichas. —El pijama negro de O'Brien tenía bolsillos. Sacó un grueso puro y lo hizo girar con la yema de los dedos—. ¿Conoce al gran campeón cubano de ajedrez Capablanca? Era un genio; pensaba con diez u once movimientos de antelación. Fumaba puros cubanos, desde luego, mientras jugaba. En un campeonato su contrincante le hizo prometer que no fumaría. De todos modos, Capablanca sacó su puro, lo apretó, lo chupó, lo saboreó y su contrincante se volvió loco, perdió y manifestó que el no saber si Capablanca iba a encender el puro era peor que verlo fumar. A mí también me encantan los puros cubanos, aunque soy víctima de una mala broma porque mi médico dice que ya no me está permitido fumar. Solo puedo provocarme a mí mismo. En todo caso, lo que lo llevó a usted al club es como su puro, y tendremos que esperar a que lo encienda. De momento, digamos que sentía curiosidad.

—O asombro.

—¿De qué? —preguntó Walls.

—De que el club haya sobrevivido a la Revolución.

—Está hablando del Club de Yates de La Habana de ahora —concretó O'Brien—. ¿Sabe?, los franceses decapitaron a Luis, pero no quemaron Versalles. Lo que Fidel hizo fue dar el club, la propiedad más majestuosa y valiosa del país, a un sindicato de la construcción y cobrar a los cubanos, negros y blancos, un peso por el uso de la playa. Muy democrático, comunista, admirable.

Walls señaló la torre morisca.

—La Concha, el casino a un lado de la cala, se la dieron al sindicato de hosteleros, y el canódromo lo convirtieron en pista y campo deportivo.

—Dios sabe que respeto el idealismo —añadió O'Brien—; pero digamos que, como resultado, estas propiedades no se han desarrollado al máximo. Existe la posibilidad de crear algo de enorme valor para el pueblo cubano.

—¿Ahí es donde entra usted?

—Espero que sí. Arkady, yo era urbanizador. Todavía lo soy. George puede decirle que no soy taimado. Disney es taimado. Cuando empiezan a comprar terrenos forman una pequeña empresa que da la impresión de ser de unos vecinos dedicados a la conservación; compran una hectárea aquí, otra allá, y luego, un día, al despertar, por la ventana uno verá un ratón de sesenta metros. Yo soy franco y abierto. Cada urbanizador desea un gran proyecto importante, su propia Torre Eiffel o Disneylandia. Yo quiero que el Club de Yates de La Habana vuelva a ser el centro del Caribe, mayor y mejor que antes.

Walls tomó la palabra.

—Verás, el gobierno desarrolló las playas de Varadero y Cayo Largo porque quería mantener a los turistas lo más alejados posible de los cubanos. Pero los turistas quieren La Habana. Quieren las chicas en el Tropicana y pasear por La Habana vieja y bailar toda la noche en el Palacio de la Salsa. El gobierno por fin se ha dado cuenta y restaura el Malecón, remoza hoteles viejos, porque lo que los turistas desean es estilo. Por suerte, de milagro, el Club de Yates de La Habana está en muy buenas condiciones.

—Su mantenimiento se chupa medio millón de pesos anuales. George, dile que el Estado podría ganar treinta millones de dólares anuales.

—Podría.

O'Brien señaló el club y la playa.

—Se puede explorar la posibilidad de convertirlo en un centro de conferencias, un restaurante, un club nocturno, veinte *suites,* veinte habitaciones, apartamentos a tiempo compartido o en propiedad horizontal. Además de balneario, fondeadero para buques, y me refiero a cruceros de lujo. Lo que le describo, Arkady, es una mina de oro que espera a que alguien coja la pala.

Arkady no pudo evitar preguntarse por qué dos prófugos norteamericanos en buena posición compartían con él sus aspiraciones, aunque O'Brien se le antojaba la clase de vendedor que disfruta de su propia actuación, como un actor capaz de pronunciar las frases más escandalosas y, a la vez, guiñar un ojo al público. Puesto que la experiencia constructora de Arkady había tenido lugar en Siberia, se sentía perdido cuando se trataba de proyectar los costes de un complejo de lujo.

—Convertir el club en hotel podría resultar muy caro.

—Veinte millones. —Walls tomó de nuevo la palabra—. Encontraríamos el dinero, y el gobierno cubano no pondría ni un solo peso o dólar

—Mucha gente lo llamaría un regalo —dijo O'Brien con modestia.

—¿Y qué quieren a cambio?

—Adivínelo —sugirió O'Brien.

—No tengo la menor idea.

O'Brien se inclinó como si fuera a compartir un secreto.

—El año pasado, un casino indio en Connecticut, en el jodido... perdón por la palabra... bosque del norte, sin sexo, sin estilo, sin sol, tuvo unas ganancias netas de cien millones de dólares. ¿Cuánto cree que se ingresaría con un casino situado entre palmeras, cruceros y yates de un millón de dólares, y el famoso Club de Yates de La Habana renacido? No lo sé, pero me encantaría averiguarlo.

—Estamos pidiendo que nos cedan en arriendo, durante veinticinco años, el viejo casino de La Concha y un reparto de los ingresos al cincuenta por ciento con el gobierno cubano —explicó Walls—. El gobierno no arriesgaría nada, pero representa un problema político porque después de la Revolución anunciaron con bombo y platillo el cierre de todos los casinos.

—El cierre de los casinos y el fin de la mafia —añadió O'Brien—. Que es la razón por la cual, con la CIA, la mafia trató de matar al presidente.

—Se refiere a Castro. Y no es fácil hacer que los cubanos den marcha atrás. Si hubiese la menor señal de implicación mafiosa, norteamericana o rusa, pararíamos el proyecto de golpe. Nuestro casino ha de ser absolutamente limpio.

—En un principio, todo proyecto —observó O'Brien— es como una burbuja; cualquier cosa puede romperla. Su amigo Pribluda iba a protegernos de la clase de rusos que, se lo aseguro, pululan en el Caribe, como los visigodos. La intervención de la gente equivocada en el momento menos oportuno podría romper la burbuja. Por eso le dije a Walls que deberíamos coger la lancha e ir a sacar a cierto investigador ruso del embarcadero del Club de Yates antes de que alguien se enterara de su presencia allí.

—Y esto nos lleva de nuevo a la pregunta —recordó Walls a Arkady—. ¿Por qué estabas en el club?

Arkady se sintió como una lata entre dos abrelatas expertos. La fotografía del Club de Yates de La Habana se encontraba en su bolsillo. Sin embargo, no estaba de humor para ofrecer a dos desconocidos lo que, con alguna pérdida de sangre, había mantenido fuera de las garras del sargento.

—En cuatro días estaré de regreso en Moscú y no importará por qué fui al club.

—¿Para qué regresar? —preguntó O'Brien—. Quédese aquí. Pribluda ha desaparecido. Me disgusta presentarlo así, pero hay un empleo abierto ahora.

Arkady tardó un momento en entender el nuevo cauce de la conversación.

—¿Un empleo para mí?

—Quizá —insistió O'Brien—. No le importaría que lo conociéramos mejor antes de ofrecerle un cargo, ¿verdad?

—¿Un cargo? Eso suena aún mejor que trabajo. No me conocen en absoluto.

—¿Ah, no? Déjeme adivinar —manifestó O'Brien—. Tiene cuarenta y tantos años, ¿no? Está desilusionado con su trabajo. A todas luces es listo pero no es más que un simple investigador. Algo temerario, se acerca demasiado al peligro, invita al desastre. Salvo por el abrigo, la ropa y los zapatos baratos indican un hombre honrado. Pero, dada la situación en Moscú ahora, seguro que se siente como un tonto. ¿Su vida personal? Me atrevo a pensar que no tiene ninguna. Ni una esposa, acaso ni hijos. Cero, un callejón sin salida. ¿Y está impaciente por regresar a eso en apenas cuatro días? No estoy tratando de meterle en una empresa criminal, sino que le estoy abriendo una puerta a la planta baja del mayor proyecto del Caribe. Acaso prefiera beber vodka y morirse congelado, jodido, en Moscú. No lo sé. Lo único que puedo hacer es ofrecerle una segunda oportunidad en la vida.

—No está mal como suposición.

O'Brien sonrió de un modo no exento de amabilidad.

—Pregúntese esto, Arkady, ¿lo echarán de menos en Moscú? ¿Hay alguien de quien pueda despedirse por teléfono? ¿Echará de menos a alguien?

—Sí —contestó Arkady.

—Claro. Déjeme hablarle de la pintura más triste del mundo. El cuadro más triste del mundo se encuentra en el museo del Prado, en España; lo pintó Goya, y es un perro en el agua. Apenas se le ve la cabeza, a su alrededor se agita el agua lodosa y los grandes ojos del animal miran hacia arriba. Podría estar nadando, salvo que Goya lo tituló *Perro enterrado en la arena*. Lo miro a usted y veo esos ojos. Está hundiéndose, y yo estoy tratando de echarle una mano para sacarlo del agua. ¿Tiene suficientes agallas para aceptarla?

—¿Y el dinero? —inquirió Arkady con el solo fin de llegar hasta el fin de la fantasía.

—Olvídese del dinero. Sí, sería rico; tendría una villa cubana, un coche, un barco, chicas, lo que sea, pero no se trata de eso. Lo importante es que tendría una vida y la disfrutaría.

—¿Cómo lo haría?

—Tu visado puede cambiarse —interpuso Walls—. Tenemos amigos que pueden alargarlo para que te quedes todo el tiempo que quieras.

—¿Entonces no les preocuparía mi presencia en el Club de Yates de La Habana?

—No si formaras parte del equipo —respondió Walls.

—No le ofrecemos un viaje gratis —agregó O'Brien—, pero formaría parte de algo grande, algo de lo que sentirse orgulloso. A cambio solo le pedimos una muestra de confianza, una muestra de nada. ¿Por qué estaba en el Club de Yates de La Habana? ¿Cómo se le ocurrió?

Antes de que Arkady pudiese contestar, el barco se vio rodeado de una luz salida de las profundidades del mar. El ruso miró por la borda. Cientos de peces reflejaban el sol.

—Bonito —aclaró O'Brien.

—¿Siempre van de este a oeste?

—Contra la corriente —dijo Walls—. El atún va contra la corriente, así como el pez vela y, a remolque, los barcos.

—¿Una fuerte corriente?

—La corriente del Golfo, claro.

—¿Va hacia la bahía?

—Sí.

Primero uno y luego docenas de peces surgieron, como una explosión. Arcos vidriosos e irisados rodearon el *Gavilán*, provocando una lluvia de agua salada. En unos segundos el banco entero se dispersó, sustituido por una larga figura oscura de alas pectorales azules.

—Pez vela —explicó Walls.

Sin esfuerzo aparente el gran pez se mantuvo a la sombra de la lancha, dejando detrás de él un ligero velo rosado.

—Se toma su tiempo —dijo Arkady.

—Se esconde —declaró Walls—. Es un asesino; así funciona. Escinde un banco entero de atunes y regresa para alimentarse.

—¿Tú pescas?

—Con arpón. Así la lucha es más igualada.

—¿Y usted? —preguntó Arkady a O'Brien.

—Claro que no.

Desde arriba, la mandíbula del pez vela se veía tan fina como una línea hecha por un dibujante, desenvainada y, sin embargo, casi invisible. Los hombres se quedaron transfigurados hasta que el pez bajó a aguas más profundas, azul en azul.

Llevaron a Arkady, no al Club de Yates de La Habana, sino por la costa oeste, sorteando los botes pesqueros. En el muelle exterior del puerto deportivo Hemingway, un trío de guardias fronterizos hizo un ademán indolente para dejar pasar la lancha. El *Gavilán* se dirigió hacia el embarcadero interior, donde había un gancho para pesar pescado entre las sombrillas de paja, frente a una cantina y una pista de baile, entre olores a pollo frito y el estruendo amplificado de los Beatles. Unos flotadores definían una zona para nadar, ahora vacía; sin embargo, unos buceadores se arremolinaban a lo largo del canal por el que Walls se dirigió hacia un amarradero abierto. No fue Hemingway, sino un anciano coronado por un sombrero con badana de latas de cerveza en miniatura el que agitó los brazos para alejar a Walls.

—¡Es peligroso! ¡Es peligroso! —gritó, enfurecido, a los nadadores.

Evitando a los buceadores, Walls siguió por el canal hasta llegar a un punto en el que dar la vuelta. A su lado pasaban varios botes de pesca con soportes para cañas de pescar y puentes de mando, lanchas motoras tan bajas y coloridas como viseras, y yates con cubierta superior, así como lanchas Jet Ski, opulentos palacios transatlánticos, esculpidos en fibra de vidrio blanca. Los gritos que llegaban de una cancha de voleibol eran norteamericanos puros.

—Tejanos —dijo Walls—. Gentes del Golfo que amarran sus barcos aquí todo el año.

A lo largo del canal, la gente lavaba casilleros, cargaba cestas con alimentos y bolsas de plástico con ropa recién lavada, empujaba camiones cargados con bombonas de gas butano. Walls se detuvo en el fondo interior del canal, donde, en un mercado, se vendía loción bronceadora CopperTone y whisky Johnny Walker etiqueta roja. Fuera, una cubana con camisa de Nike estaba sentada con un chico rubio, en cuya camiseta figuraba un retrato del Che.

O'Brien volvió a dar un entusiasta apretón de manos a Arkady.

—Tengo entendido que se aloja al lado del santero. Ya hablaremos mañana.

—¿Acerca de un «cargo»? No creo estar cualificado. No sé nada de casinos.

—Por el modo en que se enfrentó al sargento Luna, a mí me parece más que cualificado. En cuanto a los casinos, le daremos la gran gira de todos los famosos lugares donde pecar. ¿Verdad, George?

—Podrías poseer tu propio barco, Arkady. Las chicas vienen de noche, llaman a un lado de los barcos. Además, cocinan y hacen la limpieza, solo para quedarse a bordo.

Arkady echó un vistazo a sus putativos vecinos de yate.

—¿Cómo son los norteamericanos?

Walls esbozó lo que podría pasar por una media sonrisa.

—Algunos son espíritus libres y otros son los mismos reaccionarios racistas de los que huí hace treinta años. Un hijo de puta de Alabama quería mi autógrafo en el cartel en el que aparezco entre los más buscados. Dijo que era objeto de coleccionista. Me dieron ganas de cortar y coleccionar sus jodidos huevos.

—Bueno —dijo O'Brien—, ser un recuerdo es una forma de muerte. Arkady, ¿pensará en el ofrecimiento?

—Es un ofrecimiento increíble.

—En serio, piénselo. Entiendo que cuesta saltar, hasta de un barco que se hunde.

Había muertes y muertes. Al salir por la verja del puerto deportivo, Arkady se topó con un pescador que se tambaleaba bajo el peso de un pez vela montado en una enorme tabla de madera. El pez aparecía en pleno salto, con la aleta dorsal alzada en forma de abanico y la espada retando al cielo, de un azul metálico tan irreal que podría haber sido un pequeño submarino. Arkady recordó un paseo con Pribluda en Moscú, a orillas del río hasta llegar a la iglesia del Redentor. Era primavera y allí donde, debajo del puente de Alejandro, el río se agitaba en turgentes pliegues elásticos, había hombres pescando con largas cañas con aspecto de látigo.

«¿Qué hombre cuerdo comería algo pescado en Moscú? —preguntó Pribluda—. Un pescado de aquí debe de ser más duro que una bota. Renko, si algún día me ves con una caña de pescar en pleno Moscú hazme un favor: dispárame.»

15

Ofelia acudió a la piscina de la Casa de Amor y oyó a los Van Van cantando «¡Muévete!» en la radio de una habitación de arriba; le dio la impresión de que unos palos de madera, de los que se usan para seguir el ritmo de una melodía golpeándolos el uno contra el otro, bailaban por su columna vertebral y pensó, no por primera vez, en cuánto desconfiaba de la música. De modo que se había conmocionado al poner los dedos en la vena del ruso y sentir el ritmo de su pulso. «No te metas en líos a menos que quieras que te metan en líos», era uno de los dichos preferidos de su madre, junto con «No muevas el trasero a menos que estés anunciándote». A veces a Ofelia se le ocurría que mover el trasero constituía el método cubano. Por esto la vida era tan complicada, porque en el peor de los momentos y con el peor de los hombres alguna señal bajaba, como goteando, de su cerebro y le ordenaba: «¡muévete!». En la calle, a la sombra de una ceiba, se hallaba aparcado el Dodge Coronet del 57 con matrícula privada que le habían asignado para la vigilancia. Debido a demasiadas colisiones, unos alambres sujetaban el parachoques delantero. Ofelia conocía bien la sensación.

Puesto que la playa en esta parte de Miramar consistía en cantos rodados y restos de coral, habían construido la Casa de Amor en torno a una piscina, zona que se encontraba vacía ahora, salvo por dos chicos que jugaban al tenis de mesa. A primeras horas de la tarde las jineteras y sus nuevos amigos forasteros paseaban por La Habana en *rickshas,* bebían «mojitos» en La Bodeguita del Medio o escuchaban música romántica en la plaza de la Catedral. Más tarde irían de compras y cenarían en un «paladar», donde un plato de arroz con frijoles costaba el salario semanal de un cubano, y vuelta a la Casa de Amor para un poco de sexo, seguido de la larga velada en las salas de baile.

Cuando las parejas cubanas acudían a la Casa de Amor a consumar su pasión no había habitaciones disponibles. Pero para las «parejas del amor», compuestas de jineteras y turistas, sí que había siempre una habitación con sábanas y toallas limpias y un florero con una rosa de tallo largo. Ofelia había descubierto que las quejas a la policía de nada servían, lo que significaba sencillamente que la propia policía protegía el motel. Teniendo en cuenta los noventa dólares por noche, que era el precio de una habitación de primera en el hotel Nacional, tenían motivos para proteger esta mina de oro, aunque el oro se extrajera con el sudor de chicas cubanas.

Una corpulenta mujer en mono barría la calle con una escoba de ramitas a un ritmo constante de seis pasadas por minuto. Ofelia se apostó junto a una máquina expendedora de hielo bajo la escalera y escuchó la música y, de vez en cuando, los pasos en las habitaciones del primer piso. Solo las dos habitaciones del medio estaban ocupadas, por suerte, pues su personal y su tiempo eran limitados. Los muchachos en la mesa de pimpón acabaron una partida y empezaron otra.

El ruso, había decidido Ofelia, era un desastre que debía evitar. La sola luz de sus ojos era como las ascuas de un fuego cubierto que advertían: «no te muevas». Malo de por sí que fuese un peligro para sí mismo; su cuento sobre Luna era demencial. ¡Un hombre que había arrojado a Luna casi hasta media pared y luego se mostraba modestamente sorprendido de que la cabeza del sargento se partiera! Cómo se había golpeado la cabeza Renko, Ofelia no lo sabía. Tal vez había algo de verídico en lo que contaba sobre el bate; aunque, en opinión de la agente, Renko era un macho cabrío cuya brillante idea para atrapar a un tigre consistía en arriesgar su propia vida. Atraería al tigre, atraería a todos los tigres de la jungla, ¿y entonces, qué? Una pena, porque no era mal investigador. Regresar con él a Casablanca y ver cómo sonsacaba al pescador Andrés había constituido una lección de cómo llevar a cabo el trabajo de policía. No era tonto, sino chiflado, y ahora Ofelia tenía miedo de estar con él y miedo de dejarlo a solas.

La mujer que barría la calle metió la escoba en un cubo. Encima de la cabeza de Ofelia se cerró una puerta, y dos pares de pisadas recorrieron el largo del balcón; Ofelia los siguió con la mirada y se situó debajo de la escalera mientras ellos descendían. No fue sino hasta llegar a la piscina cuando la pareja se fijó en que convergían sobre ellos Ofelia, en su uniforme gris y azul de la PNR y con la espalda sumamente recta, y la mujer que barría la calle, que soltó la escoba y dejó a la vista su propio uniforme y una pistola.

El turista, un pelirrojo, vestía camisa, *shorts*, sandalias; de su grueso cuello colgaba una bolsa de Prada y su brazo, cual una salchicha salpicada de pecas, rodeaba los hombros de la chica.

—*Scheisse* —exclamó.

Ofelia reconoció a Teresa Guiteras, una negra más baja que Ofelia de melena rizada y cubierta con un vestido amarillo que apenas si le llegaba a los muslos.

—Esta vez es por amor —protestó Teresa.

En un frenesí de obras públicas en los años treinta, Cuba había construido comisarías al estilo de fuertes en el Sahara. La de la punta occidental del Malecón estaba especialmente dañada por el sol, y desconchada la pintura blanca de sus almenas; en la azotea sobresalía una antena de radio, y un guardia se refugiaba a la sombra de la puerta. A nadie se le había ocurrido introducir el aire acondicionado y el interior resultaba asfixiante, sumido en históricos olores a meados y sangre. La policía montaba campañas regulares contra las jineteras, y limpiaba el Malecón y la plaza de Armas. A la noche siguiente, las mismas chicas volvían a lo mismo, aunque pagando un poco más por la protección policial. Puesto que la operación menor de Ofelia iba dirigida contra los agentes corruptos de la PNR, la agente no era popular entre los colegas, todos ellos varones, que compartían su despacho. Cuando regresó con la chica encontró la pared detrás de su escritorio decorado con un cartel de Sharon Stone sentada a horcajadas sobre una silla y, con chinchetas en el centro del cartel, las normas acerca del disparo prematuro de las armas de fuego. Ofelia arrugó el cartel y lo arrojó a la papelera. Puso sobre el escritorio un magnetófono con dos micrófonos como los que se usan en las estaciones de radio. La tercera persona en el despacho era Dora, la sargento que había montado guardia junto a la piscina, una mujer madura de rostro afligido por la experiencia.

Teresa Guiteras Martín tenía catorce años, estudiaba cuarto de secundaria, venía de Ciego de Ávila, una aldea rural, y Ofelia ya le había advertido que no hiciera proposiciones a los turistas cerca del puerto deportivo Hemingway. Ofelia le preguntó cómo y dónde había conocido a su amigo (en el Malecón, de chiripa), cuánto dinero o qué regalos le habían ofrecido o dado (nada más que un Swatch, una muestra de amistad), a quién se le había ocurrido ir a la Casa de Amor (a él), quién había pagado en la recepción y cuánto (él, Teresa no sabía cuánto, pero también le había comprado una rosa que a ella le gustaría ir a recoger). Finalmente, Ofelia le preguntó si se había comunicado con algún miembro de la PNR, o si le había pagado. No, Teresa juró que no.

—Entiendes que, si no colaboras, te multaremos con cien pesos y te pondremos en el registro de las prostitutas, ¿verdad? A los catorce años.

Teresa sacó los pies de sus sandalias de plataforma y subió las piernas a la silla. Mantenía todas las poses de una niña, el labio inferior sacado, la mirada baja.

—No soy prostituta.

—Lo eres. Te pagó doscientos dólares para que pasaras una semana con él.

—Ciento cincuenta.

—Te vendes demasiado barata.

—Al menos puedo venderme. —Teresa jugueteó con un rizo, envolviéndoselo en torno a un dedo—. Es más de lo que tú recibes.

—Puede. Pero tuviste que comprar documentos de residencia fraudulentos para quedarte en La Habana. Tuviste que pagar ilegalmente una habitación en la que vivir, y luego pagar a la Casa de Amor para joder. Lo peor es que tienes que pagar a la policía.

—No. —En cuanto a este último punto, Teresa se mostró contundente.

—¿Tienes un novio que se encarga de eso?

—Puede.

Este doble rasero volvía loca a Ofelia. Teresa no se consideraba prostituta, no. Las jineteras eran estudiantes, maestras, secretarias que se ganaban un dinero adicional. Algunos padres se enorgullecían de cómo sus Teresitas ayudaban a mantener a la familia; de hecho, algunos turistas que acudían con regularidad a Cuba no se atrevían a hacerlo sin regalos para la madre, el padre y el hermanito de su chica preferida. El problema era el sida; era como arrojar a las jovencitas a las fauces de un dragón. Solo que no hacía falta arrojarlas: hacían cola para arrojarse ellas mismas.

—Así que ahora trabajas en dos lugares. De día estás en la Casa de Amor y de noche, en los barcos. ¿Es esa la clase de vida que quieres?

Los ojos de Teresa centellearon entre su flequillo.

—Es mejor que la escuela.

—¿Mejor que el hospital? ¿Te aseguraste con este amigo alemán?

—Está limpio.

—¡Oh! ¿Tienes un laboratorio?

Era como discutir con chiquillas. No se infectarían nunca: tomaban vitaminas, anís, vinagre. Los hombres se negaban a usar condones porque no habían viajado a la otra punta del mundo para fumarse medio puro.

—Hija, escucha. Si no me dices el nombre del policía que te saca dinero pondré tu nombre en el registro de prostitutas. Cada vez que haya una redada te detendrán, y si vuelven a pillarte te mandarán a un centro de reeducación al menos por dos años. Ese sí que es un bonito lugar en el que crecer.

Teresa dobló las piernas, subió las rodillas y miró airadamente a Ofelia. Su mueca de mal humor era idéntica a la de Muriel. Y contaba tres años más.

Herr Lohmann había esperado en una sala de interrogatorio. Se cruzó de brazos y echó la silla hacia atrás mientras Ofelia examinaba su visado. Hablaba español con un fuerte acento germano.

—Tengo una habitación en el hotel Capri y otra en la Casa de Amor. ¿Y qué? Pagué por ambas. Dos veces más dinero para Cuba.

—¿Cómo se enteró de la Casa de Amor?

—La chica me lo dijo. No es exactamente una virgen, ¿sabe?

—Seamos francos. Usted tiene cuarenta y nueve años. Ha tenido relaciones sexuales con una chica de catorce, una alumna. Lo ha hecho a pesar de las leyes cubanas de protección a la infancia. ¿Se da cuenta de que podría pasar seis años en una cárcel cubana?

—Lo dudo.

—Así que no tiene miedo.

—No.

Ofelia abrió el pasaporte y hojeó las páginas selladas.

—Viaja mucho.

—Tengo que atender mis negocios.

—¿En Tailandia, en las Filipinas?

—Soy vendedor.

—¿Su base?

—En Hamburgo.

La foto del pasaporte mostraba la cabeza y los hombros de un respetable burgués en traje oscuro y corbata.

—¿Casado?

—Sí.

—¿Hijos?

No hubo respuesta.

—¿A qué ha venido?

—Por negocios.

—¿No por placer?

—No. Aunque disfruto de otras culturas. —Tenía dientes de caballo—. Me encontraba en el bar del hotel Riviera cuando la chica me pidió que le comprara un refresco de cola.

—Para entrar en el vestíbulo tenía que ir con un hombre. ¿Quién era el hombre?

—No lo sé. En La Habana me abordan muchos hombres que quieren saber si necesito un coche, un puro, lo que sea.

—¿Había policías en el vestíbulo?

—No lo sé.

—Sabe, ¿verdad?, que es ilegal para los ciudadanos cubanos entrar en las habitaciones de los hoteles.

—¿Ah, sí? A veces, en el campo, me alojo en hoteles del ejército. Cuando llevo a una chica solo pago el doble. Usted es la primera que arma un alboroto.

—Salieron del Riviera y fueron a la Casa de Amor, usted y Teresa. Según el registro de la Casa de Amor, se registró usted como su marido, señor Guiteras.

—Teresa se encargó de eso. Yo no entré en el despacho.

Ofelia consultó los apuntes que había tomado de una conversación telefónica.

—Según el Riviera, llegó usted con una persona italiana.

—Un amigo.

—Llamado Mossa. ¿Se alojó en la habitación contigua a la suya?

—¿Y qué?

—¿No estaba en la habitación contigua también en la Casa de Amor?

—¿Y qué?

—¿Se reunieron juntos con Teresa y su amiga?

—Se equivoca. Encontré a Teresa y él hizo sus propios arreglos.

—¿La encontró?

—O me encontró. Da igual, joder. Las chicas aquí se desarrollan más deprisa. —El alemán se alisó el cabello hacia atrás—. Mire, siempre he apoyado la Revolución cubana. No puede detenerme por sentirme atraído por las chicas cubanas. Son muy atractivas.

—¿Usó condón?

—Creo que sí.

—Buscamos en las papeleras.

—De acuerdo, no.

—Creo que, por su propio bien, haremos que lo examine un médico y mandaremos el informe médico a su embajada.

La sonrisa del hombre desapareció. Al presionarse contra la mesa, su camisa se abrió y reveló una cadena de oro, calor corporal y el olor a agua de colonia rancia.

—¿Sabe?, es usted aún más bonita que Teresa.

En ese momento Ofelia tuvo la fantasía de que Renko estaba con ella y que levantaba al alemán como había alzado a Luna para luego arrojarlo contra la pared.

—El médico hará un reconocimiento minucioso —declaró Ofelia y salió de la sala.

El despacho de los policías no estaba tan vacío cuando regresó. El cartel de Sharon Stone se encontraba de nuevo en la pared y Teresa miraba de reojo a los detectives vestidos elegantemente de paisano, Soto y Tey, que, inclinados sobre su escritorio, revisaban su papeleo e intercambiaron una sonrisa socarrona. De haber tenido otro lugar en el que interrogar a la muchacha, Ofelia lo habría usado.

—Singa a tu madre —anunció Teresa—. No voy a decir nada contra mis amigos.

—Buena chica —dijo Soto—. Con los amigos adecuados no tienes por qué decir nada.

—Osorio ha confundido el sexo con el delito —manifestó Tey—. Se opone a ambos.

—Ha pasado mucho tiempo, ¿verdad?

—Me encantaría ayudarla a recordarlo —se ofreció Tey.

—No puedes tocarme —informó Teresa a Ofelia—. No tengo por qué decirte nada.

—No les hagas caso.

Ofelia sintió que la furia comenzaba a apoderarse de ella.

—¿Que no les haga caso a ellos? Ellos no son los que me están presionando, sino tú. Tú eres la bruja, no ellos. Gano diez veces más que tú. ¿Por qué iba a hacerte caso?

—Te felicito. Te voy a poner en la lista oficial de prostitutas. Un médico te examinará y te mandarán fuera de La Habana.

—No puedes.

—Está hecho.

Pero cuando salió al pasillo con Dora, Ofelia solo podía pensar en sus hijas, y no tuvo corazón para ordenar que añadieran el nombre de Teresa al registro.

—Entonces, ¿de qué sirve lo que hacemos, si la soltamos?

Dora estaba harta de barrer las calles.

—No voy tras las chicas, sino tras los policías corruptos.

—Entonces vas tras los hombres, y en la PNR somos un par de mujeres y miles de hombres. De arriba abajo, todos guiñan los ojos. Creen que eres una fanática y ¿sabes cuál es el verdadero problema? Que no lo eres.

Ofelia regresó a la Casa de Amor porque, si bien había perdido a Teresa, cabía la posibilidad de que el amigo italiano de Lohmann y su chica no se hubiesen marchado todavía. Esta vez, decidió, los interrogaría en la habitación misma; ni siquiera se acercaría a la comisaría. Si eso significaba ir contra las normas, daba igual; las normas solo garantizaban humillaciones y fracasos. No necesitaba la presencia de Dora, no necesitaba a nadie. Tenía que hacer esto a solas.

Cuando se enojaba, Ofelia subía los peldaños de dos en dos. Las habitaciones se encontraban más retiradas que la pared de separación para proporcionar mayor intimidad; del pomo de la puerta adjunta a la de Lohmann colgaba una etiqueta de plástico que pedía NO MOLESTAR. Los dos chicos seguían jugando a su interminable tenis de mesa; aparte de ellos, no había nadie más. Acaso Ofelia estaba de suerte. Acaso era estúpida. Ciertamente no le iban a dar las gracias, no si la chica se parecía en algo a Teresa. ¿Qué pobre cubanita no se sentiría como en el cielo en un motel como este, y luego comprándose un bañador que hiciera resaltar su bonito trasero o probándose gafas de sol Ray Ban en forma de ojo de gato o un pañuelo de Gucci?

Llamó a la puerta.

—Conserjería.

De la radio todavía salía música. La piscina era como una lente azul. Los chicos jugaban, y el sonido de la pelota rebotaba de sus raquetas. Una brisa agitaba las perezosas hojas de las palmeras. Ofelia inhaló hondo y captó el ligero olor a granja y a carnicero. Nadie contestó a su llamada.

—Policía —dijo.

La llave no estaba echada, pero la puerta se hallaba bloqueada, por lo que Ofelia tuvo que hacer uso de toda su fuerza para entrar; puesto que alguien había apagado el aire acondicionado y la temperatura casi alcanzaba los treinta grados, fue como adentrarse en un horno apestoso a sangre y excrementos humanos. Al abrir la puerta, Ofelia había hecho rodar un cuerpo; se abrió paso entre una silla tirada, cajones de cómoda vaciados, ropa y sábanas desperdigadas, hasta las cortinas en el fondo. Las corrió, y toda la luz del mundo entró a raudales.

El cuerpo que había evitado pisar era el de un hombre desnudo, un europeo de cabello oscuro, con los brazos, la espalda, las caderas y el cuero cabelludo acuchillados. En una ocasión, Ofelia había visto el cuerpo de alguien que había caído bajo las hojas de una cosechadora, que lo masticó y lo escupió, y el aspecto de este hombre era el mismo, solo que la longitud y la curva de cada una de las heridas eran innegablemente obra de un machete. Tumbada en la cama se hallaba una mujer desnuda, con las piernas y los brazos abiertos y la cabeza torcida como la de un maniquí y separada a medias del tronco. El rojo oscuro que cubría la cama y la alfombra daba la impresión de que alguien les había echado cubos enteros de sangre. Una corona de sangre salpicaba la pared encima de la cabecera. Sin embargo, no había muebles rotos ni rastros sangrientos en las paredes que denotaran una lucha.

Ser la primera persona en acudir a la escena de un homicidio, según decía el doctor Blas en sus conferencias, suponía un regalo. Si no se era una investigadora dispuesta, si no se aprovechaba la increíble oportunidad de ser la primera en llegar a la escena, si no se era capaz de comprometer la inteligencia y los sentidos, si se cerraban los ojos y la mente, aunque fuera un poco, a la evanescente e inefable sombra de un asesino, entonces más valía no abrir la puerta. Más valía criar hijos, conducir un autobús, liar puros, cualquier cosa, con tal de no robar ese don a hombres y mujeres dotados con suficiente disciplina y entereza para el trabajo.

El rígor mortis había endurecido ambos cuerpos. Muertos desde hacía cuatro horas al menos, dado el calor de La Habana. Las heridas del hombre parecían administradas mientras se arrastraba por el suelo. Si estaba lo bastante consciente para arrastrarse, ¿por qué no había gritado? ¿Quién había muerto primero? La sangre perfilaba las piernas de la chica. El cabello y el vello de su pubis eran del mismo color de miel y, aunque su cara estaba casi metida en la almohada, Ofelia reconoció en ella a una versión mancillada de Hedy, la hermosa chica que, poseída, había bailado sobre carbón ardiente.

Habiendo hecho todo lo que podía hacer sin guantes de látex, Ofelia fue al cuarto de baño, sorteando las manchas de sangre en el suelo, y vomitó en el retrete. Cuando tiró de la cadena el agua se agitó y subió una masa de vómito que se alzaba en agua color de rosa. Antes de que se desbordara, Ofelia metió la mano hasta donde alcanzó en el sifón del retrete y liberó una bola de papel higiénico, empapada en sangre. Entre arcadas, colocó lo que había encontrado sobre una toalla seca: un pasaporte italiano a nombre de Franco Leo Mossa, de 43 años, vecino de Milán, y un carné de identidad de Hedy Dolores Infante, de 25 años, vecina de La Habana. Asimismo, una fotografía, la mitad de la cual había sido arrancada. La foto debía de haber sido tomada impulsivamente en la acera de un aeropuerto entre un borrón de taxis, maletas y rostros rusos con expresión acosada. En ella figuraba Renko, con una sonrisa tímida y su abrigo negro. Ofelia no supo por qué, pero por instinto se guardó la fotografía en el bolsillo antes de salir a trompicones a la habitación y de allí al aire fresco del balcón con vistas al mar y a unos «neumáticos» que iban y venían sobre las olas.

16

Un par de chihuahuas guio a Arkady sendero abajo, mirándolo con ojos conmovedores, brincando en torno a una flor de Pascua aquí, olisqueando una lápida allí, cual un par de terratenientes, hasta detenerse debajo de las vainas colgantes de un tamarindo, donde tres chinos, desnudos de cintura para arriba, fregaban la tapa de mármol que habían quitado a una tumba. Erasmo se hallaba en el interior con una bolsa de herramientas.

—No hay muchos trabajos en los que no tener piernas sea una ventaja —declaró Erasmo—. Trabajar en un ataúd es uno de ellos. No pareces muy contento.

—Acabo de venir del Club de Yates de La Habana. Me dijiste que el club de yates era una broma, solo unos cuantos pescadores, tú, Mongo y Pribluda. Pero la foto se hizo en el club de yates y no mencionaste que el club existía.

Erasmo frunció el entrecejo, hundió las manos en su barba y se rascó.

—Existe y no existe. El edificio está allí, la playa está

allí, pero no es precisamente un club ahora. Es complicado.

—¿Como Cuba?

—Como tú. ¿Por qué no me dijiste que habías matado a Rufo Pinero? Tuve que enterarme en la calle.

—Fue un accidente.

—¿Un accidente?

—En cierto modo.

—Sí, eso es como decir que la ruleta rusa es un juego, en cierto modo. Así que hacemos las mismas cosas de modos distintos. En todo caso, no te mentí. Es cierto que nos llamábamos Club de Yates de La Habana en broma. Nos parecía divertido.

—Menudo club. Puede que Pribluda esté muerto. Puede que Mongo haya desaparecido y puede que tú seas el último miembro con vida.

—Reconozco que no es gracioso cuando lo dices.

—A menos que haya otros. ¿Hay más miembros de los que no me hayas hablado?

—No.

—¿Rufo?

—No.

—¿Luna?

—No. Nosotros tres, nada más. ¿Sabes?, me estoy encabronando y estás haciendo que mis amigos se sientan muy incómodos.

Los chinos seguían la conversación con una angustia que igualaba su incomprensión. Erasmo los presentó fríamente a Arkady; eran hermanos de apellido Liu, con cabello negro erizado y un cigarrillo entre los dientes. Arkady observó la sosegada anarquía del cementerio, una cruz de mármol apoyada en un altar budista, lápidas con inscripciones en caracteres chinos y envueltas en dondiegos de día, lápidas con fotografías de los difuntos que miraban a través de óvalos de vidrio mugrientos. Bonito lugar donde reposar eternamente, pensó Arkady, tranquilo, fresco, pintoresco.

—¿Así que este es el cementerio chino?

—Sí. Dije a los Liu que eres un experto en combatir delitos, que por eso estás tan enojado. Los hace sentirse mucho mejor.

—¿Hay muchos delitos en el cementerio?

—En este, sí.

Ahora que se fijaba en ello, Arkady notó que numerosas tumbas se hallaban agrietadas y reforzadas con cemento y cintas de acero. El mal estado se debía en parte al tiempo y a la presión de las raíces que se extendían, pero se veían asimismo señales de vandalismo: mármol sustituido por bloques de hormigón o un candado en la puerta de latón de un panteón, cuyo fin probablemente no fuera mantener a los muertos en el interior.

—¿A los cubanos no les gustan los chinos?

—A los cubanos les encantan los chinos, y ese es el problema. Algunos cubanos necesitan huesos de la suerte.

—¿Para qué?

—Para ceremonias. Si desean dinero, desentierran los huesos de un banquero; si desean curarse, desentierran los de un médico.

—Eso tiene sentido.

—Para desgracia de los chinos, se supone que sus huesos son los que más suerte traen. Así que es aquí donde ciertas personas vienen con palancas y palas, cosa que altera mucho a las familias chinas, pues reverencian a sus antepasados. Vivo o muerto, quieren que el abuelo esté entero. ¿Cómo iba a saber que la pericia en demoliciones me resultaría tan útil en mi vida de civil? ¿Cómo supiste dónde encontrarme?

—Tico mantuvo el silencio de radio, pero conseguí que me lo escribiera. —Arkady miró el ataúd, donde Erasmo había colocado taladro, campana, gafas de soldador y mascarilla de cirujano sobre una toalla. De una bolsa de deporte, el cubano sacó un frasco lleno de fino grano negro—. ¿Pólvora?

—Una pizca. La vida resultaría aburrida sin pólvora.

Los hermanos Liu hicieron un descanso; partieron en rebanadas una papaya y se sentaron entre lápidas a comerla. Los chihuahuas se acurrucaron con los leones. ¿Sería este el contacto chino al que se refería Pribluda, un lugar al que se acudía en busca de huesos de la suerte?

El problema era que parecía ir hacia atrás; en lugar de saber más, sabía cada vez menos. No sabía dónde había muerto Pribluda y, menos aún, por qué. El círculo de conocidos de Pribluda no hacía sino ampliarse, pero ninguno de ellos tenía nada que ver con el precio del azúcar, que era lo que se suponía que debía investigar el coronel. Arkady nunca antes se había topado con tal variedad de personas y acontecimientos que no tenían nada que ver entre sí: hombres pescando en cámaras de neumáticos, norteamericanos prófugos, un chiflado de la provincia de Oriente, una bailarina y, ahora, huesos chinos y unos chihuahuas. A decir verdad, pensó, aparte de la profanación de tumbas, no había nada que sugiriera la existencia de un delito, excepto por los ataques que él mismo había sufrido, y eso había sido por un error de cálculo, pues solo tenían que esperar. ¿Y ahora? Su mente se aclaraba, los moretones en sus piernas pasaban del azul al verde esperanza, y el que las pruebas mismas no tuvieran forma resultaba interesante. Necesitaba que fuera interesante, pues mientras se implicara sería como un hombre que anda sobre unas aguas profundas y negras. Necesitaba seguir adelante.

Erasmo se tapó la nariz con la mascarilla y los ojos con las gafas, antes de levantar una lata con tapadera de plástico.

—¿Más pólvora? —preguntó Arkady.

—Un explosivo diferente. —Erasmo levantó la tapadera y la cerró de inmediato, como si echara un vistazo a un poco de plutonio—. Ajíes habaneros los más picantes del mundo. Desactivé toda clase de bombas en África, bombas que semejaban pomos de puerta, despertadores, asientos de retrete, aviones de juguete, muñecas. Uno tiene que ser creativo.

Puso la lata vacía boca abajo entre los muslos y taladró un agujero, añadió pólvora y la comprimió.

—En tu dormitorio vi fotos de ti con... —Solo para sentirse cubano, Arkady se frotó una supuesta barba para indicar el nombre que no podía pronunciarse.

—Fidel —dijo Erasmo con cautela.

—Y otro oficial con gafas.

—Nuestro comandante en Angola.

—Te otorgaron muchas condecoraciones.

—¿Las medallas? Oh, sí. Pero ¿qué crees que preferiría, las medallas o mis piernas? Adivínalo. Me sentía muy orgulloso. Fidel dijo que iríamos a África y yo saludé y dije: «¡A sus órdenes, comandante!» No sabía que estaría dando órdenes cuando llegáramos. Fidel estaba aquí, mirando un mapa de Angola. Nosotros estábamos en montañas y ríos que no existían en los mapas de Fidel, pero no importaba: él daba la orden de que nos apostáramos allí donde cayera su dedo. A veces teníamos que pasarlo por alto y, cuando se enteraba, se ponía furioso. Había un pueblecito, una mota debió de ser en su mapa. Nos ordenó que lo tomáramos y lo usáramos como puesto de mando del batallón. Le dijimos que no era más que un par de chozas, un taller y un pozo, que podíamos rodearlo y regresar cuando quisiéramos, pero Fidel dijo que, a menos que tomáramos el pueblo en veinticuatro horas, acusaría de traición a todos los oficiales del batallón. Así que Tico, Luna, un chico llamado Richard y yo formamos la avanzadilla. ¿Te aburro con mi historia?

—No.

—Muy bien. El pueblo parecía un árbol de Navidad. Pequeñas minas de plástico que explotarían bajo los pies. Bouncing Betties para cortar a uno de cintura para abajo o para arriba. Claymores con alambres atados a algo tan insignificante como una lata que uno apartaría con una patada. Había un coche en el taller, pero sin la llave; eso habría sido demasiado obvio. Una furgoneta Ford del 54 con paneles de auténtica madera. No te imaginas lo valioso que es un vehículo en un país como aquel. Con solo entrar en el garaje, uno podía desenterrar toda una cadena de pequeñas minas, como un collar de margaritas. Luego, mirar por debajo del coche con un espejo y después boca arriba. Abrir el capó con un alambre desde cierta distancia, a fin de examinar el motor y comprobar que todos los cables fueran del vehículo; abrir la guantera, el maletero, las ventanillas automáticas, los asientos, los tapacubos. Estaba en perfectas condiciones. Sacamos a todos del garaje para que yo pudiera cruzar los cables. Arrancó al instante y se le acabó la gasolina enseguida, pero la batería estaba bien y todo parecía estar bien, hasta que Richard dio una patada a un neumático. Ese era el único lugar que yo no había comprobado. —Erasmo apretó un disco de cartón sobre la pólvora—. Fue el fin de Richard. Además, el parachoques salió volando y dando vueltas como las aspas de un helicóptero y golpeó a Tico. Pedimos una ambulancia por radio. De camino, la ambulancia pasó sobre un agujero que habíamos cavado para sacar una mina y fue a parar directamente a un campo minado. Fue como un milagro, pues no tocó ni una sola mina, pero allí se quedó atrapada mientras Tico se desangraba, así que Luna lo tomó en brazos y corrió entre las minas hasta la ambulancia. Así fue como liberamos una aldea angoleña de mala muerte por órdenes del comandante.

—Y cómo Tico se volvió cuidadoso con los neumáticos.

—Es muy cuidadoso con los neumáticos.

Erasmo dejó caer la lata, y Arkady la recogió y se la dio.

—¿Puedo ayudarte?

—No, gracias. ¿Sabes cuál es el mayor campo minado del mundo? La base norteamericana aquí, en Guantánamo, gracias a los *marines* y, sobre todo, a nuestros amigos rusos, que diseñaron nuestro lado del campo minado y se llevaron los planos a casa. Ya no quiero ayuda, por favor. —Abrió la lata de guindillas y las echó en la lata más grande—. ¡Ajá! Cuando un ladrón de tumbas abra esto lo esperará una nube mortal. Toser, llorar, estornudar, quedar provisionalmente ciego... Me parece un modo muy humano de tratar a los ladrones de tumbas. Es una solución cubana para un problema cubano.

—El que Luna salvara a Tico presenta una imagen distinta del sargento.

—No, no es más que su otro lado. La gente aquí tiene dos lados, lo que ves y lo opuesto.

—¿Es complicado?

—Es real. No lo entiendes. Cuba era importante. Poseíamos idealismo y nos enfrentamos al país más poderoso y revanchista del mundo. Fidel era fantástico. Pero Cuba no es un país lo bastante grande para él, y el resto de nosotros no podemos ser eternamente héroes. Deja de hacer preguntas, Arkady. Por tu bien, regresa a casa.

Los Liu alzaron una mirada expectante. Quizá no entendieran las palabras, pero se daban cuenta de cuándo una conversación había llegado a su fin. Los chihuahuas guiñaron los ojos del tamaño de canicas y echaron a correr detrás de una lagartija. La persiguieron por una buganvilla hasta el pico de una pagoda a la altura de la cintura de un ser humano. Cuando el más joven de los Liu soltó una carcajada y dio una patada de kárate, Arkady recordó otra cosa.

—¿Hay expertos en artes marciales en La Habana?

—En el barrio chino —respondió Erasmo.

No hay que dejarse distraer, pensó Ofelia; no hizo caso de los técnicos que recogían primero las pequeñas pruebas —coágulos, pelos, bolsa de noche, botellas de ron Havana Club—, hasta llenar bolsas de plástico con sábanas y ropa. Hizo caso omiso de los fotógrafos que trabajaban alrededor de la mujer tumbada en la cama como una maja desnuda. Su atención se centraba exclusivamente en el doctor Blas, que, con las manos en guantes de látex encerado, inclinado sobre el cuerpo junto a la puerta, le enseñaba por qué, aunque el varón estaba pintado con su propia sangre y el rastro en la alfombra mostraba su lento, agónico y fútil avance hacia la puerta, el hombre agonizante no gritó pidiendo ayuda.

—La radio estaba encendida. Según me has dicho, las gentes que alquilan estos cuartos tienden a hacer mucho ruido, y ¿quién sabe cuánto ron consumieron? La carótida y la arteria del peroné están cortadas; sin embargo, estaba lo bastante vivo para tratar de cubrirse mientras lo cortaban con el machete. Estaba lo bastante vivo para llegar a la puerta, probablemente después de que se marchara el que lo atacó. Pero no gritó. ¿Por qué? No fue por la radio. —Con la punta de un lápiz hurgó en una mancha oscura en la nuez del hombre y lo deslizó hacia dentro—. Un agujero en la tráquea. Con un agujero en la tráquea no se puede pronunciar una sola palabra. La mujer no tiene una herida como esta; a ella le cortaron el pescuezo, sencillamente. Pero estoy seguro de que el primer golpe que recibió el varón fue esta punción.

—No la hizo un machete.

—No, la herida es redonda. Con todo, esto es un típico «crimen pasional». Hiciste bien en mantener la calma del personal y tuviste suerte de encontrar los documentos como lo hiciste.

Ese era el modo taimado con que Blas le daba a entender que sabía que había vomitado en el retrete. El doctor se sentía a gusto con la muerte, y ella, como resultaba cada vez más obvio, nunca lo estaría. Un cuerpo cortado a machetazos era una flor abierta; de él emanaba un olor que se alojaba, como perlas de sangre, en la cavidad nasal, así como un sabor que cubría la lengua. No obstante, Ofelia había hecho un esbozo y tomado apuntes que entregaría a la persona que el Ministerio del Interior mandara; ya no se trataba de un caso de prostitución, y el Ministerio no solía dejar en manos de un mero agente de la PNR los casos de muerte violenta de un forastero.

—Examinaré el aspecto sexual también —anunció Blas—. Ella era prostituta.

Ofelia miró la cama. Para tener la mitad del pescuezo cortado, Hedy parecía asombrosamente serena, finamente perfilada en sangre, y las sábanas apenas si estaban arrugadas.

—El asesino no tuvo relaciones sexuales con ella.

—Si alguien mata a una chica en la cama, para mí es un asunto sexual.

«Un poco de perspicacia con esto», pidió silenciosamente Ofelia.

—Vi a la mujer anoche en una ceremonia de santería.

—¿Qué te pasa? Posees muchísimo potencial; ¿por qué te dejas llevar por esas comedias?

—La chica estaba poseída.

—Ridículo.

—¿Alguna vez ha estado usted poseído?

Blas limpió su lápiz.

—Claro que no.

—A mí me ocurrió una vez. Me lo contaron después.

La noche entera seguía siendo un vacío para Ofelia.

—¿Se encontraba este italiano en la ceremonia?

—No.

—Bien. Entonces la chica fue a otro lugar después y ligó con él. Yo, en tu lugar, no me metería en la santería sin un muy buen motivo. Nos encontramos en un hotel que, para bien o para mal, se especializa en turistas. ¿Deberíamos andar por ahí anunciando que hay fanáticos religiosos que van de habitación en habitación matando a gente?

—¿Qué cree que dirá el ruso?

—¿Renko? ¿Por qué tendría que decir algo?

—Estuvo en la ceremonia anoche. Vio a la chica.

—No dirá nada, porque no se lo contaremos. ¿Crees que los rusos nos informarían de todos los asesinatos? —Con los dedos encerados del guante, Blas rozó las corvas de las piernas del italiano, desjarretadas de modo que tuvo que arrastrarlas—. Renko no es colega nuestro. No sabemos con certeza lo que es. El hecho de que un investigador venga a La Habana demuestra que algo más está ocurriendo. Lo único que quiero de él es una mejor fotografía de Pribluda.

La fotografía de Renko en el aeropuerto descansaba en el bolsillo de Ofelia. Con tanta confusión en la habitación aún podía redescubrirla.

—¿El sargento Luna le ha enseñado una foto de Renko? —inquirió.

—No. —Blas rozó los brazos del muerto—. Diestro, a juzgar por la musculatura. Hermosas uñas.

Profundos cortes en diagonal en la espalda del difunto indicaban que el asaltante, de pie a su lado, había dado machetazos a izquierda y derecha. Ofelia pensó en mencionar las dos magulladuras redondas que había visto en el brazo de Renko, pero por alguna razón se le antojó un abuso de confianza.

—Tal vez debamos volver a examinar al ruso muerto. ¿Es posible que lo alcanzara un rayo? Es cierto que llovió esa semana.

—Solo que ningún rayo cayó sobre la bahía. Me he adelantado. Verifiqué el registro meteorológico por si había habido relámpagos y al cuerpo por si presentaba quemaduras. No te preocupes por Renko. —Blas pellizcó al italiano a fin de observar el grado de rigidez—. He tratado con rusos. Cada uno, hasta las mujeres con quienes tuve intimidad, era un espía. Cada uno era exactamente lo opuesto de lo que afirmaba ser. —Ocultó una sonrisa bajo la barba y en ese momento miró a Ofelia como un hombre demasiado encariñado con sus recuerdos—. ¿Qué afirma ser Renko?

—Un tonto.

—Puede ser la excepción.

Blas hizo girar el cuerpo boca arriba. La pérdida de sangre acarreaba una expresión estupefacta y, aunque su cabello se rizaba en mechones apelmazados, el rostro del italiano parecía el de alguien que se deja llevar por el sueño. Ofelia apartó el pelo que cubría una cicatriz oblonga en el nacimiento del cabello.

—Yo diría que se dio un golpe en la cabeza hace unos días —observó Blas—, aunque es el menor de sus problemas ahora.

—¿En quién le hace pensar?

—En nadie.

—¿Cómo lo describiría?

Blas ladeó la cabeza, como un carpintero al presentar un presupuesto.

—Europeo, entre cuarenta y cincuenta años, de estatura mediana, cabello negro, ojos castaños, frente alta, entradas incipientes.

—¿No le recuerda a Renko?

—Ahora que lo mencionas...

Tuvieron que alejar el cuerpo de la puerta cuando acudió un equipo de investigadores del Ministerio del Interior, encabezado por el capitán Arcos y el sargento Luna. Boquiabierto, Arcos miró el cadáver en el suelo. Luna fue al pie de la cama y clavó la vista en Hedy. Su piel se tornó ceniza; sus labios se abrieron y respiró entre dientes mientras Ofelia daba su informe. Quería preguntarle, ¿dónde está tu punzón?, pero sé marchó silenciosamente, mientras Blas tomaba el mando.

La Casa de Amor se había vaciado. Al ver los Ladas de la PNR y una furgoneta del departamento forense del IML con la balanza de la justicia pintada en la portezuela, los huéspedes regresaron únicamente a coger sus bolsas de noche y huir. Al pie de la escalera, Ofelia encontró una manguera y se lavó primero las suelas de los zapatos y, luego, la cara y las manos.

El laboratorio criminal del Ministerio del Interior se encontraba situado en el antiguo hotel Vía Blanca, una mansión del siglo XVIII construida durante un erróneo estallido de confianza imperial española, justo antes de la primera revolución cubana. Un sombrío talante ibérico se manifestaba aún en las oscuras paredes y estrechas ventanas del edificio.

El Instituto de Medicina Legal, que dirigía Blas, llevaba a cabo las autopsias, y los laboratorios del Ministerio del Interior analizaban drogas e incendios intencionados, balas y explosivos, huellas dactilares, documentos y divisas. El trabajo era para la PNR, pero el uniforme era militar.

—A Fidel le encantan los uniformes —proclamaba siempre la madre de Ofelia—. Ponle uniforme a alguien, y creas un idiota que vigila a su vecino y dice: «¿Dónde has conseguido ese dólar? ¿Cómo consiguió esos pollos?» —La madre de Ofelia reía tanto que tenía que ir al baño, casi anadeando—. «Socialismo o Muerte.» Por favor, informa a Fidel que no es lo uno o lo otro.

En el cuarto de pruebas, en estanterías que llevaban todavía «FBI» en la parte inferior, guardaban armas etiquetadas: rifles de los que usaban los granjeros (toda arma militar regresaba al ejército o a la milicia); suficientes machetes para limpiar un cañaveral, hachas, cuchillos y extrañas armas de fabricación casera, como un cañón de mortero hecho de bambú o una caña de azúcar cepillada hasta formar una lanza. En estantes al otro lado del cuarto guardaban las pruebas accesorias: ropa en bolsas, anillos y pendientes en sobres, centavos en tarros, zapatos, sandalias, una aleta negra de nadador y una cámara de neumático, ambas recién etiquetadas.

Alguien había limpiado la aleta y, cuando Ofelia la

levantó para mirarla a contraluz, vio una ligerísima huella de fuego en el interior de la correa; quizá su imaginación le estaba jugando una mala pasada o tal vez la influencia de Renko. Dejó la aleta cuidadosamente en su lugar, diríase que para apartar una pregunta.

Entró en el cuarto de registros, donde una nube de polvo revoloteaba debajo de las luces fluorescentes. Los dos ordenadores que funcionaban estaban en uso, pero en un cubículo detrás de montones de volúmenes atados con lazos descoloridos encontró un tercer ordenador; pidió el archivo referente a su amiga María.

María Luz Romero Holmes, de 22 años; dirección: Vapor 224, Vedado, La Habana; acusada de hacer proposiciones a los hombres frente a esa misma dirección. José Romero Gómez, de 22 años, misma dirección, acusado de asalto. Había más: estado civil, escolaridad, empleo y la declaración del testigo.

Iba caminando por Vapor hacia la universidad cuando una mujer (señalando a María Romero) salió de su casa y me preguntó la hora. Luego me preguntó adónde iba y puso una mano en mi miembro. Le dije: «A la universidad.» Cuando trató de excitarme le dije que no, que no me interesaba, que no tenía tiempo. Entonces se puso a gritar y un hombre (señalando a José Romero) salió corriendo de la casa, maldiciendo y tratando de darme con un tubo de plomo. Me defendí hasta que llegó la policía.

Firmado,
RUFO PINERO PÉREZ

Fue el nombre de Rufo Pinero el que despertó el recuerdo. Un ex boxeador que se dirigía inocentemente hacia la universidad. ¿Para asistir a una conferencia sobre poesía?, se preguntó Ofelia. ¿Sobre ciencia nuclear?

En la fotografía policial, María tenía las mejillas mojadas de lágrimas, pero su actitud resultaba desafiante. En la fotografía de su marido, los ojos de este eran oscuras rajas, su nariz estaba rota y su mandíbula tan hinchada que parecía una calabaza.

Las declaraciones del testigo las corrobora este agente, que practicó las detenciones y que también recibió amenazas y fue agredido por la pareja Romero, mientras cumplía con su deber.

Firmado,
Sargento Facundo Luna, PNR

Ofelia recordó que María le había explicado que habían colocado un plástico sobre el asiento trasero del coche patrulla porque Luna sabía que transportaría a gente ensangrentada, y que Rufo había cogido puros de la guantera del coche, puros que había puesto allí antes para no dañarlos durante la pelea. Luna y Rufo lo habían planeado todo.

Ofelia creía saber lo ocurrido en la Casa de Amor. Blas había sugerido un crimen pasional, un novio cubano que había matado al italiano y a la cubana, dominado por una furia incontrolable. Pero lo que Ofelia se imaginaba era a Franco Mossa y Hedy tomando unas copas en la oscuridad, bailando al son de la radio, riendo. No era probable que Hedy hablara mucho italiano, pero ¿cuánto necesitaba saber? Se retiró al baño y regresó desnuda, una chica pechugona con pelo color miel. Se metió en la cama y, mientras él iba al cuarto de baño, ella salió de la cama y abrió la puerta del balcón para un amigo. El italiano apagó la luz del cuarto de baño y, medio ciego por la oscuridad, entró en el dormitorio. Seguro que Hedy no vio mucho. Sin embargo, habría oído el sonido de succión producido por el punzón al extraerlo del cuello del italiano. ¿Qué habría creído que hacían? La extorsión solía ser el juego con los turistas. Sin duda habría guardado silencio y se habría sorprendido cuando el machete apareció silbando en la oscuridad y le separó a medias la cabeza de los hombros. Al acabar, el asesino estaría tan manchado de sangre como la pared de un matadero. La pregunta era: ¿por qué la fotografía del ruso? ¿Quién la llevaba, Hedy o su amigo? ¿Habría habido un momento en que, al encender la luz del cuarto de baño, el hombre se sorprendió al constatar que había matado a un italiano llamado Franco y no a un ruso llamado Renko?

Puesto que ya estaba con el ordenador, buscó otras conexiones entre Rufo Pinero y Facundo Luna. Aparte del caso de María, aparecieron otros dos. Cuatro años antes, un grupo de criminales se había reunido para distribuir drogas so pretexto de organizar una oposición política. Cuando los miembros de la comunidad se enteraron del plan irrumpieron en la casa del cabecilla y exigieron que les cedieran las drogas. En una riña provocada por el cabecilla y su familia, dos patriotas que tuvieron que defenderse fueron Rufo Pinero y Facundo Luna.

Más recientemente, una célula de supuestos demócratas había preparado un mitin con el verdadero propósito de propagar enfermedades infecciosas, solo para que los obstaculizaran físicamente unos ciudadanos vigilantes, entre ellos los siempre alerta Luna y Pinero.

Ofelia creía que a los cubanos se les había de permitir luchar contra sus enemigos, porque los gángsteres en Miami no se detendrían ante nada: asesinatos, bombardeos, propaganda. Para seguir siquiera existiendo, Cuba precisaba vigilancia. Sin embargo, el papel de Rufo y Facundo en estos casos intranquilizó a Ofelia. Apagó el ordenador; casi deseaba no haberlo encendido.

Al salir descubrió que los oficiales que habían estado trabajando a la mesa se habían marchado. Sentado a solas, se encontraba el sargento Luna. A Ofelia la sorprendió que ya hubiese abandonado la Casa de Amor. Estaba cruzado de brazos y la camisa se le estiraba en el pecho. Su cara parecía colgar a la sombra de su gorra en tanto movía la mandíbula de lado a lado. Su silla, medio girada, obstruía el camino a la puerta.

De repente, Ofelia se imaginó de nuevo en Hershey, en los campos del ganado donde las garcetas se posaban para dormir a orillas del río, aves tan blancas como virutas de jabón; cuando atravesaban el humo negro que se alzaba de las chimeneas del ingenio, Ofelia sentía angustia por la pureza de las garcetas. No obstante, acudían flotando y andaban con paso majestuoso por el campo, insensibles a la mugre. Ofelia estaba tan ocupada observándolas que no se fijó en el toro que habían soltado en el campo; y la persona que había llevado al toro no la había visto a ella, pero el toro sí que la vio.

Era el mayor animal que hubiese visto en su vida. Blanco como la leche, con cuernos curvados hacia abajo, rizos color crema entre los cuernos, lomo hinchado de músculos, un saco rosado que le colgaba hasta las rodillas, y ojos rojos con la indolente indiferencia de un rey violento. Pero no era tonto, no en esta situación. Porque él dominaba. Y esperó a que Ofelia se moviera.

Mas algo lo distrajo. Ofelia volvió la cabeza y vio a una figura vestida de negro que había saltado la valla, agitaba los brazos y daba brincos, primero sobre un pie, luego sobre el otro. Era el cura del pueblo, un hombre pálido de aspecto siempre triste. Su sotana se agitaba mientras reía y provocaba al toro, corría en círculos en torno al animal y le arrojaba puñados de tierra, hasta que el toro cargó. El cura se levantó la sotana y corrió con las zancadas más largas que Ofelia hubiese visto. Saltó la valla, casi pareció que se zambullía, y el toro por poco tiró un poste bien enterrado y, frustrado, siguió violentando la madera, en tanto Ofelia corría a la parte de la valla que más cerca le quedaba. Ahora evocó el primer trago de aire desde la seguridad del otro lado de la valla, recordó que no dejó de correr hasta llegar a casa.

—El capitán Arcos pregunta si nos diste todas las pruebas que encontraste en el motel —dijo Luna.

—Sí.

Luna se removió, y su corpulencia le obstruyó aún más el paso; dejó caer su ancho brazo.

—¿Todo?

—Sí.

—¿Nos dijiste todo lo que sabes sobre este caso?

—Sí.

El sargento contempló el cubículo.

—¿Qué buscabas?

—Nada.

—¿Hay algo con lo que pueda ayudarte?

—No.

El sargento no se movió. La obligó a rozarle el brazo al pasar como si fuese una línea que delimitara su posición exacta.

17

En su ruta hacia el barrio chino, Arkady pasó por
la quietud, como de acuario, de unos grandes almacenes
vacíos, el escaparate de una perfumería que no exhibía
más que una lata de repelente de insectos, el personal
de una joyería con los codos pegados a estuches vacíos;
pero, a la vuelta de la esquina, en la calle Rayo, había
vida: linternas rojas, un cerdo entero asado, plátanos
fritos y albardilla frita, montones de naranjas, limones,
pimientos color coral, tubérculos negros de carne blanca, tomates verdes en cucuruchos de papel, aguacates y
frutas tropicales que Arkady se sentía incapaz de nom-
brar, aunque sí entendió, gracias a los signos de dólares,
que este mercado en el centro mismo de La Habana era
para vendedores privados. Las moscas giraban, como
mareadas, envueltas en el olor a piña y plátanos a punto de madurar. La música salsa de una radio colgada
competía con cintas de una nostálgica melodía canto-
nesa en una escala pentatónica, y clientes de rasgos chinos casi eclipsados pero aún perceptibles regateaban en

español cubano. En una esquina, un carnicero abría una cabeza de vaca de un hachazo. Una vendedora de algodón de azúcar, con el cabello enmarcado por las espirales azules de azúcar que surgían de una tina, leyó la nota de Arkady y señaló un edificio sin ascensor que ostentaba el letrero: KÁRATE CUBANO.

Arkady había acudido aquí a toda prisa. Del cementerio chino había ido al apartamento de Pribluda y, de allí, al barrio chino, pues su mente funcionaba por fin. Abuelita, los ojos del CDR, le había dicho que los jueves por la tarde Pribluda salía del Malecón con su horrible cartera de plástico cubana. La pequeña Carmen había afirmado que los jueves eran los días en que el tío Serguei practicaba el kárate. Según la hoja de balances del propio Pribluda, el jueves era el día en que desembolsaba cien dólares sin explicación. ¿Acaso no encajaba todo? ¿No era posible que cada jueves, con una cartera cubana corriente, cuyo contenido no era un cinturón negro sino un sobre lleno de dinero, el espía Serguei Pribluda se reuniese con su «contacto chino» en una escuela de kárate en el barrio chino de La Habana? Lo más probable era que el coronel guardara una sudadera o un traje de kárate en un armario en la escuela, lo que le daba un pretexto para detenerse en el vestuario; allí, se imaginaba Arkady, no hacía falta cruzar una sola palabra si el contacto poseía una cartera idéntica; podían intercambiarlas en un momento, y el contacto anónimo ya estaría bajando la escalera antes de que Pribluda se desatara los zapatos para practicar las mortales patadas que había enseñado a Carmen. El intercambio sería rápido, silencioso y profesional. Arkady tenía la cartera y hoy era jueves.

El único problema era que cuando Arkady corrió escalera arriba, resoplando, en la puerta donde debía haber una escuela de artes marciales orientales habían escrito EVITA - EL NUEVO SALÓN DE BELLEZA. En el interior, dos mujeres, cubierta la cara con máscaras de lodo azul, reposaban en sendos sillones de peluquería, al tiempo que unos trabajadores sujetaban un tercer sillón al suelo. Arkady regresó al mercado, repitió el procedimiento con el mismo papel y recibió la misma información equivocada.

En un restaurante chino sin chinos, en que los rollitos de primavera se servían con un poco de ketchup, Arkady encontró un camarero que hablaba suficiente inglés para decirle que ya no había escuelas de artes marciales en el barrio chino, aunque había una veintena en la ciudad. A Arkady le quedaban cuatro días. Tal vez debía llamar al hijo de Pribluda, por si el chico deseaba recibir el ataúd en el aeropuerto, suponiendo que pudiese abandonar unas horas sus hornos de pizzas. Ahora Arkady yo no tenía planes. Se le habían acabado. Poseía la vista clara del hombre que no tiene ningún plan.

Bueno, todavía estaba la foto de Pribluda que debía encontrar, pero por un momento le pareció vislumbrar el fantasma de Pribluda andando entre brillantes montones de frutas exóticas. Las paredes del restaurante eran de un rojo burdel y en ellas colgaba el habitual retrato del Che Guevara con un aspecto tan semejante a Cristo, en su boina negra, que resultaba sobrenatural. En su deambular por las calles, Arkady se había percatado de que la gente colgaba más retratos del Che que de Fidel, aunque el martirio del Che parecía dar validez al propio Fidel. Pero los mártires cuentan con la ventaja de ser siempre románticamente jóvenes, mientras que Fidel, el superviviente, aparecía enmarcado en una de dos etapas: el apasionado revolucionario cuyo dedo índice subrayaba cada punto oratorio, y el de barba cana perdido en una meditación obsesionada.

A Arkady lo obsesionaba su propia estupidez. Por un momento se emocionó al creer en la renovación de sus poderes de deducción, como hallar un antiguo motor a vapor en una fábrica abandonada y creer que, con una cerilla encendida debajo de la caldera, los émbolos volverían a la vida. Aquí no había ningún émbolo en movimiento, pensó. Gracias a Dios, la agente Osorio no había presenciado su fiasco.

Al salir del restaurante atravesó el mercado y sorteó un grupo de niños que se golpeaban mutuamente frente a un teatro en una esquirla, un cine de barrio de aspecto lastimoso pintado de rojo chino con aleros estilo pagoda; en el cartel figuraba un maestro de kárate en pleno salto. El título estaba en chino, en español, «¡Puños de acero!», y, entre paréntesis, abajo, en inglés. Arkady recordó el resguardo en el pantalón de Pribluda. Eso había intentado preguntarle Carmen, no «¿Ha visto? ¡Puños de acero!», sino «¿Ha visto *Puños de acero*?». Se unió a la cola en la taquilla, pagó cuatro pesos y subió por los escalones rojos hacia la oscuridad.

El interior rezumaba un aroma a cigarrillos, pebetes y cerveza. Los asientos eran sencillos y estaban remendados con cinta adhesiva. Arkady se sentó en la última fila a fin de ver mejor al público, compuesto de filas de cabezas que subían y bajaban y chillaban su aprecio por una película que ya había comenzado, en la que un joven y, al parecer, estudioso monje defendía a su hermana de unos gángsteres de Hong Kong. El diálogo era en chino con subtítulos en otra forma de chino, ni siquiera español; la risa de los actores resultaba espantosa y cada patada sonaba como si alguien partiera un melón. Arkady apenas se había colocado la cartera en el regazo cuando a su lado se sentó un hombre bajo de nariz afilada, gafas y una cartera semejante.

Un susurro en ruso.

—¿Viene de parte de Serguei?

—Sí.

—¿Dónde ha estado? ¿Dónde ha estado él? Estuve aquí todo el día, la semana pasada, y hoy ya he visto esta película una vez.

—¿Desde cuándo pasan esta película aquí?

—Desde hace un mes.

—Lo siento.

—Espero que sí. Yo soy el que corre todos los riesgos. Y esta película es para cretinos. Ya de por sí está mal que haga esto, pero que, además, me traten así...

—No está bien.

—Es degradante. Puede decírselo a Serguei.

—¿De quién fue la idea?

—¿La de encontrarnos aquí? Mía, pero no pretendía pasar días enteros aquí. Seguro que me creen un pervertido. —En la pantalla el cabecilla de los gángsteres se puso un guante equipado con taladro y demostró su funcionamiento usándolo en un desafortunado secuaz—. De hecho, en los viejos tiempos esto era el mejor cine de porno en La Habana.

—¿Qué sucedió cuando cambiaron a películas de kárate?

—Traíamos a nuestras chicas y singábamos. Los chinos nunca prestaban atención a lo que hacíamos.

La sala estaba oscura y Arkady no deseaba examinar de modo demasiado obvio a su compañero, pero lo que veía de reojo era un burócrata de unos sesenta y pico de años, de bigote gris y ojos tan brillantes como los de un pájaro.

—Así que ha pasado mucho tiempo aquí.

—Padezco cierta historia personal. ¿Le sorprende ver chinos en Cuba?

—Sí.

—Los trajeron cuando pusieron fin al tráfico de esclavos. Aquí no se puede fumar. —Con esto el hombre explicaba por qué sostenía el cigarrillo entre las manos ahuecadas. Intercambió las carteras y, usando el cigarrillo como linterna, agachó la cabeza, abrió la que había quitado a Arkady y contó el dinero, los cien dólares que Pribluda desembolsaba cada semana—. Entiéndame, estoy sujeto a una presión extraordinaria; de haber sabido lo que significaba comprar un coche, no habría aceptado esto.

—¿Puede comprarse un coche?

—De segunda mano, claro. Un Chevrolet del 55. Con la tapicería original de cuero. —En la pantalla, unos gángsteres entraban en un estudio donde la chica acababa de esculpir una paloma en mármol blanco. Estaban arrancando las alas del ave cuando el hermano de la chica entró volando por la ventana en un *scooter*—. ¿Dónde está Serguei?

—No se siente bien, pero le diré que le desea usted que se cure pronto.

El monje, un torbellino, despachaba a los matones con una variedad de saltos y patadas. Con cada puntapié que hacía saltar la sangre del oponente, la cabeza de Arkady palpitaba. Cuando el cabecilla volvió a ponerse el guante, él se puso en pie.

—¿No va a quedarse? —preguntó su amigo—. Esta es la parte buena.

Ofelia acudió tarde a la reunión con la maestra de Muriel.

Había estado muy ocupada, pues estaba convencida de que habían asesinado al italiano con Hedy simplemente porque se parecía a Renko. Había llegado al ambulatorio a tiempo para ver cómo examinaban a Lohmann, el vendedor de Hamburgo, quien contestó malhumorado que sí, su amigo Franco se había dado un golpe en la cabeza unos días antes con el marco de una de esas estúpidas puertas bajas de La Habana vieja. Pobre Hedy. De por sí no era muy lista, y todo, el lugar, la hora, el aspecto, el nombre, un sencillo rasguño en la cabeza del italiano, había conspirado contra ella.

Además, Ofelia quería ducharse; sentía que la muerte le cubría la piel como un velo. Aunque otras personas no pudieran oler la muerte, ella sí.

Un puente de peatones iba de la Quinta de Molina a la escuela, moderna y aireada, con paredes en colores pastel atestadas de autorretratos de los alumnos en uniforme pardo, faldas para las niñas y *shorts* para los niños, así como de murales con «¡Resistencia!» por tema, en los cuales figuraban niños con rifles haciendo caer unos desgraciados jets norteamericanos.

La clase de Muriel había visitado recientemente una plantación de plátanos, y las paredes del aula estaban decoradas con plátanos de papel. Ofelia se preguntó dónde conseguían el papel. La escuela contaba con un libro por cada tres alumnos; desde hacía tres años no había entrado un solo libro nuevo en la biblioteca, ni productos químicos en el laboratorio. «Aprenden en abstracto», según el comentario mordaz de su madre; no obstante, la escuela estaba limpia y ordenada. Ofelia se disculpó profusamente con la señorita García, la maestra de Muriel, una mujer mayor de cejas finas como patas de araña.

—Creía que ya no vendría. —Las cejas se arquearon en señal de exasperación.

—Lo siento mucho. —¿Había algo más sumiso que un padre o una madre que se reúne con una maestra?, se preguntó Ofelia—. ¿Hay algo especial de lo que quisiera hablarme?

—Claro. ¿Por qué, si no, la habría mandado llamar?

—Hay un problema, ¿no?

—Sí. Un grave problema.

—¿Muriel no ha estado entregando sus deberes?

—Entrega sus deberes.

—¿Están bien?

—Adecuados.

—¿Se porta mal en la escuela?

—Se comporta normalmente. Por eso se le permitió hacer el viaje. Pero en el fondo, en el alma de esa pequeña hay algo podrido.

—¿Podrido?

—Algo que se encona.

—¿Ha golpeado a alguien, ha mentido?

—No, no, no, no. No trate de restarle importancia. En el fondo de su corazón hay un gusano.

—¿Qué ha hecho?

—Abusó de mi confianza. Llevé solo a mis mejores alumnos a la granja. Para que aprendieran cómo es la lucha en el campo. Y ella resultó una antirrevolucionaria y una ladrona. —La señorita García puso una bolsa de papel en el escritorio—. Cuando iba de camino de vuelta al autobús, esto se le cayó de la falda. Lo oí caer.

Ofelia miró en el interior de la bolsa.

—Un plátano.

—Robado. Robado por la hija de un miembro de la PNR. Esto no va a acabar aquí.

—De hecho, es la piel de un plátano, ¿no?

Ofelia sacó la fruta por el extremo no pelado; era una piel marrón, moteada, madura, a punto de pudrirse.

—Plátano o piel de plátano, no importa.

—¿Se lo había comido o no?

—Eso no importa.

—Dice que lo oyó caer. Seguro que no oiría caer una piel de plátano en una guagua en movimiento.

—No se trata de eso.

—¿En custodia de quién ha estado? Podría haber más de una persona implicada; puede que toda una pandilla tenga que ver con este plátano. Buscaré las huellas dactilares dentro y fuera, eso podemos hacerlo. Me alegro de que me haya llamado la atención sobre este asunto. No se preocupe, los cogeremos a todos, a cada uno. ¿Quiere que lo haga?

—Bueno. —La señorita García se apoyó en el respaldo; su lengua rozó las comisuras de su boca—. Estuvo en mi custodia, claro. No sé cómo llegaron a comérselo.

—Podemos investigarlo. Para que quien lo hizo nunca vuelva a enseñar la cara en esta escuela. ¿Eso es lo que quiere?

La señorita García apartó la mirada; sus cejas se asentaron y, en un tono completamente distinto, dijo:

—Supongo que yo tenía hambre.

Ahora Ofelia se sentía aún peor. No proporcionaba ningún placer asustar a una maestra que ni siquiera reconocía que se estaba muriendo de hambre poco a poco. El problema de la señorita García era su pureza revolucionaria; seguro que era la única persona que Ofelia conocía que no tuviera un pequeño negocio aparte. La pobre mujer acabaría probablemente alucinando y viendo al Che merodear por los pasillos. Ofelia se sentía tan avergonzada que no podía esperar a echarle mano a Muriel.

Arkady abrió la cartera y puso el contenido sobre el escritorio de Pribluda: fotocopias en español, naturalmente, cada palabra en español. Ojalá hubiese estudiado español en la escuela en lugar de inglés y alemán, que solo servían para la ciencia, la medicina, la filosofía, los negocios internacionales, Shakespeare y Goethe. Para el azúcar, el español parecía la clave. No obstante, intentó leer.

Un documento titulado «Negociación rusa-cubana» con listas de nombres; en una, rusos del Ministerio de Comercio Exterior de Rusia (Bykov, Plotnikov, Chenigovskii), en la segunda, cubanos del Ministerio del Azúcar cubano (Mesa, Herrera, Suárez), y en la tercera, los mediadores panameños de AzuPanamá (Ramos, Pico, Arenas).

Un certificado de registro público panameño, para AzuPanamá, S. A., que incluía una lista de directores con los mismos nombres que los de los mediadores, señores Ramos, Pico y Arenas.

Un aval bancario de AzuPanamá del Banco de Inversiones Creativas, S. A., Zona Libre de Colón, firmado por el director general del banco, John O'Brien.

Primeras páginas de los pasaportes de Ramos, Pico y Arenas.

Billetes de avión en Cubana de Aviación, de La Habana a Panamá, para Ramos, Pico y Arenas.

Comprobantes de hospedaje para Ramos, Pico y Arenas, del hotel Lincoln, Zona Libre de Colón, pagaderos por el Ministerio del Azúcar cubano.

Una larga lista de compromisos rusos de adquirir azúcar cubano por un total de 252 millones de dólares, en fondos y en efectivo.

Una lista revisada al alza tras la mediación de AzuPanamá, por un total de 272 millones de dólares.

Un comprobante de depósito por 5.000 dólares a nombre de Vitaly Bugai en el Banco de Inversiones Creativas, S. A., Zona Libre de Colón, República de Panamá.

En otras palabras, los mediadores Ramos, Pico y Arenas eran cubanos y la neutral AzuPanamá era una creación del Ministerio del Azúcar cubano y el Banco de Inversiones Creativas. El español de Arkady era inexistente; no así sus matemáticas. Entendió que Cuba había defraudado a Rusia veinte millones de dólares adicionales, un pordiosero que roba a otro. Entendió asimismo que el socio silencioso del delito de los cubanos era el pirata propietario del barco de Al Capone.

De cerca, los oscuros ojos de Muriel poseían iris semejantes a las llamaradas del sol, pavorosas vislumbres del alma de la chiquilla de once años. El interrogatorio fue breve, porque reconoció algo peor que aquello de lo que su maestra la acusaba. Había comprado el plátano.

—Los trabajadores de la granja los vendían. Yo tenía un dólar que me había dado mi abuelita. Compramos un racimo.

—¿Un racimo? La señorita García encontró un solo plátano.

—Todos en la clase escondieron uno; solo encontró el mío.

La madre de Ofelia se mecía en la mecedora.

—Tenemos todos los otros, no te preocupes.

—No se trata de eso. Has convertido a mis hijas en especuladoras.

—Una lección de capitalismo.

—No tienen derecho a vender plátanos en una granja del Estado.

—Una lección de comunismo.

Marisol, la hermana menor, comentó:

—Mi clase va a ver cómo fabrican pelotas de béisbol. Puedo conseguir pelotas de béisbol.

—Bien, a ver si podemos cocerlas —manifestó la madre de Ofelia.

Ofelia imaginó a la militante señorita García cerniéndose sobre sus dos hermosas hijas y a su madre, la de Ofelia, defendiéndolas como una gallina en bata de casa: el universo familiar sumido en una guerra.

—Voy a ducharme.

—¿Y luego, qué? —preguntó su madre.

—Tengo que salir.

—¿A ver a ese hombre?

—No es un hombre, es un ruso.

Arkady se dio cuenta de que esperaba a la agente, con su mirada inquisidora, sus *shorts* y su jersey desenfadados, su bolso de paja y su pistola. Había guardado todos los documentos de AzuPanamá: que Osorio paseara la vista por donde quisiera.

—¿Ha encontrado una foto de Pribluda hoy?

—No.

—Pues yo sí una de usted. —A todas luces, la mujer disfrutó de su sorpresa—. ¿Se acuerda de Hedy?

—¿Cómo olvidar a Hedy?

Osorio le habló de los dos cuerpos en la Casa de Amor, Hedy Dolores Infante y un ciudadano italiano llamado Franco Leo Mossa. Describió el aspecto del cuarto, la posición de los cuerpos, la naturaleza de las heridas, la hora de la muerte.

—¿Con un machete? —inquirió Arkady.

—¿Cómo lo supo?

—Estadísticas. ¿No hubo ningún grito de auxilio?

—No. El asesino hizo también un agujero en la garganta del hombre con algo redondo y afilado para que no gritara.

—¿Como un punzón de hielo?

—Sí. Al principio pensé que se trataba de una extorsión que se había vuelto violenta. A veces, una jinetera acude con un turista y cuando este tiene los pantalones bajados entra un supuesto novio y lo roban.

—Sabemos quién es el novio de Hedy.

—Luego se me ocurrió que el muerto se parecía a usted.

—Eso sí que es un cumplido que uno no recibe cada día. ¿Era el hombre con el que la vimos en la calle la otra noche?

—Estoy casi segura de que sí. ¿Bailó usted con Hedy?

—No. Solo nos presentaron. Lo hizo el sargento Luna.

—¿Habló usted con ella?

—No mucho. Ella no estaba del todo sobria y más tarde, claro, estaba... poseída.

—Después del santero, Hedy se lavó y regresó aquí. La vimos, usted y yo. En ese momento me pregunté por qué. Al fin y al cabo, todo había terminado. El sargento se había marchado, y este no es un lugar normal en el que ligar con los turistas. Creo que usted es la razón por la que ella estaba aquí.

—Acababa de conocerla.

—Puede que ella quisiera verlo de nuevo.

—Habría sabido distinguir entre un italiano bien vestido y mi persona. ¿Por qué iba a pensar en mí?

—Encontré esto en el cuarto. —Osorio le enseñó la fotografía.

Una cámara tenía la mirada del fotógrafo y siempre resultaba extraño verse como otros lo imaginaban. Si el que hacía la foto estaba muerto, una sencilla foto adquiría cierto aire irrevocable. Arkady vio coches, maletas, pesados abrigos, una manada rusa en el aeropuerto de Sheremetyevo. Solo él estaba enfocado. Había dirigido al coronel una sonrisa de despedida, pero no un abrazo rociado de vodka y lágrimas; su relación era demasiado complicada para ello. Acaso lo que Pribluda deseaba, después de todo, pensó Arkady, era alguien que lo conociera tan bien y, sin embargo, fuera a despedirlo. La fotografía le hizo pensar en el marco vacío que había hallado en el cajón del escritorio de Pribluda.

—Pribluda la sacó cuando lo llevé al aeropuerto. Dijo que la usaría para tirar al blanco, por los viejos tiempos. ¿Esto estaba en el cuarto?

—Hedy no era muy lista. Probablemente estuviera todavía mareada por los efectos en casa del santero. Creo que alguien le dio la foto para ayudarla a distinguirlo a usted.

—¿Cree que el hombre en esta foto pasaría por italiano?

—En la oscuridad es difícil distinguir a ciertas personas. ¿Le dije que el muerto se llamaba Franco?

—Si un europeo llamado Franco se pareciera a Renko, si su nombre sonara a Renko, si lo hubiese encontrado frente al apartamento de Renko y tuviera un corte en la cabeza igual al de Renko, para ella sería Renko. Creo que es posible que el asesinato del italiano sea un segundo atentado contra su vida.

—¿Esto ocurrió anteanoche?

—Sí.

Luna había dicho que regresaría a joderlo, recordó Arkady, y, por la descripción de Osorio, el libidinoso Franco Mosso parecía todo lo más jodido que se puede estar.

—¿El sargento Luna se ha enterado de la identificación del cadáver?

—Ahora sí. Él y Arcos se han encargado de la investigación.

Luna regresaría. Habían acabado los días de gracia.

—¿Por qué mataría a Hedy?

—No lo sé.

—¿Por qué dejaría la fotografía con ella?

—No la dejó allí, la echó por el retrete.

—Entonces, ¿cómo la consiguió usted?

—La foto estaba atrapada con papel higiénico. —Osorio describió las profundas heridas en forma de pétalo, las sábanas manchadas de sangre y el aire impregnado de olor a sangre que llevaba un día medio cociéndose, y confesó sus náuseas—. No fui nada profesional.

—No, son gajes del oficio. Yo dejé la autopsia para vomitar. ¿Lo ve? Compartimos una debilidad. Solo de oírlo tengo ganas de fumar.

—El doctor Blas nunca ha vomitado.

—Seguro.

—El doctor Blas dice que deberíamos agradecer el hedor, porque es una información. El aroma a fruta de un cuerpo puede indicar la presencia de nitrato de amilo. Un ligero olor a ajo podría ser arsénico.

—Sería encantador cenar con él.

—De todos modos, me he duchado.

—Se ha duchado y se ha tomado tiempo para pintarse las uñas de los pies. Muchas policías no se molestarían con eso. Se ha arriesgado.

Más que eso, pensó Arkady; al llevarse la foto, la agente había trastocado la escena del crimen, en un reconocimiento tácito de que sospechaba tanto de Luna como el propio Arkady. Enseñársela constituía su primer verdadero paso adelante, con sus uñas pintadas y todo. Ahora le tocaba a él, por cortesía. Podía guardar para sí pequeñas informaciones hasta encontrarse sano y salvo en Moscú, donde el contenido de la cartera que recogió en el cine chino supondría un apuro para Bugai y un intercambio de avergonzadas acusaciones entre el Ministerio de Comercio Exterior ruso y el Ministerio del Azúcar cubano. Por dinero, desde luego. Una vez de vuelta en Moscú, sin embargo, no averiguaría nunca lo que le había ocurrido a Pribluda.

—¿Ha oído hablar de una empresa azucarera panameña llamada AzuPanamá?

—He leído acerca de ella. —Los ojos de Osorio se enfriaron—. En *Granma*, el periódico del partido. Hay un problema con los rusos por el contrato azucarero, y se supone que AzuPanamá nos ayuda.

—¿Como mediador?

—Eso tengo entendido.

—Porque AzuPanamá es neutral.

—Sí.

—¿Y panameña?

—Por supuesto.

Arkady la guio hacia el despacho, abrió la cartera verde y vació el contenido sobre el escritorio.

—Copias de las listas de los participantes de Rusia, Cuba y AzuPanamá. Una lista de directores de AzuPanamá y, para los mismos hombres, pasaportes cubanos, billete de Cubana de Aviación y recibos de hotel. Además de un aval de un banco panameño para John O'Brien, residente en Cuba, además de un comprobante del banco por un depósito a nombre del vicecónsul Bugai, que también reside aquí.

Todo parecía marchar sobre ruedas, se dijo Arkady. A continuación podría introducir el concepto de O'Brien y Jorge Washington Walls, y luego la implicación de estos con Luna y Pribluda. Osorio carraspeó y ordenó los documentos, tocándolos como lo haría quien se las está viendo con un incendio.

—Creí que iba a obtener una foto de Pribluda para el doctor Blas.

—Oh, la voy a obtener. Solo que esto me llegó primero.

—¿De dónde?

—¿Por qué no los hojea, para ver de qué se trata?

El ruso de Osorio adquirió un ligero silbido.

—Ya veo de qué se trata. Es muy obvio. Son documentos inventados para avergonzar a Cuba.

—Si compara los nombres en este certificado de registro con el de los pasaportes verá que AzuPanamá no es panameña. Cuba creó AzuPanamá con la ayuda de un banco controlado por el prófugo norteamericano

O'Brien. Eso es lo que Pribluda buscaba cuando murió. Hasta ahora, AzuPanamá ha costado a Rusia veinte millones de dólares adicionales. Hay hombres que han muerto por menos.

—¿De un ataque cardíaco?

—No.

—El doctor Blas dice que sí.

—En todo caso, podemos comparar los nombres de AzuPanamá con la lista del personal del Ministerio del Azúcar. Eso habría hecho Pribluda a continuación.

—Nosotros no vamos a hacer nada. —Osorio dio un paso atrás—. Me ha mentido.

—Aquí están los documentos.

—Lo estoy mirando. Lo que veo es un hombre que afirma estar buscando una foto de su amigo muerto mientras recopila toda clase de documentos anticubanos. He venido a ayudarlo, y usted me arroja a la cara estos papeles y ni siquiera me dice de dónde vienen. No voy a tocarlos.

La cosa no funcionaba como Arkady había esperado.

—Puede comprobarlos.

—No voy a ayudarlo. En realidad, no sé nada sobre usted. Solo tengo su palabra de que es amigo de Pribluda y una foto. Es todo lo que sé. Solo tengo su palabra.

—No, no es cierto. —Las palabras de Osorio cristalizaron lo que había sido vago hasta entonces. Lo que había molestado a Arkady era cómo su foto había llegado del apartamento de Pribluda a manos de Hedy—. ¿Le dio usted a Luna mi foto?

—¿Cómo puede hacerme esa pregunta?

—Porque tiene sentido. Déjeme adivinar. Después

de la autopsia vino aquí, buscó huellas dactilares y encontró la foto de un miserable ruso que acababa de llegar. Naturalmente, llamó a Luna, que le dijo que le llevara la foto.

—De ninguna manera.

—¿Quién se la dio a la pobre Hedy? ¿Ha estado ayudando a Luna todo este tiempo?

—Así no.

—¿Acaso todos los policías cubanos llevan un punzón de hielo y un bate de béisbol?

—Cuando vea a Luna con un machete, «bolo», entonces sí que puede espantarse. Debió quedarse en Moscú. Si se hubiera quedado en Moscú, más personas estarían vivas.

—En eso tiene razón.

Osorio recogió violentamente su bolso y ya había traspuesto la puerta antes de que Arkady pudiese pensar en si había tratado el asunto de AzuPanamá del mejor modo posible. Pero ¿por qué se impresionaría una cubana con una mera prueba? Después de todo, se encontraban en La Habana, un lugar donde los agregados del azúcar flotaban en la oscuridad, donde un Club de Yates existía, no existía, posiblemente existía, donde una chica podía perder la cabeza dos noches seguidas. La mentira de Osorio con respecto a la foto no constituía sino un absurdo de más. No obstante, las palabras de Arkady contenían un deje maligno que lamentaba.

Al llegar a la calle, Ofelia se dio cuenta de que, aparte del cerrojo en su puerta, Renko no tenía nada que lo protegiera si Luna regresaba. Lo que no le había contado al ruso era el aspecto de Luna junto al cuerpo de Hedy en la Casa de Amor, cómo se le habían puesto rojos los ojos y los músculos de su rostro se habían crispado como un puño convulsivo, ni cómo el sargento se sentó más tarde en la sala de los archivos, ni cómo moverse a su lado equivalía a andar a la sombra de un volcán.

El tráfico en el Malecón —siempre escaso de noche— había desaparecido casi del todo. Incluso se habían marchado las parejas que solían cortejarse. Puede que Ofelia estuviese enojada con Renko, pero consigo misma estaba furiosa. Había extraído la foto del ruso de la escena de un crimen. Había incumplido la ley. ¿Para qué? ¿Para que él la acusara de llevarse la misma foto de casa de Pribluda? Ofelia ya conocía el gusto de Renko por las minucias frívolas, seguidas de la tajante pregunta en tangente. En cuanto a los documentos que había sacado de la cartera, no la sorprendía hasta dónde estaban dispuestos a llegar los rusos para desacreditar a Cuba. Lo único que necesitaba, se dijo Ofelia, era mantener a Renko vivo hasta que su avión partiera rumbo a Moscú. Deseaba tener la conciencia limpia.

Resuelta a no dejarse provocar de nuevo, volvió a entrar en el edificio. A medio camino oyó pasos y una suave llamada a la puerta de Renko. Cuando este abrió la puerta, la luz del interior cayó sobre una mujer extraordinariamente blanca, de cabello negro trenzado, con vestido mexicano y descalza. Era una rosa de largo tallo, una exótica flor blanca teñida de azul. Ofelia la reconoció de la ceremonia en casa del santero. Era la amiga de Jorge Washington Walls, la bailarina.

Ofelia observó cómo Isabel levantaba el rostro y besaba a Renko. Antes de que ellos la vieran, desanduvo su camino en la oscuridad de la escalera, haciéndose cada vez más pequeña hasta alcanzar nuevamente la calle.

18

—Te equivocas —declaró Arkady a Isabel.

—No me equivoco.

La mujer cogió la mano del ruso, la guio hacia su entrepierna para que la sintiera a través del vestido de algodón y se metió en la sala de estar. Tal vez fuera una prueba para ver si había señales de vida, pensó Arkady. La tela del vestido era delgada, a fin de exhibir la delgadez del cuerpo y las oscuras areolas de sus pechos, y, si él hubiese sido un hombre normal, habría experimentado un saludable deseo. En realidad, sí que sintió los principios del deseo al percibir el aliento de la joven en su cuello, al absorber el aroma a almendras de su larga trenza de seda negra. La palidez de su piel hacía resaltar el rojo de sus labios.

—No me equivoco —insistió Isabel—. Te pedí que hicieras algo para mí. Es un intercambio justo. Gordo guarda el ron sobre el fregadero.

—Creí que Gordo era el nombre de la tortuga.

—Es de los dos. De Serguei y de la tortuga.

—¿Cómo llamas a Jorge Washington Walls?

—Lo llamo acabado. Tengo novio nuevo, ¿no?

—Pues no me imagino quién será.

Isabel acarició el abrigo colgado en el respaldo de la silla y, cuando él le apartó la mano, pidió:

—Relájate. Eres un hombre muy extraño, pero me gustas. —Encontró el ron y lavó dos vasos—. Me gustan los hombres fuertes.

—Yo no lo soy.

—Deja que yo juzgue por mí misma. —Isabel le dio un vaso—. Sé que has oído hablar de mi padre.

—Oí que hubo una conspiración.

—Cierto. Siempre hay conspiraciones. Todos se quejan y Él... —La joven se señaló la barbilla—. Él los deja, siempre que no hagan nada. Siempre que no se organicen. De todos modos, cada año hay una conspiración, y siempre es de una mezcla de conspiradores y chivatos. Así funciona la democracia cubana, por eso acabaremos por votar, cuando hasta los chivatos se harten y decidan cerrar el pico y este país se liberará. —Acarició las mejillas de Arkady—. Pero todavía no, creo que no. Este es el primer lugar donde el tiempo no existe. La gente ha nacido y muerto, sí, pero el tiempo no ha pasado, porque el tiempo exige pintura nueva, coches nuevos, ropa nueva. O tal vez una guerra, lo uno o lo otro. Pero esto no, esto que no está ni vivo ni muerto, que no es ni lo uno ni lo otro. ¿No bebes?

—No. —Lo que menos necesitaba Arkady era alcohol, además de Isabel.

—¿Te molesta? —La chica cogió un cigarrillo.

—No.

—La razón por la cual mi padre estuvo de acuerdo con el golpe es que sus amigos rusos le aseguraron que contaban con todo su apoyo. No fue idea de él.

—Debió saber que no funcionaría.

—Creo que yo soy más prudente al escoger. —Isabel inhaló como si el humo fuese capaz de recorrerle todo el cuerpo, soltó el aliento y dio vueltas con los brazos extendidos, de modo que el vestido se le pegó al cuerpo y el humo voló hacia atrás—. Creo que somos los mejores. Los bailarines ingleses son demasiado rígidos y los rusos demasiado serios. Poseemos la elevación y la técnica, pero también nacemos con la música. No habrá límites para mí cuando salga, cuando tenga mi carta y mi billete.

—La carta no ha llegado.

—Llegará. Tiene que llegar. Le dije a Jorge que pensábamos regresar a Moscú juntos.

—¿Tú y yo?

—Sí, ¿acaso no sería lo más sencillo? —Isabel se apoyó en el abrigo, y una ascua del cigarrillo cayó sobre la manga—. ¿Estás casado?

Arkady quitó el ascua y cogió a Isabel por la muñeca; por muy fina que fuera la muñeca, por muy elegante, llevó a la joven a la puerta.

—Es tarde. Si algo llega para ti, te prometo que te avisaré.

—¿Qué haces?

—Me despido.

—No he acabado.

—Yo sí.

Le dio un empujón y, antes de cerrar, vislumbró a la chica en el pasillo, aplastada como una polilla.

—Hijo de puta —gritó Isabel desde el otro lado de la puerta—. Coño. Eres como tu amigo Serguei. Lo único que quería era hablar de la estúpida conspiración que mató a mi padre. Eres igualito, otro maricón. El bollo de tu madre —gritó en español.

Arkady corrió el cerrojo.

—Lo siento, no hablo español.

Su don de gentes era asombroso con las mujeres, pensó Arkady. Un verdadero encanto. Se envolvió en el abrigo y tiritó. ¿Por qué en Cuba todos tenían calor, menos él?

Era medianoche; la oscuridad había sumergido a la ciudad sin que él se diera cuenta. ¿Sería un apagón ingeniado por Luna o era que su imaginación se extendía en la oscuridad? No había farolas en el Malecón, sino un par de tenues faros, como los de los peces luminosos que se encuentran en las fosas del océano. Aunque cerró bien los postigos y encendió una vela, la oscuridad siguió penetrando en la estancia, con un aire sólido, de betún.

El claxon de un coche lo despertó. La bocina continuó sonando hasta que abrió los porticones del balcón y se dio cuenta de que la mañana había empezado hacía unas horas. El mar constituía un brillante espejo para el enorme cielo; el sol estaba alto y las sombras se reducían a meras manchas de tinta. Desde la playa un chico arrojó un pequeño y plateado señuelo a un compañero subido sobre el malecón con una caña en la mano. Otro chico destripaba su pescado en la acera y echó las entrañas a una gaviota que sobrevolaba. Justo debajo del balcón, Arkady distinguió una nube de cromo y blanco, el descapotable Chrysler Imperial de Hemingway. Jorge Washington Walls iba al volante; a su lado, John O'Brien lucía gorra de golfista y camisa hawaiana.

—Acuérdate de que íbamos a hablar de un posible empleo —le gritó Walls—. Y a enseñarte algunos de los lugares más famosos.

—¿No podéis simplemente hablarme de ellos?

—Piensa en nosotros como tus guías —dijo O'Brien—. Piensa en esto como la Gran Gira.

Arkady buscó en Walls alguna indicación de que Isabel le hubiese hablado de su visita a medianoche y, en O'Brien, algún indicio de que se hubiera enterado por Osorio de los documentos de AzuPanamá, pero lo único que brillaba desde el coche eran unas sonrisas alegres y gafas de sol. ¿Un empleo en La Habana? Menuda broma. Pero ¿podía permitirse dejar pasar la oportunidad de aprender más sobre AzuPanamá y John O'Brien? Además, pensó, ¿qué podía ocurrirle en el coche de Hemingway?

—Dadme un minuto.

El cajón del escritorio contenía sobres. En uno de estos, Arkady metió todas sus pruebas materiales: la llave de la casa de Rufo, la del coche de Pribluda, los documentos de AzuPanamá y la foto del Club de Yates de La Habana. Se pegó el sobre en la región lumbar y se puso la camisa y el abrigo: un hombre equipado para todos los climas y todas las ocasiones.

El coche no solo parecía una nube, sino que se conducía como tal; la tapicería caliente se adhería al tacto. Incluso desde el asiento trasero Arkady advirtió los botones de la transmisión, ¿cómo no verlos? Pasaron veloces por el Malecón mientras Walls cotilleaba sobre otros coches famosos, la inclinación de Fidel por los Oldsmobile y sobre el Chevrolet Impala del 60 del Che.

Arkady miró alrededor.

—¿Habéis visto a Luna?

—El sargento ya no es nuestro socio —contestó Walls.

—Creo que le falta un tornillo —añadió O'Brien.

—Auténtico caraculo, ese Luna. —Walls se bajó las gafas sobre el puente de la nariz y reveló sus ojos azules—. ¿Cuándo vas a tirar el abrigo?

—Es como andar con el jodido Abraham Lincoln, en serio —comentó O'Brien.

—Cuando me caliente.

—¿Se lee Hemingway en Rusia? —inquirió Walls.

—Es muy popular allí. Jack London, John Steinbeck y Hemingway.

—Cuando los escritores eran matones —manifestó O'Brien—. Debo decir que pienso en *El viejo y el mar* cada vez que veo a esos botes pesqueros echarse a la mar. Me encantó el libro... y la película. Spencer Tracy estaba magnífico. Mejor irlandés que cubano, pero magnífico.

—John se lo lee todo.

—También me encanta el cine. Cuando tengo morriña pongo una cinta de vídeo. Tengo a Estados Unidos en vídeo. Capra, Ford, Minelli.

Arkady pensó en el vicecónsul Bugai y en el depósito de 5.000 dólares a su nombre en el banco panameño de O'Brien.

—¿Tenéis amigos rusos aquí?

—No hay tantos. Pero, para ser franco, he de decir que los evito, como medida de precaución.

—Parias —declaró Walls.

—A la mafia rusa le encantaría meterse aquí. Ya están en Miami, Antigua, las Caimanes; están en los alrededores, pero los rusos suponen un tema tan ofensivo para Fidel que de nada serviría asociarse con ellos. Pero lo peor es que son estúpidos, Arkady, y no quiero ofenderle.

—No me ofendo.

—Cuando un ruso quiere dinero se dice: secuestraré a un rico, lo enterraré hasta el cuello y pediré un rescate. Puede que la familia pague, puede que no. Es una operación de corto alcance, sea como sea. Cuando un norteamericano quiere dinero dice: haré un *mailing* y ofreceré una inversión con una tasa de rendimiento irresistible. Puede que la inversión dé resultado, puede que no; pero, si cuento con buenos abogados, esas gentes me estarán pagando el resto de su vida. Cuando mueran pediré el derecho de retención de su propiedad; desearán que los hubiese enterrado hasta el cuello.

—¿Eso fue lo que hiciste?

—No digo que es lo que hice, sino que es lo que se hace en Estados Unidos. —Alzó la mano y ofreció la mejor de sus sonrisas—. No miento. He sido testigo en tribunales de distrito de Florida y Georgia y en tribunales federales en Nueva York y Washington, y nunca he mentido.

—Son muchos tribunales en los que decir la verdad —comentó Arkady.

—El hecho es que prefiero que mis inversores estén satisfechos. Soy demasiado viejo para que me persigan violentos hombres barbudos o para evitar citaciones de hombres capaces de quedarse frente a una puerta el resto de su vida. ¡Eh, ya hemos llegado!

Haciendo caso omiso del tráfico que venía en sentido contrario, Walls torció hacia la acera frente a un hotel, un rascacielos con balcones azules que soportaban la base de una multicolor cúpula separada. Arkady ya había pasado frente al hotel sin fijarse bien en el más puro estilo arquitectónico norteamericano de los años cincuenta. Habían acudido en el coche idóneo y se habían detenido suavemente debajo de una entrada con techo en voladizo, junto a la estatua de lo que parecía un caballito de mar y una sirena tallada de los huesos de la ballena más grande del mundo. John O'Brien había acudido otras veces, a juzgar por el celo del portero.

—El Riviera —le explicó con un susurro, como si estuviesen a punto de entrar en el Vaticano—. La mafia de EstadosUnidos construyó otros hoteles aquí, pero el Riviera era la joya.

—¿Qué tiene que ver esto conmigo? —preguntó Arkady.

—Paciencia, por favor. Todo encaja.

O'Brien se quitó la gorra en señal de respeto, antes de subir por la escalera y trasponer las puertas de cristal que daban a un vestíbulo de techo bajo y mármol blanco, iluminado por lámparas de plafón tan irregularmente espaciadas como las estrellas. Unos sofás tan largos como furgones de tren se extendían hacia una gruta iluminada por una claraboya y repleta de enormes helechos. A un lado se oía el murmullo, cual oleaje, de un bar y en el fondo se divisaba una escalera suspendida de alambres enroscados en torno a unas columnas de piedra negra, así como una brillante neblina, que era una cristalera que daba a una piscina. O'Brien cruzó el vestíbulo con paso reverente; las borlas de sus sandalias se agitaban con cada paso.

—Todo de lujo. Cocina como un transatlántico, habitaciones hermosamente amuebladas. ¡Y el casino!

Walls se adelantó un paso y abrió las puertas de latón de una sala de congresos que lucía los pintorescos y contundentes logotipos de bancos españoles, venezolanos y mexicanos. Unos puestos de exposición desmontables y unos diagramas sobre caballetes predecían las tendencias económicas del Caribe. Sobre la alfombra, desperdigados, numerosos folletos en cuatricolor y tarjetas de visita. O'Brien se detuvo frente a un descomunal compartimento con una fila de sillas de cara a una gigantesca pantalla.

—Es patético —observó—. Proyecciones de mercado, tasas de interés, protección del capital, todos los idiomas. Mira esto. —Intentó encender el monitor—. Diablos, ni siquiera funciona.

—Tal vez este sí funcione.

Arkady cogió un mando a distancia del mostrador, pulsó el botón de encendido y de inmediato desfilaron por la pantalla imágenes de hombres y mujeres serios, todos vestidos con costosos trajes. Dólares, pesetas, marcos alemanes, fluían desde ellos cual cables de electricidad.

—Bien —indicó O'Brien—. Saben cómo hacer trabajar tu dinero para ti en todo el mundo, claro que sí. El problema es que esto no es el mundo. Esto es Cuba. Ya sabes lo que dice Fidel de los capitalistas. Primero, solo quieren la punta de tu dedo índice, luego el dedo, luego la mano, luego el brazo y, finalmente, el resto de tu cuerpo, por partes. Él ya tiene una opinión formada, de modo que los bancos no han venido hasta aquí a hacer su presentación a Fidel, piensa en eso. Gracias, Arkady.

Arkady pulsó el botón de apagado del mando a distancia.

—En todo caso —prosiguió O'Brien—, los bancos lo han entendido al revés. Hoy en día a la gente no le interesa la acumulación lenta de réditos, sino el gordo de la lotería, el día de pago. Mira alrededor, todavía se nota.

Llamó la atención de Arkady hacia las paredes color crema con barrocos adornos dorados; le enseñó cómo el falso techo ocultaba la multicolor cúpula que habían visto desde fuera y bajo la cual se encontraban en ese momento. Si el Riviera fuese el Vaticano, esto sería la Capilla Sixtina. O'Brien se quitó las gafas y, en tanto giraba lentamente sobre sí mismo, ocurrió un pequeño milagro: diríase que las arrugas en su frente, delicada como una cáscara de huevo, se alisaban y Arkady vio un indicio del pelirrojo que había sido.

—El casino Hoja de Oro. Tienes que imaginártelo, Arkady, cómo era. Cuatro mesas de ruleta, dos de siete y medio, una de bacará y cuatro de *blackjack,* barandas de caoba y el fieltro limpiado dos veces al día. Ni una mota de ceniza. El crupier de cabecera sentado en un sillón de obispo. Era el encuentro de dos clases, los ricos y la mafia. Los franceses tienen una palabra que describe la sensación: *frisson*, un estremecimiento y, por Dios, refulgía. Arañas encendidas como copas burbujeantes de champán. Mujeres que lucían diamantes de Harry Winston, y hablo de piedras enormes. Estrellas del cine, los Rockefeller, la crema y nata.

—¿Ningún cubano?

—Los cubanos trabajaban aquí. Empleaban contables cubanos y los convertían en crupieres. Les enseñaban a vestirse, les compraban trajes y les pagaban bien para que fuesen honrados. Claro que, al terminar su turno, les pasaban la aspiradora por si se habían guardado alguna ficha.

Arkady había visto algunos casinos. Los había en Moscú. A los de la mafia rusa les encantaba ponerse chaquetas de piel sobre incómodas fundas de pistola a fin de acercar sus panzas a una mesa y perder dinero en grandes cantidades y con gran ostentación.

—Eso sí, siempre hubo juegos de apuestas en La Habana —añadió O'Brien—. Solo que la mafia se volvió honrada y compartía las ganancias al cincuenta por ciento con el presidente Batista. A Batista y a su esposa les tocaban las ganancias de las máquinas tragamonedas, y a la mafia las de las mesas. No había operación más honrada en el mundo entero. Además, acudían los personajes más importantes de la farándula: Sinatra, Nat King Cole. Hermosas playas, pesca de altura y mujeres increíbles. Todavía lo son.

—Cuesta creer que hubo una revolución.

—No se puede satisfacer a todos. Déjame enseñarte mi lugar preferido. Más pequeño pero más histórico. El último baluarte de Estados Unidos.

De camino, desde el momento en que salieron del Riviera, pasaron frente a casas tan lastimosas que resultaban pintorescas, la clase de casas que Arkady habría esperado ver en un manglar; el pavimento parecía rodar encima de las raíces de los banianos.

—Bien, ¿qué clase de negocios tenéis aquí? —preguntó Arkady—. ¿Inversiones?

—Inversiones, asesoría, lo que sea —respondió O'Brien—. Resolvemos problemas.

—¿Por ejemplo?

Walls y O'Brien intercambiaron una mirada y Walls contestó:

—Por ejemplo, los camiones cubanos necesitan repuestos porque la fábrica rusa que los producía ahora fabrica cuchillos como los del ejército suizo. Lo que hicimos, John y yo, fue encontrar una fábrica de camiones rusa en México y la compramos para tener los repuestos.

—¿Qué sacasteis de eso?

—Comisiones por encontrarla. ¿Sabes?, yo creía que por ser marxista entendía el capitalismo. No sé nada. John lo convierte en un juego —contestó Walls.

—Desde siempre supe que las gentes del mundo soviético se toman el dinero demasiado en serio. Uno debe divertirse —añadió O'Brien.

—Estar con John es como volver a la universidad.

—¿Sí? —Arkady estaba dispuesto a que lo educaran.

—Como las botas —continuó Walls—. A los cubanos se les acabaron las botas. Averiguamos que Estados Unidos se iba a deshacer de unos excedentes a un dólar por par. Las compramos todas, y por esto el ejército cubano marcha con botas de combate norteamericanas.

—Seguro que os aprecian aquí.

—Me gusta creer que nos quieren, a George y a mí.

—Pero ¿cómo lo hacéis desde Cuba? Me parece que necesitarías un testaferro.

—En un tercer país, por supuesto.

—¿En México, en Panamá?

O'Brien se dio la vuelta en su asiento.

—Arkady, vas a tener que dejar de actuar como un poli. A lo largo de los años he ayudado a muchos polis en tu situación, pero es cuestión de toma y daca. Quieres saber esto y lo otro, pero todavía tienes que darme una explicación verosímil de por qué te hallabas en el embarcadero del Club de Yates de La Habana.

—Solo estaba visitando lugares a los que podía haber ido Pribluda.

—¿Qué te hizo pensar que había estado allí?

—Había un plano en su apartamento con un círculo alrededor del club. —Y era cierto, aunque no tanto como la fotografía—. Era un plano antiguo.

—¿Solo un plano antiguo? ¿Así te enteraste de la existencia del Club de Yates de La Habana? Asombroso.

El hotel Capri era una versión de bolsillo del Riviera, un rascacielos, aunque no se encontraba en el Malecón, ni poseía cúpula o escalera en espiral, sino un sencillo vestíbulo de sonidos cristalinos y mobiliario cromado. A los cubanos no se les permitía subir; permanecían sentados con un refresco de cola en la mano, dispuestos a aguardar el día entero, mientras esperaban a que aparecieron las personas con quienes se habían citado. El aire acondicionado formaba remolinos en torno a unas plantas en macetas.

—No acabo de creer lo del abrigo —dijo Walls a Arkady—. ¿Te molestaría que me lo probara?

—Adelante.

Aunque Arkady no deseaba que nadie tocara siquiera el abrigo, ayudó a Walls a ponérselo. La prenda le quedaba un poco estrecha en los hombros. El norteamericano acarició la cachemira exterior, el forro de seda y registró los bolsillos por fuera y por dentro.

O'Brien observó el pase de moda.

—¿Qué te parece?

—Me parece que es un hombre con los bolsillos vacíos. —Walls devolvió el abrigo a Arkady—. Pero es bonito. ¿Conseguiste esto con el sueldo de investigador? Bien para ti.

—Una buena señal para todos nosotros. —O'Brien los precedió fuera del vestíbulo; traspuso las puertas de una reducida y oscura sala de teatro. Arkady apenas distinguía el escenario, los escalones, los altavoces y los reflectores de escena con celdas de colores—. La Sala Roja. Antes no era un cabaré, era mejor. Usa tu imaginación y verás un telón rojo, una alfombra roja, lámparas con pantallas de terciopelo rojo. En el centro, cuatro mesas de *blackjack* y cuatro de ruleta. En los rincones, las de siete y medio y de bacará. Vendedoras de cigarros puros, y hablo de cubanas hermosas vendiendo puros cubanos. Acaso un poco de cocaína, aunque ¿quién la necesita? Es como el ruido de la bola sobre la ruleta, la emoción alrededor de la mesa de dados. El hombre dice: «Hagan apuestas, caballeros», y la gente apuesta. ¿Juegas, Arkady?

—No.

—¿Por qué?

—No tengo dinero que perder.

—Todo el mundo tiene dinero que perder. Los pobres apuestan todo el tiempo. Lo que quieres decir es que no te agrada perder.

—Supongo que es eso.

—Pues eres raro; la mayoría de la gente necesita perder. Si ganan, siguen jugando hasta que pierden. En este momento, en todo el mundo, hay más personas jugándose dinero que nunca antes en la historia de la humanidad. —O'Brien se encogió de hombros indicando que el fenómeno le resultaba incomprensible—. Quizá sea por la llegada del nuevo milenio. Diríase que la gente quiere deshacerse de lo material, no en una iglesia sino en un casino. Están dispuestos a perderlo todo, siempre que sea divirtiéndose. No saben resistirse a la tentación. Es algo humano. La peor humillación que uno puede recibir es la de un casino que no acepte su dinero.

—¿Estabas aquí antes de la revolución?

—Vine una docena de veces. Dios, eso fue hace mucho tiempo.

—¿Apostabas?

—Soy como tú, no me gusta perder. Me limitaba sobre todo a admirar el funcionamiento. ¿Sabes quién le señalé a mi esposa? A John Kennedy. Iba con una rubia oxigenada de un brazo y una mulata malencarada del otro. Durante la crisis de los misiles me pregunté si John pensó alguna vez en esa velada.

—Había más casinos —interpuso Walls.

—Deauville, Sans Souci, Montmartre, Tropicana —enumeró O'Brien—. El gran plan de la mafia consistía en echar toda La Habana abajo y reconstruirla, modernizarla y crear un triángulo de turismo entre Miami, La Habana y Yucatán, una zona internacional de prosperidad. Eso fue lo que la revolución detuvo; no es que no hiciera falta una revolución, y desde hacía tiempo, sino que Cuba perdió cuarenta años desde el punto de vista económico.

—¿Ese es vuestro plan, volver a abrir los viejos casinos?

—No. Los ánimos están demasiado caldeados todavía. De todos modos, el Club de Yates de La Habana y el Casino podrían ser diez veces mayores que estos.

—Sois muy ambiciosos.

—¿Tú no? —preguntó Walls—. La guerra fría ha terminado. Yo fui un héroe en esa guerra y mira lo que conseguí. Estoy atrapado en una isla.

—¿Qué clase de vida tienes en Moscú? —interpeló O'Brien a Arkady—. Despierta. Has entrado en el paraíso y estás a punto de marcharte. No lo hagas. Quédate aquí y trabaja para nosotros.

—¿Trabajar para vosotros? ¿En el lugar de Pribluda?

—Algo así.

—¿Por qué será que no puedo tomarme en serio la oferta?

—Porque sospechas —respondió O'Brien—. Es la actitud rusa. Hay que ser positivo. Cada millonario que he conocido es optimista. Cada perdedor espera lo peor. Es un nuevo mundo, Arkady; ¿por qué no hacer grandes planes?

—¿Compartiríais vuestra mina de oro cubana con un hombre al que acabáis de conocer?

—Ya he conocido a tipos como tú. Eres el hombre en la punta del embarcadero, que va a echarse al agua o a cambiar de vida. —Los ojos de O'Brien brillaban de... ¿de qué?, se preguntó Arkady. La habilidad interpretativa de todo vendedor o el celo de un cura. Empeñaba todo su esfuerzo en un momento de verosimilitud para esta propuesta tan absurdamente ridícula—. Cámbiala. Date una oportunidad.

—¿Cómo?

—Como socio.

—¿Como socio? Esto mejora por momentos.

—Pero una sociedad precisa confianza. Entiendes lo que es la confianza, ¿no, Arkady?

—Sí.

—Pero no das muestras de confianza. Hace dos días que espero a que seas tan abierto con George y conmigo como lo hemos sido contigo. Por favor, no te mees en mi espalda para decirme que llueve. No me hables de planos antiguos. El sargento Luna nos habló de la foto del Club de Yates de La Habana. Lo sabemos. Una foto de un ruso muerto en el Club de Yates de La Habana es lo que menos necesitamos ahora.

—John se sentiría mejor si se la dieras.

—Si la tuviera, probablemente no me preocuparía

—explicó O'Brien—. Y sabría que confías en nosotros como nosotros confiamos en ti. ¿Puedes hacerlo, Arkady, confiarme esa foto?

O'Brien tendió la mano.

Arkady sintió el sobre con la fotografía pegado a la espalda.

—No sé nada de sociedades privadas; siempre he trabajado para el Estado. Pero ¿qué os parece esto? Si acepto vuestra propuesta y trabajo por un año, con una villa, un barco y una vida social satisfactoria, al cabo del año os daré la foto. Hasta entonces estará a salvo porque seremos, como dices, socios.

—¿Puedes creerlo? —exclamó Walls—. El cabrón está negociando.

—Se resiste. —John dejó caer la mano. De repente aparentó su edad, un poco agotado, con las canas pegadas a las sienes húmedas de sudor, como un actor que ha interpretado una obra con pasión frente a un público sordo y tonto—. Porque eres ruso, Arkady, te concederé el beneficio de la duda. Este es un nuevo modo de pensar para ti, esto de formar parte de un plan.

—Recuérdamelo, ¿qué parte sería?

—Seguridad. George te lo ha dicho, por si la mafia se presenta.

—Tendría que pensar en ello. No estoy seguro de ser tan duro.

—No importa —apuntó Walls—. La gente cree que lo eres.

—Las apariencias engañan —declaró O'Brien—. Te diré por qué el Capri es mi casino preferido. ¿Sabes?, la mafia contrató a un actor, George Raft, para regentar el Capri. Raft había interpretado tantas veces a un gángster que la gente creía que lo era de veras. Él también lo creía. Llega la noche de la revolución y la gente se dedica a saquear los casinos. Una multitud se dirige hacia el Capri. ¿Quién sale a la entrada, sino el propio Raft? Con su voz de gángster dice: «Ningún cretino va a saquear mi casino.» Y se marcharon. Los echó. El último baluarte de Estados Unidos.

19

La bodega tenía la luz más pálida de toda La Habana, y el hecho de que las colas fuesen cortas y que Ofelia fuera a hacer de mula, cargando un saco de arroz vietnamita y una lata de aceite, no hizo nada por mejorar el malhumor de su madre.

—O llegas tarde o no llegas. ¿Quién es el hombre?

—No es un hombre.

—¿Que no es un hombre? —La madre de Ofelia casi gritó su asombro, con lo cual incluyó cuantas personas pudo en la conversación.

—No en ese sentido.

—¿Como los músicos? Grandes maridos. ¿Dónde está el último? ¿Dando masajes a las suecas en Cayo Largo?

—Regresé a casa anoche. Todo está bien.

—Todo está de maravillas. Heme aquí con la mayor obra de ficción del mundo. —Dio un golpe a su cartilla de racionamiento—. ¿Qué podría ser mejor? ¿Saber por qué llegas tan tarde a casa?

—Es un asunto policial.

—¡Con un ruso! Hija, puede que no te hayas enterado, pero el barco ruso se hizo a la mar. Se ha marchado. ¿Cómo lo hiciste para encontrar a un ruso? Me encantaría ver a ese tenorio varado.

—Mamá —suplicó Ofelia.

—¡Oh! Estás de uniforme, te avergüenza que te vean conmigo. Puedo hacer cola todo el día para que tú andes por ahí haciendo el mundo seguro para... —Con el habitual gesto, la madre de la agente indicó una barba.

—Ya casi hemos llegado. —Ofelia fijó la mirada en el mostrador.

—Ya casi hemos llegado. Esto es ninguna parte, hija. ¿Te acuerdas del chico de la escuela? ¿El del tanque de peces?

—Acuario.

—Tanque de peces. Solo agua sucia y dos peces gato que ni se movían. Mira a esas dependientas.

En un mostrador con caja registradora y balanza había dos mujeres bigotudas que se parecían tanto a los peces gato que a Ofelia le costó no soltar una risita. Había cuatro mostradores en la penumbra de la bodega, cada uno con una pizarra en la que figuraban las mercancías, los precios, la ración por persona o familia y la fecha en que se despacharía, una fecha borrosa de tantas veces como la habían corregido.

—Tomates la semana que viene —dijo Ofelia—. Buena noticia.

Su madre estalló en carcajadas.

—Dios mío, he criado a una idiota. No habrá tomates, ni leche en polvo, ni harina y puede que ni frijoles ni arroz. Esta es una trampa para cretinos. Hija, sé que eres una policía brillante, pero gracias a Dios me tienes a mí para hacer la compra.

Una mujer detrás de ellas carraspeó y advirtió:

—Informaré sobre esta propaganda antirrevolucionaria.

—Lárgate —contestó la madre de Ofelia—. Yo luché en Playa Girón. ¿Dónde estabas tú? Probablemente exhibías las tetas para los bombarderos norteamericanos. Suponiendo que tuvieras tetas.

La madre de Ofelia sabía cómo hacer callar a la gente. Playa Girón era lo que el resto del mundo conocía como Bahía de Cochinos. Por extraño que pareciera, a la sazón formaba parte del ejército y había disparado contra un invasor, aunque ahora afirmaba que debía de haberlo obligado a llevarla a Florida mientras le apuntaba con el arma.

—Tengo una pregunta —declaró Ofelia.

—Por favor, estoy leyendo la pizarra. Dos latas de guisantes por familia para todo el mes. Estoy segura de que estarán deliciosos. Hay azúcar. Sabrás que el fin se acerca cuando ya no quede azúcar.

—¿Y pepinillos?

—Yo no veo pepinillos por aquí.

—¿Dónde los encontraría?

El bloque del Este había tratado de descargar frascos de pepinillos en Cuba, pero hacía años que Ofelia no los veía.

—Aquí no. Compras pepinos en el mercado libre y luego los pones en vinagre.

—¿De tamaños diferentes?

—Un pepino es un pepino. ¿Quién iba a querer un pepino chiquitico? —En el mostrador su madre hizo todo un numerito para que le sellaran adecuadamente la cartilla de racionamiento y anunció—: ¿Sabes?, si vives de tus raciones disfrutarás de una dieta muy equilibrada.

—Es cierto. —Una de las dependientas fue lo bastante estúpida para estar de acuerdo.

—Porque comes dos semanas y te mueres de hambre otras dos.

Habiendo soltado el torpedo, la madre de Ofelia giró sobre los talones y se dirigió majestuosamente hacia la entrada, dejando que su hija cruzara la bodega con el pesado saco y la lata de aceite y todas las miradas clavadas en ella.

Cuando llegaron a la calle, la madre de Ofelia empezó a renquear.

—Eres imposible.

—Espero que sí. Esta isla me está volviendo loca.

—¿Que esta isla te está volviendo loca? Nunca has salido de esta isla.

—Y eso me está volviendo loca. Eso y tener una hija que es uno de esos. —Un policía la había detenido por vender de puerta en puerta cosméticos caseros, pero, claro, la soltaron en cuanto se enteraron de que la agente Osorio era su hija—. Tu tío Manny escribió para comunicar que me espera una mecedora en el porche en Miami.

—Que hay tiroteos cada noche es lo que me escribió a mí.

—En su nueva carta dice que puede alojar a Muriel

y Marisol. Dice que les encantaría South Beach. Podríamos ir todas y que las niñas se queden allí.

—No vamos a hablar de esto —afirmó Ofelia.

—Dejarían a Miami boquiabierta. Son niñas muy bonitas, y su tez es clara.

Esa insinuación, que Ofelia era un ser aparte en la familia por el color más moreno de su piel, que era diferente de sus propias hijas y había sido siempre una amarga decepción para su madre, era como un cuchillo que su madre le clavaba y removía en la herida. Para colmo, Ofelia sabía que su madre veía el ardor del sonrojo en sus mejillas.

—Se quedan conmigo. Si quieres ir a Miami, vete.

—Solo digo que es un nuevo mundo. Probablemente no tenga nada que ver con un ruso.

Arkady pidió a Walls y O'Brien que lo dejaran a un par de manzanas del Malecón. Dada la presunción de que Luna podría saltar por encima del muro en cualquier momento, con un punzón o un machete en la mano, una vez en el bulevar, Arkady anduvo pegado a las sombras de los soportales hasta llegar a un edificio que lucía la bandera tricolor del Comité para la Defensa de la Revolución, llamó a la puerta de Abuelita y entró.

—Adelante.

La luz también entró, pegada a él, a los estrechos confines de la habitación, y se posó en la estatua de la Virgen morena con su tornasolada pluma de pavo real. El olor a tabaco y a sándalo cosquilleó la nariz del ruso.

Abuelita se encontraba sentada frente a la Virgen y unas cartas echadas con toda solemnidad. ¿Tarot? Arkady miró por encima del hombro de la anciana. Solitario. Hoy vestía un jersey en el que se leía «New York Stock Exchange», y Arkady se fijó en que la Virgen también llevaba algo nuevo, un collar amarillo como el de Ofelia.

—¿Puedo?

—Sí. —Cuando el ruso tocó las cuentas del collar, Abuelita le explicó—: En la santería esta Virgen es también el espíritu de Oshun y sus colores son amarillo, miel y oro. Oshun es un espíritu muy sexy.

Esto no describía, de ninguna manera, a Osorio, pensó Arkady, aunque no tenía tiempo para reflexionar sobre asuntos religiosos.

—Te vi irte esta mañana en ese coche blanco grande, esa carroza con alas —comentó Abuelita—. Todo el Malecón lo miraba.

—¿Vio si un sargento alto y negro del minint entró en el edificio después de que me fuera?

—No.

—¿Nadie que encaje con esa descripción y con un machete o un bate de béisbol en la mano? —Agregó cinco dólares a la corona a los pies de la Virgen.

Abuelita suspiró y sacó el dinero.

—Sé a qué hombre te refieres. El que hizo arreglos para el abakúa. Estuve junto a la ventana como siempre, pero la verdad es que me dormí allí mismo, de pie. A veces mi cuerpo envejece.

Arkady volvió a poner el dinero en la corona.

—Entonces, tengo otra pregunta. Todavía necesito

una foto de Serguei Pribluda para la policía y busco a algún amigo íntimo suyo que pueda tener una. Nadie aquí la tiene, pero cuando nos conocimos, usted me dijo que Serguei Pribluda era un hombre que compartía sus pepinillos. Ayer estuve en un mercado de verduras; había pepinos, pero nada como los pepinillos caseros en el refrigerador de Pribluda. Porque, tiene razón, no hay nada como un pepinillo ruso. ¿Había alguien especial que lo visitara?

Abuelita abrió la mano como un abanico y ocultó una sonrisa.

—Ahora sí vas bien. Había una mujer que venía, una rusa, a veces con una cesta y a veces sin cesta.

—¿Puede describírmela?

—¡Oh!, era como una palomita gorda. Venía los jueves, a veces sola y a veces con una chica.

Ofelia subió por una escalera hasta la casa de Hedy Infante, una plataforma construida debajo del techo de un vestíbulo rococó, un espacio de tres metros cuadrados que contenía su camastro, una percha para vestidos y pantalones elásticos, una bombilla eléctrica y velas, cosméticos y zapatos, una ventana con una cuerda sujeta a un cubo y con vista a la araña de luces, y, mucho más abajo, un suelo de mármol. La mansión la había mandado construir un magnate del azúcar aficionado a la espuma, y las volutas de yeso blanco en el techo daban la impresión de que se trataba de un nido en las nubes.

La decoración interior de Hedy resultaba igualmente fantástica: fotos que había recortado de revistas y pegado a las paredes, papel tapiz hecho a mano, en el que figuraban los Van Van, Julio Iglesias, Gloria Estefan cantando con mucho sentimiento frente a un micrófono, bañada en luces estroboscópicas y con las manos tendidas hacia el público. En un cantante, Hedy había superpuesto su propia cara, cosa que recordó a Ofelia el aspecto real del cuello de la chica. No era un lugar al que una prostituta llevaría a un cliente, sino más bien su propio espacio privado.

Privado pero violado por los pequeños rastros dejados por los técnicos forenses, cinta policial en torno a los vestidos, polvo para huellas dactilares en el espejo, el sutil desorden que se produce cuando los hombres, y no las mujeres, son quienes guardan las cosas. Hedy coleccionaba jabón, cubiertos, posavasos de hotel y había hecho un marco de conchas para una foto de la fiesta de sus quince años; en la foto resaltaba un pastel con azúcar glaseado suministrado por el Estado, cerveza y ron. En otra fotografía, Hedy lucía los volantes azules y el pañuelo típicos de los devotos de Yemayá, la diosa de los mares, y, por supuesto, de la pared colgaba una estatuilla de la Virgen de la Regla, espíritu y santa juntos. Una caja de puros contenía fotos de una variedad de turistas en compañía de Hedy, brindando por ella con daiquiris o «mojitos» en cafés de la plaza Vieja, la plaza de Armas, la plaza de la Catedral, el mundo de fantasía de La Habana vieja. Al parecer, sin embargo, las preferidas de Hedy eran dos fotos sujetas con alfileres a un cojín en forma de corazón, en las que figuraban ella y Luna. ¿Qué habrían pensado de esto los técnicos, viendo a la difunta con el policía a cargo de la investigación? Diríase que las fotos se habían hecho en momentos diferentes, pues la ropa era distinta, pero ambas enfrente de un edificio que ostentaba, en manchas oxidadas, el nombre de Centro Ruso-Cubano. En la parte inferior del cojín había una tercera foto, de Hedy, Luna y la pequeña jinetera Teresa en el asiento posterior de un Chrysler Imperial blanco. Ningún nombre, ni números de teléfono o direcciones en torno a la cama, ni en la caja de puros ni en la pared.

En el edificio no había vecinos con los que hablar; Ofelia cruzó la calle y entró en una «botánica», donde una lista en un cartón anunciaba: guayaba para la diarrea, orégano para la congestión, perejil para gases. Un espejo de la Coca-Cola en la pared y, pegado a este, varios recuerdos, incluyendo una tarjeta postal de México con la ilustración de una bailarina con la misma clase de falda fruncida, cabello negro y tez blanca que las de la mujer que Ofelia había visto besando a Renko. A Ofelia le daba igual, pero, después de todos sus esfuerzos por la seguridad del «bolo», la irritaba ver que invitaba a cualquiera a entrar en el apartamento. Evocó el modo en que la mujer se había apoyado en Renko y había acercado la cara a la suya.

—¿Hija? —La «herbalista» se levantó de una silla.

—Ah, sí.

Antes de mencionar a Hedy, Ofelia compró una bolsa de corteza de caoba para el reumatismo de su madre.

—Yerbabuena. —La herbalista recordó el remedio de Hedy—. Bonita chica pero con un estómago nervioso. Bailarina también. Qué pena.

La mujer conocía a Hedy por un grupo local que interpretaba durante el carnaval, compuesto de sesenta bailarines, tambores, hombres que hacían malabarismos con gigantescas peonzas; todos vestían el azul de Yemayá y serpenteaban como olas hasta el Prado, donde el propio comandante se encontraba en el podio desde el que solía pasar revista. Y recordó asimismo al amigo de Hedy, que podía quemar un agujero en la madera con su mirada.

—Mira, ahí está.

Un Lada del minint se detuvo frente al domicilio de Hedy y Luna se apeó con mayor presteza que de costumbre. Ofelia dio la espalda a la puerta, se quitó la gorra y observó la calle por el espejo, lo que significó tener que aguantar más recomendaciones de la herbalista y la estúpida postal de México, pero solo por un minuto, tras el cual el sargento salió del apartamento de Hedy con el cojín en forma de corazón.

No obstante, a Ofelia no le importaba que ninguno de los técnicos que habían revisado el apartamento de Hedy Infante se hubiesen llevado el cojín y las fotos a tiempo. Le daba igual que hubiesen buscado huellas dactilares en las infantiles posesiones de Hedy, pues ninguno de ellos, por muy experimentado que fuera, entendería a Hedy tan bien como la propia Ofelia.

Ofelia vivía en dos mundos. Uno, el corriente, de colas de racionamiento y colas para el autobús, de calles llenas de escombros, del goteo azul de la electricidad que permitía a Fidel aparecer, en una imagen parpadeante, en la pantalla de la televisión, del calor opresivo que hacía que sus dos hijas se extendieran, cual mariposas, en las frescas baldosas del suelo. El otro mundo constituía un universo más profundo, tan real como las venas debajo de la piel, el de la voluptuosa Oshun, la maternal Yemayá, el vociferante Chango, espíritus, buenos y malos, que llevaban la sangre a la cara, el gusto al paladar, el color al ojo, que residían en cualquiera, a condición de que los invocaran. Así como una semilla de nuez de cola era el espíritu del tambor y solo hablaba cuando hacían sonar el instrumento, cada persona cargaba con un espíritu que le hablaba a través del latido del corazón, si sabía escucharlo. Así pues, Ofelia Osorio llevaba el fuego del sol oculto detrás de la morena máscara y veía con penetrante claridad el doble mundo de La Habana.

Esta vez Arkady encontró a Olga Petrovna en bata de casa y la cabellera con rulos, organizando bolsas de comida en la sala del frente de su apartamento. Le dirigió la apenada sonrisa de una mujer bonita, pero mayor, pillada por sorpresa. ¿Una palomita gorda? Tal vez.

—Un segundo negocio —dijo.

—Un segundo negocio saludable.

Lo que había sido un rincón ruso se hallaba sumido en filas de bolsas de plástico blancas repletas a reventar de latas de café italiano, cubertería china, papel higiénico, aceite, jabón, toallas, pollo congelado y botellas de vino español. Cada bolsa estaba cerrada con cinta adhesiva y etiquetada con su propio nombre cubano.

—Hago lo que puedo. Era mucho más fácil en los viejos tiempos, cuando había una verdadera comunidad rusa aquí. Los cubanos podían confiar en que les proporcionáramos una buena provisión de mercancías compradas con dólares en el mercado diplomático. Cuando la embajada mandó a todos a casa nos dejó una pesada carga a los que nos quedamos.

Por un porcentaje, de esto estaba seguro Arkady. ¿Diez por ciento? ¿Veinte? Sería vulgar preguntárselo a una perfecta matrona soviética.

—Regreso enseguida —prometió la mujer y entró en un dormitorio que emanaba un sutil aroma a almohadillas perfumadas—. Hable con Sasha. Le encantan las visitas —gritó desde el otro lado de la puerta.

Desde su percha, un canario parecía observar a Arkady por si le veía una cola. Arkady echó un vistazo a la cocina. Samovar sobre un mantel de hule; mantel de hule sobre la mesa. Calendario con escena nostálgicamente nevada. Sal en un cuenco, servilletas de papel en un vaso. Una estantería con frascos de mermeladas, pepinillos y ensalada de alubias, todo centelleante. Arkady había vuelto a la sala cuando ella regresó, cepillado el cabello rubio ceniza, acicalada en un tiempo récord.

—Le ofrecería algo, pero mis amigos cubanos llegarán pronto. Se ponen nerviosos al ver extraños. Espero que no tarde mucho; me entiende, ¿verdad?

—Desde luego. Se trata de Serguei Pribluda. La primera vez que hablamos usted dijo que algunas mujeres de la embajada especulaban que, gracias a la mejora de su español, había iniciado una relación romántica con una cubana.

Olga Petrovna se permitió una sonrisa.

—Serguei Pribluda no habló nunca muy bien el español. —Supongo que tiene razón, porque era muy ruso. Ruso hasta la médula.

—Como dije, un «camarada» en el viejo sentido de la palabra.

—Y, cuanto más investigo, tanto más me convenzo de que si encontró una mujer a la que admirar tanto, solo podía ser tan rusa como él. ¿Está usted de acuerdo?

Mientras Olga Petrovna conservaba la misma sonrisa afable, algo desafiante apareció en sus ojos.

—Creo que sí.

—La atracción debió de ser inevitable. Quizá con reminiscencias de casa, una verdadera cena rusa y, luego, dado que se ven con malos ojos las relaciones entre el personal de la embajada, la necesidad de planificar encuentros, ya sea secretos, ya al parecer fortuitos. Por suerte, él vivía muy apartado de otros rusos, de modo que ella podría haber hallado siempre una excusa para ir al Malecón.

—Es posible.

—Pero unos cubanos la vieron.

Alguien llamó a la puerta. Olga Petrovna la entreabrió, susurró algo y cerró con suavidad, regresó con Arkady, le pidió un cigarrillo y, una vez encendido el pitillo, se sentó y soltó el humo voluptuosamente. Con una nueva voz, una voz con cuerpo, admitió:

—No hicimos nada malo.

—No digo que lo hicieran. No he venido a La Habana para echar a perder la vida de nadie.

—No tengo la menor idea de lo que hacía Serguei. No me lo dijo y yo sabía que no debía preguntárselo. Sentíamos cariño mutuo, nada más.

—Con eso bastaba, sin duda.

—Entonces, ¿qué quiere?

—Creo que alguien allegado a Pribluda, alguien que sentía cariño por él, probablemente tenga una mejor fotografía de él que la que me enseñó usted la primera vez.

—¿Nada más?

—Eso es todo.

Olga Petrovna se levantó, fue a su dormitorio y regresó al cabo de un momento con una fotografía en colores de un coronel Serguei Pribluda, bronceado y feliz, en bañador. Con el cálido Caribe a su espalda, arena en los hombros y una sonrisa que le daba el aspecto de haber rejuvenecido diez años. Para efectos de la identificación que quería hacer Blas, la foto era perfecta.

—Lo siento, se la habría dado antes, pero estaba segura de que encontraría otra y esta es la única buena que tengo. ¿Me la devolverá?

—Lo pediré. —Arkady se guardó la foto en el bolsillo—. ¿Alguna vez le preguntó a Pribluda lo que hacía en La Habana? ¿Alguna vez mencionó a alguien, cualquier cosa?

—Los hombres como Serguei llevan a cabo tareas especiales. Nunca me lo habría contado y yo no estaba en posición de curiosear.

Dicho como una verdadera creyente, pensó Arkady; se dio cuenta de que Pribluda y Olga Petrovna hacían buena pareja.

—Fue usted quien me envió el mensaje a Moscú desde la embajada, ¿verdad? «Serguei Pribluda tiene problemas. Debe venir enseguida.» No estaba firmado.

—Estaba preocupada y Serguei había hablado de usted con mucho respeto.

—¿Cómo lo mandó? Seguro que necesita autorización para mandar mensajes a Moscú.

—Oficialmente, sí, pero nuestro personal es sumamente reducido. Me asignan cada vez más tareas y, en cierta forma, es más fácil hacer las cosas. Y tenía razón, ¿verdad? Él tenía problemas.

—¿Se lo dijo a otra persona?

—¿A quién iba a decírselo? El único auténtico ruso en la embajada era Serguei. —Los ojos de Olga Petrovna se anegaron; respiró hondo y echó una mirada a la puerta—. Lo que los cubanos no entienden es que, aunque no cantemos y bailemos tanto como ellos, amamos con la misma pasión, ¿verdad?

—Sí, es cierto.

Ciertamente, Ofelia no lo entendería, pensó Arkady. Qué alivio estar lejos de ella, de su ardiente mezcla de celo revolucionario y espíritus de santería, encontrarse en un mundo más sólido donde un romance postsoviético florecía acompañado de pepinillos y vodka; donde los motivos se medían en dólares y los huesos se dejaban en el suelo y el asesinato tenía un sentido lógico.

La vista de un pollo descongelándose en una bolsa de plástico hizo que Olga Petrovna volviera a la tierra. Dejó escapar un suspiro, sacando el pecho, apagó el cigarrillo en un cenicero y, en el plazo de un minuto, se convirtió de nuevo en mujer de negocios; en el espejo buscó la apropiada imagen de dulce abuelita de cabello gris.

Al salir, Arkady pasó junto a unas personas que hacían cola en los escalones. Desde lo alto de la escalera, Petrovna lo pensó mejor.

—O quizá llevo demasiado tiempo aquí —declaró—. Acaso me esté volviendo cubana.

20

Ofelia aparcó el DeSoto junto al muelle por temor a pinchar un neumático. La Habana había sido la escala más importante de los buques del Imperio español, repletos de tesoros. Con el tiempo, la plata y el oro fueron sustituidos por automóviles norteamericanos, reemplazados a su vez por petróleo ruso. Todo esto se administraba en los almacenes de un barrio llamado Atarés, y, cuando la Unión Soviética se derrumbó, partes de Atarés lo hicieron también, cual venas medio vacías. Un decrépito almacén arrastró consigo a su vecino, este desestabilizó a un tercero y vomitó acero y maderas en la calle, de modo que semejaba una ciudad que había padecido un asedio, con montones de piedras pulverizadas y acero retorcido que formaba guirnaldas, sin hablar de los baches, la mierda y los portales apestosos a orina. En Atarés, Ofelia se había entrenado para una posible invasión, y recordaba lo convincente que resultaba cargar supuestos heridos en un paisaje devastado. No era un lugar apropiado por el que conducir un coche.

El único edificio que quedaba en pie, en una esquina, era el centro ruso-cubano. El centro había hecho las veces de hotel y lugar de reunión para los oficiales de los barcos soviéticos; su diseño era el de la camareta alta de un buque de tres pisos, hecha de hormigón con ventanas en forma de portilla y una bandera soviética de cristal a nivel del puente; aunque ahora el buque parecía haberse topado con mal tiempo y zozobrado, rodeados de escombros sus escalones y sus pasamanos de hierro arrancados. A Ofelia la sorprendió que las puertas se abrieran con tanta facilidad.

En el interior, débiles rayos de luz caían de las ventanas al vestíbulo. Una joven de mármol negro cortando una caña de latón y un marinero de bronce tirando de una red flanqueaban una mesa de recepción curvada de caoba cubana. La cortadora de caña iba descalza y su ropa de trabajo se le ceñía al cuerpo. El marinero poseía exagerados rasgos eslavos, y su red rebosaba de peces. Ruso-cubano, ¡cómo no! A los cubanos nunca los habían dejado entrar: era un club exclusivamente para rusos. Todos los letreros, RECEPCIÓN, CAFETERÍA, DIRECTOR estaban escritos en ruso. A través del polvo, Ofelia distinguió en el suelo un mosaico de la hoz y el martillo sobre un diseño apenas visible de olas azules. La única señal de vida reciente se encontraba en medio del vestíbulo, donde un apagado rayo de luz roja descendía desde la bandera de vidrio hasta un Lada con matrícula diplomática rusa.

Un tintineo atrajo su mirada hacia una bombilla que pendía de un cable; de allí pasó a bustos de Martí, Marx y Lenin que decoraban el balcón del entresuelo y, finalmente, a una cabra que andaba junto a la balaustrada del balcón. El animal la observó con desdén. Solo una cabra habría subido la escalera, obstruida como estaba por la arrancada y abandonada caja del ascensor. No era una gran pérdida, pensó Ofelia. De todos modos, desde el inicio de los apagones, la gente ya no se fiaba de los ascensores. Una escalera de mano unía el vestíbulo y el balcón. Aparecieron más cabras.

Al volante del Lada, un negro contemplaba a Ofelia con la cabeza vuelta hacia ella. Al ver que no le contestaba, la agente desenfundó su pistola y abrió la portezuela. Un muñeco de trapo cayó al suelo: Chango, con un rostro a medio formar y ojos de cristal; vestía pantalón y camisa y lucía un pañuelo rojo alrededor de la frente. Ofelia miró dentro del coche. Unas velas rojas quemadas hasta formar lágrimas de cera en el salpicadero. Del espejo retrovisor colgaban un collar de conchas y un rosario. Un sonido de campana llamó su atención al balcón, donde una cabra señuelo se había abierto camino entre sus compañeras y estiraba el cuello para mirar hacia abajo. El grupo se tensó y, con un retumbar de pezuñas, se dispersó, no porque la hubieran visto, se dio cuenta Ofelia, sino por la presencia de otra persona detrás de ella.

Ofelia no se percató exactamente de que la habían golpeado, sino más bien de que caía pesadamente al suelo, para después despertar dentro de un costal de arpillera, ciega como un conejo rumbo al mercado con la cabeza en un saco. Había perdido su pistola y una enorme mano le envolvía fuertemente la garganta, sugiriéndole que no gritara. Cuando los dedos se relajaron, un dulce y lechoso olor a coco estalló en su boca.

En ocasiones más vale no saber. El tan esperado mensaje electrónico brillaba en la pantalla del ordenador de Pribluda.

Estimado Serguei Sergueevich: qué gusto tener noticias tuyas, ¡y qué sorpresa! Debí escribirte hace tiempo y haberte dicho cuánto lamentaba la muerte de María Ivanova, que fue siempre tan amable con todo el mundo. Qué bendición para ti, haber tenido una esposa como ella. Recuerdo el día en que regresamos de una misión y estábamos tan helados que no podíamos ni hablar. Teníamos que señalarnos mutuamente las quemaduras de la congelación en la nariz. María Ivanova convirtió el cuarto de baño casi en una sauna con hierbas, varas de abedul, agua humeante y una botella fría de vodka. Ese día nos salvó la vida. De nuestro entorno, todos los mejores han pasado a otra vida, es cierto. Y ahora tú te encuentras en el trópico, y yo sigo aquí, pero no soy mucho más que un bibliotecario. Eso sí, estoy muy ocupado, pues cada día alguien quiere desclasificar esto y lo otro. La semana pasada me visitó un abogado de una agencia occidental de noticias exigiéndome que abriera los archivos más delicados de la KGB como si no fuese más que un álbum de familia. ¿Acaso no hay nada sagrado? Lo digo con cierta sorna, pero también en serio. Ya no podemos decir que «quienes saben, saben». Esos tiempos han desaparecido. Sin embargo, las promesas han de cumplirse: ese es mi lema. Siempre que las revelaciones favorezcan a la sociedad y a la verdad histórica, que no se agasaje a los traidores ni se destruya la reputación de personas honorables, que las nuevas normas no hagan víctimas de personas inocentes que creían cumplir con su deber en circunstancias a menudo peligrosas, entonces soy el primero que saca los hechos a la luz.

Y esto me lleva a tu pregunta acerca de un antiguo dirigente del Partido Comunista cubano, Lázaro Lindo. Me preguntas sobre todo si estuvo implicado en una supuesta conspiración del partido contra el Estado cubano. Que yo recuerde, Castro declaró que un círculo dentro del PCC, que creía que él había llevado a sus paisanos por un camino aventurero, conspiraba con la URSS contra él. Cierto o no, las consecuencias fueron graves: relaciones tensas entre los Estados cubano y soviético, detención y cárcel para algunos de los más devotos miembros del partido cubano, entre ellos Lindo. Naturalmente, esto fue, y sigue siendo, un asunto de lo más delicado. Lo que me pides son documentos que prueben que la conspiración no existió o que, si existió, Lindo no estuvo involucrado en ella. Entiendo que con esto su hija podría obtener autorización para viajar al extranjero. Por desgracia, no puedo satisfacer tu petición. Pero fue una maravillosa sorpresa tener noticias de un viejo amigo.

Por cierto, hoy día el país entero es un queso lleno de gusanos. Tienes suerte de no encontrarte aquí.

Roman Petrovich Rozov
Archivador en jefe
Servicio de Inteligencia Federal
<u>Rozov@RRFISarch.org</u>

Arkady imprimió la carta para dársela a Isabel, pero a todas luces Rozov, antiguo camarada de armas de Pribluda, reconocía la conspiración y la participación de Lindo en ella, y, aunque Arkady no conocía bien a Isabel o aunque no le cayera bien, temía darle la misiva porque había reconocido la desesperación en el beso que le había dado la noche anterior. Si no por desesperación, ¿por qué besarlo?

El beso lo había enfurecido, pues constituía una parodia del verdadero deseo, con esa boca dura presionada contra la suya, hasta que él la empujó para apartarla. Con todo, se preguntó si un cubano la habría rechazado. ¿La habría rechazado cualquier hombre de sangre caliente?

La otra respuesta a la que temía se encontraba en la fotografía que había obtenido de Olga Petrovna, la foto que serviría para saber si el cuerpo del depósito de cadáveres era o no el de Pribluda. Resultaba revelador el alivio que había experimentado al ver que Blas no se encontraba en el laboratorio, donde dejó la fotografía en lugar de aguardar a que el médico constatara con toda certeza que Pribluda se hallaba en el cajón.

Arkady dobló la carta de Moscú para pasarla por debajo de la puerta de Isabel.

¿En cuántos aspectos podía ser cobarde un hombre?

Se encontraba en el maletero de un coche, en un costal, con los brazos atados a la altura de los codos, y encima de ella habían amontonado más costales de arpillera. Ofelia amenazó y razonó, pero quienquiera que la hubiese metido cerró el capó sin pronunciar una sola palabra. Una portezuela se cerró sin que el vehículo bajara con el peso de alguien que entrara. Unos pasos se alejaron. Blanco o negro, no lo había visto, pero algo en el interior de Ofelia percibió su olor, el sonido de su respiración, su velocidad y su estatura, y supo que se trataba de Luna.

Gritó hasta desgañitarse, pero los costales amontonados encima de ella atenuaban sus gritos y dudaba que pudieran oírla a más de diez pasos de allí, ya no digamos en la calle. Decidió esperar hasta que oyera a alguien, aunque no sentía siquiera las vibraciones de algún coche al pasar frente al centro ruso-cubano. Pero ¿quién iba a ir por allí? Daría igual que estuviera en el fondo de la bahía.

Con cada aliento los costales se le pegaban a la cara, la arpillera y la fibras de coco le llenaban la boca y la nariz; se percató de que con tanto costal encima ya había consumido la mayor parte del oxígeno en el maletero. Nunca se había considerado una persona temerosa de los espacios reducidos, pero ahora tuvo que centrar toda su atención en no dejarse llevar por el pánico a fin de no desperdiciar el aire que le quedaba. Sintió su pistola debajo de ella, pero fuera del costal, lo que constituía una provocación bastante bochornosa. Al menos, todavía no necesitaba hacer pis, y dio gracias a Dios por los pequeños favores.

Le acudieron a la mente ideas inoportunas. Si el maletero estaba limpio. Qué clase de cena estaría preparando su madre para Muriel y Marisol. Algo con arroz, seguro. Empezó a probar lágrimas, además del sudor.

Pensó en la estatua de la chica cortando caña. Se habían equivocado con el cabello; en lugar de largo y lacio debía ser encrespado. Pero la cara estaba bien; sobre todo los ojos, que se alzaban ansiosos, sorprendidos.

Siempre se podía depender de los rusos, claro que sí. No había neumático de repuesto y la tuerca que solía sujetarla se le encajaba dolorosamente en la espalda. Se retorció, tratando de enganchar la tuerca con la cuerda con que la habían maniatado, pero era como retorcerse en una mortaja.

La posible identificación del cuerpo de Pribluda lo deprimía más de lo que habría creído posible. En un principio la rechazó simplemente para obligar a los cubanos a llevar a cabo una investigación, pero ahora se dio cuenta de que una parte de él se negaba, a un nivel primitivo, irracional y contra todas las pruebas, a aceptar la muerte del coronel. ¿Cómo podía morir alguien tan duro y feo? El hombre era un bruto y, sin embargo, Arkady se sentía como la única persona de un cortejo fúnebre, acaso por motivos egoístas. Serguei Pribluda era la persona a quien mejor conocía y, a su modo, uno de sus últimos lazos con Irina.

Cuando la había visto envuelta en blanco sobre la mesa, con el cabello cepillado, los ojos cerrados como en meditación, la boca relajada en forma de sonrisa, el doctor le aseguró que era normal creer que un ser amado seguía respirando. El escalofrío refrescó su sudor. Recordó los versos de Pushkin, sobre cómo el amante...

... cuenta las lentas horas, tratando en vano
de apresurarlas; no puede esperar.
El reloj da las diez: él se va, vuela,
y, de repente, se encuentra en la puerta.

Esta era la puerta que nunca se abriría. Regresaría una y otra vez, correría y resoplaría como un colegial, se esforzaría por verla respirar otra vez y la puerta permanecería cerrada.

¿Se moría alguien de amor? Arkady conocía a un hombre que trabajaba en un buque factoría en el mar de Bering, un asesino, que se había enamorado de una mujer, una prostituta que murió en el mar. El hombre se borró de la faz de la tierra al desnudarse y arrojarse debajo del hielo. El choque del agua en la piel desnuda debió de ser increíble, pero el hombre poseía una fuerza inmensa y siguió nadando, alejándose más y más de la luz. Para los asesinos, los senadores, las prostitutas y las buenas esposas, el amor no constituía la luz en la proa del barco, sino el barco mismo, y cuando la luz desaparecía, uno no tenía adónde ir sino hacia abajo.

Aunque Arkady no era un experto en cuestiones de amor, sí que lo era en cuestiones de muerte, y conocía la posibilidad de una muerte relativamente indolora para quien se arroja al agua. Lo que mataba a los nadadores expertos que practicaban nadando bajo la superficie en las piscinas no era el agua que los asfixiaba, sino el suave olvido producido por la falta de oxígeno. Al final, apenas si se movían ligeramente, aun cuando, para la última célula activa de su cerebro siguieran dando poderosas brazadas.

Ofelia rezó. Toda una variedad de espíritus y santos podrían ayudarla si supieran que le hacía falta. La dulce Yemayá, que impedía que los hombres se ahogaran; la humilde santa Bárbara, que se convertía al instante en Changó envuelto en relámpagos; pero el preferido de Ofelia era, desde siempre, Oshun, y no es que Oshun la hubiera ayudado en el pasado, a juzgar por los maridos. Sin embargo, los dioses lo escogían a uno más que uno a ellos, y Oshun era el inútil dios del amor. A veces Ofelia se veía como una piedrecita en medio de un río de amor inútil. Lo que precisaba ahora era un cuchillo afilado. A menos que saliera pronto del maletero del coche se asfixiaría, y Blas sacaría con pinzas hilos de arpillera del fondo de su garganta para enseñanza de sus nuevas admiradoras. La imagen de su propia persona, desnuda en una mesa de acero bajo el reconocimiento del médico, ya era de por sí desagradable, pero Ofelia había visto cuerpos que llevaban un par de días en un maletero caliente y el recuerdo bastó para que tratara de cortar la cuerda con la punta de la tuerca, por mucho que se cortara ella también.

Trató de pensar en una melodía con un ritmo vigoroso con el que trabajar, pero lo único que se le ocurrió era una famosa canción de cuna titulada *Drume, negrita*, cantada, susurrada por Merceditas: «Drume, negrita, drume, que yo va comprar nueva cunita, que va a tener capitel y va a tener cascabel. Si tú drumes yo te traigo un mamey bien colorado. Si no drumes yo te traigo un babalá»; aunque, por muy raro que pareciera, la voz que Ofelia oyó fue la de su madre.

El cerco de la bombilla del techo, recortado en la oscuridad encima de su cama, hizo pensar a Arkady en el sombrero blanco de paja de Rufo, hecho en Panamá con sus iniciales doradas en la badana, cosa que no había significado nada cuando Arkady lo había visto por primera vez, pues no lo había relacionado con AzuPanamá, S. A. Ahora se preguntó qué más había pasado por alto en la habitación de Rufo. El hecho de que ni Luna ni Osorio hubiesen regresado a buscar la llave de Rufo sugería que todavía no habían probado la llave que Arkady les había cedido, y hasta era posible que nadie hubiese entrado en la habitación desde entonces.

¿Lo estaría esperando Luna, o iría a buscarlo? Ya que las probabilidades eran parejas, Arkady se puso el abrigo, su sombra protectora, sacó las escasas pruebas del sobre, se las metió en un bolsillo y salió a la calle. Anduvo una manzana antes de parar un coche. No recordaba la dirección de Rufo, pero sí las palabras casi borradas en la pared de al lado, y pidió que lo llevaran al Gimnasio Atarés.

—¿Le gustan los pugilistas? —preguntó el conductor y dio unos puñetazos en el aire.

—Mucho —contestó Arkady, fueran lo que fuesen los pugilistas.

Luchadores. Junto al apartamento de Rufo, el cuadrilátero al aire libre del Gimnasio Atarés se había animado y, por encima de una cola que empujaba para entrar, Arkady vislumbró el cuadrilátero iluminado por unas bombillas colgadas. Los espectadores cantaban, silbaban y hacían sonar cencerros en un ambiente sumido en capas de humo en torno al cual daban vuelta los insectos. Estaban entre asaltos y los boxeadores negros, sentados en taburetes en rincones opuestos, brillaban de sudor, mientras sus entrenadores los asesoraban, cual grandes mentes científicas. Al sonar la campana y al estirarse todos los cuellos hacia el cuadrilátero, Arkady abrió la puerta de Rufo y entró sigilosamente.

Se había producido un cambio desde su última visita. La cama, la mesa y el lavabo estaban en su lugar. El sombrero panameño seguía colgado de su gancho; las fotos del equipo de boxeo poblaban aún la pared, y junto al sofá se hallaba la misma lista de números telefónicos, insólita para un hombre que no tenía teléfono. La televisión y el vídeo no habían desaparecido, como tampoco las cajas de zapatillas de deporte y de puros, pero el minibar sí que se había desvanecido.

Con el ojo atento a otros posibles recuerdos de Panamá, Arkady registró de nuevo el armario y los cajones, los zapatos y las cajas de puros. El Rogaine era de una farmacia panameña, y un posavasos de cartón era de un club de la capital panameña, pero no encontró nada más importante.

Arkady consideró posible que un hombre que guardaba recuerdos de una visita a la Torre Eiffel hubiera filmado un viaje a Panamá. Encendió la televisión, metió una cinta en el reproductor de vídeo y bajó de inmediato el volumen del entusiasmado español mientras en la pantalla dos boxeadores se fustigaban dando vueltas por un cuadrilátero, bajo los auspicios de sus banderas nacionales. En la cinta se apreciaba el color manchado de las viejas películas de Alemania del Este y el movimiento espasmódico de demasiado pocas imágenes por segundo, pero el ruso distinguió a un joven y ágil Rufo dando violentos guantazos a su oponente y, un momento después, al árbitro levantando el brazo del mismo Rufo. En el siguiente combate figuraba Mongo, y a Arkady se le ocurrió que los boxeadores eran en el fondo tambores, cada uno de los cuales se esforzaba por imprimir su propio ritmo: yo toco y tú eres el tambor. Una docena de cintas inmortalizaban otros combates internacionales, y otra media docena eran de carácter educativo: los mejores modos de saltar a la comba, de golpear el saco de arena, de moverse sin caerse.

Las cajas de las demás cintas tenían fotos y títulos pornográficos en diferentes idiomas. Traer películas de sexo a Cuba le parecía a Arkady el equivalente a llevar fotos de perlas a un criadero de ostras. Un par de vídeos franceses se habían filmado en La Habana; en ellos, parejas —nadie que Arkady reconociera— jugueteaban en playas desiertas. Una cinta titulada *Sucre Noir* se había filmado en un día lluvioso; en ella, unas parejas interraciales jugueteaban en una sala decorada con carteles de cine. A Arkady le interesó la decoración, al percatarse de que había estado en esa misma habitación. Bajó la mirada, pues, hacia las pilas de álbumes de fotografías, de campanas de hierro colado, de falos de marfil colocados por tamaños, y reconoció el apartamento de Mostovoi, el fotógrafo de la embajada rusa. En la pared, entre los carteles, se hallaban las mismas fotografías enmarcadas de amigos en París y Londres, saludando desde un barco. Pulsó el botón de pausa. En la cinta se veía una fotografía que no estaba en el apartamento cuando él había ido a visitar a Mostovoi: la de cinco hombres con rifles arrodillados en torno a lo que parecía un rinoceronte muerto, pero demasiado desenfocada para distinguir las caras. Cazadores de caza mayor en África, un recuerdo al estilo de Hemingway que ocupaba el centro de la colección de Mostovoi. ¿Por qué habría escondido esta foto?

Alguien intentaba abrir la puerta. Arkady apagó el vídeo y oyó cómo una llave trataba de entrar en el cilindro, seguido de una maldición en voz baja, una voz que Arkady reconoció. Luna.

Arkady casi lo oyó pensar. El sargento probablemente tuviera la llave que el ruso había entregado a Osorio, la llave que funcionaba perfectamente en su apartamento en Moscú. Pero Luna no lo sabía; solo sabría que las llaves no dejan de encajar así como así, y que habían cambiado la cerradura o que le habían dado una llave equivocada. Examinaría sus otras llaves. No, esta era la llave que la detective le había dado. Acaso no había necesitado usarla antes. La primera vez que Arkady había ido al apartamento de Rufo cerró la puerta al salir, pero no había corrido el pestillo del cerrojo, por lo que para abrirla solo hacía falta dar vueltas al pomo. Y alguien lo había hecho, puesto que en su segunda visita algunos objetos habían desaparecido y el cerrojo de la puerta estaba echado, si bien no hacía falta una llave para eso, sino solo empujar el pestillo; quizás esta fuera la primera vez que Luna tenía que usar la llave.

Por su parte, Arkady se dio cuenta de que sobre el gimnasio Atarés había descendido el silencio: el barullo de silbidos y campanas se había acabado. Si a Luna le había irritado que Arkady se aventurara a ir a casa del santero, ¿cómo se sentiría de molesto al encontrar a Arkady en la habitación de Rufo?

La puerta se estremeció cuando un puño la golpeó. Arkady casi sentía a Luna mirar la cerradura. Finalmente, unos pasos se alejaron, acompañados por el sonido de metal contra piedra. Arkady entreabrió la puerta; Luna se encontraba a una manzana de allí, debajo de una farola cuya luz se había vuelto parda. Dos boxeadores en sudadera salieron por la puerta del cuadrilátero, arrastrando dolorosamente los pies, seguidos por un entrenador que se secaba la cara con una toalla. Cuando llegaron a la altura de la habitación de Rufo, Arkady salió delante de ellos, lo bastante cerca para esconderse de Luna y juntar su sombra con la de los boxeadores hasta llegar a la esquina opuesta a la de Luna. Centrado en sus propios dolores, el trío avanzó tambaleándose. Arkady se detuvo y miró hacia atrás.

Luna regresaba. El sonido de metal se debía a una carretilla de ruedas de hierro, vacía, que Luna empujó hasta pararse en la acera delante de la habitación de Rufo. El sargento vestía de paisano y en esta ocasión, en lugar de intentar abrir delicadamente con la llave, introdujo bruscamente el punzón de hielo en la cerradura, empujó con el hombro, y la puerta se abrió de golpe. El sargento parecía saber lo que buscaba, pues salió con la televisión, el aparato de vídeo y las cajas de zapatillas de deporte, y los depositó en la carretilla. Se alejó empujando su carga; el ruido de las ruedas retumbaba a ambos lados de la calle. Pese a lo tenue de la iluminación, resultaba fácil seguirlo gracias a la lentitud de la carretilla y el ruido que hacía.

De alguna manera, el sargento halló más calles vacías por las que ir; sorteaba con la carretilla montones de piedras rotas, por una zona de La Habana que parecía haber sufrido los efectos de un terremoto. Hacía tanto tiempo que algunos almacenes se habían derrumbado, que unas palmeras se asomaban por sus ventanas desde el interior. Los dos hombres recorrieron unas diez manzanas antes de que Luna se detuviera en el cruce más oscuro de todos, donde soltó la carretilla, colocó una tabla en los escalones de un edificio en la esquina, y luego, empujando con todas sus fuerzas, subió la carretilla por la improvisada rampa y traspuso una puerta de doble batiente que se abría hacia afuera. Arkady oyó cómo la carretilla rodaba sobre la piedra y lo que le pareció el balido de unas cabras.

Lo siguió escalones arriba. Alguien había conectado la electricidad en el edificio, pues una bombilla colgada del techo despedía un apagado tono ambarino. Luna se había adentrado más, fuera de la vista de Arkady, y este oyó el avance de la carretilla por un pasillo.

Le dio la impresión de haber descubierto un mausoleo ruso, al observar el diseño de la hoz y el martillo debajo de la mugre del suelo, los candelabros de pared con apagadas velas en forma de estrellas rojas, bustos de Marx y Lenin en el balcón; la diferencia residía en que, en lugar de un sarcófago, en medio de la estancia se encontraba un Lada con la matrícula 060 016. El coche de Pribluda. Y unos toques más superficiales: en los extremos opuestos de una barra de madera oscura había dos estatuas, blanca y negra. La figura negra parecía demasiado frágil para la caña que había cortado, pero el blanco era un superhombre ruso que había pescado los tesoros del mar —platija, cangrejo y pulpo— con una sola red. Un golpeteo obligó a Arkady a volver los ojos de nuevo hacia el entresuelo. Entre Marx y Lenin brillaban los ojos de las cabras, ojos que parecían bocas de pistola. Alrededor de la bombilla se arremolinaba el polvo y, aunque no se veía a nadie en el vehículo, este se movía de un lado a otro, y no era un mero truco de la tenue luz.

Las llaves del coche de Pribluda se hallaban en posesión de Arkady desde la autopsia. Abrió el maletero y palpó un montón de costales de arpillera. El de abajo, atado con una cuerda, era pesado. Arkady lo desató y tiró de él, mientras las cabras balaban. Ofelia levantó la cabeza, demasiado entumecida para ponerse en pie. Cuando Arkady la tomaba en brazos, las puertas del vestíbulo se abrieron y oyeron un cencerro. Luna había regresado, no a través del vestíbulo, sino por la puerta que Arkady acababa de trasponer; en esta ocasión no llevaba un bate en la mano, sino un machete. Dijo algo en español, algo que a todas luces le dio muchísimo gusto.

Osorio presionó los labios contra la oreja del ruso.

—Mi pistola.

Arkady vio la Makarov en el maletero. En tanto Osorio se aferraba a él, cogió la pistola y la amartilló.

—Fuera de mi camino.

—No. —Luna negó con la cabeza—. No lo creo.

Arkady apuntó por encima de la cabeza del sargento y apretó el gatillo. ¿Para qué molestarse? El gatillo encajó en una recámara vacía. Luna tiró de las puertas del vestíbulo y las cerró.

—Esto es justicia —declaró.

Arkady dejó a Osorio en el asiento del pasajero del vehículo y se sentó frente al volante. Los Ladas no eran conocidos por su potencia, pero sí que arrancaban. En el clima más frío y en el más caliente, arrancaban. Arkady puso el motor en marcha y encendió los faros. Cegado, Luna se detuvo un momento; luego atravesó la estancia de dos zancadas y dejó caer el filo del machete sobre el coche. Arkady dio marcha atrás para que el golpe diera en el capó, pero Luna usó el canto de la hoja y dividió el parabrisas en dos hojas de cristal combadas. Incapaz de ver, Arkady condujo hacia delante, con la esperanza de pillar un pedazo de sargento, pero chocó de frente con la larga barra. El machete hizo añicos el parabrisas trasero. Arkady dio marcha atrás e hizo girar bruscamente el volante a fin de apartar a Luna. La hoja del machete penetró en el techo del coche, rebuscó y desapareció. Justo cuando Arkady pensaba que el cubano se había subido al techo, un faro delantero explotó, una escalera se tambaleó y aplastó el lado del vehículo en que estaba sentada Ofelia.

Arkady apartó suficiente parabrisas para ver. Al caer, la escalera había rozado la bombilla y, mientras esta se agitaba, cabras, escalones y estatuas se mecían. El ruso dio marcha atrás y chocó con una columna, con tanta fuerza que el balcón se meció; arrancó hacia delante a toda velocidad, tratando de atropellar a Luna, cuya silueta se recortaba gracias a los cristales en sus hombros. No dio en el blanco; pero, cuando la bombilla del techo se reanimó vio un sendero brillante de cristales que llevaba a las puertas y lo siguió. Las puertas se abrieron de golpe; el Lada aterrizó en los escalones, ladeado, se enderezó y se abrió paso entre los escombros. El parachoques delantero izquierdo estaba aplastado y parecía imposible doblar a la izquierda. Así pues, Arkady condujo hacia la farola; una manzana más allá miró por encima del hombro a través del agujero en el parabrisas trasero y vio a Luna que corría hacia ellos. Arkady condujo a la mayor velocidad que permitía el coche, hasta que perdió de vista al sargento.

Por fin, las calles acabaron en el muelle, en la profunda negrura y las luces de rastreo del puerto. El aire entraba por el parabrisas y las ventanillas y el cristal centelleaba en sus regazos. El Lada pasó traqueteando por encima de las vías del ferrocarril y finalmente dobló por un callejón, espantó los refulgentes ojos verdes de un gato cegado por los faros y se detuvo con un bandazo.

Una mano negra pasó por encima del asiento de Arkady y le golpeó el pecho. El ruso cogió las muñecas y se volvió para ver a Chango. El muñeco de tamaño natural, sentado en el asiento trasero del coche, lucía todavía su pañuelo en la frente y llevaba el bastón en la mano que no había tocado a Arkady; su expresión era la de una víctima de un secuestro. Ofelia lo apuntó con la Makarov; daba igual que no estuviera cargada.

—Dios mío —exclamó y soltó la pistola.

—Exactamente. —Arkady se apeó sobre unas piernas débiles.

Contó los machetazos en el techo y en los costados del vehículo. La parte frontal estaba aplastada y los faros eran cuencos vacíos.

—Si fuese un barco se hundiría —declaró—. Pero te llevará a un médico.

—No.

—A la policía.

—¿Para decir qué? ¿Que he rechazado órdenes de la policía? ¿Que he ocultado pruebas? ¿Que estoy ayudando a un ruso?

—No suena muy bien expresado así. Entonces ¿qué? Luna nos seguirá hasta el apartamento de Pribluda.

—Yo sé adónde ir.

Teniendo en cuenta que Ofelia había hecho los arreglos en plena noche, no le fue tan mal. Un cambio del Lada, con Chango y todo, a su propio DeSoto y, luego, a una habitación en el Rosita, una casa de amor en la playa del Este, a unos veinticinco kilómetros de la ciudad y a una manzana de la playa. Todas las habitaciones del motel consistían en bungalós de estuco blanco de los años cincuenta; contaban con aire acondicionado y cocina norteamericana, televisión y plantas en macetas, sábanas y toallas limpias, a un precio que solo las jineteras con mayor éxito podían permitirse.

Lo primero que hizo Ofelia en cuanto entraron fue ducharse para quitarse de encima los filamentos de la arpillera y la fibra de coco. Envuelta en una toalla, pidió a Arkady que le quitara los trocitos de cristal del cabello. El ruso pensaba que su cabello sería más crespo, pero era extraordinariamente suave, y sus propios dedos nunca le habían parecido tan gruesos y torpes. La piel entre sus omóplatos estaba levantada y surcada de granitos de cristal. Osorio ni siquiera se encogió. En el espejo del cuarto de baño, Arkady vio sus ojos clavados en él y el sombreado natural de sus párpados.

—Tenías razón acerca de la fotografía que Pribluda

hizo de ti —declaró Ofelia, tuteándolo—. La encontré cuando buscaba huellas en su apartamento, como dijiste. Y se la di a Luna.

—Pues yo nunca te dije que lo que Luna quería de mí era la fotografía que Pribluda llamaba el Club de Yates de la Habana. Estamos en paz.

—Claro, ambos somos mentirosos. Míranos.

Vio una improbable pareja: una mujer tan suave como la seda con un hombre andrajoso.

—¿Qué fue lo que dijo Luna cuando regresó?

—Dijo que la televisión de Rufo estaba caliente, así que sabía que habías estado en su cuarto. ¿Por qué no pensaste en eso?

—De hecho, sí lo pensé.

—¿Y de todos modos lo seguiste?

—¿No hay modo de complacerte? —preguntó Arkady.

—Sí.

21

Era un duende moreno, pero en la cama era una mujer. Sus pechos eran pequeños, con pezones morados, y su estómago liso hasta un triángulo de cebellina. Arkady posó la boca en la de ella, y hacía tanto tiempo que no había estado con una mujer que fue como aprender a comer de nuevo. Sobre todo porque el sabor era distinto, fuerte y embriagador, como si estuviera cubierta de dulce licor.

Indefenso por su propia avidez, Renko recorrió el exquisito despliegue, mientras Ofelia, su nueva medida, tiraba de él hacia dentro. Había algo convulsivo en este festín para los hambrientos, los que habían hecho juramento de hambre.

Él habría dicho que las personas le importaban, que les deseaba lo mejor y hacía lo que podía por ellas, pero había estado muerto. Ella levantaría a Lázaro y cerraría las piernas en torno a él para no soltarlo. Ofelia le besó la frente, los labios, los moretones en la cara interna del brazo, como si cada beso fuese capaz de curarlo. Era fuerte y ágil, suave y ciertamente más ingeniosa y verbalmente expresiva que él. Parecía que esto se permitía en Cuba.

Fuera, Renko oyó al mar decir: Esta es la ola que se llevará la arena, derrumbará edificios e inundará las calles. Esta es la ola. Esta es la ola.

Sobre la cama, Arkady colocó la fotografía del Club de Yates de La Habana, los documentos de AzuPanamá, su propia cronología del último día de Pribluda y la lista de fechas y teléfonos copiados de la pared del apartamento de Rufo. Mientras Ofelia los revisaba, Arkady contempló el suelo de cemento pintado de azul, las paredes de color de rosa con Cupidos de papel, las rosas de plástico en cubiteras y el aparato de aire acondicionado que jadeaba como si fuese un Ilyushin al despegar. Habían sentado a Chango en una silla en un rincón, con la cabeza pesadamente apoyada en el mostrador de la cocina y la mano sobre su bastón.

—Si estos documentos fueran auténticos —dijo Ofelia—, entonces entiendo por qué un ruso creería que AzuPanamá es más un instrumento del Ministerio del Azúcar cubano que una empresa realmente panameña.

—Eso parecería.

Arkady le habló de O'Brien y de las piezas de repuesto mexicanas de camiones, las botas norteamericanas y el verdadero Club de Yates de La Habana.

—Es un seductor, un intrigante; va de una historia a otra. Es como si te guiara por un sendero.

—No lo dudo.

A Arkady lo distraía el hecho de que lo único que llevaba puesto Ofelia era su abrigo y unas cuentas amarillas apenas vislumbradas. El abrigo le quedaba enorme; era como encontrar la fotografía de una mujer en un marco que antes hubiera tenido la de otra. En cada segundo que la prenda se aferraba a ella había un intercambio de aromas, calor y recuerdos.

Ofelia lo sabía. No era del todo cierto, pero podía acusársela de que en cuanto detectó su pesar sospechó su pérdida, y, en cuanto observó la ternura con que trataba el abrigo y descubrió el ligero perfume en la manga, decidió ponérselo. ¿Por qué? Porque a su lado se encontraba un hombre que había amado a una mujer tan profundamente que estaba dispuesto a seguirla hasta la muerte.

O quizá Renko fuese del tipo melancólico; un ruso, pues. Si bien debía reconocer que cuando se hallaba en el maletero del coche, maniatada, embolsada y sin apenas respirar, la única persona que pensó que podría ayudarla era este hombre que conocía desde hacía menos de una semana. ¡Muévete!, se ordenó. Vístete y corre. En lugar de esto, comentó:

—En Panamá puede pasar casi cualquier cosa. El banco de O'Brien está en la Zona Libre de Colón, donde todo está permitido. De cualquier modo, O'Brien es amigo de Cuba y no capto lo que tiene que ver el azúcar con el Club de Yates de La Habana, ni con Hedy ni con Luna.

—Yo tampoco, pero uno no trata de matar a un hombre que se va a marchar en una semana, a menos que lo que vaya a ocurrir tenga que ocurrir pronto. Entonces, por supuesto, todo resultará muy claro.

A su modo desaliñado, con su camisa blanca, mangas remangadas y un cigarrillo entre los largos dedos, presentaba la imagen de un músico ruso, en opinión de Ofelia. Un músico sentado junto a un autobús averiado en el arcén de una carretera en los Urales.

—A ver si lo comprendo bien. Dices que Rufo, Hedy, Luna, todo lo que ha sucedido hasta ahora es para encubrir un crimen; no uno que se cometió en el pasado, sino uno que está por cometerse. ¿Cómo vamos a averiguarlo? —inquirió.

—Míralo como un desafío. La mayor ventaja de un investigador suele ser que sabe cuál es el crimen; ese es su punto de partida. Pero somos dos investigadores profesionales. Veamos si, con el método ruso y el método cubano, somos capaces de abortar algo antes de que ocurra.

—De acuerdo. Supongamos que alguien planea hacer algo y no sabemos lo que es. Pero tú les fuerzas la mano cuando apareces con una foto de Pribluda con sus amigos, los dos mecánicos, en el viejo Club de Yates de La Habana, que, por cierto, desde la Revolución es la Casa Cultural de los Trabajadores de la Construcción. Rufo trata de matarte por esa foto. Habría sido mucho más fácil no hacerte caso, así que daremos importancia al argumento. Segundo, vuelves a forzar la mano de alguien cuando vas al Club de Yates de La Habana y Walls y O'Brien van y te alejan del muelle y te ofrecen un empleo, que, desde luego, es demasiado ridículo para tomarlo en serio. De nuevo, habría sido más fácil no prestarte la menor atención. Tercero, Luna te da una paliza con un bate, pero no trata de matarte, acaso porque no encuentra la foto. Entretanto, ¿alguien trata de matarte por lo de AzuPanamá? No. Olvídate de AzuPanamá, todo tiene que ver con esta foto. —Dicho esto, Ofelia clavó el dedo en la foto.

—Es un modo de verlo.

—Bien. Pero no sé, ni tú tampoco, qué tiene que ver esta foto con el futuro. Solo te gusta jugar con el tiempo.

Tenía demasiada razón, pensó Arkady. Tenía razón acerca de muchas cosas.

—Hay dos caminos que nos llevan a lo que le sucedió a Pribluda. Uno es Mongo y el otro, O'Brien y Walls.

—Pues tu amigo O'Brien está loco si cree que va a abrir un casino. Es imposible mientras viva Fidel. Nada de casinos. Sería una rendición absoluta. Y déjame decirte otra cosa: dos hombres como O'Brien y Walls no van a compartir su fortuna con alguien que aterriza en un avión procedente de Rusia. —Ofelia vaciló—. ¿Tienes un plan?

—Según una nota en la pared del apartamento de Rufo, algo que tiene que ver con Angola va a ocurrir en el club de yates mañana por la noche. —Arkady comprobó su reloj y rectificó—. Esta noche. Podríamos pasarnos por allí.

—¿Angola? ¿Qué tiene que ver Angola con todo esto?

—Rufo escribió: «Vi. CYLH 2200. Angola.»

—Menudo plan.

—También me gustaría encontrar el teléfono móvil de Rufo.

—No tenía teléfono. En La Habana, los teléfonos

celulares son de CubaCell, una coinversión mexicano-cubana. Cualquiera que tenga dólares puede conseguir uno, pero yo misma llamé a CubaCell y no tienen a Rufo Pinero entre sus abonados.

—Tenía un teléfono, solo que no lo hemos encontrado. Me gustaría pulsar el botón de MEMORIA y ver quiénes eran sus amigos.

Así era en el astillero, pensó Ofelia. Absolutamente convencido sobre algo invisible. El problema era que ella estaba de acuerdo con él. Un matón como Rufo estaría incompleto sin teléfono móvil.

Fuera se oyó una explosión de risas, las de una pareja que se encaminaba hacia otro bungaló. Ofelia sintió la necesidad de explicar al ruso por qué conocía el Rosita, el sistema de las jineteras y la policía. Desde el Ministerio del Interior, un funcionario como Luna podía proteger a Hedy y a un montón de chicas en bares de turistas, hoteles y puertos deportivos. El Rosita era seguro porque estaba bajo el ala de la policía de la playa del Este.

—Luna hace otras cosas para su propia protección —añadió—. Él y Rufo estaban implicados en actividades políticas: silenciaban a los disidentes. Puede que algunos fueran anticubanos, pero Luna y Rufo exageraban a veces.

—¿También Mongo exageraba?

—No.

—¿El capitán Arcos?

—No lo creo.

—¿Y estaban todos involucrados en la santería, como la ceremonia que vi?

—Eso no fue santería. —Ofelia se acarició el collar—. Déjame los espíritus a mí.

La segunda vez no hubo la misma avidez, pero fue igualmente dulce. El placer tanto tiempo ajeno convirtió el cuerpo de Ofelia en un mapa sensual que debía explorarse en detalle, desde la curva inferior de un pecho hasta el rosado de la lengua, pasando por los finos cabellos en la frente.

Ofelia usaba una variedad de palabras cariñosas, pronunciadas en español. A él le bastaba con el nombre Ofelia, con el modo en que le llenaba la boca y le hablaba de ensoñación y flores.

La segunda vez tuvo un ritmo lento que iba subiendo por la columna vertebral. Puede que él no conociera el ritmo, pero ella sí: el constante retumbar del alto tambor, la sacudida de un lado a otro de las conchas en la calabaza, el ritmo más rápido de los tambores en forma de reloj de arena y luego la creciente aceleración del *iya,* el más grande de los tambores, el de sonido más profundo, en el centro de cuya piel un círculo de resina roja se extendía cuanto más se calentaba, hasta que Ofelia sintió que estaba a punto de romperse, jadeante, mientras él se aferraba a ella y le latía el corazón como una máquina que no hubiese funcionado en siglos.

—Ahora lo sé todo —murmuró Ofelia—. Lo sé todo de ti.

Había apoyado la cabeza en el hombro de Renko. Qué raro, pensó él, que encajara tan bien. Clavada la vista en la oscuridad, tuvo la sensación de flotar libremente, tan lejos de Moscú como puede llegar un hombre.

—¿Qué significa «peligroso»?

Ella se lo tradujo al ruso.

—Un hombre dijo eso en el puerto deportivo Hemingway. Podríamos empezar allí.

En la oscuridad, Ofelia le habló del cura de Hershey, el pueblo donde se había criado.

El cura era, no solo español, sino tan frágil que la gente decía que la sotana lo sostenía en pie. Sin embargo, se convirtió en escándalo al enamorarse de la esposa del gerente del ingenio; estos dos últimos eran norteamericanos. El propio pueblo de Hershey era norteamericano. Había un ingenio, con dos enormes chimeneas que eructaban humo negro, y las chozas de madera de los trabajadores, pero en el centro de la aldea había un camino flanqueado de árboles de sombra, y frescas casas de piedra con puerta mosquitera para los norteamericanos; solo se permitía el acceso a norteamericanos y a los cubanos con pases de trabajo. Había un equipo de béisbol y otro de baloncesto entrenados por los norteamericanos, y mujeres norteamericanas daban clases a niños cubanos y norteamericanos. Tanto la esposa del gerente como el cura daban clases.

La esposa poseía un cabello rubio angelical que brillaba a través de la mantilla que lucía en la iglesia. Lo único que Ofelia recordaba de su marido era que su Oldsmobile refulgía siempre porque lo lavaban constantemente. El problema en Hershey era el hollín, por la quema de bagazo de caña después de que le exprimieran el jugo. El bagazo ardía y producía una capa de hollín tan espesa como la piel de un animal. Las criadas que trabajaban en las casas sabían que el gerente bebía y que cuando estaba borracho golpeaba a su mujer. En una ocasión en que fue a la escuela a sacarla a rastras, el cura intervino y fue entonces cuando los tres se percataron de que el cura y la esposa estaban enamorados. Todo el mundo lo veía, todo el mundo lo sabía.

Luego, la misma noche, los tres desaparecieron. Unas semanas después, cuando los hombres quitaban las cenizas de los hornos del ingenio, descubrieron un crucifijo y trozos de hueso. Reconocieron el crucifijo que el cura llevaba en el cuello. Todos dieron por sentado que el gerente lo había matado, había echado su cuerpo en el horno y se llevó a su esposa a Estados Unidos, y allí acabó todo, hasta que, un año más tarde, alguien regresó de Nueva York y dijo que había visto a la esposa del gerente cogida del brazo del cura, que ya no iba vestido de cura sino de paisano. Todos en Hershey se burlaron de esto, pues recordaban la timidez del cura. Pero Ofelia lo creyó porque había visto al mismísimo cura torear un toro.

22

Ofelia había salido temprano y Renko no la reconoció cuando regresó con ceñidos tejanos blancos, ceñido top blanco y gafas de sol con montura blanca, cargada con bolsas de café, azúcar y naranjas. Lucía una nueva y cegadora aura, pensó él, como un reactor nuclear cuando le quitan las barras de control; para él traía una camisa que llevaba bordado un jugador de polo, sombrero de paja de ala estrecha, bolso de cintura a la moda y gafas de sol.

—¿Dónde has encontrado esto?

—Hay hoteles en la playa del Este, con tiendas que no aceptan más que dólares. Es el dinero de tu amigo Pribluda, pero creo que lo aprobaría, ¿no?

Renko cogió la camisa.

—No creo que esto me vaya bien.

—Qué remedio. Luna tiene una foto de ti. Tenemos que lograr que seas distinto, por si la hace circular.

—No hay modo de que parezca cubano.

—Cubano, no. Si alguien puede confundir un turista contigo, quizá te tomen por un turista.

La verdad solo la reconoció ante sí misma: había experimentado una vergonzosa emoción al entrar en las tiendas con tanto dinero. Había añadido peine y cepillo nuevos a su bolso de paja. Lo necesario para representar determinado papel. Además, vestir a un hombre constituía un íntimo placer.

Dobló el abrigo de Renko y lo colocó sobre el respaldo de una silla.

—Hemos pagado dos noches y dejaremos tu abrigo aquí.

La playa del Este ofrecía la sobrecogedora nulidad de arena, mar y casas blanqueadas por el sol que, más que colores, lucían el recuerdo de colores. Un cartel anunciaba la inminente construcción de un hotel francés por una «Brigada Socialista-Leninista de Trabajadores», y playa abajo se alzaban filas de nuevos hoteles ya construidos. Ofelia conducía, y Arkady descubrió que ir en el DeSoto de Ofelia, un monstruo antiguo con aletas en forma de cuña, lo volvía invisible. A un turista blanco con una atractiva cubana lo etiquetaban al instante y lo olvidaban. Por primera vez encajaba, pues por todas partes había ejemplos de él y Ofelia: un alto holandés y una negra casi en miniatura sentados a una mesa debajo del parasol de Cinzano que constituía un café al aire libre, un mexicano con una jinetera rubia tomando el aire en un «bici-taxi», un inglés gordo con una chica que andaba a trompicones con sus nuevos zapatos de plataforma. Ofelia identificaba las nacionalidades de un vistazo. Lo que Arkady notaba era que todas las parejas iban cogidas de la mano pero no conversaban.

—Cada uno tiene su propia fantasía —le explicó

Ofelia—. Él, que puede dejar atrás su corriente vida cotidiana y vivir como un rico en una isla como esta, y ella, de la que él se enamorará y se la llevará a lo que cree que es el mundo real. Mejor que no se comuniquen.

Sin embargo, Ofelia también experimentaba un agradable anonimato con sus gafas oscuras y sus tejanos, con la postura de su barbilla, y cuando pasaban frente a los cristales de los escaparates veía el reflejo perfectamente aceptable de una jinetera y un turista, quizás algo más guapo que la mayoría.

Al ver a una cubana acercarse, el guardia situado en la entrada del puerto deportivo Hemingway iba a salir de su caseta, pero volvió a meterse al ver que Arkady sorteaba la barrera con ella. Pasaron de largo la tienda del puerto y atravesaron el césped hasta el muelle donde Jorge Washington Walls lo había dejado tras su visita al Club de Yates de La Habana. Diríase que el mismo partido de voleibol seguía en curso. Otros norteamericanos iban y venían con bolsas de ropa sucia; un chico con pantalón recortado empujaba una carretilla llena de cajas de cerveza hacia un yate azul del tamaño de un iceberg. Ofelia contempló los tres canales repletos de yates que costaban un millón de dólares con la misma indiferencia con que Cleopatra podría haber revisado sus falúas. Acaso no le impresionaban, pensó Arkady, debido a la chica cubana tumbada en una hamaca colgada del botalón de un velero.

—¿Qué hay aquí de tan peligroso? —preguntó Ofelia.

—No lo sé. ¿Ya habías estado aquí?

—Una o dos veces. Tú sigue. Yo estoy buscando a alguien.

En medio de tantos barcos de fibra de vidrio iguales, la silueta del *Gavilán* resultaba oscura, diferente, y Arkady la distinguió en el amarradero hacia el cual se dirigía Walls cuando un patrón del puerto lo había alejado con un gesto y había gritado «¡peligroso!» a unas personas que nadaban con tubos de respiración. No había nadadores ahora, y Arkady no veía ningún problema. El buque avituallador de hidroaviones se balanceaba pacíficamente contra los neumáticos protectores del muelle y se alimentaba de electricidad mediante unos cables que pasaban por encima de la balaustrada de latón de la embarcación. Ni nadadores ni gritos: solo el profundo rugido del motor de un yate que se aproximaba lentamente por el canal.

Arkady avanzó a lo largo del canal y no vio ni obstrucciones en el agua ni pecios en el muelle. Un tubo galvanizado llevaba agua a cada amarradero; una tripulación extranjera limpiaba un enorme yate de tres pisos, se mojaban los unos a los otros y bebían el agua, lo que probaba que esta era hasta potable. Los barcos norteamericanos en Cuba formaban una interesante comunidad de grandiosos palacios blancos mezclados con vulgares botes de pesca cuyas manchas semejaban bigotes; todos ellos infringían las leyes por el simple hecho de encontrarse allí. Arkady no había estado nunca en un yate; pero, puesto que había pasado un tiempo en Vladivostok, rodeado de buques factoría y bous, sabía algo de lo que representaba alimentarlos de electricidad. Así pues, lo que le llamó la atención de las cajas de distribución espaciadas en el embarcadero del puerto deportivo Hemingway, que llegaban a la cintura de un hombre normal, fue que muy pocas poseían enchufes normales. En lugar de esto, un cable iba de la caja y otro salía del barco, y, allí donde se encontraban, los empalmaban, protegiendo la conexión del agua con una bolsa de plástico transparente pegada con cinta aislante en cada extremo. Arkady siguió andando hasta un café al aire libre, en el extremo del muelle. Al menos la mitad de las conexiones que vio de camino eran mediante cables empalmados, metidos en bolsas de plástico y hundidos en el agua entre el casco de la embarcación y el muro de hormigón del muelle.

El espejo de popa del *Alabama Baron* estaba embarrado de entrañas y escamas de pez, aunque a Ofelia no le pareció que la jinetera en la hamaca del velero fuese un marinero. La chica tenía el aspecto de Julia Roberts en *Pretty Woman,* una imagen muy popular en Cuba: toneladas de cabello, ojos miopes, labios que hacían pucheros; observaba cómo, en la pantalla de un televisor portátil conectado a una pequeña antena parabólica atornillada a la cubierta, vendían una pulsera. Ofelia reconoció el *Home Shopping Network,* un programa de ventas por televisión también muy popular entre quienes en Cuba se podían permitir una antena parabólica. La mujer en la pantalla se colocó la pulsera sobre la muñeca para que la luz jugara con las piedras. El sonido estaba anulado, pero el precio apareció en la esquina de la pantalla.

—Muy bonito —dijo Ofelia.

—¿Verdad? Y buen precio.

—¿Es de diamantes?

—Como si lo fuera. La semana pasada ofrecían una cadena para los tobillos con las mismas piedras. Si crees que ese es un buen precio, espera. —La mujer en la televisión depositó la pulsera sobre una almohadilla de terciopelo y añadió unos pendientes—. ¿Ves? Lo sabía. Si haces el pedido demasiado pronto no te dan los aretes. Tienes que saber esperar y luego tomas el teléfono y les das el número de tu tarjeta de crédito y la pulsera será tuya al cabo de dos días. —Julia Roberts miró a Ofelia de reojo—. Eres nueva aquí.

—Busco a Teresa.

La mujer de la televisión se echó una crencha de cabello hacia atrás a fin de exhibir los pendientes, izquierda, derecha, de frente. Otra chica salió del camarote, luciendo top y sandalias de caucho con la correa entre el dedo gordo y el cuarto dedo del pie. Su cabello era casi tan corto como el de Ofelia, pero rubio oxigenado.

—¿Conoces a Teresa?

—Sí. Luna me dijo que la encontraría aquí.

—¿Conoces a Facundo? —La chica de la hamaca se incorporó.

—Me lo han presentado.

—Teresa está muy alterada. —La rubia se arrodilló junto a la balaustrada y susurró—: Estaba en el cuarto de al lado cuando le cortaron el pescuezo a Hedy. Eran muy buenas amigas.

—A ella también le dieron la lata —dijo Julia Roberts—. Una puta policía la regañó. Por ayudar a alimentar a su familia, ya sabes.

—Lo sé.

—Teresa tiene miedo —declaró la rubia—. Se fue a su casa, en el campo, y no creo que vuelva aquí en un tiempo.

—¿Tiene miedo del sargento?

—Has conocido al sargento; ¿tú qué crees? —preguntó Julia Roberts—. Con todo respeto, ¿qué crees? Yo solo lo conozco, pero Teresa y Hedy eran sus chicas privadas, ¿entiendes?

La rubia observó apreciativamente a Ofelia.

—¿No eres un poco vieja para esto? ¿Cuántos años tienes, veinticuatro, veinticinco?

—Veintinueve.

—No está mal.

—Estoy... tratando... de... dormir. —Una profunda voz norteamericana llegó de las entrañas del velero y una forma subió pesadamente por la escalera de la cocina. Debía de ser el mismísimo barón de Alábama, pensó Ofelia. Llevaba una gorra de los Astros de Houston, *shorts* y camisa hawaiana que no cubría la panza quemada por el sol, quemadura que alivió pasando una lata de cerveza por toda su extensión. Se cernió sobre las dos cubanas en su barco—. Hablar. Hablar, hablar. ¡Jesús, cómo habláis, las mujeres! Eh... —añadió, al ver a Ofelia—, puede que el concurso de talentos esté abierto todavía.

—Está conmigo —dijo Arkady, que había desandado el camino por el muelle hasta llegar al avituallador y al velero, amarrados uno detrás del otro—. Estábamos admirando los barcos.

El barón echó un vistazo a las latas de cerveza en su

cubierta hasta que se percató de que Arkady se refería al *Gavilán.*

—Sí, claro, es un cabrón clásico. Un auténtico barco que transportaba ron clandestino; solo le faltan los agujeros de balas.

¿Transportador de ron clandestino? A Arkady le gustó. Sonaba a Capone.

—¿Rápido?

—Yo diría que sí. Estamos hablando de un V-12, cuatrocientos caballos, sesenta nudos, más rápido que un torpedero. Solo que, con tanta madera, hay que pasarse el día entero en el muelle lijándolo, barnizándolo y encerándolo.

—Eso sí que es una desventaja —convino Arkady.

—No queda tiempo para pescar. Claro que aquí le hacen todo el mantenimiento. Goza de un trato especial. ¿De dónde eres?

—De Chicago.

—¿En serio? —El barón digirió la información—. ¿Pescas?

—Ojalá. No tengo tiempo.

—¿Las indígenas te mantienen ocupado a su modo?

Los ojos del barón regresaron a Ofelia, quien mantuvo cara de palo, como si no entendiera.

—Ocupado.

—Pues es un mundo en el que o se pesca o se folla, de veras. Te diré algo. Lo último que quiero es que levanten el embargo. Cuba es barata, bonita, agradecida. Si quitan el embargo, en un año será como otra Florida. Yo vivo de mi pensión y no podría permitirme a Susy. —Con la mano libre señaló a la chica en la hamaca, cuya mirada había vuelto a fijarse en el televisor y en un nuevo artículo, un reloj incrustado en un elefante de cristal. Arkady recordó la lista de Rufo, la de nombres y teléfonos. Susy y Daysi. ¿Acaso la otra chica se oxigenaba el pelo para justificar su apodo inglés? Arkady se fijó en que Ofelia también había captado el nombre.

—¿Qué quieres decir con eso de «trato especial? —preguntó al barón.

—El propietario del barco es George Washington Walls. Su héroe. Oye, yo fui bombero durante veinte años. Sé todo lo que hay que saber sobre héroes, y los héroes no apuntan a la cabeza de un piloto con una pistola.

—¿No será que eres...? —Arkady arqueó una ceja con delicadeza.

—¿Racista? No lo soy.

Para probarlo, el barón abarcó a las jineteras y a Ofelia con un gesto.

—Dame ejemplos, entonces.

—Por ejemplo... —Los ánimos del barón se habían caldeado. Se apoyó en un soporte de cable metálico para conservar el equilibrio y señaló el cable que alimentaba al barco nodriza—. Mira el cable de conexión que instalaron ayer especialmente para él. Ahora, mira el mío. —Allí donde el cable de conexión del *Alabama Baron* se hundía en el agua se hallaba el típico empalme en bolsa de plástico más sucia que las demás—. Entiendo que aquí son muy ingeniosos y que tienen barcos norteamericanos y europeos con diferentes voltajes eléctricos y tienen que amañar un nuevo cable para cada barco que se enchufa, pero soy bombero y conozco los cables calientes y el agua. Si uno mete este cable de conexión en el agua, con un poquito de agua que se filtre se podría freír a los peces. Lo único que digo es, ¿por qué el señor Walls tiene el único amarradero en todo el puerto deportivo con un nuevo cable de conexión?

—¿Y si un nadador estuviese en el agua?

—Lo mataría.

—¿De un ataque cardíaco?

—Le pararía el corazón de golpe.

—¿Y habría señales de quemadura?

—Solo si tocara el cable. He visto cuerpos en bañeras con un secador de pelo enchufado, es lo mismo. Mírala. —El barón hizo un gesto de aprobación hacia Ofelia—. Es como si entendiera cada palabra.

Por el simple hecho de que dijeran que Teresa había vuelto al campo, Ofelia estaba segura de que la jinetera se escondía en casa de unos amigos en La Habana. Desde el DeSoto, Ofelia marcó los números que Rufo tenía de Daysi y Susy y, cuando no hubo respuesta, llamó a Blas.

—No es como un rayo, pero sí —confirmó el doctor—, si un cable desprotegido y enchufado a la red se introduce en el agua, habría obviamente una descarga.

—¿Cómo de fuerte?

—Depende. Sumergida en el agua, la electricidad pierde potencia de modo exponencial, dependiendo de la distancia de la fuente. Además está el tamaño y la condición física de la víctima y las peculiaridades de cada corazón.

—¿La descarga sería fatal?

—Depende. La corriente alterna, por ejemplo, es más peligrosa que la corriente continua. El agua salada es mejor conductora que el agua dulce.

—¿Dejaría marcas?

—Depende. Si hubiese contacto, habría una quemadura. Desde más lejos, la persona podría no experimentar más que un hormigueo en las extremidades. Pero el corazón y el centro respiratorio del cerebro funcionan con arreglo a impulsos eléctricos, y una descarga eléctrica podría iniciar fibrilaciones sin causar trauma a los tejidos.

—Lo que significa que, sin estar ni demasiado cerca ni demasiado lejos de un cable con corriente en el agua, ¿una víctima podría sufrir un ataque cardíaco y no habría señal de entrada ni de salida, ni nada?

El médico calló durante unos segundos. El tráfico traqueteaba en el Malecón. Diríase que Arkady disfrutaba muchísimo de su cigarrillo.

—Podría decirse así —contestó por fin Blas.

—¿Por qué no lo había dicho antes?

—Todo en su contexto. ¿Dónde encontraría un «neumático» un cable electrificado en pleno mar? —Tras una explosión de estática, Blas cambió de tema—. ¿Has visto al ruso?

—No. —La mirada de Ofelia se encontró con la de Arkady.

—Bien. Dejó otra fotografía de Pribluda para mí.

—¿La ha comparado ya con el cuerpo?

—No. Hay otros asesinatos, ¿sabes?

—Pero lo intentará, ¿verdad? Es importante para él. ¿Sabe?, resulta que no es un cretino integral.

Puesto que no habían desayunado se detuvieron a tomar un helado en una mesa de un parque. Enormes árboles de hojas lisas y brillantes dominaban un parque infantil y una galería de tiro. Ofelia iba en busca de Teresa, y Arkady quería ver de nuevo el apartamento de Mostovoi, pero de momento, con sus labios rosados por las fresas del helado, Ofelia semejaba una estrella de cine en la Riviera.

—Podríamos reunirnos aquí más tarde y tomar un helado para cenar —sugirió Arkady—. ¿A las seis? Y, si no nos encontramos, entonces a las diez en el Club de Yates de La Habana y veremos qué tiene que ver con Angola.

—¿Qué harás entretanto? —preguntó Ofelia, suspicaz.

—Un ruso llamado Mostovoi tiene una foto de un rinoceronte muerto y quiero verla.

—¿Por qué?

—Porque no me la enseñó antes.

—¿Nada más?

—Una simple visita. ¿Y tú?

— dijiste que cuando seguiste a Luna iba empujando una carretilla de lo que a ti te parecieron artículos de mercado negro. ¿Qué artículos? Puede que todavía estén allí. Alguien tiene que averiguarlo.

—¡No pensarás ir sola!

—¿Tengo aspecto de loca? No, llevaré mucha ayuda, créeme. Ofelia parecía muy controlada, pero un momento después se bajó las gafas oscuras, conmocionada.

Arkady se volvió y vio a dos chicas en uniforme escolar de color pardo. Tenían ojos verdes y cabello con mechones ambarinos; los cucuruchos de helado que llevaban en la mano estaban lo bastante cerca para gotear en el hombro del ruso. Una enérgica mujer de cabello cano con bata de casa y zapatillas de deporte las seguía a grandes zancadas.

—Mamá, ¿por qué no están en el colegio las niñas? —inquirió Ofelia.

—Deberían estar en la escuela, pero también deberían ver a su madre de vez en cuando, ¿no crees? —La madre de Ofelia escudriñó a Arkady—. ¡Ay, Dios mío, es cierto! Todas conocen a un agradable español, a un inglesito, y tú te has encontrado a un ruso. ¡Dios mío!

—Solo le pedí que me trajera unos artículos de tocador —explicó Ofelia a Arkady.

—Parece disgustada.

—No le ofrezcas tu silla.

Pero ya estaba hecho y la madre de Ofelia se había sentado en el lugar de Arkady.

—Mi madre —murmuró Ofelia a modo de presentación.

—¡Dios mío! —exclamó la madre de Ofelia.

—Mucho gusto —dijo Arkady.

Con un orgullo que no fue capaz de contener, Ofelia añadió:

—Mis hijas, Muriel y Marisol. Arkady.

Las niñas se pusieron de puntillas para recibir el beso de Renko.

—¿Cómo te las has arreglado para encontrar a un ruso? —quiso saber la madre de Ofelia—. Creí que se habían marchado para siempre.

—Es un importante investigador de Moscú.

—Bien. ¿Ha traído comida?

—Se parecen muchísimo a ti —comentó Arkady a Ofelia.

—Estás muy bien vestida. —Muriel miró a su madre de arriba abajo.

—Esa es ropa nueva. —La madre de Ofelia la observó de nuevo.

—No hablo español —manifestó Arkady, recurriendo a todos sus conocimientos de esta lengua.

—Mejor —le aseguró Ofelia.

—¿Él te la compró?

—Estamos trabajando juntos.

—Eso es otra cosa muy distinta, completamente distinta. Son colegas que intercambian regalos en señal de estimación. Veo posibilidades en esto.

—No es lo que tú crees.

—Por favor, no me desengañes ahora que tengo esperanzas. No está tan mal. Un poco flaco. Una semana o dos de arroz con frijoles y estará bien.

—¿Te gusta? —preguntó Marisol a Ofelia.

—Es un hombre agradable.

—Pushkin fue un poeta ruso —declaró la madre de Ofelia—. Era africano en parte.

—Estoy seguro de que él lo sabe.

—¿Pushkin? —Arkady creyó oír algo a lo que aferrarse.

—¿Tiene pistola? —inquirió Muriel.

—No lleva pistola.

—¿Pero puede disparar? —insistió Marisol.

—Es el mejor.

—¡La galería de tiro al blanco! —gritaron a la vez las niñas.

—Te ven muy poco; no deberías escatimarles algo de diversión, y tu tirador ruso podrá presumir.

La galería de tiro al blanco era un autobús vaciado sobre bloques de hormigón; al fondo, un mostrador lleno de rifles de aire comprimido frente a un grupo de bombarderos y paracaidistas norteamericanos hechos con latas de refrescos recortadas. Detrás de estos, en una tela de fondo negra, un artista había añadido, también recortes de latas de refrescos, estrellas y cometas, así como una vista del Malecón en el cual unos conductores disparaban desde coches descapotables. El sonido lo proporcionaba una grabación de disparos de ametralladora. Las hermanas empujaron a Arkady hacia un espacio libre frente al mostrador.

—Debería sentirse como en casa —dijo la madre de Ofelia.

—Bombea —indicó Muriel al poner un rifle en manos de Arkady.

—Tienes que bombearlo —explicó Ofelia mientras pagaba.

—Primero los aviones, primero los aviones —pidió Marisol.

El rifle era un juguete con un diminuto punto de mira en la punta del cañón. Arkady disparó contra un bombardero de aspecto especialmente maligno, y el paracaidista que había al lado del aparato saltó.

—¿Contra qué disparas? —preguntó Ofelia.

—Contra todo.

El blanco fallido fue lo mejor que consiguió el ruso. Alrededor, chicos y chicas lograban que los aviones saltaran, dieran vueltas, bailaran; pero, pese a todos los brillantes invasores colgados, una de cada dos «balas» de Arkady iba a dar ignominiosamente en el telón de fondo.

—Seguro que tiene un puesto muy alto en la policía —comentó la madre de Ofelia—. No creo que haya disparado nunca contra nada.

Las niñas pusieron un rifle en manos de Ofelia, quien bombeó dos veces la bola del cerrojo y apuntó al gran bombardero de Tropicola.

—Creo que el punto de mira está un poco desequilibrado —sugirió Arkady.

El bombardero tintineó y dio vueltas.

—No, mamá —se quejó Marisol—, en el centro.

Ofelia equilibró las gafas en la frente, colocó la culata más firmemente contra la mejilla, bombeó y disparó a ritmo más constante. Varios aviones plateados giraron, varios paracaidistas cantaron y bailaron, así como un cometa, por añadidura. Las gafas se le cayeron y le taparon los ojos. Daba igual, pues la mitad de los blancos se agitaban al mismo tiempo. Arkady pensó en el avión que lo había traído hacía menos de una semana, aunque ahora se le antojara que había transcurrido un siglo. Aquí estaba a plena vista, con Luna buscándolo; pero ¿qué mejor camuflaje que una familia cubana? ¿Qué sería más extraño y más natural? Con doce disparos y doce blancos atinados, Ofelia ganó una lata de combustible para encendedor que su madre metió en una bolsa de red, a la vez que decía:

—Todo cuenta.

Apaciguadas, las niñas dejaron que Ofelia las besara y que su abuela las cogiera de la mano después de haber sacado de su bolsa un neceser de plástico y algo envuelto en un periódico grasiento y dárselos a Ofelia.

—Pan de plátano hecho con los plátanos de Muriel. ¿Te acuerdas de los plátanos?

—No puedo coger este pan.

—Tus hijas me ayudaron a hacerlo. Se sentirían mucho mejor si lo aceptaras.

Muriel y Marisol abrieron los ojos como platos.

—Está bien. Gracias, niñas.

Una ronda de besos de despedida.

—Dáselo —le aconsejó su madre—. Y cuídalo.

23

Lo que Arkady recordaba del alojamiento de Mostovoi, en el quinto piso del hotel Sierra Maestra, era una balconada repleta de triciclos aparcados y, en el interior, una sala de estar con carteles de películas, artefactos africanos, una mullida alfombra, un sofá de piel y un balcón que daba al mar. También recordaba una cerradura y un pasador en la puerta, una precaución sensata teniendo en cuenta sus cámaras y su equipo fotográfico. En caso de que se le ocurriera descender al balcón de Mostovoi mediante una cuerda desde el tejado del hotel sabía por *Sucre Noir,* la cinta de vídeo de Rufo, que una barra de hierro atrancaba la puerta corredera de cristal. Los soldados nazis lo sabían todo acerca de cómo irrumpir por puertas de cristal; no así Arkady. Además, no se trataba únicamente de entrar, sino de hacer que Mostovoi saliera y echar otra mirada a las fotografías en la pared.

Mostovoi tenía razón al llamar el hotel Europa Central; el café y la tienda eran rusos; las pintadas en la puerta del ascensor, polacas, y el vestíbulo entero se hallaba vacío. Ni siquiera el olor a aceite rancio de la máquina expendedora de palomitas junto a la escalera conseguía ocultar el constante hedor a coles.

La última vez que Arkady había estado allí, Mostovoi había cambiado la fotografía del safari por la de un velero, o tal vez hubiese regalado el rinoceronte desde que había filmado *Sucre Noir,* o bien se había cansado de ver un animal muerto en la pared. La foto del safari, sin embargo, parecía el centro exótico de su galería privada, y Arkady deseaba verla con sus propios ojos antes de que Mostovoi pudiese volver a sustituir las fotos. La idea consistía en hacer que Mostovoi saliera a toda prisa.

Puede que Arkady no fuese un tirador experto ni miembro de un comando, pero una de las cosas valiosas que había aprendido era que por todas partes se encontraba combustible para provocar confusión. Detrás de una puerta marcada PROHIBIDA LA ENTRADA había unas mugrosas cortinas encima de una silla de tres patas tapizada con símil cuero, entre bolsas de plástico llenas de granos de maíz, patatas fritas y latas de aceite para freír. Arkady se aseguró de que no estuviese echado el pestillo de las demás salidas del vestíbulo, antes de llevar la silla y las cortinas hasta la máquina expendedora de palomitas y regresar a por las patatas y el aceite. Abrió las latas y echó el viscoso líquido por la escalera del hotel, arrojó las cortinas sobre el aceite, añadió las bolsas de patatas y encendió la última bolsa con su encendedor... el encendedor de Rufo, de hecho. La bolsa de plástico se encendió bien y las patatas fritas, secas y saturadas de aceite, constituían el mejor combustible del mundo. La silla y las cortinas eran de poliuretano, una forma de petróleo sólido. Para vaporizarse, el aceite para freír debía calentarse bien; pero, en cuanto lo hacía, causaba un incendio difícil de apagar. A continuación, Arkady subió a pie al quinto piso.

Se tomó su tiempo. La alarma, una anticuada campana con badajo, empezó a sonar antes de que llegara a medio camino y, para cuando llegó al descansillo del piso de Mostovoi y miró hacia abajo, el aceite de las patatas fritas aceleraba las llamas de un naranja brillante, mientras otras llamas más oscuras lamían la silla y las cortinas. Los residentes se alinearon en los balcones a fin de observar el espectáculo producido por policías en motocicleta que abrían el camino para un camión rojo de bomberos y una cisterna de agua. El hotel se hallaba a pocas manzanas de la zona de embajadas en Miramar, por lo que Arkady previó una rápida respuesta. Un Mostovoi calvo, en *shorts*, echó una ojeada por la puerta abierta, se aventuró a unirse a los demás residentes en la balaustrada de su piso y corrió hacia su apartamento antes de que la puerta se cerrara a sus espaldas. En la acera, los espectadores saltaron hacia atrás cuando el aceite prendió con un rugido desde la máquina expendedora de palomitas hasta la calle. El efecto de la brisa marina sobre el hotel creó justo suficiente vacío para atraer el humo negro hacia el edificio. El plástico flotó hacia arriba, cual seda, mientras un bombero con altavoz agitaba los brazos, indicando a los mirones de los balcones que evacuaran el edificio. Arkady se apartó para no sufrir la estampida de las familias que bajaban corriendo. El apartamento de Mostovoi se encontraba más cerca de la escalera en el otro extremo del balcón. El ruso salió de nuevo; vestía pantalón y camisa, y llevaba tupé, bolsas de cámaras colgadas en desorden del hombro y zapatos en la mano; a ojos vista era de esos hombres a quienes agrada ir siempre atildados y que no les metan prisas. En cuanto Mostovoi echó a andar hacia la escalera del fondo, Arkady se encaminó hacia su puerta, a la vez que sacaba la cartera de Pribluda de su nuevo macuto. Bajo el peso de su equipo, Mostovoi no se había detenido para echar el pasador de la puerta, que se cerró solo con el picaporte. Arkady escogió una tarjeta de crédito; lo había visto hacer en el cine, pero nunca lo había intentado. Si no funcionaba, esperaría el regreso de Mostovoi. Deslizó la tarjeta en la jamba y la movió; simultáneamente hizo girar el pomo y empujó con la cadera. Tres caderazos y entró.

El apartamento tenía nuevamente aire de residencia de un diplomático ruso de rango medio en el extranjero, decorado con los recuerdos de un hombre que había viajado mucho, que hacía la limpieza mejor que la mayoría de los solteros, que se interesaba por los libros y las artes y que no ostentaba sus propios esfuerzos creativos. La fotografía que Arkady había visto en el vídeo se encontraba en la pared, de vuelta en su lugar entre la foto de un colega en la Torre de Londres y un círculo de amigos en París.

En ella figuraban cinco hombres con rifles de asalto, uno de pie y cuatro arrodillados en torno a un rinoceronte muerto. Arkady descubrió que las patas de la pobre bestia estaban despedazadas y en su panza abierta brillaban los intestinos. Los hombres no eran cazadores sino soldados, uno ruso y tres cubanos. Mostovoi, veinte años más joven, ya empezaba a perder el cabello. Erasmo, con una barba que no era sino un mero vestigio de adolescente. Un Luna novato y flaco sostenía un AK-47 como si fuese un bebé. Tico lucía la sonrisa alegre y temeraria de un líder, en lugar de la mirada miope de un hombre en busca de escapes en una cámara de neumático. Detrás de ellos, en chaqueta de safari con numerosos bolsillos, George Washington Walls. El pie de foto rezaba: «El mejor equipo de demolición en Angola enseña a un camarada revolucionario su nuevo dispositivo para rastrear minas.» Las patas del rinoceronte estaban reducidas a pulpa hasta las rodillas. Arkady imaginó el frenesí de agonía y confusión del animal al adentrarse en un campo minado, y pensó también en la insensibilidad que los hombres desarrollan cuando tratan de conservar la vida. Tico y Mostovoi estaban en los extremos del grupo. Junto a la rodilla de Tico se hallaba la tapa aplastada de una mina de presión; junto a la de Mostovoi, el rectángulo convexo de una Claymore, una mina antipersonal con instrucciones en inglés: *This Side to the Enemy*, («este lado hacia el enemigo»). Era una buena fotografía, teniendo en cuenta que Mostovoi debía de haber fijado el temporizador del aparato y correr a ponerse en su lugar, contando con la intensa luz africana, y sabiendo que probablemente hubiera minas alrededor. Arkady casi oyó las moscas.

Arkady recorrió el resto del apartamento antes de que Mostovoi regresara. En su primera visita no había visto las fotografías autografiadas en el pasillo, fotografías en las que Mostovoi aparecía junto a famosos directores de cine rusos o la erótica serie de cubanas que parecían haber sido tomadas en la cama del propio Mostovoi. Arkady registró la cómoda, la mesita de noche y debajo de la almohada. En una mesa lateral había un ordenador portátil, un escáner y una impresora. El ordenador le denegó el acceso en cuanto lo encendió. Las probabilidades de dar con la contraseña eran remotas. No había pistola en el cajón ni debajo de la cama.

Arkady se adentró aún más en el pasillo y en una habitación reducida convertida en cuarto oscuro, con cortina negra en el interior de la puerta. Una luz roja estaba encendida, como si a Mostovoi lo hubiesen interrumpido en pleno revelado. Arkady se abrió paso entre una ampliadora y baños de apestosos líquidos de fijación y de revelado. Unos negativos rojos se rizaban colgados de una cuerda para tender ropa. Visto a contraluz, no contenía más que voleibol al desnudo, y las fotos reveladas sujetas a una pizarra eran las típicas de una embajada: rusos de visita en un ingenio azucarero, entregando tarjetas postales de los niños de Moscú, regalando vodka a editores cubanos. Efectivamente, los rusos parecían «bolos».

De nuevo en el pasillo, Arkady tuvo que vérselas con más archivadores de fotografías. Hojeó un montón de pruebas de vacaciones en Italia y en Provenza. Ni desnudos ni África. Finalmente, en la cocina abrió la nevera y encontró sopa vichyssoise, una lata abierta de aceitunas, vino chileno, estuches de películas y, detrás de una bolsa de huevos, una Astra de 9 mm, una pistola española de cañón tubular. Vació el cargador junto al fregadero, volvió a colocarlo, limpió el arma y la dejó detrás de los huevos. Había una bandeja de cubitos de hielo en el fregadero; Arkady la llenó de balas y agua y la metió en el congelador antes de sentarse en la sala de estar y esperar el regreso de Mostovoi.

A juzgar por el calendario de Rufo —es decir, la urgencia por matar a alguien que solo se quedaría una semana en la ciudad—, Arkady tenía la sensación de que se acababa el tiempo, el suyo. Al día siguiente por la noche podría estar abordando el vuelo a casa, con Pribluda, pero algo le decía que aún faltaba el acontecimiento, fuera lo que fuese, que daría sentido al Club de Yates de La Habana, a Rufo y Hedy y al mejor equipo de demolición de África.

Ofelia no llevó a nadie. Con cuidado de no arañar sus zapatos nuevos, subió por los escalones del Centro Ruso-Cubano y dejó caer las gafas de sol en el bolso con el pan de plátano al entrar en el vestíbulo, que había cambiado desde el día anterior: las estatuas de la cortadora de caña y el pescador habían caído de cabeza sobre las baldosas, la escalera de mano se hallaba tirada junto a la barra, ahora astillada, y no había coche en el suelo. El polvo ascendía por el rayo rojo de luz que caía desde la vidriera, casi a nivel del techo. ¿Centro ruso-cubano? Que ella supiera, cuando los rusos creían liderar el glorioso futuro, era raro el cubano al que invitaban a entrar.

Respiró hondo. Había llegado sola para ver lo que Luna había llevado en la carretilla la noche anterior, porque no quería involucrar a nadie hasta encontrar pruebas. La PNR no acusaba a un funcionario del Ministerio del Interior sin razones de peso. Ese era su motivo profesional. El verdadero motivo era personal: nada la humillaba tanto como tener miedo y en el interior del maletero del Lada había tenido tanto miedo que se le habían saltado las lágrimas. Hacía prácticas adicionales en el campo de tiro justamente para que esto no le ocurriera. Al sacar la pistola del bolso de paja vio su propio reflejo en el polvoriento espejo que colgaba detrás de la barra, y giró sobre sí misma; su cuerpo y su arma se movieron como una pequeña y peligrosa jinetera.

Ahora, de nuevo en el vestíbulo, le volvió el gusto a arpillera y leche de coco. Así la había levantado Luna, como un coco que se echa en un costal, para luego echar este en un maletero. Camino del club, Ofelia había buscado el Lada, pero había desaparecido; acaso un taller de Atarés ya lo estuviera fagocitando. Una brillante pista seguía el camino de la carretilla sobre las baldosas con el dibujo de la hoz y el martillo, hacia un sombrío corredor de paredes de hormigón y puertas de madera dura cubana.

Ofelia abrió la primera puerta de un puntapié, entró en un cuarto de equipaje vacío, lo escudriñó mientras apuntaba con la pistola y regresó al pasillo antes de que alguien pudiera acercársele por detrás. La siguiente puerta ostentaba el título de «director» y prometía ser más espaciosa y alejada de la tenue luz del vestíbulo. Ofelia había cargado la pistola, pero necesitaba también una linterna. Sabía que debería haber pensado en ello.

Esta era la clase de situación en que una tenía que imaginar lo que encontraría con mayor probabilidad.

Un sargento del Ministerio del Interior usaba la misma arma que ella, pero un hombre de la provincia de Oriente confiaría más en su machete. Además, él conocía el trazado del centro, y ella no. Podía salir de cualquier rincón, cual un descomunal duende maligno.

Ofelia empujó la puerta con el pie, entró y se agachó contra una pared. Cuando sus ojos se adaptaron vio que habían despojado el despacho de escritorio, sillas y alfombra. Solo quedaban un busto de Lenin en un pedestal y rayas horizontales rojas y negras pintadas con pulverizador en paredes, ventanas y el rostro de Lenin. Oyó algo moverse en el corredor.

Se le ocurrió que debería haberse puesto el uniforme. Si un agente de la PNR la encontraba vestida así, ¿qué pensaría? ¿Y Blas? Creería que habrían podido divertirse mucho en Madrid.

Salió del despacho andando sobre una rodilla, apuntando a la izquierda y luego a la derecha. Fuera lo que fuese, el ruido se había detenido, aunque Luna podía llegar de cualquier dirección. Esta era una de esas ocasiones en que las prácticas de tiro al blanco daban su fruto, por el mero hecho de aguantar con firmeza tanto tiempo una pesada pistola. El pan de plátano era algo ridículo con que cargar, y pensó en la posibilidad de aligerar su carga, pero recordó que las niñas habían ayudado a hacerlo.

El despacho de al lado estaba vacío también, salvo por granos de maíz y plumas en el suelo. Ofelia volvió a oír pasos detrás de ella, que se mantenían a distancia, como vacilantes. Se agachó cuanto pudo para avistar y apuntar una silueta. Cruzó el pasillo hacia lo que había sido una sala de conferencias, ya sin mesa, ni sillas, ni ventanas, solo una fila de caras y barcos rusos enmarcados. Pensó que si la seguía más de una persona, era el momento perfecto para cerrar las puertas en cada extremo; sería tan eficaz como enterrarla.

Despacio, se dijo, aunque parpadeaba para quitarse el sudor de los ojos; respiraba por la boca, mala señal, y los hombros le dolían por el peso de la pistola. Estaba en la oscuridad hasta que abrió la puerta de un cuarto de la ropa blanca, en el cual, a través de ventanas enteras, la luz caía a raudales sobre las estanterías todavía blancas donde de antaño se habían guardado sábanas y toallas; hasta el polvo era blanco como el talco. En el suelo, un pollo blanco decapitado se hallaba en un círculo de sangre seca. Ofelia dejó la puerta abierta a fin de iluminar el pasillo y siguió un letrero que indicaba COMEDOR. Revisó una despensa en la que solo había listas en la pared, en ruso, de carne, productos lácteos y harina que se esperaban seis años antes. Había una nota a una tal Lena, «patatas rusas, no cubanas». Documentos históricos que se desvanecieron al cerrarse el cuarto de la ropa blanca.

Era el lugar más oscuro de todos. Introducirse de nuevo en el pasillo fue como entrar en un pozo minero. Nada más que oscuridad a sus espaldas y, delante, nada más que una tenue luz contra la que se recortaba la puerta del comedor. Ofelia percibió tanto como oyó los pasos que la seguían de muy cerca. Su padre había cortado caña y ella sabía cómo se hacía. Primero, machetazo en la base, luego, arriba, para cortar la cabeza de la caña. Arkady le había dicho que Luna era diestro, lo que significaba que, dado lo reducido del pasillo, daría un machetazo hacia abajo y hacia la izquierda. Se hizo tan pequeña como pudo, pegada a la derecha.

Percibió una respiración. Una cara peluda se presionó contra la suya; Ofelia tendió la mano y sintió dos gruesos y cortos cuernos. Una cabra. Había olvidado las cabras. Las demás se habían marchado o esta era la única que había encontrado el camino hacia la planta baja. Una cabra pequeña de barba tiesa, tan flaca que se le veían las costillas, y con un morro inquisitivo que se metió en el bolso de la detective. El pan de plátano, por supuesto. Ofelia se colocó la pistola entre las piernas, desenvolvió el pan y arrancó la mitad. No veía a la cabra, pero la oyó devorar el pan como si no hubiese comido en varios días. El olor del pan debía de haber sido una atracción irresistible en su recorrido del edificio. Se alegró de que su ruso no lo hubiese visto.

Cuando la cabra intentó arrancar el resto del pan, Ofelia le dio un puntapié nada amable y luego le rascó el cuello flaco para que la perdonara. Habiéndose criado en Hershey sabía cómo tratar a cabras, pollos y voraces cerdos.

Desalentada, la cabra se alejó con un trémulo balido; aunque Ofelia esperaba verla irse por donde había llegado y regresar con la manada, algo pareció atraerla en la dirección opuesta. No la veía, pero oía las pezuñas del animal acercarse a la puerta del comedor, al fantasmal olor a comida de hacía seis años. Se trataba de una puerta de batiente. La cabra la abrió con el morro y la traspuso al trote. La puerta se abrió y cerró dos veces, se detuvo y volvió a abrirse de golpe, empujada por llamas y humo.

Si bien se encontraba protegida en el momento de la explosión, le silbaron los oídos y sintió la cara raspada. El oscuro corredor se llenó de polvo de cemento. Desprovista de vista y oído, Ofelia blandió la pistola de un lado a otro hasta que el aire se aclaró un poco y pudo distinguir la tenue luz que hacía resaltar la puerta del comedor. Avanzó a rastras, sintió la parte inferior del nudo de una cuerda que se había aflojado y empujó la puerta.

No había sido sino una granada de fragmentación, pensó Ofelia, pero en un espacio reducido cumplía bien su cometido. La mitad de la cabra se hallaba junto a la puerta y la otra mitad en medio del largo pasillo, como cuando un cañón falla al disparar contra un blanco. Una pared estaba picada de esquirlas de metal. Las quemaduras en la otra mostraban el lugar donde habían colocado la granada en el suelo, con la cuerda en la anilla. Suaves grumos de sangre y carne goteaban del techo.

Más allá, el pasillo daba al comedor donde antaño servían brandy y pastelitos a capitanes de navío rusos y sus oficiales; más allá aún Ofelia vio una espaciosa cocina. En alguna ocasión alguien había intentado forzar desde fuera la rejilla de ventilación y había doblado una tablilla, que dejaba que un dedo de luz penetrara en la lobreguez.

Ofelia esperó a sentir suficiente valor para avanzar. Pronto lo lograría.

Arkady faltó a la cita con Ofelia en el parque. Permaneció sentado en la sala de estar de Mostovoi, de cara a la puerta y hojeando las páginas de una libreta de direcciones que encontró en la mesita de noche. Pinero, Rufo. Luna, sargento Facundo. Alemán, Erasmo. Walls. No encontró a ningún Tico, pero, aparte de él, el equipo figuraba al completo. Sin contar el vicecónsul Bugai, hoteles y talleres en La Habana, laboratorios de película franceses, los nombres de muchas chicas con apuntes sobre su edad, color y estatura.

Las ocho. Mostovoi tardaba en regresar. Hacía tiempo que el siniestro se había acabado, los camiones de bomberos se habían marchado y los residentes vuelto a sus apartamentos. Arkady esperaba ver a Mostovoi entrar, sorprenderse y fingir indignación por la intrusión. Le haría preguntas sobre Luna y Walls, y las plantearía de tal modo que Mostovoi recurriría a la pistola en la nevera. Según la experiencia de Arkady, la gente alterada suele hablar más cuando cree haber cambiado las tornas. Si Mostovoi apretaba el gatillo, también constituiría una información. Claro que todo esto dependía de que Mostovoi no llevara otra pistola en una de las bolsas de cámara.

Con solo cerrar los ojos, las imágenes aparecieron en su mente. El Club de Yates de La Habana de Pribluda. El Pribluda de Olga Petrovna y la foto de despedida que Pribluda había hecho del propio Arkady. El mejor equipo de demolición de África. Las imágenes que nos acompañan. Un pueblo de tribus que veía fotografías por primera vez creía que eran almas robadas. Ojalá fuera cierto. Ojalá hubiese tomado más fotos de Irina, pero la veía todo el tiempo cuando se encontraba a solas. Claro que estar en La Habana equivalía a vivir en una fotografía que ha perdido sus colores, ya de por sí nada realistas.

Las nueve. El día había desaparecido mientras aguardaba a un hombre que regresaba. Arkady dejó cuidadosamente la libreta de direcciones donde la había encontrado, volvió a archivar las fotos en sus cajas y salió por la puerta de la balconada, donde, a pesar de la hora tardía, unos chiquillos andaban de un extremo a otro en triciclo. Desde medio camino a Miramar las luces de la embajada le devolvieron la mirada. Bajó en ascensor. La máquina expendedora de palomitas había desaparecido y la escalera estaba chamuscada; aparte de esto, diríase que nada había pasado.

Avanzó mecánicamente por la avenida Primera por el Malecón, como si fuese, pensó, un velero tirado por botes de remo con viento muerto. Hasta no pasar delante de la casa de la familia de Erasmo no se dio cuenta de que las piernas lo llevaban hacia la cita con Ofelia en el Club de Yates de La Habana. «Vi. CYLH 2200 Angola.» Esta era la noche.

O tal vez no. Iba retrasado cuando las palmeras reales del camino de entrada del club se alzaron a la vista, pero del DeSoto de Ofelia no había la menor señal. El club estaba a oscuras; la única iluminación procedía de dos finos haces de luz de vigilancia. Ningún sonido, excepto coches que rodeaban la rotonda y el graznar de un pájaro anidado en una palmera. Esta era su brillante idea, su oportunidad de adelantarse a los acontecimientos. Fuera cual fuese el acontecimiento, tendría lugar otro viernes por la noche. Buscó a Ofelia en las demás calles que iban a dar a la rotonda. Aunque un retraso de media hora no parecía mucho en Cuba, Ofelia no estaba presente.

Un taxi se detuvo y Arkady se dejó caer en el asiento del pasajero, al lado del conductor, un anciano con un puro apagado en la boca.

—¿Adónde?

Buena pregunta, pensó Arkady. Había ido a todos los lugares que se le ocurrían. ¿De vuelta al apartamento de Mostovoi? ¿A la playa del Este con Ofelia? ¿Lo ves?, se dijo, así fue exactamente como había perdido a Irina, por no prestar atención. ¿Cómo si no, iba un hombre a llegar tarde no a una, sino a dos citas?

—Busco a alguien. Podríamos ir por ahí —dijo en inglés.

—¿Adónde?

—¿Podríamos circular por aquí, por el club de yates?

—¿Adónde?

El anciano se quitó el puro de la boca y expulsó la palabra como si fuese un anillo de humo.

—¿Hay algo cerca de aquí que tenga que ver con Angola?

—¿Angola? ¿Quiere ir a Angola?

—No quiero ir a la embajada de Angola.

—No, no, entiendo perfectamente.

Con un gesto pidió paciencia a Arkady, mientras sacaba un fajo de tarjetas de visita del bolsillo de su camisa, encontró una y enseñó a Arkady una tarjeta muy manoseada con un sol en relieve encima de las palabras «Angola, un paladar africano en Miramar».

—Está muy cerca.

—¿Está cerca?

—Claro. —El conductor se metió las tarjetas en el bolsillo.

Arkady conocía la costumbre. En Moscú los taxistas tenían un acuerdo con ciertos restaurantes, mediante el cual recibían una propina si dejaban a un pasajero en él. Al parecer, lo mismo sucedía en La Habana. Arkady pensó que podrían pasar a ver si el DeSoto se encontraba allí.

El Angola se encontraba en una oscura calle de grandes mansiones coloniales, a un minuto de distancia. Sobre una alta verja de hierro colgaba un letrero de neón con un sol tan dorado que parecía gotear. El taxista echó una mirada y siguió conduciendo.

—Lo siento, no puede. Está reservado esta noche.

—Pase por delante de nuevo.

—No podemos. Está, como le digo, completamente reservado. Cualquier otro día, ¿sí?

Arkady no hablaba español, pero entendió «completamente reservado». No obstante, pidió:

—Solo pase por delante.

—No.

Arkady se bajó en la esquina, pagó al conductor suficiente para un buen cigarro puro y regresó andando bajo una espectacular bóveda de desiguales ramas de cedro. A ambos lados de la calle había aparcados varios Nissan y Range Rover nuevos, algunos con chófer casi en posición de firme detrás del volante. En las espesas sombras de la acera solo se distinguían las anaranjadas volutas de cigarrillos; el rumor de las conversaciones bajó de volumen cuando Arkady aminoró el paso a fin de admirar un Imperial descapotable blanco que reflejaba el sol de neón. Cuando abrió la verja, una figura surgió súbitamente de en la oscuridad para evitar que entrara. El capitán Arcos vestido de paisano, cual un armadillo fuera de su caparazón.

—Está bien. —Arkady señaló una mesa al otro lado de la verja—. Estoy con ellos.

El Angola era un restaurante al aire libre en un jardín repleto de arborescentes helechos iluminados por debajo y altas estatuas africanas. Dos hombres con delantal blanco cocinaban en una parrilla y, aunque a Arkady le habían dicho que un «paladar» no podía servir a más de una docena de comensales a la vez, a las mesas situadas alrededor de la parrilla había como mínimo veinte comensales, todos hombres cuarentones y cincuentones, blancos en su mayoría, todos con porte de mando, prosperidad, éxito, y todos cubanos, excepto John O'Brien y George Washington Walls.

—Lo sabía... —O'Brien saludó a Arkady con la mano—, le dije a George que vendrías.

—Es cierto. —Walls agitó la cabeza, más sorprendido por O'Brien que por Arkady.

—Cuando me enteré de que Rufo fue lo bastante estúpido para escribir en una pared el lugar y la hora, supe que no dejarías de venir.

O'Brien pidió otra silla. Hasta él vestía guayabera, que parecía el uniforme de la velada. Los dos cubanos a la mesa lo miraron en busca de guía. Aunque eran hombres duros y maduros, diríase que O'Brien era como un cura entre niños. El restaurante entero se había callado, incluyendo a Erasmo, que se hallaba en su silla de ruedas a dos mesas de allí, con Tico y Mostovoi, su antiguo camarada de armas, el único otro no cubano. Qué raro ver a los mecánicos tan atildados.

—Es perfecto que hayas venido. —O'Brien parecía realmente contento—. Todo encaja.

—Es el nuevo «bolo» —explicó Walls al cubano sentado a su lado.

El alivio se pintó en todos los rostros, salvo en el de Erasmo, quien lanzó a Arkady una mirada hosca. Mostovoi lo saludó.

—¿Soy el nuevo ruso? —preguntó Arkady.

—Hace que formes parte del club.

—¿Qué club?

—El Club de Yates de La Habana, por supuesto.

Los camareros sirvieron agua y ron, aunque el café gozaba de igual popularidad, cosa extraña en vista de la hora, pensó Arkady.

—¿Cómo sabes que fui al apartamento de Rufo?

—George es un fanático del boxeo, ¿sabes? Fue hoy al gimnasio Atarés a ver un poco de entrenamiento, y el entrenador le habló del hombre blanco con abrigo negro que vio salir del cuarto de Rufo anoche. George entró y lo vio en la pared, una pista que alguien tan listo como tú no pasaría por alto. Puede que sí, puede que no. Hemos de andarnos con cuidado. Recuerda que he sido blanco de más trampas policiales de las que te imaginas. Por cierto, acuérdate de que todos los amigos aquí presentes todavía recuerdan el ruso. Cuidado con lo que digas.

Walls pasó la vista por la ropa nueva de Arkady.

—¡Vaya mejora!

Los chefs levantaron unos bogavantes de un gran costal y los pusieron sobre una tabla de cortar, donde seccionaron y limpiaron la cara interna de las colas, antes de colocarlos, todavía vivos, sobre la parrilla y empujarlos con palos de madera cuando trataban de alejarse de las llamas. Arkady no vio ni menús ni comida africana. Los dos cubanos sentados a su mesa le estrecharon la mano pero no se presentaron. Uno era blanco y el otro, mulato, si bien compartían la misma musculatura, la misma mirada directa, las mismas uñas obsesivamente cuidadas y el mismo corte de pelo de los militares.

—¿Qué hacen en este club? —inquirió Arkady.

—Pueden hacer cualquier cosa —contestó O'Brien—. La gente se pregunta lo que ocurrirá con Cuba muerto Fidel. ¿Será una Corea del Norte caribeña? ¿La pandilla de Miami irrumpirá y recuperará sus casas y sus cañaverales? ¿Entrará la mafia? ¿O habrá, simplemente, anarquía, y esto será otro Haití? Los norteamericanos se preguntan cómo Cuba puede pensar siquiera en sobrevivir, sin una infraestructura repleta de gerentes con diplomas universitarios.

Los gigantescos bogavantes, los más grandes que hubiese visto Arkady, se tomaron rojos entre las llamas y las chispas.

—Pero lo bueno de la evolución —continuó O'Brien— es que no se puede detener. Elimina los negocios. Haz que el ejército sea la carrera preferida de los jóvenes idealistas. Mándalos a guerras en el extranjero, pero no les des suficiente dinero para que luchen, haz que se lo ganen. Haz que comercien con marfil y diamantes para que tengan suficientes municiones con que defenderse. Acabas teniendo un interesante grupo de empresarios. Luego, porque resulta barato, cuando el ejército regresa a casa, haz que se vuelva hacia la agricultura, la hostelería, el azúcar. Haz que los héroes administren el turismo, los cítricos y la industria del níquel. Créeme, negociar un contrato con una empresa constructora de Milán equivale a dos años en la facultad de empresariales de Harvard. Los aquí presentes esta noche son la flor y nata.

—¿El Club de Yates de La Habana?

—Les gusta el nombre —declaró Walls—. Es una cuestión social.

Una vez asados los bogavantes, los chefs agitaron un cuenco de cristal lleno de papeles enrollados, escogieron cuatro de estos y los desenrollaron antes de enviar los bogavantes a una mesa. A Arkady se le antojó un mejor sistema para la lotería que para un restaurante. ¿Cómo sabía el chef quién había pedido qué? ¿Por qué había solo dos posibilidades, bogavantes o nada?

—Creía que los restaurantes privados no tenían permiso para servir bogavantes.

—Tal vez esta noche sea una excepción.

Arkady volvió a ver a Mostovoi.

—¿Por qué soy el nuevo ruso? ¿Por qué no puede serlo Mostovoi?

—Esta es una empresa que necesita algo más que un pornógrafo. Tú has sustituido a Pribluda. Es algo que todos pueden aceptar. —O'Brien adoptó un tono de perdonavidas—. Y puedes guardar la fotografía que Pribluda te mandó. Habría sido agradable que en algún momento nos la hubieras ofrecido en señal de confianza, pero ahora ya formas parte del equipo.

—Rufo murió por la foto.

—Gracias a Dios, te prefiero a ti. En el fondo, todo ha funcionado estupendamente.

—¿Trabajan algunas de estas personas en el Ministerio del Azúcar? ¿Algunas tienen que ver con AzuPanamá?

—A algunos los conocimos a través de AzuPanamá, sí. Estos son los hombres que toman las decisiones, en la medida en que alguien, aparte de Fidel, puede tomarlas. Algunos son ministros adjuntos, otros son todavía generales y coroneles, hombres que se conocen de toda la vida y están ahora en su mejor momento. Naturalmente, hacen planes. Es una aspiración humana natural, eso de querer mejorar su situación y dejar algo para la familia. Igual que Fidel. Ha colocado en el gobierno a un hijo legítimo y a una docena de ilegítimos. Estos hombres no son diferentes.

—¿El casino encaja con esto?

—Espero que sí.

—¿Por qué me cuentas esto?

—John siempre dice la verdad —manifestó Walls—. Es solo que la verdad contiene muchas capas.

—Casino, tropas de combate, AzuPanamá. ¿Cuál es real y cuál farsa?

—En Cuba —afirmó O'Brien— existe una fina separación entre lo real y lo ridículo. De niño, Fidel escribió a Franklin Roosevelt y le pidió un dólar norteamericano. Luego los equipos de la liga mayor de Estados Unidos lo entrevistaron como posible lanzador. Es un hombre que estuvo a un pelo de ser un norteamericano modélico. En lugar de eso, se convirtió en Fidel. Por cierto, el informe de la entrevista decía: «Bola rápida bastante buena, ningún control.» En el fondo, mi estimado Arkady, todo es ridículo.

El cuerpo en la bahía estaba muerto, Rufo estaba muerto, a Hedy y a su italiano los habían matado a machetazo limpio, pensó Arkady. Eso era real. Los cubanos sentados a la mesa escuchaban a medias y observaban cómo los bogavantes seguían saliendo de la parrilla y la curiosa ceremonia de lectura de papeles cogidos al azar de un cuenco. Quien era servido parecía importar menos que el hecho de que a todos les tocara un crustáceo. Arkady tenía la impresión de que, de haber un papel en blanco, si alguien no había pedido bogavante, el grupo entero se levantaría y se marcharía.

—¿Te molesta? —Arkady señaló a Erasmo con la cabeza.

—Por favor —O'Brien le dio su aprobación.

Tico desmembraba alegremente su crustáceo y Mostovoi chupaba una pinza.

—No se consiguen langostas tan suculentas en ningún otro lugar del mundo. —Mostovoi se limpió la boca en cuanto Arkady se sentó. No daba señales de haber relacionado el incendio en el hotel Sierra Maestra con Arkady.

Erasmo no dijo nada ni tocó su bogavante. Arkady lo evocó cuando bebía ron peleón y bailaba en su silla al son del tambor de Mongo en casa del santero, cuando se inclinaba sobre la portezuela del Jeep mientras paseaban por el Malecón. Ahora era un Erasmo más sosegado.

—Así que este es el verdadero Club de Yates de La Habana —le dijo Arkady—. Sin Mongo y sin pescados.

—Es un club diferente.

—Eso parece.

—No lo entiendes. Estos son hombres que lucharon

juntos en Angola y Etiopía, que lucharon codo con codo con los rusos, que compartieron la misma experiencia.

—Excepto O'Brien.

—Y tú.

—¿Yo? —Arkady no recordaba el comienzo—. ¿Cómo ocurrió?

La cabeza de Erasmo parecía no aguantarse, como si hubiese intentado en vano beber hasta la inconsciencia.

—¿Cómo ocurren las cosas? Por accidente. Es como si estuvieras en medio de una obra de teatro, digamos en el segundo acto, y alguien se presenta en el escenario. Alguien que no figura en el guión. ¿Qué haces? Primero, tratas de sacarlo, dejas caer un saco de arena o tratas de llevarlo tras bambalinas para poder golpearlo en la cabeza con un mínimo de barullo, porque hay público. Si no puedes sacar al hijo de puta del escenario, entonces ¿qué haces? Empiezas a incorporarlo a la obra, le das el papel de alguien que no está presente, le das las entradas tan bien como puedes para que no haya cambios en el tercer acto, el acto que habías planeado.

Entregaron el último bogavante. Cada plato estaba cubierto con un bogavante o con un caparazón limpio, aunque Arkady se fijó en que muchos comensales no mostraron interés en la cena cuando se la sirvieron. Un hombre alto con gafas de aviador se levantó con un vaso de ron en la mano. Era el oficial que Arkady había visto en una foto de Erasmo con el comandante. Propuso un brindis por el Club de Yates de La Habana.

Todos menos Arkady y Erasmo se pusieron en pie, aunque Erasmo alzó su vaso.

—¿Ahora qué? —preguntó Arkady—. ¿Va a empezar una reunión?

—La reunión se ha acabado. —Y, con un susurro, Erasmo añadió—: Buena suerte.

De hecho, los hombres se marchaban en cuanto dejaban su vaso en la mesa; no salían en tropel, sino que se deslizaban en grupos de dos o tres hacia la oscuridad pasando debajo del sol de neón. Arkady oyó el ruido apagado de portezuelas abiertas y cerradas y de motores puestos en marcha. Mostovoi desapareció como una sombra. Tico empujó a Erasmo, que apoyaba la frente sobre una mano, como Hamlet cuando piensa en sus opciones. Los únicos que quedaban en el «paladar» eran el personal, Walls, O'Brien y Arkady.

—Ahora formas parte del club —dijo O'Brien—. ¿Cómo lo encuentras?

—Un poco misterioso.

—Pues solamente llevas seis días aquí. Se tarda toda una vida en entender a Cuba. ¿No estás de acuerdo, George?

—Absolutamente.

O'Brien hizo palanca con los brazos y se levantó.

—En todo caso, tenemos prisa. Es casi la hora de las brujas y francamente estoy agotado.

—¿Pribluda estaba metido en esto? —inquirió Arkady.

—Si de veras quieres saberlo, ven al barco mañana por la tarde.

—Regreso a Moscú mañana por la noche.

—Tú decides. —Walls abrió la verja. El Imperial refulgía junto a la acera.

—¿Qué es el Club de Yates de La Habana? —insistió Arkady.

—¿Qué quieres que sea? —contestó John O'Brien con otra pregunta—. Unos cuantos tipos que se divierten con un sedal. Un edificio, un tugurio, que espera el tacto de una varita mágica para convertirse en cien millones de dólares. Un grupo de patriotas, veteranos de las guerras de su propio país, en una reunión social. Es lo que tú quieres que sea.

24

El DeSoto se hallaba aparcado delante del Rosita. Ofelia se encontraba en la cama, acurrucada y fuertemente envuelta en las sábanas. Arkady se desvistió en la oscuridad, se acostó a su lado y supo, gracias a los latidos de su corazón, que estaba despierta. Pasó una mano por su pecho y brazo arriba, hasta tocar la pistola.

—Regresaste al depósito de Luna.

—Quería ver lo que tenía allí.

—¿Fuiste sola? —Arkady interpretó su silencio—. Dijiste que llevarías a alguien contigo. Yo te habría acompañado.

—No puedo tener miedo de entrar en una casa a solas.

—Yo tengo miedo a menudo. ¿Qué encontraste?

Ofelia le describió las condiciones en que se hallaba el club ruso-cubano, el vestíbulo y cada estancia a medida que las registraba, la cabra, la puerta del comedor y la granada a la que estaba conectada. También le explicó cómo había sorteado las secuelas de la explosión para entrar en un comedor y una cocina sin hornos, neveras ni congeladores, para luego desandar el camino y regresar al vestíbulo, apoyar la escalera de mano en la balaustrada del balcón y subir al entresuelo a fin de registrar las habitaciones, abriendo cada puerta con el mango de una escoba. No había más trampas, ni cabras; solo sus excrementos y tarros abiertos de brillantina rusa que las cabras habían limpiado con la lengua. Para entonces, había pasado la hora que habían fijado para reunirse en el parque y, cuando fue al Club de Yates de La Habana, él no se presentó. Ofelia soltó la pistola, lo besó en la boca y apartó los labios de los suyos poco a poco.

—Creí que no vendrías.

—Simplemente nos cruzamos.

La abrazó y la sintió deslizarse debajo de él. Al cabo de un momento entró en ella y ella lo envolvió. La lengua de Ofelia era dulce; su espalda, dura y, allí donde la penetró, infinitamente profundo.

Comieron pan de plátano con cerveza mientras Arkady le hablaba de su visita al apartamento de Mostovoi, todo menos el incendio, pues quizás ella diera demasiada importancia a un incendio provocado. Tuvo que sonreír. Ofelia se había introducido a hurtadillas bajo sus defensas, un pajarito sobre alambre de espino. También causaba placer —morboso o profesional— hablar con una colega. Ella era una colega, aunque su punto de vista no fuese tanto de un mundo diferente como de otro universo. Era una colega, aun sentada desnuda, con las piernas cruzadas en la neblinosa luz producida por un apagón.

—Hay partes de La Habana que no tienen electricidad desde hace semanas, aunque eso no lo leerás aquí. —Ofelia señaló el periódico en que venía envuelto el pan. En primera plana figuraba una foto borrosa de revolucionarios celebrando una victoria y una cabecera roja en la que se leía *Granma*—. Es el periódico oficial del partido.

Arkady miró la fecha.

—Es de hace dos semanas.

—Mi madre no lo lee; solo lo compra para envolver la comida. De todos modos, fuera lo que fuese que Luna tenía que trasladar... televisión, aparato de vídeo, zapatos... ya lo ha trasladado. Ya no estaban allí.

—Trató de matarnos en el coche. Mató a Hedy y a su amigo italiano a juzgar por la combinación de punzón y machete; no creo que sea una técnica habitual. Y, si limpiaba de minas los campos de Angola, sabía preparar una granada. Creo que el menor de sus delitos es haberse llevado el vídeo de Rufo.

—En realidad solo golpeó tu coche.

—¿Qué? —Este era un nuevo caviz, pensó Arkady.

—A mí solo me metió en el maletero.

—Te dejó allí para que te asfixiaras.

—Puede. Tú me sacaste.

—Y luego trató de hacer pedazos el coche.

—Sobre todo a ti. —A Arkady esto se le antojó que era hilar muy fino, pero Ofelia continuó—: Así que fuiste al club de yates y no encontraste nada. ¿Qué hiciste luego?

—No lo sé exactamente. —Arkady le habló de la cena de bogavantes en el «paladar» Angola.

—Eran tipos militares y se llamaban a sí mismos Club de Yates de La Habana. ¿Es usual que oficiales del ejército monopolicen un restaurante privado?

—No es algo desconocido.

—¿O que les sirvan langosta?

—Puede que fueran sus propias langostas. Muchos oficiales pescan con arpón. La marina también vende langostas. Los oficiales no comen nada mal.

—Parecían descontentos.

—Este es el período especial... excepto tú y yo, todo el mundo está descontento. ¿Qué vehículos llevaban?

—Utilitarios deportivos.

—¿Lo ves?

—Pero al menos media docena no comió la langosta.

—Eso sí que es extraño —concedió Ofelia.

—No hubo discursos.

—Muy extraño.

—Eso me pareció en vista de lo que conozco del carácter cubano. Además, también estaban presentes Walls, O'Brien y Mostovoi. O'Brien me describió como el nuevo ruso, como si tomara el lugar de Pribluda. Tengo la sensación de que algo ocurrió frente a mis narices y que no lo vi. O'Brien me lleva siempre la delantera.

—No ha cometido ningún delito.

—Todavía. —Arkady decidió no hacer alusión a la orden de búsqueda y captura estadounidense ni a los veinte millones de dólares defraudados a Rusia por lo del azúcar—. ¿Por qué iban a llamarse Club de Yates de La Habana veinte cubanos bien situados?

—¿Una broma?

—Esa fue la respuesta para la fotografía de Pribluda.

—¿Crees que esto es distinto?

—No, creo que es lo mismo, pero no creo que fuese una broma.

—Los oficiales en la cena, ¿tenían nombre?

—Ninguno que yo oyera. Lo único que puedo decir es que todos llevaban guayabera y pidieron bogavante en papeles que debían desenrollarse para leerlos. Algunos, como Erasmo, ni siquiera tocaron el bogavante, sino que observaban y los contaban; y, en cuanto sirvieron el último, la cena se acabó, diríase que como resultado de una votación unánime. Quizá lo descubra mañana. Veré a Walls y a O'Brien antes de marcharme.

—Con tal de que no pierdas tu avión.

Arkady sabía que escudriñaba su rostro en busca de una reacción a la partida. Ni él mismo conocía su propia reacción. La situación de ambos resultaba tan precaria que el más mínimo movimiento mareaba. Su mirada se posó en el periódico con el que la madre de Ofelia había envuelto el pan de plátano.

—¿A qué se dedica Chango ahora?

—¿Qué quieres decir?

Ofelia no estaba dispuesta a cambiar de tema.

Arkady cogió el periódico, una hoja grasienta doblada en la foto de un muñeco negro con pañuelo rojo. El pie de foto decía: «NOCHE FOLCLÓRICA APLAZADA. Debido a condiciones inclementes fue necesario aplazar el Festival Folclórico Cubano hasta dos sábados más, en la Casa de la Cultura de los Trabajadores de la Construcción.»

—«Condiciones inclementes», lo entiendo, y «sábado», y la Casa de la Cultura es el Club de Yates de La
Habana.

—Solo dice que debido a la lluvia se aplazó el festival folclórico dos semanas.

Arkady comprobó la fecha.

—Hasta mañana.

Se levantó y contempló a Chango, sentado en el rincón, la mano izquierda apoyada flojamente en el bastón,
las piernas extendidas, los rasgos a medio formar y la
mirada vidriosa que devolvía la del ruso. Cuanto más lo
estudiaba, tanto más se convencía de que era el que había
desaparecido del apartamento de Pribluda en el Malecón. El mismo pañuelo rojo, las mismas zapatillas de
deporte Reebok, la misma mirada impertinente.

—Me hace pensar en Luna.

—Claro, Luna es un hijo de Chango.

—¿Hijo de Chango? —De nuevo, Arkady tuvo la
impresión de que cualquier conversación con Ofelia estaba repleta de trampillas que podían abrirse y dejarlo
caer a uno en un universo alternativo—. ¿Cómo lo sabes?

—Es obvio. Sexual, violento, apasionado. Chango de
pe a pa.

—¿En serio? —Arkady se inclinó y examinó las cuentas amarillas en el cuello de Ofelia—. Y...

—Oshun —repuso ella, envarada.

—La he oído mencionar.

—Tú eres un hijo de Oggun.

Arkady sintió que caía por la trampilla abierta.

—¿Y quién es Oggun?

—Oggun es el peor enemigo de Chango. A menudo

luchan porque Chango es muy violento y Oggun protege contra el crimen.

—¿Un policía? No me parece divertido.

—Puede entristecerse mucho. En una ocasión se enojó tanto con la gente, con sus crímenes y mentiras, que se adentró en lo más hondo del bosque, tanto que nadie lo encontraba, y guardó tanto silencio que nadie podía hablar con él ni convencerlo de que saliera. Finalmente, Oshun fue a buscarlo, y anduvo y anduvo por el bosque hasta llegar a un claro junto a un arroyo. No cometió el error de llamarlo, sino que empezó a bailar lentamente con los brazos tendidos, así. Oshun tiene su propio baile, muy sensual. Ni siquiera lo llamó cuando creyó que sentía curiosidad y se acercaba a ella. Bailó más rápido, más despacio y, cuando él salió de su escondite, siguió bailando, hasta que se aproximó tanto que ella pudo meter los dedos en una calabaza llena de miel que colgaba de su cintura y le untó los labios de miel. Oggun nunca había probado nada tan dulce. Oshun bailó y se llenó la mano de miel y le untó más miel en la boca, más miel, hasta que lo ató a ella con una cuerda de seda amarilla y lo trajo de vuelta al mundo.

—Eso podría funcionar.

No la miel, sino la dulce sal de la piel de Ofelia. No una cuerda de seda, sino sus brazos. Ni una palabra, sino manos y labios. Arkady la estaba acercando más a él, cuando el bastón de Chango raspó el suelo. El muñeco cayó hacia delante, con la cabeza ladeada y, con la misma lentitud que un borracho al liberarse de las obligaciones de la respetabilidad, se fue deslizando fuera de la silla y aterrizó de bruces con un ruido sordo.

—Menudo hechizo —dijo Arkady. Estaba funcionando con él. Se apeó de la cama, recogió el muñeco y lo sentó de nuevo. He aquí una figura que lo había seguido por toda La Habana, su sombra compañera. No sabía cómo había logrado sentarlo en la silla, porque el bastón se deslizaba hacia un lado y el muñeco se desmoronaba obstinadamente hacia el otro—. La cabeza es demasiado pesada, no puede mantenerse derecho.

—Déjalo, no es más que cartón piedra.

—No lo creo. —Se había roto el hechizo. Arkady levantó a Chango y lo llevó a la cama, para ver mejor cómo estaba cosida la cabeza a la camisa—. ¿Tienes tijeras en tu neceser?

Arkady se puso pantalones y Ofelia se cubrió con el abrigo. Puesto que las tijeras para las uñas eran pequeñas, Arkady tuvo que cortar los puntos uno a uno a fin de separar la cabeza del palo de madera que constituía la espina dorsal del muñeco. Dejó que el cuerpo degollado rodara hacia el suelo.

—¿Qué haces? —preguntó Ofelia.

—Examino a Chango.

Le cortó el pañuelo, dejando un círculo de tela roja pegado. La cabeza, de cartón piedra cubierto de pintura dura como la laca, parecía un cráneo lleno de protuberancias y teñido de negro. Ofelia encontró un cuchillo dentado en un cajón de la cocina. Arkady aserró la cabeza desde la oreja, pasando por la coronilla, hasta la otra oreja; separó la cara del muñeco, como si fuese una máscara, de la estopilla usada como molde en la cara de alguien con el fin de conferir a la efigie sus burdos rasgos. Debajo de la estopilla había periódicos amigados y, debajo de estos, un objeto ovalado y plano cubierto de cinta adhesiva plateada. Con pequeños tijeretazos, Arkady cortó los bordes de la cinta y la despegó, para revelar cinco gruesos cartuchos marrones parafinados y etiquetados en inglés: «*Hi-Drive Dynamite.*» Habían calentado y moldeado los cartuchos a fin de apretarlos juntos envueltos en plexiglás para que cupieran en el espacio ovalado de la cabeza. En el cartucho del medio habían impreso la placa circuito de un receptor de radio del tamaño de una tarjeta de crédito, con batería del tamaño de un botón y antena integradas. Arkady enderezó la placa con delicadeza. Todos los cables estaban apretujados en torno a un detonador insertado profundamente en la dinamita misma. Pese al aire acondicionado, Arkady sintió que lo bañaba el sudor. Él y Ofelia llevaban casi una semana cerca, a ratos, del muñeco. En cualquier momento alguien podría haber pulsado el control remoto y haber puesto fin a su estancia en La Habana.

Apartó tijeras y cuchillo.

—¿Tienes algo que no produzca chispas?

Ofelia acurrucó la cabeza del muñeco en su regazo y desenterró delicadamente el detonador con las uñas.

Tenía uno que admirar a una mujer como ella, pensó Arkady.

25

Suficiente luz del amanecer se introducía a través de la persiana para que Arkady viera a Chango sobre la mesa; las partes trasera y delantera de la cabeza descansaban encima del pecho del muñeco. Desconectada, la cara parecía más animada y malévola que nunca.

Debajo del abrigo de Arkady, Ofelia dormía. Arkady se puso la ropa vieja, se colgó el macuto y retiró el abrigo en el mayor silencio. Había llegado el momento de separar sus caminos. Como ella había dicho, ya de por sí le resultaría bastante difícil explicar cómo el muñeco había llegado a sus manos. La compañía de un ruso no ayudaría.

—¿Arkady?

—Sí. —Arkady ya había abierto la puerta. Ofelia se incorporó y se apoyó en el cabecero.

—¿Cuándo volveré a verte?

Lo habían hablado la noche anterior.

—Al menos en el aeropuerto. El vuelo sale a medianoche. Es un avión ruso en un aeropuerto cubano; seguro que tendremos mucho tiempo.

—¿Vas a ver a Walls y O'Brien? No quiero que vayas, y menos a su barco. No confío en ellos.

—Yo tampoco.

—Estaré vigilando. Si ese barco sale del muelle contigo a bordo mandaré una lancha de la policía en tu busca.

—Buena idea.

Ya lo habían decidido antes; no obstante, Arkady regresó y enterró la cara en el cuello de Ofelia y le besó los labios. El pago que exigía el amor por seguir adelante.

—¿Qué hay de Blas y la fotografía? —preguntó Ofelia—. Voy a verlo.

—Déjame la fotografía a mí.

—¿Y después?

—¿Después? Haremos compras en el Arbat, esquiaremos entre los abedules, iremos al Bolshoi, lo que te apetezca.

—¿Te andarás con cuidado?

—Los dos nos andaremos con cuidado.

Los ojos de Ofelia lo soltaron. Arkady salió a una mañana de luz plomiza que bordeaba el agua, farolas que se iban apagando, oportunamente, mientras él iba a ver a la amante de Pribluda.

Una manzana más allá encontró otro cartel de ¡SOCIALISMO O MUERTE! con un gigantesco comandante en uniforme marcando el paso.

Ofelia tardó un poco más en vestirse, volver a juntar la cabeza del muñeco con cinta adhesiva y llevarla al coche en el bolso de paja. Eran las ocho cuando llegó al

Instituto de Medicina Legal. Blas estaba en la sala de autopsias y le mandó un mensaje de que lo esperaría en la sala de antropología. Nadie estaba nunca del todo solo en esa sala, pues había demasiados cráneos y esqueletos, escarabajos y serpientes conservados y amontonados bajo la luz. Sobre el escritorio, debajo de una cámara de vídeo, había un nuevo cráneo recién limpiado. Ofelia encendió el monitor y apareció la imagen de un robusto Pribluda en una playa.

—Todavía no —dijo Blas al entrar secándose las manos con una toalla de papel—. No habrá espectáculo hasta que tengamos al otro ruso. Agente, supongo que vas vestida para otra misión, pero te felicito porque estás muy convincente. —Ofelia vestía el atuendo blanco de jinetera. Blas echó la toalla a la papelera y recorrió los brazos de Ofelia con las manos, como si la estuviese inspeccionando—. Irresistible.

—Tengo algo para usted.

Después de todo, ¿a quién podía pedir ayuda? Blas era comprensivo y mundano; tenía contactos en el minint, el ejército y la PNR, muy por encima del capitán Arcos y el sargento Luna.

—¿Un regalo?

—No exactamente.

Ofelia sacó del bolso la cabeza envuelta en periódicos y la colocó delante de la pantalla.

—Bueno, siempre estoy interesado. —Blas arrancó el papel y reveló la mirada de obsidiana de Chango. Su expresión expectante desapareció—. ¿De qué se trata? Ya deberías saber que mi interés por la santería es puramente científico.

—Pero esta cabeza era parte de un muñeco que se hallaba en casa de Pribluda. Más tarde fue encontrada con artículos para el mercado negro en un edificio cerca del muelle.

—¿Y qué? He visto cientos de estos muñecos en todo el país.

Al levantar la cara del muñeco, su propio rostro se volvió más pálido que de costumbre.

—¡Coño!

—Cinco cartuchos de ochenta por ciento de dinamita. Hechos en Estados Unidos, pero los conseguimos en Panamá para la construcción y las carreteras. Había un receptor y un detonador que yo quité. Es una bomba.

—¿Estaba en casa de Pribluda?

—Fue sacado de allí, creo que por el sargento Luna, que también había tomado el auto de Pribluda y lo había metido en un edificio abandonado en Atarés, donde se recuperó este muñeco.

Había mucho que no hacía falta explicar. En años recientes, los reaccionarios de Miami habían hecho explotar varios dispositivos incendiarios en diferentes hoteles y discotecas, solo para causar pavor. Además, estaba El Blanco, cuyo nombre Ofelia temía invocar, el dirigente que durante cuarenta años había escapado, eludido bombas, balas, píldoras de cianuro.

—Este es un asunto muy grave. ¿El sargento sabe que lo tienes?

—Sí, trató de detenerme. Esto sucedió anteanoche. Hasta anoche no me enteré de que era una bomba. No parece haber huellas dactilares en la parte exterior de la cabeza, pero creo que hay huellas latentes en la dinamita.

—Déjamelo a mí. Debiste venir a verme enseguida. Cuando pienso en la pobre Hedy y en ti... —Blas dejó la máscara en la mesa y se limpió las manos en la bata—. Te muestras muy tranquila con todo esto. ¿Tienes el receptor y el detonador?

—Sí. —Los extrajo, también en envueltos en papel, de su bolso.

—Más vale que tenga todo el dispositivo. ¿Quién más sabe esto?

—Nadie. —Ofelia evitaría mencionar a Arkady todo lo que pudiera. Un ruso y una bomba, ¿qué pensarían? Sobre todo en vista de los archivos de asesinatos que Arkady había encontrado en el ordenador de Pribluda. No serviría más que para confundir el caso. La razón por la que la cabeza del muñeco no tenía huellas era que Ofelia había limpiado las de Arkady—. Solo que hemos de dar por sentado que hay más personas involucradas con Luna.

—¿Una conspiración en el Ministerio del Interior? El sargento Luna es un don nadie; esto podría ir mucho más arriba. No me sorprende que él y el capitán Arcos se negaran a investigar. Tienen órdenes de alguien. La pregunta es: ¿de quién? ¿Quién les confió la misión? ¿A quién debo llamar?

—¿Me ayudará?

—Gracias a Dios que has venido a verme. Agente, lo he dicho siempre, eres una maravilla. ¿Ibas a ir a algún lugar al salir de aquí?

—Al apartamento donde murió Rufo. —Ofelia no deseaba decir que era el lugar donde Arkady lo había matado, aunque fuera en defensa propia—. Se me ocurre que un traficante como él tendría un teléfono celular. CubaCell no lo tiene en sus listas, pero...

—No, no, no. No andes por la calle. Hemos de encontrar un lugar seguro para ti. Debes sentarte y redactar una declaración con todos los hechos, mientras yo rumio el modo de enfocar el problema. La primera llamada es la más importante. Puesto que tenemos a mano el medio de destrucción, gracias a ti, contamos con un momento para pensar. El lugar más seguro es aquí mismo. Allí, en el escritorio, hay papel y pluma. Tienes que mencionarlo todo y a todas las personas relacionadas con esto.

—No es la primera declaración que redacto, ¿no?

—Tienes razón. Lo importante es que no te muevas de aquí hasta que yo regrese. No dejes entrar a nadie. ¿Me lo prometes? —Blas encajó suavemente las dos mitades de la cabeza del muñeco, la envolvió en periódico y, con ella bajo el brazo, se dirigió hacia la puerta—. Ten paciencia.

Ofelia se sorprendió al comprobar que su inquietud no se aliviaba, ni siquiera ahora que la cabeza se hallaba en manos competentes. Encontró material de escritura en un cajón, como le había dicho Blas, pero descubrió que se había acostumbrado demasiado a mecanografiar informes en formularios de la PNR. Además, aparte de las declaraciones más sencillas sobre la implicación de Luna en el caso del muñeco, resultaba difícil no hablar de Arkady. Un interrogatorio sería aún peor. ¿Quién había identificado el muñeco como propiedad de Pribluda? Si Luna la había atacado, ¿cómo había escapado? Más valía una breve declaración que toda la verdad o una mentira. Sabía que, en cuanto surgiera el nombre de Arkady, las sospechas, ganadas a pulso por los rusos en Cuba, recaerían inmediatamente en él.

Pribluda, orgulloso de su bronceado, sonreía desde el monitor. El cráneo se encontraba debajo de la cámara de vídeo. Chango y rusos, una combinación terrible. Ofelia apagó la pantalla y volvió a encenderla. ¿A qué esperaba? ¿Cómo llegaría al puerto deportivo si se quedaba en un cuarto? Reconoció que se sentiría más tranquila cuando detuvieran a Luna. Al mismo tiempo la corroía el recuerdo del sargento de pie junto a Hedy en la Casa de Amor y cómo su cuerpo entero se había petrificado. Y esto le hizo pensar en Teresa, la otra chica especial de Luna.

Entre dos tarros de serpientes en salmuera había un teléfono. Ofelia abrió su libreta de apuntes y marcó el número de Daysi. En esta ocasión alguien contestó.

—¿Sí?

—Hola, ¿está Daysi?

—No.

—¿Cuándo vuelve?

—No lo sé.

—¿No lo sabes? Tengo un traje de baño suyo que no deja de pedirme. Es uno con el Wonder Bra como el que vio en la QVC. Lo quería para hoy. ¿No está?

—No.

—¿Dónde está?

—Salió.

—¿Con Susy?

—Sí. —Un poco más relajada, la voz preguntó—: ¿Conoces a las dos?

—¿Todavía están en el puerto deportivo?

—Sí. ¿Quién eres?

—Soy la amiga con el traje de baño. O se lo doy hoy o me lo guardo. Francamente, me queda mejor a mí.

—¿Puedes llamar mañana?

—No voy a llamar mañana. Mañana me habré ido y el bañador conmigo, y entonces explícale a Daysi por qué no tiene el traje de baño.

Durante el silencio, Ofelia se imaginó a Teresa Guiteras, con el cabello revuelto, la barbilla apoyada sobre las rodillas dobladas, mordiéndose las uñas.

—Tráelo.

—No sé quién eres. Ven tú a buscarlo.

—Creí que eras amiga de Daysi.

—De acuerdo, como tú eres mejor amiga, explícale cómo perdió el bañador de la QVC. Mejor para mí. Lo intenté.

—Espera. No puedo ir.

—¿No puedes venir? Vaya amiga.

—Estoy en Chávez entre Zanya y Salud, junto al salón de belleza, atrás, subiendo por la escalera a la azotea, en la casita rosa. ¿Estás cerca?

—Puede. Mira, tengo que colgar.

—¿Vas a venir?

—Bueno... —Ofelia hizo durar la pausa—. ¿Vas a estar allí?

—Estoy aquí.

—¿No vas a irte?

—No.

Ofelia colgó el auricular. Firmó su declaración y la dejó debajo del monitor. Odiaba esperar. Además, todavía quería saber por qué, en lugar de meterla en el maletero del coche, Luna el homicida no la había asesinado sin más complicaciones. Cabía la posibilidad de que Teresa tuviese la respuesta a esta pregunta.

El vicecónsul Bugai acudió tranquilamente a su despacho a las once de la mañana, se quitó la americana y los zapatos, los sustituyó por una bata de seda china y sandalias. Se sirvió té de un termo y se puso en pie, con la taza en la mano, junto a la ventana, que le llegaba a la cintura y se encontraba en el piso undécimo de la torre que constituía la embajada rusa. Las verdes palmeras de Miramar se extendían hacia el mar. Numerosas antenas parabólicas levantaban la cara hacia el cielo. Fuera, la ciudad ardía. Dentro, el aire acondicionado palpitaba.

—Así que trabaja los sábados —comentó Arkady desde una silla en un rincón.

—¡Dios mío! —Bugai derramó el té y dio un paso atrás, con el brazo extendido, alejándose de la taza—. ¿Qué hace aquí? ¿Cómo entró?

—Tenemos que hablar.

—¡Esto es indignante! —Bugai dejó la taza sobre un montón de papeles y cogió el teléfono. Con su bata, el vicecónsul era la viva imagen de un mandarín ofendido—. Está en territorio prohibido. No puede allanar el despacho de la gente, así, sin más. Voy a llamar a los guardias. Se sentarán sobre usted hasta que haya abordado su avión.

—Creo que se sentarán sobre los dos y nos pondrán a ambos en el avión, porque, aunque yo esté en territorio prohibido, usted, mi querido Bugai, tiene demasiado dinero, muchísimo dinero, en el Banco para Inversiones Creativas en Panamá.

En una ocasión, Arkady había visto a un miliciano al que habían disparado dar diez lentos y espasmódicos pasos antes de sentarse, desplomarse y rodar sobre sí mismo. Así se movió Bugai al dejar el teléfono; tropezó con el escritorio y se sentó en su sillón. Se agarró el corazón.

—No se vaya a morir todavía.

—Hay una buena explicación.

—Pero no la tiene. —Arkady movió su silla hasta quedar a un brazo de distancia de Bugai y, con voz más suave, añadió—: Por favor, no empeore las cosas con mentiras. En este momento me interesa más la información que su pellejo, pero la situación puede cambiar.

—Me dijeron que habría secreto bancario.

—¿Es ruso y creyó que habría secreto bancario?

—Pero esto era en Panamá.

—Bugai, concéntrese. De momento es un asunto entre nosotros dos. Adonde vaya a parar depende del grado de su colaboración. Voy a hacerle unas cuantas preguntas básicas, solo para ver hasta qué punto es franco.

—¿Preguntas cuyas respuestas ya conoce?

—Eso no importa. Lo que cuenta es su colaboración.

—Podría haber sido un préstamo.

—¿El dolor lo ayudaría a concentrarse?

—No.

—No tenemos por qué recurrir a eso. ¿Quién firmó los cheques que depositó en su cuenta?

—John O'Brien.

—¿A cambio de qué?

—De lo que sabíamos acerca de AzuPanamá.

—De lo que Serguei Pribluda sabía acerca de Azu-Panamá.

—Así es.

—¿Y eso era...?

—Lo único que sé es que se iba acercando demasiado.

—¿Estaba a punto de averiguar que AzuPanamá era un vendedor de azúcar fraudulento creado por los cubanos para renegociar su contrato con Rusia?

—Básicamente, sí.

—Estaban preocupados.

—Así es.

—O'Brien y...

—El Ministerio del Azúcar, AzuPanamá, Walls —concluyó Bugai.

—Así que tenían que detener a Pribluda.

—Sí. Pero había muchos modos de detenerlo. Reclutarlo, sobornarlo, hacer que trabajara en otro asunto. Les dije que no quería tener nada que ver con la violencia. O'Brien estuvo de acuerdo; dijo que la violencia solo llama la atención.

—Pero Pribluda está muerto.

—Tuvo un ataque cardíaco. Cualquiera puede sufrir un ataque cardíaco, no solo yo. O'Brien jura que nadie lo tocó.

Arkady rodeó a Bugai y el escritorio; observó al vicecónsul desde diferentes ángulos. Pese al aire acondicionado, el sudor traspasaba las axilas y las solapas de la bata de Bugai.

—¿Ha estado en Angola?

—No.

—¿En África?

—No. Nadie quiere que lo destinen allí, créame.

—¿Es peor que Cuba?

—No hay punto de comparación.

—Hábleme del Club de Yates de La Habana.

—¿Qué?

—Solo cuénteme lo que sabe.

Bugai frunció el entrecejo.

—En Miramar hay un edificio que era el Club de Yates de La Habana. —Se relajó lo bastante para secarse la cara con un pañuelo—. Un lugar impresionante.

—¿Es lo único que sabe?

—Es lo único que se me ocurre. Y una anécdota.

—¿Cuál?

—Pues, antes de la Revolución, el viejo dictador Batista solicitó que lo admitieran como socio. Era el gobernante único de Cuba, tenía poder de vida o muerte sobre la gente y todo lo que esto entraña. Daba igual, el Club de Yates de La Habana lo rechazó. Ese fue el principio del fin de Batista, dicen. El fin de su poder. El Club de Yates de La Habana.

—¿Quién le contó la anécdota?

—John O'Brien. —Bugai tuvo ocasión de echar un vistazo a su escritorio—. ¿Por qué está encendido el intercomunicador? Creí que esto era algo entre nosotros dos.

Arkady indicó a Bugai que lo siguiera. Salieron de su despacho, recorrieron una sala llena de escritorios vacíos hasta llegar al de Olga Petrovna, sentada en un reducido cubículo que ella había intentado adornar con calcomanías y fotos de su nieta. Junto al intercomunicador había una grabadora activada por la voz; detrás de ella se encontraba un hombre corpulento con la clase de rostro en el que se pueden afilar cuchillos. De hecho, Olga Petrovna añoraba cada día más a Pribluda, en lugar de menos, y la mera sugerencia, hecha por Arkady cuando la halló desayunando, de que otro ruso hubiese traicionado a Pribluda bastó para que le presentara al jefe de los guardias de la embajada y encendiera su grabadora.

—Hablábamos en privado —protestó Bugai.

—No le dije la verdad —reconoció Arkady—. Olga Petrovna tomaba apuntes, por si yo cometía errores.

Y así era. La regordeta paloma de Pribluda acabó con una floritura y clavó en Bugai una mirada de la que el propio Stalin se habría sentido orgulloso.

Unos ángeles negros sostenían coronas de flores encima del Teatro García Lorca. Un murciélago negro anidaba en el edificio Bacardí. También estaba la pequeña jinetera negra, sentada en la casita rosa de Daysi, que no era mucho más grande que un depósito de agua pintado de rosa.

Para esconderse no estaba mal; solo tubos de chimeneas y palomas alrededor. Ya que habían vaciado el agua del aljibe, esta debía subirse en cubos, pero lo que Ofelia vio del interior del depósito resultaba bastante espacioso: baldosas en el suelo, una cama adornada con flores de papel. Teresa había subido a la azotea una silla y una novela rosa con ilustraciones. Sus rodillas parecían raspadas y su rizada melena, descentrada, amontonada a un lado.

Cuando Ofelia subió por la escalera, Teresa miró hacia abajo con ojos entornados.

—¿Tienes el traje de baño?

—Voy a enseñártelo.

—¿Te conozco del puerto deportivo? ¿Del Malecón?

Ofelia esperó a llegar a la azotea antes de levantarse las gafas.

—De la Casa de Amor.

El velo cayó de los ojos de Teresa. Observó a Ofelia de arriba abajo y calculó el valor de los finos zapatos, el pantalón azul elástico, el top blanco, las anchas gafas de sol de Armani. Ella misma vestía todavía el mismo atuendo manchado que llevaba cuando Ofelia la había detenido.

—Puta. Mírate. No creo que te vistas así con el sueldo de policía, no, no, no. No estoy ciega. Reconozco a la competencia cuando la veo. Por eso me persigues todo el tiempo.

El primer impulso de Ofelia fue contestar con un «Estúpida, hay miles de chicas como tú en La Habana». Bajó la vista y contempló los tejados que se extendían hacia el mar, colores como de ropa recortable en los tendederos. Gorriones asustados por un halcón peregrino. La persecución revoloteó en torno a la cúpula de la capital y prosiguió entre los árboles del Prado. El invierno era la estación de los halcones en La Habana. En lugar de tratar de asustar a Teresa, Ofelia dijo:

—Lo siento.

—¡Coño! «Lo siento.» No hay ningún traje de baño de la QVC, ¿verdad?

—No.

—Qué gracia. Perdí a mi alemán. Perdí mi dinero. Me pusiste en la lista de putas. No puedo regresar a Ciego de Ávila porque mi familia necesita que me quede y les mande dinero, si no, estaría en una jodida escuela, como dices. Y, ahora que me has jodido la vida, ¿tú también eres una jinetera? Qué gracia.

—No estás en la lista.

—¿No estoy en la lista?

—No estás en la lista. Solo lo dije para fastidiarte.

—Porque competimos.

—Chica lista.

—Jódete.

A Teresa le salieron los mocos y formaron una mancha mojada en el labio superior.

—Teresa...

—Déjame en paz. Lárgate, coño.

Ofelia no podía marcharse. Luna se había vuelto loco al ver a Arkady en el Centro Ruso-Cubano, pero solo la había metido en el maletero del coche pese a que le habría resultado fácil cortarle el pescuezo con el machete. ¿Por qué?

—Siéntate.

—Coño. Lárgate.

—Siéntate —ordenó Ofelia. La obligó a sentarse en la silla y se colocó a sus espaldas—. Quédate ahí.

Los ojos de Teresa la siguieron.

—¿Qué haces?

—Estate quieta. —Ofelia buscó el cepillo y el peine

nuevos en su bolso y tiró de los negros rizos de Teresa, tan parecidos a virutas—. Quédate sentada.

Los rizos, las ondas y las pelotillas de rizos pegadas al cuero cabelludo, tan tirantes como resortes, habrían asustado a Ofelia de no ser porque el cabello de Muriel era casi tan espeso como el de Teresa. No bastaría con una pasada del cepillo; tendría que tratar ese cabello como plumas, desenredarlo poco a poco, darle forma.

—Tienes que cuidarte, chica.

Al principio Teresa se sometió con silenciosa hosquedad, pero al cabo de un minuto su cabeza empezó a seguir el ritmo del cepillo. Un cabello como el suyo se calentaba con el cepillado; sobre todo en días calurosos, quedaba bruñido como la plata con un poco de atención. Al separar el cabello de la nuca, Ofelia sintió que Teresa se relajaba. ¿Catorce años? ¿A solas dos días? ¿Temerosa por su vida? Hasta los gatos callejeros necesitaban que los acariciaran.

—Ojalá tuviera un cabello como el tuyo. No necesitaría almohada.

—Todo el mundo dice lo mismo —murmuró Teresa.

—Así está mejor.

Sin embargo, según se relajaba, los hombros de Teresa empezaron a estremecerse y volvió hacia Ofelia una cara mojada por las lágrimas.

—Ahora tengo la cara hecha un asco.

—Te daré una alegría. —Ofelia guardó el cepillo en el bolso—. Déjame enseñarte qué más tengo.

—¿El estúpido traje de baño?

—Algo mejor que un traje de baño.

—¿Un condón?

—No, mejor que un condón.

Ofelia sacó la Makarov de 9 mm y dejó que Teresa la sostuviera.

—Pesa.

—Sí. —Ofelia cogió la pistola—. Creo que deberían dar pistolas a todas las mujeres. Ninguna a los hombres, solo a las mujeres.

—Apuesto a que Hedy deseaba tener algo como esto. ¿Conocía a mi amiga Hedy?

—Yo fui la que la encontró.

—¡Coño! —exclamó Teresa, más bien asombrada.

Cuando Ofelia guardó la pistola, permaneció de rodillas y bajó la voz, como si no tuvieran el horizonte entero de La Habana para ellas solas.

—Sé que tienes miedo de que te suceda lo mismo, pero puedo evitarlo. Tienes una idea de quién lo hizo, ¿no?, de otro modo no te esconderías. La pregunta es, ¿de quién te escondes?

—¿De veras eres policía?

—Sí, y no quiero encontrarte como encontré a Hedy. —Ofelia dejó que la chica la contemplara un momento—. ¿Qué ocurrió con la protección de Hedy?

—No lo sé.

—El hombre que os protege, a ti y a Hedy, ¿cómo se llama?

—No puedo decírtelo.

—No puedes porque está en el minint y crees que se enterará. Si lo cojo primero, podrás bajar de esta azotea.

Teresa se cruzó de brazos y, pese al calor, la recorrió un escalofrío.

—En realidad, no creía que un turista vendría y se

casaría conmigo. ¿Quién querría llevarse a casa a una negra ignorante? Todo el mundo se burlaría de él. «Oye, Hermann, no tenías por qué casarte con tu puta.» No soy estúpida.

—Lo sé.

—Hedy era muy buena.

—¿Sabes?, creo que puedo ayudarte. No tienes que decir su nombre, yo lo diré.

—No sé.

—Luna. El sargento Facundo Luna.

—Yo no he dicho eso.

—No lo has dicho tú, lo he dicho yo.

Teresa apartó la mirada y la posó en los ángeles asentados en equilibrio sobre el teatro. Una brisa le levantó el cabello, como parecía hacer con el de los ángeles.

—Se pone furioso.

—Tiene mal genio, lo sé. Pero es posible que yo te diga algo que te ayude. ¿Te has acostado con él? Mírame a los ojos —pidió Ofelia cuando Teresa vaciló.

—Sí. Una vez. Pero Hedy era su chica.

—Cuando te acostaste con él...

—No voy a darte detalles.

—Solo un detalle. ¿Se quedó en calzoncillos?

Teresa dejó escapar una risita. Fue el primer momento exento de seriedad desde que Ofelia la había encontrado.

—Sí.

—¿Te dijo por qué?

—Solo dijo que eso es lo que hacía siempre.

—¿Se los quedó todo el tiempo?

—Todo el tiempo.

—¿No se los quitó para nada?

—Conmigo no.

—¿Se lo preguntaste a Hedy?

—Bueno. —Teresa movió la cabeza de lado a lado—. Sí. Éramos muy buenas amigas. Tampoco se los quitaba con ella.

—¿Sabes?, chica, no estaría mal que te quedaras aquí otro día, pero creo que estás bastante a salvo.

—¿Qué hay de Hedy?

—Voy a tener que pensar en eso. —Al coger su bolso y ponerse en pie, Ofelia besó a Teresa en la mejilla—. Me has ayudado.

—Me gustó conversar.

—A mí también. —Ofelia empezó a bajar por la escalera y se detuvo a medio camino—. Por cierto, ¿conocías a Rufo Pinero?

—¿Un amigo de Facundo? Lo vi una vez. No me cayó bien.

—¿Por qué no?

—Tenía uno de esos celulares. El gran señor jinetero, siempre pegado al teléfono. No tenía tiempo para mí. ¿De veras crees que estaré a salvo?

—Creo que sí.

Lo que intrigaba a Ofelia, desde que el sargento Luna no la había matado de buenas a primeras en el centro ruso, era si Luna era un abakúa. Difícil dilucidar esto entre los miembros de una sociedad secreta. La PNR había intentado infiltrarse en el abakúa, pero les salió el tiro por la culata: los abakúa se infiltraron en la policía y reclutaron a la mayoría de los agentes machos, blancos y negros. Identificarlos se había convertido en un arte.

Un abakúa podía robar un camión del patio del ministerio, pero no robaría ni un peso a un amigo. Nunca dejaba pasar un insulto. Podría asesinar, pero nunca delataría a sus compañeros. Nunca llevaba nada femenino, ni pendientes, ni cinturones ceñidos ni cabello largo. Había una identificación definitiva: un abakúa nunca enseñaba el trasero desnudo a nadie. Nunca se quitaba los calzoncillos, ni siquiera cuando hacía el amor: ese era su talón de Aquiles.

Había otra cosa que un abakúa nunca hacía.

Nunca hacía daño a una mujer.

26

Arkady regresó al cuarto de Mongo en el fondo de la casa donde se había criado Erasmo. Una casa vacía hoy, asfixiante por el calor. Tras llamar educadamente a la puerta, Arkady subió la mano al dintel y encontró la llave.

No mucho había cambiado desde la primera visita de Arkady. Los postigos estaban lo bastante entreabiertos para revelar la curva del mar, los botes de pescadores que pescaban contra la corriente con cebo de cuchara, «neumáticos» que seguían su estela. Ni una nube en el cielo; ni una ola en el mar. Absolutamente quieto todo. Los cocos, los santos de plástico y las fotografías de los boxeadores preferidos de Mongo estaban justo donde Arkady los había visto antes, y, aunque no sabía con certeza si las hojas estaban igual, vio un disco diferente encima de la pila de discos compactos, y habían desaparecido las aletas de nadador colgadas de un gancho en la pared, así como la cámara de neumático de camión suspendida encima de la cama. Arkady regresó a la ventana y vio tres grupos de «neumáticos» remando desganadamente con las manos; al menos quinientos metros separaban cada grupo entre sí.

Arkady bajó a la calle y se encaminó hacia el oeste; recorrió una manzana y se detuvo en un café con mesas de cemento a la sombra de una pared en la cual un letrero anunciaba SIEMPRE... Siempre algo, algo que la buganvilla arraigada había borrado manchándolo de color fucsia. A Arkady no le sorprendió que Mongo se hubiese aventurado a salir a pescar. Era un pescador, y probablemente Erasmo le había advertido que se mantuviera alejado del taller mientras un investigador ruso ocupara el apartamento de encima. ¿Qué mejor lugar para esconderse que el mar? Si se hallaba en el agua sobre su neumático, tendría que salir en algún momento, en algún punto de la avenida Primera de Miramar o en el Malecón. Un tramo demasiado largo para que Arkady lo vigilara. Pero se le ocurrió que podría aumentar las probabilidades de encontrarlo si tenía en cuenta que lo que más necesitaba un «neumático» era aire. Desde la mesa tenía a la vista una gasolinera con dos surtidores debajo de un toldo de estilo moderno en forma de aleta, antaño azul y ahora del blanco del interior de una concha de almeja. Era la gasolinera que figuraba en el plano de la Texaco. Junto al despacho se hallaban un grifo y una manguera de aire.

Durante toda la tarde desfilaron los coches por el surtidor, algunos a duras penas, cual peces dipneos, para luego irse casi a rastras. Los «neumáticos» tenían que vérselas con un perro de la gasolinera que aceptaba a algunos y echaba a otros. A sorbos, Arkady acabó tres Tropicolas y tres cafés cubanos; el corazón le golpeteaba en el pecho, mientras él permanecía allí sentado, invisible a la sombra de su abrigo. Finalmente un hombre flaco, negro como el asfalto, se acercó al despacho de la gasolinera cargando una cámara de neumático que se había puesto flácida. Arrojó un pez al perro, entró en el despacho, salió un minuto después con un parche y lo aplicó a la cámara. Cuando creyó que el adhesivo había surtido efecto le añadió aire y lo comprobó. Su ropa consistía en una gorra verde, zapatillas de deporte bastante holgadas y la clase de harapos que un hombre sensato escogería para flotar en la bahía. Equilibró la cámara, la red, los palos y los sedales en la cabeza, tras la cual se colgó las aletas de un hombro y, del otro, una sarta de peces coloreados como arcos iris. Al ver a Arkady atravesar la calle, sus ojos inyectados en sangre debido al salitre buscaron una vía de escape, y, de no ser por la cámara y los peces capturados, sin duda habría corrido mucho más rápido que alguien con un abrigo.

—¿Ramón Bartelemy *Mongo*? —preguntó Arkady, con la sensación de que empezaba a controlar el español.

—No.

—Yo creo que sí. —Arkady le mostró la foto en la que enseñaba orgullosamente un pez a Luna, Erasmo y Pribluda—. También sé que habla ruso. —Merecía la pena aventurar la suposición.

—Un poco.

—No es un hombre fácil de encontrar. ¿Tomaría un café conmigo?

El elusivo Mongo tomó una cerveza. Cristalinas perlas de sudor le cubrían la cara y el pecho. Dejó en el banco a su lado la bolsa de red llena de peces.

—Vi un vídeo en el que boxeaba —le comentó Arkady.

—¿Gané?

—Hizo que pareciera fácil.

—Podía moverme, ¿sabe? Podía moverme bien. Solo que no me gustaba que me pegaran. —Pese a esta afirmación, la nariz de Mongo estaba lo bastante aplastada para dar a entender que lo habían pillado varias veces—. Luego, cuando me sacaron del equipo, tenía derecho a entrar en el ejército. Y de pronto me encontré en África con los rusos. Los rusos no conocen la diferencia entre un africano y un cubano. Aprende uno ruso muy rápido. —Mongo esbozó una sonrisa pícara—. Aprende a decir: «¡No disparen, caraculos!»

—¿Angola?

—Etiopía.

—¿Demolición?

—No, conducía un camión blindado de transporte de personal. Así fue como me convertí en mecánico, manteniendo en funcionamiento el puto camión.

—¿Fue allí dónde conoció a Erasmo?

—En el ejército.

—¿Y a Luna?

Mongo contempló sus propias manos, largas y diestras, encallecidas de tanto tocar el tambor y llenas de cicatrices de tanto pillárselas con anzuelos.

—A Facundo lo conozco desde hace mucho, de cuando vino de Baracoa para unirse al equipo de boxeo. Podría haber sido boxeador o jugador de béisbol, pero no tenía medida con las mujeres y con la bebida, así que no duró mucho en un equipo.

—¿Baracoa?

—En Oriente. Ese sí que daba buenos golpes.

—¿Él y Rufo eran amigos?

—Claro. Pero yo no sabía lo que hacían. —Mongo agitó la cabeza con tanto énfasis que el sudor salió disparado—. No quería saberlo.

—¿Y usted era amigo de Serguei Pribluda?

—Sí.

—¿Iban de pesca juntos?

—Así es.

—¿Le enseñó a pescar con corneta?

—Lo intenté.

—¿Y cómo ser un «neumático»?

—Sí.

—¿Y cuál es la norma más importante que debe seguir un «neumático»? No salir de noche a solas, ¿no? No creo que Pribluda saliera solo ese viernes de hace dos semanas. Creo que salió con su buen amigo Mongo.

Mongo descansó la barbilla sobre el pecho. Sudaba a chorros, cual una fuente; no era el sudor del miedo, como en el caso de Bugai, sino el sudor del pesar de la culpabilidad. La tarde estaba bien avanzada. Arkady pidió más cervezas a fin de que Mongo sudara más.

—Dijo que era como pescar tiburones bajo el hielo —explicó este, por fin—. Me hablaba mucho de pescar bajo el hielo. Decía que debería ir a Rusia y me llevaría a pescar bajo el hielo. Yo le decía, «no gracias, camarada».

—¿A qué hora se metieron al agua?

—Puede que hacia las siete. Después de la puesta del sol, porque él sabía que un ruso en un neumático llamaría la atención. El agua transporta las voces, así que, aun cuando estábamos lejos, susurraba.

—¿Qué tiempo hacía?

—Llovía. Pero aun así mantenía la voz baja.

—¿Es buen tiempo para pescar, cuando llueve?

—Si los peces pican, sí.

Arkady meditó sobre esa verdad de pescador.

—¿Adónde fueron?

—Al oeste de Miramar.

—¿Cerca del puerto deportivo Hemingway?

—Sí.

—¿De quién fue la idea?

—Yo siempre decía dónde debíamos ir; pero no esa vez. Serguei dijo que estaba harto de Miramar y del Malecón. Serguei quería probar otro lugar.

—Una vez en el agua se quedaron allí, ¿o fueron hacia el oeste?, ¿hacia el norte?, ¿hacia el este?

—Nos dejamos llevar.

—Al este, pues, porque es la dirección de la corriente, por Miramar, el Malecón, y hacia la bahía de La Habana.

—Sí.

—Y, de camino, el puerto deportivo, ¿no? ¿De quién fue la idea de entrar allí?

Mongo se apoyó pesadamente en la pared.

—Así que ya lo sabe.

—Creo que sí.

—De veras que la jodimos, ¿verdad? —Nervioso, Mongo golpeteó el banco, sosegó las manos y abandonó el ritmo—. Le dije: «Serguei, ¿para qué quieres pescar en el puerto deportivo, con el guardia persiguiéndonos y puede que un barco entrando o saliendo? Es un canal activo y es de noche y los barcos no nos van a ver, es una locura.» Pero no pude detenerlo. Lo seguí por el canal; era lo único que podía hacer. Parecía saber hacia dónde iba. Tienen luces allí, pero no llegan completamente hasta el agua. No había nadie repostando. La discoteca estaba cerrada por la lluvia. Oíamos a gentes en el bar, nada más, y luego nos encontramos en el canal con barcos amarrados uno detrás de otro, y Serguei se dirigió directamente hacia uno que yo no vi al principio, solo que era bajo y oscuro. Muy elegante, viejo pero rápido; se notaba a primera vista. Había luces en el camarote y norteamericanos a bordo. Los oíamos pero no veíamos quiénes eran. Enseguida supe que era un negocio en el que Serguei quería meterme. Le dije que me iba, pero él quería subir y ver quién había en el barco, lo que es difícil porque hay un saliente en el embarcadero. Yo ya me iba cuando las luces del barco se apagaron. Mi cuerpo entero vibraba. Serguei estaba a unos cinco metros de mí, entre el barco y el embarcadero, y el temblor lo sacudía, lo sacudía, lo sacudía. Habían dejado esos jodidos cables eléctricos en el agua. No pude acercarme más. Entonces vi cómo encendían linternas en cubierta y me escondí. —Mongo agitó la cabeza de arriba abajo, acusándose melancólicamente—. Me escondí. Subieron a ver si era solo su barco o el de todos y, mientras hablaban con la persona en el camarote, Serguei flotó mar adentro. Ya no temblaba. No lo vieron y no me vieron a mí porque seguí escondido en la oscuridad.

»En cuanto su neumático se haya alejado, me dije,

tiraré de Serguei; pero, antes de que pudiera alcanzarlo, otro barco apareció en el canal. No hay mucho espacio. El barco pasó de largo y entonces Serguei también pasó de largo. A veces, ¿sabe?, los barcos dejan sus aparejos en el agua y los arrastran; no deberían, pero lo hacen, y la red de Serguei quedó atrapada en un anzuelo. Pasó muy rápido y no logré alcanzarlo. Sabía que estaba muerto por su modo de estar sentado. Salieron del canal juntos, el barco y el neumático. Yo sabía que, en cuanto hubiesen pasado por el muelle del guardia y abierto la válvula de admisión, sentirían que el sedal tiraba y encontrarían a Serguei, a menos que el anzuelo cortara la red.

»O quizá lo encontrarían y lo soltarían, porque ¿quién necesita tener algo que ver con un neumático muerto, ¿no? Sería una anécdota que podrían contar en un bar en Cayo Largo, sobre un cubano chiflado que habían atrapado. No lo sé, solo sé que a mi amigo lo arrastraron en la oscuridad hasta que lo perdí de vista. Para cuando pasé frente al guardia ya no veía el barco.

—¿Vio su nombre?

—No. —Mongo apuró lo que quedaba de la cerveza y clavó la mirada en el cubo de peces—. Ni siquiera hice eso.

—¿A quién se lo contó?

—A nadie, hasta que usted apareció. Entonces, se lo conté a Erasmo y a Facundo, porque son mis «compays», mis amigos.

El agua se encontraba lo bastante plana y vidriosa para que los pelícanos se posasen sobre su propio reflejo. Pese al calor acumulado del día, Arkady se sentía extrañamente cómodo, en un equilibrio entre la cerveza y el abrigo.

—Los hombres que salieron a la cubierta del barco que se quedó sin electricidad, ¿los reconoció?

—No, estaba buscando a Serguei o tratando de esconderme.

—¿Tenían pistolas?

—¿Sabe?, no importa. Serguei ya estaba muerto y fue un accidente. Se mató, lo siento. —Mongo volvió a contemplar los peces—. Tengo que mantenerlos frescos. Gracias por la cerveza.

¿Un accidente? ¿Después de todo lo sucedido? Pero tenía sentido, pensó Arkady. No solo el ataque cardíaco, sino también la confusión general. Los asesinatos se encubrían mejor. Luego él llegó de Moscú al mismo tiempo en que encontraron el cuerpo en la bahía. No era de sorprender que Rufo se hubiese apresurado a hacerle de intérprete, ni que Luna se hubiese sorprendido tanto al ver la foto del Club de Yates de La Habana. Nadie sabía lo que le había ocurrido a Pribluda.

En tanto Mongo volvía a ponerse la gorra y equilibrar en ella la cámara de neumático, a coger aletas y peces, Arkady se imaginó a Pribluda arrastrado en su trineo de caucho fuera del puerto deportivo hacia aguas más profundas, a la corriente del Golfo, según O'Brien, donde o bien se soltó o lo soltó un pescador sin duda exasperado.

—«¡Los cubanos pican esta noche!» ¿Habría sido ese el chiste? Luego, la larga travesía bajo la lluvia, pasando Miramar de largo, por el Malecón, hasta llegar a la boca de la bahía, una «bahía bolsa», según la expresión del capitán Andrés del barco *El pingüino*. Desde allí, bajo el haz del faro en el castillo del Morro y luego doblando hacia la aldea de Casablanca, donde quedó suavemente pillado entre una confusión de plásticos, colchones y pilares repletos de gusanos, todo ello cubierto por restos de petróleo, un lugar en el que un cuerpo podía descansar semanas enteras bajo la lluvia.

Arkady sacó la fotografía de Pribluda de debajo del abrigo y preguntó:

—¿Quién sacó esta foto?

—Elmar.

—¿Elmar qué?

—Mostovoi —contestó Mongo, como si no hubiese más que un fotógrafo en el grupo.

La confesión suele durar poco y es siempre condicional; además, ambos hombres sabían que Arkady no contaba con autoridad para interrogar a nadie. Solo para ver la reacción, sin embargo, Arkady leyó el anverso de la foto.

—El Club de Yates de La Habana.» ¿Significa algo para usted?

—No.

—¿Un chiste?

—No.

—¿Un club social?

—No.

—¿Sabe lo que ocurrirá allí esta noche?

Demasiada presión. El elusivo Mongo retrocedió hacia la calle y echó a correr con una especie de trote que casi parecía vuelo, mientras lo que llevaba en la cabeza ondulaba con cada paso. Pasó frente a una pared azul, una pared rosa y otra color melocotón; la sombra de un callejón pareció alcanzarlo y tragárselo.

Ofelia no había regresado al apartamento de la embajada desde que había visto a Rufo tendido en el suelo. Recordaba la fachada azul del edificio y la decoración egipcia compuesta de flores de loto y cruces egipcias, ese aire de pertenecer al Nilo. En el atardecer, hasta el coche en el porche poseía algo de la grandeza silenciosa de una esfinge. Motas de pintura formaban una falda roja alrededor del auto. La sal había picado su cromo antaño orgulloso, y sus ventanas estaban abiertas a los elementos; su tapicería, agrietada y rajada, el ornamento del capó desaparecido, pero ¿acaso la esfinge misma no había perdido la nariz? Y, aunque descansaban sobre bloques de madera, las ruedas estaban cubiertas de grasa, como una promesa de que algún día esta bestia tosería y volvería a levantarse.

Ofelia buscaba el teléfono de Rufo. Arkady había dicho que en Rusia un traficante como Rufo habría preferido salir de casa sin una pierna que sin teléfono móvil. Si esta fuera una verdadera investigación podría haber Conseguido una lista de nombres de personas relacionadas con Rufo a través de CubaCell y haber localizado el número de Rufo a partir de las llamadas de dichas personas. En vista de la situación, tendría que encontrar el aparato. Se hallaba en algún lugar. Dado que pensaba matar a alguien con un cuchillo, un acto con el que podría mancharse, Rufo había tomado la precaución de cambiarse de zapatos y cubrirse la ropa con un chándal de una pieza color plateado; el goretex dejaba pasar el aire y protegía de la sangre. Los teléfonos móviles eran igualmente delicados, objetos que se compraban únicamente en dólares, y un hombre cuidadoso no pondría el suyo en peligro. Rufo planeaba, y se trataba de pensar como él.

Llamó con la aldaba en el apartamento de la planta baja, y contestó una mujer blanca en bata de casa deslucida y cabello de flamante peinado y teñido con alheña. A Ofelia le parecía que la mitad de las mujeres de Cuba se pasaban la vida emperifollándose para una fiesta que nunca se celebraba. A su vez, la mujer estudió con expresión agria el atuendo de jinetera de Ofelia hasta que esta le enseñó su chapa de la PNR.

—No me extraña —dijo la mujer.

—He venido por lo del asesinato arriba. ¿Tiene llave de ese apartamento?

—No. De todos modos no puede entrar. Es propiedad rusa, y nadie puede entrar. Quién sabe lo que estarán haciendo.

—Enséñemelo.

La mujer la precedió escalera arriba; sus pantuflas golpeteaban en los escalones. Aun con la débil luz, la cerradura del apartamento brillaba; se notaba que era nueva. Ofelia recordó haber registrado la sala de estar, haber sacado libros, entre otros, *Fidel y el arte,* haber revisado un sofá y un aparador y registrado más deprisa las otras habitaciones, por temor a que el enfrentamiento entre Luna y el ruso se descontrolara. Cabía la posibilidad de que el teléfono se hallara en el apartamento de la embajada, pero no era muy probable. Se puso de puntillas y metió la mano debajo de los escalones de arriba, por si Rufo había dejado el aparato allí. No.

—¿No encontró usted nada aquí? —inquirió.

—No hay nada que encontrar. Pasan semanas sin que los rusos metan a nadie aquí. Mejor.

Al volver a bajar, Ofelia arrastró la mano por la contrahuella de los escalones. Salió al porche sin más que una mano sucia.

—Se lo dije.

—Tenía razón.

La mujer empezaba a semejarse a la madre de Ofelia.

—Es usted la segunda.

—¡Oh! ¿Quién más?

—Un negro grande del Ministerio del Interior. Negrísimo. Miró por todas partes. Tenía teléfono. Hizo una llamada, pero no habló; solo escuchó, pero no al teléfono, ¿entiende?

Naturalmente, pensó Ofelia, porque Luna llamaba al teléfono de Rufo y escuchaba por si lo oía sonar. Ese era el problema de tratar de ocultar un teléfono: tarde o temprano, alguien llamaría y el aparato se anunciaría a sí mismo.

—¿Encontró algo?

—No. ¿No trabajan juntos ustedes? Son como todo lo demás en este país. Todo tiene que hacerse dos veces, ¿no?

Ofelia salió y se detuvo en medio de la calle. Se trataba de una manzana de casas viejas transformadas por la Revolución, idealismo seguido de cansancio y falta de pintura y yeso. En un jardín delantero, un aparcamiento para bicicletas; en otro, un salón de belleza al aire libre. Edificios a punto de derrumbarse, pero con la agitación de una colmena.

Hizo una reconstrucción mental de los hechos. La misma calle, tarde por la noche. Arkady arriba, Rufo afuera en su recién puesto chándal, improvisando a toda prisa porque nadie había previsto la llegada de un investigador ruso. Quizás hasta hiciera una última llamada antes de entrar en el edificio y subir a lo que pensaba sería el fin del ruso. Entre las dos esquinas de la manzana, ¿cuál sería el lugar más probable para que Rufo dejara, solo por unos minutos, su preciado teléfono?

Ofelia se acordó de María, del coche de la policía y de los puros de Rufo. Regresó al porche.

—¿De quién es este carro?

—De mi marido. Fue a buscar ventanillas para el carro, y lo siguiente que supe de él fue una carta de Miami. Guardo el carro hasta que regrese.

—¿Es un Chevrolet?

—Del 57, el mejor año. Yo solía meterme en él y fingía que Ruperto y yo íbamos a la playa del Este, un bonito paseo hasta la playa. Hace mucho que no lo hago.

—Cuesta encontrar ventanillas para carros.

—Es imposible encontrar ventanillas para carros.

El tapizado era más un nido de ratas que asientos. De su bolso Ofelia sacó unos guantes de cirujano.

—¿Le molesta?

—¿El qué?

Con los guantes puestos, Ofelia metió la mano por la ventanilla abierta y abrió la guantera, en cuyo interior halló una caja de puros con el sello de Montecristo de espadas cruzadas roto. Dentro de la caja había diez tubos de aluminio para puros y un teléfono móvil Ericson puesto en VIBRACIÓN en lugar de TIMBRE.

Ofelia oyó un chasquido y a través de las ventanillas vio a un hombre sacándole una foto desde la acera. Era un corpulento hombre de mediana edad con una bolsa de cámara al hombro y la clase de chaqueta con muchos bolsillos que los fotógrafos suelen usar, coronado por una artística boina.

—Lo siento —dijo el hombre—. Es que estaba hermosa en esa cafetera. ¿Le molesta? A la mayoría de las mujeres no les molesta que les saque una foto; de hecho, les gusta. La luz es terrible, pero estaba usted perfecta. ¿Cree que podríamos hablar?

Ofelia guardó el teléfono en la caja de puros y los guantes en su bolso.

—¿Sobre qué?

—Sobre la vida, el romance, todo. —Pese a su corpulencia, el fotógrafo hizo ostentación de timidez al trasponer la verja. Hablaba bien el español, con acento ruso—. Arkady me ha enviado. Aun así, soy un gran admirador de las cubanas.

Arkady no prendió fuego a nada en el Sierra Maestra ni llamó a la puerta de Mostovoi, sino que insertó una tarjeta en la jamba en cuanto llegó y dio un golpe a la puerta, soltando un gruñido que cortó el aliento del rorro que lo observaba. Una vez dentro, comprobó si el «mejor equipo de demolición de África» se encontraba todavía en la pared. Sí.

La primera vez que había entrado en el apartamento se había esforzado por que Mostovoi no supiera que había tenido visitas. En esta ocasión le daba igual. Si había una fotografía del Club de Yates de La Habana habría más, pues un hombre que documentaba sus mejores momentos no destruía sus fotos cuando se presentaban visitas intempestivas, sino que las guardaba fuera de la vista.

Arkady se quitó el abrigo para trabajar. Vació cajas de zapatos y maletas, echó al suelo lo que había en las estanterías de libros y las de la cocina, puso patas arriba archivadores y cajones, apartó la nevera de la pared y ladeó sillas hasta haber descubierto más fotografías, de pornografía que no era tan recreativa ni tan dulce, así como cintas de vídeo de sexo y cuero. Pero todo el mundo tenía un negocio, todo el mundo tenía un segundo trabajo. Lo único que Arkady halló fue el sudor de su frente.

Fue al cuarto de baño a lavarse. Las paredes eran de azulejos y el espejo del botiquín era mitad plateado mitad negro. En él había un par de panaceas, elixires para el cabello y cantidades moderadas de nitrato de amilo y anfetaminas. Al secarse las manos se fijó en que la cortina de la ducha estaba corrida. La gente con cuarto de baño pequeño suele dejar la cortina descorrida para dar la impresión de que es más espacioso o por un miedo infantil a lo que puede haber al otro lado. Puesto que esta era una angustia que Arkady reconocía abiertamente en sí mismo, descorrió la cortina de par en par.

En la bañera, en diez centímetros de agua, flotaban cuatro fotos en blanco y negro, no de deportes con jóvenes núbiles ni de viajes al extranjero, sino del italiano muerto y de Hedy. La sangre resaltaba en negro, y la alfombra y las sábanas estaban empapadas y desgarradas. Las heridas de machete del italiano casi parecían agallas. Arkady no lo conocía, pero sí que reconoció a Hedy, aunque su cabeza se le balanceaba precariamente en los hombros. Al principio Arkady pensó que Mostovoi se había agenciado fotos de la PNR, pero, claro, estas estaban recién reveladas. No incluían las habituales marcas de pruebas, ni se veían puntas de zapatos de detectives que trataban de quitarse del enfoque de la cámara; además, la oscuridad de las sombras sugería que no había fuente de iluminación. El fotógrafo había trabajado a solas esa noche, en una habitación oscura, antes de que Ofelia llegara; seguro que hacía falta una auténtica habilidad para calcular el enfoque. El fotógrafo había sacado solo cuatro fotos, o bien solo había revelado cuatro de un rollo entero. Una única foto del italiano todavía vivo, arrastrándose hacia la puerta. Se notaba que había pensado más en cómo hacer las de Hedy. Una toma cercana que comprendía las piernas y la cabeza; otra en la cual unos pechos desinflados enmarcan la cabeza y una tercera de la cara de Hedy, en la que se veía todavía la sorpresa. El hombre con la cámara no había sido capaz de resistir plasmar el momento, y había metido su blanca mano en los rizos brillantes de la joven, a fin de mejorar su pose.

27

A las ocho, el puerto deportivo Hemingway tenía algo del hervidero social de una aldea por la noche. El personal más joven, un grupo internacional de personas con rubios cabellos ralos, se hallaba frente al mercado o cogiendo bolsas de hielo en el congelador. Desde el fondo llegaba el amplificado pulso de una discoteca; el fulgor y el sonido se reflejaban en los canales. En el cielo, un borde de luna ardía a través de la niebla eléctrica del puerto. Arkady no vio a Ofelia, aunque tendía a cumplir su palabra con cierto fanatismo.

El *Alabama Baron* se había marchado, sustituido por una lancha tan nueva que olía a plástico. Una jinetera ya se había instalado en la cabina y mezclaba ron con Coca-Cola. En la proa, George Washington Walls y John O'Brien tomaban cerveza en la caseta del timón del *Gavilán*; ambos, el alborotador y el financiero, parecían sentirse a gusto. El nuevo cable de suministro de electricidad se hundía suavemente en el agua y subía por el oscuro costado del avituallador.

—Vaya, aquí estás. —Walls miró a Arkady.

—Y justo a tiempo —comentó O'Brien—. Perfecto. Veo que has vuelto a ponerte el abrigo de cachemira. Siéntate.

—Tengo que coger un avión. Dijiste que hablaríamos de Pribluda.

—¿Coger un avión? Qué triste. ¿Esto significa que rechazas la oportunidad de formar parte de nuestra empresa? Siempre me he considerado bastante persuasivo. Parece ser que he fracasado contigo.

—El hombre es una decepción —manifestó Walls—. Eso dice Isabel.

—Arkady, esperaba persuadirte porque creía sinceramente que era para tu propio bien. Me agradaba la idea de trabajar contigo. Ven, tómate una copa, por Dios. Nos despediremos a la irlandesa. ¿Tu avión sale a medianoche?

—Sí.

—Faltan horas —indicó Walls.

Arkady dejó atrás la luz, bajó al barco y se acomodó en un cojín en la cabina del timón. Al instante pusieron en su mano una lata de cerveza fría. De noche, el casco de la embarcación parecía aún más hundido; y su pulida caoba, tan oscura como el agua.

—¿Vas a llevarte el cuerpo de tu amigo Pribluda? —preguntó O'Brien—. ¿Eso significa que lo has identificado positivamente?

—No.

—Porque ya no necesitas hacerlo, ya lo sabes.

—Creo que sí.

—Bueno, es un consuelo. ¿Es definitiva tu decisión de marcharte? Lo que podemos hacer —O'Brien dio una palmadita en la rodilla de Arkady— es darte un billete de regreso. Tómate una semana en Moscú, en ese miserable cajón de hielo que llamas hogar, y, si cambias de opinión, regresa. ¿Te parece justo?

—Más que justo, pero creo que estoy decidido.

—¿Por qué? —inquirió Walls.

—Porque encontró lo que vino a buscar, supongo —dijo O'Brien—. ¿Es eso, Arkady?

—Básicamente.

—Por un hombre con una obsesión —O'Brien alzó su cerveza—. Por el hombre del abrigo.

La cerveza era sabrosa, mucho mejor que la rusa. En el muelle, un grupo de jineteras se dirigían, silenciosas como ratones, hacia la discoteca y la luz de las farolas formaba halos en torno a su cabello. Después de todo, era sábado por la noche. El ritmo de la música salsa se aceleró. Walls se mecía en la silla de capitán; lucía un jersey negro que recordó a Arkady el joven radical que había salido de un avión con una pistola y una bandera en llamas. O'Brien vestía su mono negro. Colores de pirata. Desenvolvió un puro e hizo girar la punta sobre una llama, dando unas caladas. En sus amarraderos, los barcos suspiraron cuando una onda los levantó.

—Sabes lo que le ocurrió a Pribluda, pero no por qué y yo soy el único que no ha dicho nada al respecto —sugirió O'Brien.

—Dices mucho, pero siempre algo diferente.

—Entonces no te lo diré. Te lo enseñaré. ¿Ves esa bolsa? Pese a la oscuridad de la cabina, Arkady vio un extremo de una bolsa de lona bajo la luz al pie de la escalera.

—Era de Serguei —explicó Walls.

Arkady se encontraba más cerca. Dejó la cerveza y bajó por la escalera. Cuando levantó la bolsa, la puerta a sus espaldas se cerró y echaron la llave. En el espacio justo delante de él, el motor se puso en marcha y produjo tal reverberación que Arkady tuvo la impresión de encontrarse en el interior de un contrabajo. Arriba, unos pasos iban con agilidad de proa a popa, soltando amarras y recogiendo parachoques. El *Gavilán* dio marcha atrás, dobló y avanzó con suavidad. Al pasar frente a la discoteca, la risa y las luces estroboscópicas parpadearon sobre las cortinas. Los ecos del canal quedaron atrás, y Arkady oyó a Walls hablar por la radio. El ruso golpeó la puerta, más porque eso se esperaba de él que por convicción. Un barco tan clásico como este estaba hecho de madera dura. Rodeó la mesa y se encaminó a la puerta de una sala de máquinas, igualmente cerrada. Apartó la cortina de una portilla justo a tiempo para ver pasar el amarradero de la guardia sin nada que indicara que Ofelia había dado la alarma. Más allá del muelle, la proa de latón del *Gavilán* cortaba las olas con tanta facilidad que Arkady no sintió el más mínimo subir y bajar. Y, a juzgar por la regularidad con que las olas lo golpeaban, se dirigía directamente a mar abierto.

En la avenida Quinta se veían las primeras señales de un acontecimiento importante: camiones de la brigada llenos de soldados, aparcados en la oscuridad nocturna de callejones, policías con casco blanco y botas con espuelas sentados a horcajadas en sus motocicletas, unidades caninas olfateando a la multitud que hacía cola para entrar en la Casa de la Cultura del Sindicato de la Construcción, el antiguo Club de Yates de La Habana. La chapa de la PNR de Ofelia no sirvió de nada, pero Mostovoi presentó un pase y pudieron entrar.

Algunas cosas revelaban que la Noche Folclórica sería más importante de lo que Ofelia había previsto. Una característica de la seguridad nacional era que nadie sabía en cuál de sus residencias dormiría el comandante y mucho menos a qué funciones asistiría. Sin embargo, cuando se presentaba se tomaban siempre ciertas precauciones. Unas huellas de neumáticos en el césped llevaban hacia diez Mercedes blindados, una ambulancia, un camión de mando por radio, una camioneta de prensa, dos camionetas con perros, un círculo de soldados y un cordón de hombres vestidos con camisa y parka que ocultaban teléfonos móviles y radios debajo de periódicos doblados y que no parecían tener ningún cometido, hasta que alguien se desviaba del camino de entrada. Las dos majestuosas escaleras de la casa se juntaban en un porche central. Desde allí, bajo la moldura que representaba un timón en un gallardete, unos soldados escudriñaban a los asistentes, aunque, en opinión de Ofelia, estos últimos no eran de los que se descontrolaban. Algunos sacerdotes de santería oficialmente aprobados estaban a mano, pero lo que Ofelia más vio fue estirados militares y funcionarios ministeriales acompañados por sus esposas y siguiendo el camino trazado que rodeaba la mansión y llevaba a la playa. De vez en cuando cacheaban a un hombre o paraban a una mujer para registrar su bolso, pero a Mostovoi y Ofelia los dejaron pasar con un gesto de la mano. Pese a la bolsa de la cámara, el fotógrafo se abrió paso con tanta presteza que a Ofelia le costaba seguirlo.

—¿Por qué querría Arkady encontrarse conmigo aquí? —quiso saber Ofelia—. ¿Cómo podría entrar?

—Ya ha estado aquí. Sabe moverse.

La Noche Folclórica era un acontecimiento sobre el que Arkady había hecho preguntas, Ofelia lo sabía. Si había cambiado de opinión respecto de hablar con O'Brien y Walls, tanto mejor. Vio los colores de los bailarines escondidos detrás de las hojas picudas de las palmeras: azul para Yemayá; amarillo para Oshun. Había soldados en la playa a intervalos regulares y, amarrada en la punta del muelle, una lancha patrullera. Toda la luz, todos los sonidos se concentraban en un escenario al aire libre de cara al mar. La Noche Folclórica había empezado ya y desde los balcones del club unos hombres vestidos de paisano vigilaban a la multitud. La mayoría de la gente se hallaba de pie en el patio alrededor del escenario, pero había asimismo una tarima con cinco filas de invitados especiales. Ofelia solo conocía a la figura sentada en el medio de la primera fila, un hombre de perfil plano, casi griego, enmarcado por cabello y barba grises y tiesos, el rostro que constituía el segundo sol en la vida de Ofelia. A su lado, una silla vacía.

Las puertas se abrieron y O'Brien se asomó.

—Vamos, es una noche demasiado hermosa para perdérsela —dijo.

Arkady subió. Aquí, mar adentro, la cabina del timón descansaba bajo una bóveda de estrellas. Walls llevaba el timón y con suma lentitud seguía un curso paralelo a la costa. Además de un puro, O'Brien sostenía, despreocupada pero no negligentemente, una pistola con el cañón prolongado por un silenciador. El puerto deportivo ya no estaba a la vista, pero desde Miramar llegaba una alegre música cada vez más cercana. Arkady reconoció el Club de Yates de La Habana, que brillaba bajo los focos. En el patio que daba a la playa, una multitud rodeaba un escenario y una tarima.

Además de los focos, el club exhibía las coloridas luces de un carnaval, aunque los dos embarcaderos estaban vacíos, excepción hecha de una lancha patrullera que disfrutaba del espectáculo. Al aproximarse más el *Gavilán,* Walls cubrió los faros de la embarcación, a la vez que O'Brien dejaba caer el puro al agua.

—Buen espectáculo. —O'Brien entregó a Arkady unos binoculares—. Tu viaje a Cuba ya estará completo.

Las lentes de los gemelos eran 20 × 50 Zeis, y el cuerpo, de metal mate; a través de ellos, la escena en el Club de Yates saltó a la vista. Los espectadores llenaban dos niveles en el patio. Una compañía de mujeres con faldas y pañuelos amarillos subió al escenario, en tanto una banda llenaba el tiempo con un ritmo de percusión, silbatos y campanas perfectamente audibles, incluso desde el *Gavilán.* Arkady se centró en la tarima, en un hombre alto con gafas de aviador. Era el amigo de Erasmo, el que la noche anterior había brindado por el Club de Yates de La Habana en el «paladar» Angola. Arkady pasó la vista sobre los demás invitados sentados. En la primera fila de los invitados de honor había una silla vacía y un hombre de barba gris que parecía haber sido grande en su momento, pero que se había encogido en la tiesa concha del uniforme militar planchado. Poseía la expresión abstraída de un anciano que contempla a muchos nietos cuyos nombres ya no recuerda.

Volvió a enfocar la lancha patrullera. Ofelia ya debería de haberse puesto en contacto con alguien, y, aunque el casco del *Gavilán* era bajo, Arkady supuso que aparecería en el radar de la lancha patrullera. Ya fuera que Ofelia hubiese hecho contacto o no, el *Gavilán* se encontraba a cuatrocientos metros del escenario. O bien la lancha patrullera que estaba en el embarcadero se acercaría a inspeccionar al *Gavilán* u otra lancha se aproximaría desde otra dirección. A Arkady lo sorprendió que no interpelaran al *Gavilán* por radio.

—Lo bueno de ti, Arkady —declaró O'Brien—, es que tienes tanto tendencias suicidas como curiosidad insaciable. El qué no te basta: también necesitas saber el porqué. Seguro que al abordar el barco sabías que ocurriría algo así, pero tenías que verlo con tus propios ojos.

—Y luego, tal vez, jodernos —añadió Walls—. Desaparecer con una llamarada de gloria.

—O dejar un mensaje. Mira la playa, a la izquierda del escenario.

Arkady movió bruscamente los gemelos y vio a Ofelia apartarse de los espectadores. No la había visto cuando formaba parte de la multitud. Llevaba una chapa de la PNR prendida al minúsculo top. Esperó a verla dirigirse hacia la lancha patrullera o hacia el escenario; pero, en lugar de esto, tomó la dirección opuesta, acompañada por un servicial Mostovoi con la bolsa de la cámara colgada del hombro.

—¿Qué queréis? —preguntó Arkady.

—Ya tengo lo que quiero —contestó O'Brien.

Walls dio un codazo al ruso.

—Te estás perdiendo el espectáculo.

Arkady enfocó de nuevo la tarima y vio al hombre con gafas de aviador llevar un muñeco de tamaño natural con bastón y pañuelo rojo a la silla vacía de la primera fila, donde un tambor lo ayudó a sentarlo. El rostro del muñeco estaba vuelto hacia el hombre a su derecha. Chango y el comandante. Arkady enfocó el pañuelo y el bastón del muñeco, distintos de los que había dejado en el cuerpo de un muñeco en el Rosita. El comandante devolvió la mirada del muñeco; luego alzó la vista y bromeó con su amigo, el de las gafas de aviador. Este se rio y se apartó del escenario hacia un lado, entre la multitud, donde se reunió con él el doctor Blas, demasiado enérgico para permanecer más tiempo en la sombra. Arkady se centró de nuevo en Chango, en la cabeza burdamente moldeada del muñeco, arreglada y vuelta a pintar, con los mismos ojos centelleantes.

—Esto es un asesinato —exclamó.

—No un mero asesinato, por favor —dijo O'Brien—. Es la eliminación de un individuo que ha sobrevivido a más atentados que ninguna otra persona en la historia.

—Es algo que en sí mismo exige respeto —agregó Walls.

—Y, reconozcámoslo —prosiguió O'Brien—, la muerte de este hombre es el único crimen que revista interés aquí. Puedes robar cinco dólares o un millón y no será más que un delito insignificante mientras él viva. Porque no puedes llevártelos y son esencialmente suyos.

—Podéis deteneros. Todavía no habéis hecho nada violento con vuestras propias manos. Sé que la muerte de Pribluda fue un accidente.

—¿Lo ves? Te dije que no lo habíamos tocado —repuso Walls—. No teníamos la más mínima idea de dónde había desaparecido Serguei.

—Pero ahora no podríamos detenernos —agregó O'Brien—. En los últimos cuarenta años, solo una generación de cubanos ha conocido el pensamiento independiente, mientras que un grupo experimentaba el mando en el campo de batalla y funcionaba en el ancho mundo. Hay doscientos cuarenta generales en el ejército cubano y el ejército se va reduciendo cada vez más. ¿Adónde crees que irán, qué crees que harán? Esta es su gran oportunidad.

—¿Su turno de echar los dados?

—Sí.

—Y todos pidieron langosta.

O'Brien dirigió una sonrisa de apreciación a Arkady y levantó sus propios gemelos.

—Correcto. Muy bien. Esa fue la votación. Todos dijeron que sí.

El espectáculo se había reiniciado. Faldas doradas y piernas morenas tapaban al invitado de honor en su asiento de primera fila. Su gorra verde parecía pesarle tanto como la mitra a un obispo. La cara burdamente moldeada de Chango estaba ligeramente ladeada y sus ojos refulgían bajo la luz. A un lado del escenario, el hombre de las gafas de aviador estrechó la mano de alguien. Erasmo. Con aspecto grave, pálido y cansado, el mecánico alzó la mirada hacia el *Gavilán*, aunque

Arkady sabía que la embarcación resultaría invisible desde la costa.

Más figuras se levantaron de las últimas filas de la tarima; Arkady los reconoció a todos por haberlos visto en el «paladar» Angola. En primera fila, los invitados parecían hechizados por las faldas que giraban, el ritmo insinuante de los tambores que tronaba desde los altavoces y rebotaba en las paredes de la mansión. La cabeza de Chango se inclinó pesadamente hacia el hombre barbudo a su derecha. «Este lado hacia el enemigo», pensó Arkady. Sin duda, parte de la razón por la cual el uniforme le sentaba tan mal al hombre era el chaleco antibalas, que detendría la bala de un arma de bajo calibre, pero no una carga de dinamita. No habría esquirlas de hierro ni bolas de cojinetes, supuso Arkady; no querrían una matanza, sino un eficiente círculo de impacto, y ¿dónde había un mayor experto con los explosivos que Erasmo?

Movió los gemelos y encontró a Ofelia y Mostovoi, que iban en una dirección completamente opuesta, alejándose del escenario por la arena, hacia un muro blanco que separaba el Club de Yates de La Habana de la playa vecina. Arkady vio que Mostovoi comprobaba la hora en su reloj.

—Es La Concha, el viejo casino —explicó Mostovoi—. Lo considero uno de los lugares más románticos de La Habana. He hecho fotos allí de día y de noche; posee ese aire exótico que tanto gusta a las mujeres.

Acarició una columna. Pese a la fuerte presencia militar y policial al otro lado del muro de la playa, Ofelia y Mostovoi tenían la zona enteramente a su disposición. Se había convertido en el centro social de un sindicato de restauración, pero Ofelia recordó que antes de la Revolución había sido no solo casino, sino también una fantasía morisca, con minarete, palmeras datileras, naranjos y tejado de tejas. Ofelia y el ruso se hallaban bajo la larga sombra de una columnata con arcos de herradura. El hecho de que Ofelia hubiese seguido a Mostovoi no significaba que confiara en él, pues, pese a sus palabras tranquilizadoras, había en él algo falso; su boina se movía, su cabello se movía y sus ojos parecían pasearse sobre todo, y, más que nada, sobre ella. No habría pasado un solo minuto con él, de no ser porque afirmaba saber dónde Arkady quería encontrarse con ella.

—¿Primero un lugar y luego otro? ¿Por qué iba a venir aquí?

—Tendrás que preguntárselo a él. ¿Te molesta que te haga una foto?

—¿Ahora?

—Mientras esperamos. Creo que las cubanas son hijas de la naturaleza. Los ojos, la calidez de su color, la exuberancia que en ocasiones puede resultar demasiado madura. Pero en ti, no.

—¿Dónde y cuándo, exactamente, va a venir Arkady?

—Aquí mismo. ¿Y quién sabe exactamente cuándo, tratándose de Renko? —Mostovoi abrió la cremallera de la bolsa, sacó una cámara y un flash que encajó en el contacto correspondiente. El aparato soltó un zumbido de calentamiento.

—Nada de fotos. —Ofelia deseaba mantener la visión clara, adaptada al cielo nocturno, al arco de arena, a la oscuridad del agua. Lo que menos necesitaba era el destello de un flash—. Tú sigue mirando tu reloj.

—Para Arkady.

La luz blanca la cegó. No estaba preparada, pues Mostovoi sacó la foto sin levantar la cámara y no vio más que una imagen fija de las facetas del flash y la sonrisa socarrona del fotógrafo. Parpadeó para recuperar la visión normal.

—Si vuelves a hacerlo te romperé la cámara.

—Lo siento, no pude resistirlo.

—¿Esa fue una señal? —Arkady se fijó en que, justo después del destello en el muro del casino, Walls tiró suavemente del cable del acelerador y acercó el *Gavilán* aún más a la playa. ¿Por qué no reaccionaba la lancha patrullera que estaba en el amarradero?

—Cuando mi amigo John O'Brien planea algo —declaró Walls— pone todos los puntos sobre las íes.

—Gracias, George. Lo endemoniado, como dicen, son los detalles. Hablando del diablo...

Más adelante, en el agua, un «neumático» protegía una vela con una mano. Walls puso el motor en punto muerto y el «neumático» apagó la vela con los dedos, dio media vuelta y remó con las manos de espaldas hacia la popa del *Gavilán*; Walls lo ayudó a subir a bordo y ató la cámara de neumático a una abrazadera del yugo. Luna se enderezó, chorreando agua. Mojado, su aspecto era el de un enmohecido cadáver desenterrado; miró a Arkady, expectante.

—Ahora sabrá lo que se siente —le prometió.

—¿Que se siente el qué?

—Lo lamento, Arkady —anunció O'Brien—, pero ha llegado el momento de renunciar al abrigo. De renunciar a todo, de hecho. Puedes hacerlo tú mismo o podemos hacerlo por ti.

Mientras Walls cogía el abrigo y el resto de la ropa de Arkady, Luna bajó a cambiarse, con un pudor que sorprendió a Arkady. El sargento reapareció en uniforme, hinchado de una amenaza que controlaba a duras penas, y Arkady se preguntó cómo había logrado arrojar a Luna contra una pared, dado que había dejado atrás la capacidad de levantar pesas y hacer músculos. Le tocó el turno de ponerse los *shorts* y la camisa de Luna. Hasta el momento en que tuvo que ponerse las aletas se sintió seguro, pues resultaba muy difícil ponérselas a un muerto; pero con ellas se sintió tan inseguro como ridículo. No obstante, esperaba todavía que acudiera una lancha patrullera.

O'Brien sostuvo los gemelos por la correa y se los devolvió.

—Observa cómo acaba —le sugirió.

En el escenario, una confusión de bailarinas se movía a ritmo cada vez más rápido. Hijas de Oshun, pensó Arkady. Al menos eso había aprendido. No sería una detonación provocada con un temporizador, pensó, pues había demasiadas variables en los acontecimientos públicos. Las dos últimas filas de la tarima se habían ido vaciando. Erasmo se alejó del escenario dando marcha atrás con la silla de ruedas. Las bailarinas irradiaban extáticos rayos de sudor. Chango se inclinó aún más. A un lado del escenario, unos doce hombres comprobaban sus relojes. En primera fila, el mismísimo jefe y Chango parecían traspasar con la mirada el frenesí de las bailarinas. Arkady no entendía cómo, pero las bailarinas giraban cada vez con mayor rapidez; sus doradas faldas se extendían y daban vueltas siguiendo el acelerado ritmo de las congas. Arkady se preparó para el estallido de la explosión.

En lugar de ello, empezaron a aparecer hombres vestidos de paisano, en pares, y se llevaron silenciosamente al hombre de las gafas de aviador, a Blas y, uno por uno, a los otros hombres que Arkady había reconocido de la cena en el «paladar». La reacción de cada hombre siguió la misma secuencia de sorpresa, perplejidad y resignación. Se les notaba el entrenamiento militar. Ninguno corrió ni gritó al ser detenido. Arkady buscó a Erasmo, pensando que se lo estarían llevando, pero este parecía estar al mando de esta nueva fase. Entre el público, casi nadie pareció darse cuenta de nada, concentrados como estaban los asistentes en las manos que tocaban tan rápidamente los tambores que parecían borrones, y en las faldas doradas de las sensuales Yemayás. Todos los ojos estaban fijos en el escenario, excepto los del anciano demasiado uniformado de la primera fila. Este inclinó la cabeza poco a poco, hasta que Arkady entendió que bajo la visera de su gorra el jefe de la nación comprobaba su propio reloj.

—¡Lo sabía! —exclamó Arkady—. Conocía el complot.

—Mejor que eso —informó O'Brien—. Ayudó a iniciarlo. Lo hace cada tantos años a fin de deshacerse de los descontentos. Hizo lo mismo con el padre de Isabel.

El comandante no ha durado tanto esperando a que una conspiración llame a su puerta.

—¿Erasmo también ayudó?

—Muy a pesar suyo, Erasmo es un patriota cubano.

—¿Vosotros os encargasteis de los detalles?

—Más que de los meros detalles.

—¿Todo eso acerca del Club de Yates de La Habana?

—Todo cierto, hasta cierto punto. El hecho es, Arkady, que las revoluciones son inciertas y nunca se sabe cómo van a resultar. Yo prefiero apostar con la casa, quienquiera que sea la casa. ¿Los gemelos?

Cogió los gemelos de Arkady por la correa y los metió en una bolsa de plástico con autocierre y esta dentro de una bolsa que era supuestamente de Pribluda.

—No hay nada más arriesgado que un asesinato, sobre todo uno que no debe tener éxito —continuó—. Hay que guardar en las manos el medio y el detonante de la destrucción, y hay que minar la reputación de los conspiradores. Estos son hombres muy estimados, héroes militares. Una buena ayuda para mancillarlos es que el hombre que intenta encender la mecha no sea cubano, sino alguien que no goce de ninguna popularidad como, por ejemplo, un ruso. Un ruso muerto, para ser precisos.

Arkady sabía que Walls y O'Brien no estaban haciendo tiempo para explicarle todo lo brillantes que eran. Habría más. Luna abrió un banco de la cabina del timón y sacó un arpón. Apoyó la culata contra la cadera, aflojó las bandas e introdujo en la boca una flecha con barbillas en forma de alas dobladas. Arkady comprendió que no acudiría ninguna lancha patrullera.

—¿Por qué me relacionarían con la explosión?

Walls levantó otra bolsa de autocierre, y Arkady divisó un mando a distancia de televisor.

—¿Te acuerdas del monitor que encendiste para John en el Riviera? Modificamos el mando y ahora es un transmisor de radio, pero todavía tiene tus huellas dactilares. Además, existen personas que vieron el muñeco en el apartamento de Pribluda. Puede que hayamos perdido a Serguei, pero John dijo que eras tan listo que nos serías aún más útil.

O'Brien contestó a su teléfono móvil. Arkady no lo había oído sonar. Tras una exclamación de satisfacción, el norteamericano cerró el aparato.

Luna rebuscó en el bolsillo del abrigo de Arkady y sacó la foto de Pribluda, Mongo y Erasmo.

—Que singuen a su Club de Yates de La Habana. —La rompió en pedacitos y los arrojó al agua. De un puntapié separó la cámara de neumático del yugo detrás de los trozos de papel—. Métase.

De pie en el umbral de las puertas talladas del viejo casino, Ofelia percibió el tono de los botones y la suave fluorescencia del teléfono móvil de Mostovoi. La llamada terminó en un segundo.

—¿A quién llamaste?

—A unos amigos. ¿Has posado alguna vez?

—¿Qué amigos?

—En la embajada. Les expliqué que estaba ayudando a alguien y eso es lo que intento hacer. Hablo en serio sobre lo de posar.

—¿Para qué?

—Algo diferente.

Ofelia tenía la mitad de su atención puesta en Mostovoi, que le hablaba en la oscuridad interior del vestíbulo, y la mitad en la pálida franja de playa. Del otro lado del muro llegaban los compases de la música. Una rumba para Yemayá.

—¿En qué sentido?

—Algo muy diferente.

Ofelia no sabía lo que había en la estancia, pero el enorme espacio amplificaba el sonido y oyó a Mostovoi tragar de un modo que le resultó desagradable. Lo único que veía de él era el ojo de la cámara, y hablaba sobre todo para saber dónde estaba.

—¿Qué había en esta sala?

De lado, como un cangrejo, Mostovoi se apartó del umbral, de la luz de la luna.

—¿Que qué había aquí? Era la sala principal del casino. Arañas de Italia, baldosas de España. Ruletas, dados, *blackjack.* Era un mundo diferente.

—Pues no hay nadie aquí ahora.

—Sé lo que quieres decir. ¿Crees que Renko se habrá ido al avión?

¿Lo haría Arkady?, se preguntó Ofelia. ¿Irse sin una palabra? Era una de las cosas que los hombres hacían mejor. No necesitaban aviones; simplemente desaparecían. Su madre podría contarlos: el Primero, el Segundo y ahora el Tercero. Blas entregaría el cuerpo de Pribluda en el aeropuerto. Cabía todavía la posibilidad de que Arkady acudiera, actuando como un turista cualquiera, o que estuviera paseándose bajo los portales que enmarcaban el mar, pero con cada minuto que transcurría a Ofelia se le antojaba que lo más probable era que hubiese hecho la clásica retirada, la partida sin despedida. Se sintió profundamente estúpida.

—Te imagino en un montón de poses —afirmó Mostovoi.

Sin embargo, Ofelia pensó en el abrigo negro de Arkady y decidió que no, que el problema del ruso era que no abandonaba a nadie. Fuera como fuese, acudiría.

—Allí, a la luz de la luna —agregó Mostovoi—, sería perfecto.

Ofelia oyó el chasquido del obturador de la cámara, si bien el flash falló. Oyó dos chasquidos más en rápida sucesión, antes de darse cuenta de que no provenían de un obturador, sino de la recámara vacía de una pistola. Trató de sacar la suya del bolso, pero el arma se encontraba debajo del teléfono móvil de Rufo. El gatillo hizo clic de nuevo. Cuando halló su propia pistola estaba enmarañada con la paja. Soltó un precipitado disparo que hizo estallar el fondo del bolso. Algo aplastó la pared de yeso junto a su oreja. Se dejó caer de espaldas y sostuvo el arma con ambas manos y mayor firmeza. El segundo disparo a través del bolso iluminó a Mostovoi y reveló una fugaz imagen del hombre, que blandía su pistola como si fuese una porra. El tercero abrió un túnel por su boca.

Arkady flotó en el neumático, tirado atado a una cuerda corta desde la popa del *Gavilán*. El agua del Caribe estaba caliente; la red era como una hamaca y el neumático resultaba increíblemente cómodo, pero el ruso tenía la impresión de estar mirando desde el fondo de un pozo a O'Brien, Walls con su pistola y Luna con su arpón. Ocultaban las estrellas. A Arkady le habría agradado pensar que al menos estaba ganando tiempo, pero no, ellos esperaban, ya que se habían adelantado a cada uno de sus pasos y le habían ganado en fuerza en todo momento. Una asombrosa hazaña, eso sí: no solo se enteró de cómo habían engañado a Pribluda, sino que a él lo habían engañado igualmente. Por fin, él también se había convertido en «neumático».

Las cabezas de los tres hombres en el barco se levantaron al oír unos disparos.

—Se suponía que el hijo de puta usaría silenciador —rezongó Walls.

—¿Y por qué tres disparos? —preguntó O'Brien.

Un teléfono móvil sonó en el bolsillo de la camisa de Luna. Lo abrió y contestó. Al escuchar se volvió hacia la playa.

—¿Quién es? —inquirió Walls.

—Es ella, la detective.

Siguiendo la de Luna, la mirada de O'Brien se volvió hacia el casino; era estupendo ver la rapidez con que el hombre calculaba, pensó Arkady.

—Tiene el teléfono de Mostovoi, o el de Rufo, y está usando la memoria del aparato —dijo O'Brien a Luna—. Cuelga.

Luna levantó el arpón pidiendo silencio y apretó el artilugio contra la oreja.

—Quítale el teléfono —ordenó O'Brien a Walls.

Luna apuntó a Arkady con el arpón.

—Dice que él no le hizo nada a Hedy. Ustedes me dijeron que venía por mí, y ella dice que no es cierto.

—¿Cómo lo sabe? —cuestionó Walls.

—Dice que la noche en que mataron a Hedy, él estaba con ella.

—Miente. Se acuestan juntos.

—Por eso le creo. La conozco y ella me conoce. ¿Quién atacó a mi Hedy?

—¿Puedes creerlo? —O'Brien apeló a Arkady como un hombre cuerdo interpela a otro—. George, ¿quieres quitarle el teléfono, por favor?

—Tu estúpida Hedy era una puta —dijo Walls a Luna.

El arpón saltó y una flecha de acero con un cordón de nilón blanco se clavó en el estómago de Walls; cuando este miró hacia abajo, la sangre le salpicó la cara.

—¡George! —exclamó O'Brien.

Walls se sentó en la regala, alzó la pistola y disparó contra Luna, que dio un único paso hacia atrás antes de avanzar. En tanto Walls intentaba aclararse los ojos para disparar de nuevo, los dos hombres cayeron fuera de borda.

Arkady empezó a salir del neumático. En cubierta, O'Brien había sacado el segundo arpón del banco de la cabina del timón y trataba de insertar la flecha y tirar de las dos bandas elásticas, cosa nada fácil en el mejor de los casos y que resultaba aún más difícil de pie entre los cables sueltos del arpón y pisando la sangre de Luna. No obstante, cuando Arkady pasaba una pierna sobre el yugo para subir a bordo, O'Brien acertó a sujetar una banda y apretó el gatillo. Arkady se encontró boca arriba en el agua; una flecha le atravesaba el antebrazo y la punta se le había clavado en el pecho, aunque ligeramente, pues había perdido impulso al alojarse en su brazo. Al otro lado de la banda estaba O'Brien, que, con un zapato sobre el yugo, ya iba diez u once pasos por delante de él en sus cálculos. Con la mano libre, Arkady tiró de la banda. O'Brien arrojó el arpón al agua, pero la banda se había enredado en su tobillo y lo tumbó sobre la pulida caoba. Arkady tiró con ambas manos, y O'Brien se deslizó por la popa y cayó al agua.

—¡No sé nadar! —gritó.

El casco del *Gavilán* era lo bastante bajo para que tratara de volver a subir usando las uñas, pero Arkady tiró de él, alejándolo del barco. O'Brien se volvió hacia el neumático, pero sus agitados movimientos, en lugar de ayudarlo a salvar la distancia, empujaron la cámara más allá de su alcance. El arpón flotaba, pero no bastaba para sostener a un hombre.

Las lengüetas de la punta de la flecha se habían extendido junto al músculo pectoral de Arkady. Las cerró con el collarín deslizante de la propia flecha y se arrancó la punta del brazo, aprovechando el entumecimiento. Con el brazo sano nadó bajo el agua. A la luz de la luna menguante, el mar formaba una cueva llena de peces centelleantes. Al otro lado del barco, Walls y Luna seguían luchando, tratando de subirse el uno sobre el otro y llegar a la superficie. De la pistola de Walls salían burbujas. Luna había enroscado la goma del arpón en torno al cuello de Walls. Arkady subió a la superficie a respirar y regresó, rodeando la popa, al *Gavilán*. A no más de un metro de allí, la cabeza de O'Brien subía y bajaba.

La lancha patrullera no se había movido, aunque Arkady vio luces en la playa del casino. El club de yates se encontraba iluminado todavía.

Podía hacer palanca y subir al *Gavilán,* pero en ese momento se contentó con descansar, observar las estrellas pasar como un enjambre y dejar que la oscuridad lo mantuviera a flote.

28

Volvió a nevar en abril, suficiente para que la nieve espolvoreara las calles y revoloteara, en confusas espirales, en los cruces. En el terraplén del río, los camiones parecían encorvarse con los faros encendidos, una costumbre invernal que tardaba en morir tanto como el mismísimo invierno.

Arkady había salido del despacho del fiscal y bajado al terraplén con la esperanza de encontrar aire más fresco junto al río, pero no había modo de eludir la contaminación, el habitual manto que, mezclado con la nieve, formaba una fuerte polución urbana. Las farolas estaban encendidas y charcos de luz se agitaban, tirados de aquí y de allá por el viento. En este tramo de la Frunzenskaya, los edificios eran de un amarillo institucional y se recortaban detrás de líneas de nieve. El río, desbordante de agua y hielo, rozaba violenta y estrepitosamente los muros de piedra.

Arkady recorrió una manzana antes de percatarse de que un hombre en una silla de ruedas lo seguía con celeridad y casi lo alcanzaba, tarea nada fácil con este tiempo, pensó; las ruedas de la silla resbalaban en el pavimento y sorteaban los cuerpos que se alojaban en sacos de dormir a lo largo del terraplén. Arkady se apartó para dejarla pasar y entonces vio quién era.

—La primavera en el Ártico. —Erasmo iba envuelto firmemente en una parka, gorra de esquí y húmedos guantes de piel. Se quitó la nieve de la barba y observó su propio aliento, disgustado—. ¿Cómo lo aguantas?

—Moviéndome sin parar.

Erasmo parecía inmenso en su parka y vigorosamente saludable, hazaña que solo los cubanos conseguían en Moscú. Cuando le tendió la mano, Arkady esperó a que la bajara.

—¿Qué haces aquí?

—Renegocio el contrato del azúcar.

—Claro.

—No seas así. Estaré un día en Moscú. Llamé a tu oficina y me dijeron que este era el camino que tomarías probablemente. Por favor.

—Venga, vamos, te daré la perspectiva rusa. —Arkady aminoró el paso, y Erasmo rodó a su lado—. Jaguar del 98, un banquero que saca dólares de Moscú en un jet Gulfstream. Mercedes del 91, un viceministro o un mafioso de menor importancia. El sin hogar debajo de la farola puede que sea inofensivo, puede que sea un funcionario de los servicios secretos, nunca se sabe.

—Claro que yo trabajaba para los servicios secretos. ¿Dónde dejaríamos vivir a un espía ruso, sino encima de uno cubano? Traté de advertirte en el cementerio. En el restaurante te dije que lo dejaras. Después de encontrar a Mongo podrías haberlo dejado.

—No.

—No hay forma de razonar contigo, nada de medias tintas para ti. ¿Cómo está el brazo?

—Nada roto, gracias. Es mi tatuaje cubano.

—Casi no te reconocí. Hete aquí con parka, como yo. ¿Qué le pasó a tu maravilloso abrigo?

—Sí que es maravilloso, pero decidí que lo estaba gastando. Todavía me lo pongo en ocasiones especiales.

—Pero sigues vivo, eso es lo importante.

—No gracias a ti. ¿Por qué lo hiciste, Erasmo? ¿Por qué llevaste a tus amigos hacia una trampa? ¿Qué pasó con mi intrépido héroe de Angola?

—No me quedó más remedio. Después de todo, los oficiales ya estaban conspirando. Cuando la amenaza viene de hombres con los que serví, a los que quiero, mitigo los perjuicios, los canalizo y les hago tan poco daño como puedo. Al menos nadie murió.

—¿Nadie?

—Muy pocos. O'Brien y Mostovoi hicieron cosas de las que yo no tenía conocimiento.

—Pero me arrojaste a sus brazos, como carnaza.

—Pues probaste que eras más que carnaza. Pobre Bugai.

—Sigue vivo.

—¡Por Dios! ¿Tienes un cigarrillo?

El manto de nieve se había vuelto más espeso. Arkady dio la espalda al viento, encendió un par de cigarrillos y tendió uno a Erasmo, que dio una calada y tosió por el insulto a sus pulmones. Echó un vistazo más amplio a la calle e incluyó en él a las figuras que barrían los copos con escobas.

—Mujeres rusas. ¿Te acuerdas del día en que fuimos en Jeep por el Malecón?

—Claro.

—¿Cuánto crees que durará eso? No mucho. ¿Sabes?, llegará el momento en que veremos el período especial en retrospectiva y diremos que era un desastre ridículo, pero era cubano, era el ocaso de la última era cubana. ¿Lo echas de menos?

Se habían detenido bajo una farola. Los copos centelleaban en la barba y las cejas de Erasmo.

—¿Cómo está Ofelia? Traté de localizarla a través de la PNR, pero no obtuve respuesta. No tengo la dirección de su casa. Esa noche me vendaron el brazo, me pusieron ropa y me subieron al avión con Pribluda. A ella no la vi.

—Ni la verás. Acuérdate, Arkady, de que dejaste mucha confusión. La detective Osorio estará muy ocupada durante un buen tiempo. Pero te mandó esto.

Erasmo se quitó los guantes y rebuscó en el interior de la parka hasta sacar una foto en colores de Ofelia tomada en la playa. Vestía un bañador de dos piezas anaranjado, acompañada de sus dos hijas y un hombre alto, trigueño y guapo. Las niñas lo contemplaban con adoración y se aferraban, orgullosas, a su mano. Llevaba colgada del hombro una conga, como si de un momento a otro hiciera falta música; en su rostro había una sonrisa entre penitente y satisfecha. Detrás del retrato de familia, plantada en una toalla por el peso de su horror, se encontraba la madre de Ofelia.

—¿Qué padre es?

—El de la chiquitica.

Arkady no veía en la foto nada que indicara coerción, ninguna sombra ominosa en la arena ni señales de angustia, aparte de las normales tensiones en una familia. Diríase, sin embargo, que Ofelia estaba aislada de los demás. Tenía el cabello mojado, peinado con rizos negros como la tinta; los labios abiertos, a punto de hablar; una expresión que decía, sí, esta es la situación, pero la intensidad de su mirada no tenía nada que ver con las personas de la foto, como si mirara, no desde la fotografía, sino a través de ella.

No había nada escrito en el reverso.

—No te veo muy conmovido.

—¿Debería estarlo?

—Sí, creo que sí. Quería asegurarte que, con todo, las cosas le salieron bastante bien a la detective.

—Sí, parecen felices.

—Yo no diría tanto. En todo caso, puedes quedarte con la foto. Por eso salí con esta tempestad, para dártela.

—Gracias.

Arkady se bajó la cremallera de la parka para poner la foto a resguardo sin doblarla. Erasmo sopló sobre sus manos antes de volver a ponerse los guantes. De repente su aspecto se tornó desolado.

—Gente fría para un clima frío, es lo único que puedo decir. —La nieve empezaba a amontonarse en sus cejas y debajo de su nariz. Hizo girar la silla y dibujó un medio saludo con la mano—. Sé cómo regresar.

—Sigue el río.

Camino de vuelta, Erasmo iba contra el viento. Se apoyaba en él, luchaba contra la corriente de faros de los coches que venían en contradirección; sus ruedas perdían algo de fricción en la nieve a medio derretir, pero mantenía la velocidad de un hombre que sabe dónde lo espera una habitación caliente.

El apartamento de Arkady se hallaba en la dirección opuesta. Los faros de los coches barrían su sombra, sombra que lo precedía. Cual paquidermos, los camiones entraban y salían de los baches. En el verdadero invierno, el reflejo de las luces en el hielo del río forma un camino iluminado que atraviesa la ciudad, pero las nevadas tardías no hacen más que disolverse en láminas de agua negra. Los policías de tráfico vadeaban entre coches, apartaban a las desafortunadas almas cuyos faros, según decían, no funcionaban, hasta que unos dólares, que no rublos, cambiaban de manos. Era la clase de tarde, pensó Arkady, en que cada ventana de cada apartamento semejaba una embarcación agitada en un mar peligroso. El Kremlin no se veía, pero sí que se notaba su fulgor, un fulgor que hacía pensar en fogatas. La nieve hacía resaltar los postes de las farolas, los arroyos, los alféizares de las ventanas; se amontonaba contra las lonas alquitranadas y los espejos laterales de los camiones, así como en el cuello de las personas que se aferraban a las solapas de los abrigos y se tapaban hasta los ojos; se derretía en las muñecas y el cuello y bajaba goteando por el brazo y el pecho; volaba por un embaldosado muro de contención del río y subía por otro, cual chispas en un conducto; convertía los árboles del parque en cabrillas; hacía de cada paso un recuerdo visible y luego lo cubría.

OTROS TÍTULOS DE LA COLECCIÓN

El enigma Stonehenge

SAM CHRISTER

Reino Unido, época actual. Ocho días antes del solsticio de verano, el cadáver de un hombre es hallado en los alrededores del monumento del Stonehenge. En la piel tiene las marcas de unos extraños símbolos. Unas horas más tarde, un famoso cazador de recompensas se suicida en su propia casa, dejando una críptica carta a su hijo, el arqueólogo Gideon Chase. Tras el revuelo mediático, una policía y Chase se verán envueltos en una trama de sociedades secretas y una antiquísima logia, devota, durante siglos, de Stonehenge. Alentada por un nuevo y carismático líder, la secta ha vuelto a los rituales con sacrificios humanos en un intento desesperado por descubrir el secreto de las piedras del conjunto megalítico...

Lleno de códigos, símbolos, suspense y detalles fascinantes sobre la historia de uno de los monumentos más misteriosos del mundo, *El enigma Stonehenge* es un trepidante thriller creado para rivalizar con *El código Da Vinci*.

Una cierta justicia

P. D. JAMES

Venetia Aldridge no sólo ha conseguido convertirse en una autoridad en la defensa de casos criminales particularmente complicados, sino que ha llegado a ser una mujer muy temida. Dado que con el aumento de su fama ha crecido también el número de sus enemigos, cuando aparece asesinada, el inspector Dalgliesh se verá obligado a estudiar una larga lista de sospechosos que incluye a colegas, clientes y personas de su círculo más íntimo.

P. D. James construye, con su elaborado estilo habitual, una trama compleja en la que plantea cuestiones como la actitud de las mujeres en el trabajo, las fronteras entre la honestidad y la necesidad o el efecto de la educación y el cariño en la formación de la personalidad.